明月来相照

Only the Moon with Me

雁无痕 著

有 态 度 的 阅 读

小马过河(天津)文化传播有限公司

目 录

引子 _ 1

第 一 章　比赛 _ 6

第 二 章　上山 _ 16

第 三 章　谈价 _ 26

第 四 章　约定 _ 36

第 五 章　搜寻 _ 46

第 六 章　民女 _ 55

第 七 章　钥匙 _ 65

第 八 章　川槿 _ 74

第 九 章　内斗 _ 84

第 十 章　凤凰 _ 94

第十一章　杀贼 _ 104

第十二章　告密 _ 113

第十三章　巡按 _ 122

第十四章　相认 _ 132

第十五章　孟获 _ 142

第十六章　相知 _ 152

第十七章　相别 _ 161

第十八章　借刀 _ 170

第十九章　开诚 _ 179

第 二 十 章　收服 _ 189

第二十一章　白溯 _ 198

第二十二章　爱情 _ 209

第二十三章　分别 _ 220

第二十四章　分手 _ 230

第二十五章　刺客 _ 240

第二十六章　真相 _ 250

第二十七章　御医 _ 261

第二十八章　林敏 _ 271

第二十九章　炼毒 _ 281

第 三 十 章　解毒 _ 291

第三十一章　受刑 _ 303

第三十二章　被囚 _ 313

第三十三章　交易 _ 323

第三十四章　抉择 _ 332

第三十五章　祖孙 _ 342

第三十六章　出首 _ 351

第三十七章　丹毒 _ 361

第三十八章　平乱 _ 371

引子

庭院深深深几许，杨柳堆烟，帘幕无重数。

皇后正在给自己穿朝服。

青色的上衣绣着凤凰，浅黄色的裙摆镶嵌着金边，一支双凤衔珠金翅步摇在依然浓密的头发上微微颤颤。皇后对着已经模糊的铜镜，依稀看见当年鲜衣怒马的少年，给自己戴上步摇的场景。

侍女小路子拿着珍珠手串过来，眼角含着泪。

皇后回头，微笑："有什么好哭的？"

小路子匍匐在地上，声音哽咽："皇后！——皇后！珍珠……珍珠碎了。"

"哦"了一声，皇后回头。

用拇指指甲盖大小的珍珠串成的手串，珍而重之地藏在檀香木的盒子里，檀香木盒子依旧，珍珠却已经化成了齑粉。

当年光洁美丽的珍珠，终于敌不过时间。

皇后微微笑着："才四十五年啊……四十五年，当年我以为，这珍珠能保留到天长地久……海未枯，石未烂，珍珠却先碎了……男人给的东西，还真的信不过。放着吧——小路子，过来，帮我将鬓角的几根白头发给藏进去。"

小路子站起身来，给皇后整理鬓角，眼泪蓦然之间又扑簌簌落下：

"皇后,皇后,您为什么不向皇上求情?这一切都是那个妖女……那个妖女算计您的,您只要告诉皇上,皇上会明白过来的!"

"皇上会明白过来?"皇后笑着摇头,步摇在她的头上簌簌颤抖,"如果是四十五年前的皇上,那是谁也瞒不过他。如果是二十五年前的皇上,只要轻轻点拨两句,他就能明白其中关键。但是现在,他已经七十岁了啊。"

皇后站起来,声音苍老而疲倦:"他已经做了五十年皇帝,他已经做了三十年的太平天子。他已经习惯了自己的英明神武,他已经习惯了自己的目光如炬……你以为,我还能见到他?"

皇后抚摸着小路子的头:"我这一生,曾经历过最卑贱的日子,也曾经历过最荣耀的日子。当年废皇后想要将我整死,但是最终却是我笑着看她被关进冷宫。现在我已经做了四十年皇后,被人家新人整死,也是天道轮回,人世对我也不算不公。所以,小路子,笑一笑,这个世界,真的没有什么不公平的。"

小路子用袖子擦眼泪。

皇后微笑着摇头,对小路子说:"只是苦了你。我死之后,你多半会被打发到掖庭宫,那里日子会苦一点,但是你要记着,好死不如赖活着……也许,你能活到颍国公回来。"

小路子浑身颤抖了一下:"颍国公……还能回来?"

皇后微笑着点头:"是的,颍国公比太子要强多了……就在两年前,他就给过太子一些建议,但是太子与本宫都没有听他的。现在……太子已经走了,本宫也不能做了颍国公的拖累……所以,本宫必须死,本宫不能求情,本宫必须骄傲地死。"皇后目光转向小路子,声音放温柔了,"将当年皇上赐给本宫的东西一样一样拿出来,就摆在本宫身边……等收尸的人来,你就大声哭,说本宫要这些东西做陪葬。如果万幸传到皇上的耳朵里……你的日子,也许会好过一些。"

小路子哽咽着答应了。

皇后提着裙子,站上了冰梅纹紫檀的脚踏。脚踏上方,悬挂着三丈白绫。

☆ ☆ ☆

"祖母!——父亲!"

十八岁的少年,将手指甲抠进了肉里——

他的表情依然是平静的,但是微微颤抖的话语,泄露了他的内心。

今天的情景,是他曾经预想过的。皇祖父宠爱年轻貌美的女子,祖母渐渐失去了皇祖父的欢心,年轻貌美的华贵妃生了儿子之后,这种夺嫡争斗迟早会来。

但是父亲小心谨慎从来没有过错,朝廷之上的重臣都认可了太子。华贵妃想要使用一些手段,但是想来也不易成功。

虽然如此,少年依然给父亲一些建议,希望父亲能稍微小心谨慎一些。父亲不以为意,自己也就算了。

但是怎么也想不到,对方的手段竟然如此卑劣!先是用了几个针扎的小人,制造了皇祖母诅咒皇上的明证;接着伪造了几封书信,用上了假的太子签章,就逼得自己的父亲仓惶出逃;而仓惶出逃,就成为了父亲试图谋反的明证!

不幸的是,在这关键时候,自己居然不在京师!——或者,这是另外一种幸运,自己居然不在京师!

必须立即做决断!

边上站着一个胖墩墩的白面少年,疾声说话:"公子,怎么办?"

"不能进京,皇祖父正在气头上,进京就是送死。即便是老祖宗,英王殿下,也没办法斡旋。"关键时候,少年的脸色越加沉静下来,"收拾东西,先往……龙城!——王大哥,您远道来送信,不能招待了,您是陪着我们走,还是往别处去?"

那送信的汉子抹了一把汗,脸上露出憨厚的笑容:"我陪着皇孙殿下走。……哦,临走之前,皇后还有一件要紧的东西交给我,我差点都忘了交给您。"

憨厚汉子说着话,靠近了少年,从怀中掏出了一个手绢包裹着的东西,抖开,送到少年面前——

刀光闪过!

手绢里包着的,不是其他东西,居然是一把三寸长的小刀!

憨厚汉子拿着小刀,冲着少年胸口狠狠扎过去!

这一突变之下,谁也反应不及。那少年正遭逢家族剧变,心神震荡之际,哪里料得到给自己送信的人居然是刺客?

好在边上还有一个白胖少年!

白胖少年一把拉过了少年,连连后退了四五步;边上还有一个黑脸汉子,抡着刀,攻击刺客的后方。

刺客竟然不闪不避,被那黑脸汉子一刀刺中后心。

白胖少年扶着那少年,惊魂初定,说:"公子……您没事吧?您的衣服被划开了,有没有受伤?"

那少年的脸色有些苍白,说:"没事,划破了一点皮肤……"

然后,那少年身子晃了一晃,居然站立不稳!

黑脸汉子与白胖少年都是大吃一惊!

黑脸汉子惊叫:"刀上有毒!"

白胖少年则叫:"常先生!"

一个瘦削的山羊胡子从偏房里奔了出来,那少年已经躺倒在椅子上,整个人都已经昏迷了过去!

常先生大惊失色:"见血封喉……怎么会这样!"

常先生将少年的衣襟撕开,飞快地在少年的胸口伤处附近扎了几针,额头之上,汗水涔涔而下。

常先生声音发颤:"云义,去将我的药箱子拿过来,里面有夹层,夹层里有药,先给公子用下!"

那名叫"云义"的汉子,飞快就去了。

常先生又说:"小白你去准备马车……京师里御医们或许还有几分把握……京师里还有英王殿下,他德高望重,请他出面,皇上也许会放过皇孙殿下……"

却听有人说话:"不能……进京。"

那少年已经醒转,脸色苍白,说话:"小白你去准备马车,常先生……您在马车上给我用药!我们……往东北走!"

小白惊叫起来:"公子,怎么能往东北走?那刺客……给的信,多半是假的!"

少年微笑了一下,说:"不,那信件是真的。或许写信的时候他们还没有发动,现在肯定已经发动了。这种诬陷……果然是牢牢抓住了祖父的心思。祖父现在正是暴怒之际……现在进京,你们都是一个死。"

皇帝是一头世上最暴虐的龙。

巫蛊,谋反,那都是皇帝的逆鳞。

幸运的是,事情发生的时候,皇孙不在京中。皇孙也许能证明自己的无辜,然后看在皇家血脉的分上,留一条活命。

但是皇孙身边的人却不一定了。皇孙身边的人,与太子都有着千丝万缕的联系,皇帝要迁怒,皇孙身边的人休想逃掉一个。

常先生脸色也苍白:"可是……不进京……在下……没有把握!"

少年神色温和,语气却是不容置疑:"如果进京,我也许能活,但是你们却说不定了;如果不进京,我也许会死,但是你们能活。所以,不进京。"

少年的目光投向远方:"我可以死,但是我绝对不会让他们明确知道我已经死了——生死不知,让他们心惊胆战过这么几十年,好像也不错,是不是?"

第一章　比赛

"……我输了？"后知后觉的叶明月手上银针一颤，差点戳到师妹的胳膊上。这让边上做助手的师妹连连往后退："师姐，求您，小心一些……"

"放心啦，我手上的银针什么时候戳错地方过？"叶明月将自己手上的针往针盒子里一塞，"不可能，我怎么可能会输……每次针灸，我都是赢的！川槿怎么可能是我对手！"

叶明月气势汹汹，嗓门很是粗豪。作为神医堂三代弟子中最优秀的一个，叶明月引以为傲的优点有三项：第一是针灸术很强擅长救人，第二是经营有术擅长挣钱，第三是嗓门很大擅长嚷嚷。

神医堂是辽州郡最有名的医馆，连锁医馆十多家，辽州郡的大城池都有神医堂的身影。因为神医堂规模越来越大，第二任堂主林夫人渐渐觉得有些力不从心，于是打算从第三代弟子中选取一个最出色的，做少堂主。

少堂主的选拔，主要看两项：第一是医术，第二是经营之术。

弟子们被分为几组，林夫人在一众弟子中选取了二十个最优秀的，两人一组分派到各处医馆里，主持经营一个月。叶明月与师兄川槿联手，一个月时间，以第一名的成绩出线。根据两人在经营之中的具体分工，林夫人判定，叶明月第一，川槿屈居第二。

第二轮比赛是医术实战，叶明月输给了师兄。不过叶明月认为，自己应该是完胜才对，师父判定师兄获胜，那是因为师父偏心！

没错，师父偏心！

师父找了一个疑难病例。那是一个大腹便便的乡绅，一看就知道是当归燕窝吃多了的那种。乡绅站在中间，八位师兄妹围着他观察，叶明月只看了一支香时间，就对病人的情况做出了判断，回到自己的位置，唰唰唰，伸手拿笔开药。

只是开药的时候，叶明月多花了一点点时间，多写了几味药。

这病人家里有的是钱，得的又是富贵病。叶明月稍稍动了一点脑筋。

正所谓病来如山倒，病去如抽丝。既然是富贵人得的富贵病，肯定不能用那些又便宜又能快速见效的好药。

于是，叶明月就比师兄川槿落笔慢了三分。

然后，叶明月就输了。

叶明月非常不满，说起来振振有词："师父，您不是说过吗，药要越稳妥越好！宁可见效慢一点，也要保证病人的安全！"

师父说："但是师兄的药便宜。"

叶明月说："便宜，命要紧还是钱要紧？这位病人是用不起三百两银子的人吗？他吃得起药，当然是越稳妥越好……"

于是病人就说话了："几位大夫……听你们说话，既然几位大夫的药都是对症的，那么我也觉得用小叶大夫的药比较好……"

于是病人就欢天喜地拿着叶明月的药方去算钱抓药了。

但是师父依然宣布川槿获胜。

叶明月愤愤不平！

两轮综合下来，叶明月与师兄战平。她下定决心，一定要在今天的决赛中获胜。

虽然叶明月不在乎当不当少堂主，但是面子很重要是不是？

7

——只是没有想到,今天居然又输了!

今天的比赛项目,是叶明月与川槿各给十位病人针灸。这些病人,有的胳膊疼,有的屁股痛,有的是胸闷,有的是气急,有的嘴巴歪了,有的是耳朵聋了,反正都不重复。不得开药,需要用针灸术将病人的病情缓解下来。每个病人的治疗时长不得超过半个时辰。

叶明月用了一个多时辰的时间,就解决了所有的病例,但是负责做裁判的小师妹居然说她输了!

输了!

边上的师妹看着叶明月那不可置信的眼神,说:"师姐,今天第三个病人到来的时候,您下针的速度比平常慢了一半,川槿师兄就是从那时开始跟上您的,后来第五个病人出来的时候,您下针的速度又慢下来了,再后来,第六个第七个病人都是美男子……"

叶明月愣住了。

她声音哆嗦,不可置信:"今天……有这么多美男子?"

小师妹点了点头,脸色沉重,非常同情。

全神医堂的人都知道,叶明月师姐为人仗义,性格豪爽,助人为乐,仗义疏财……优点暂且省略一千字,然后还有两个特点,一个特点是喜欢看疑难杂症,随便谁手里接了一个疑难杂症,她都会死缠烂打一定要加入治疗队伍。

还有一个特点,那就是喜欢看美男了。

街上碰到美男子,就会下意识多看几眼;遇到前来问诊的美男子,叶明月就会多问几句,有时还会问人家婚否、家中几人、几岁结婚……诸多羞人问题。

人家见怪,叶明月也能理直气壮解释:"结婚的人没结婚的人,很多方面是不一样的!比如,刚刚结婚的人有可能肾虚,但是没结婚的人一般不大可能肾虚!家中人口情况怎样,与病人的病因说不定也有关系,一般来说,家中情况复杂的人,得了头疼病先要考虑的是静心安神,家中情况简单的,这方面就不需要考虑了……还有经济情况怎样,与病人的病情治疗也是有关系的……我们做大夫的,就要详细地了解一切情况,然后判断病因,拿出最合适的治疗方案!"

面对振振有词的师姐,小师弟小师妹居然也心悦诚服点头称是。

叶明月也没有将自己这个毛病当作毛病——

孔夫子也说过,食色性也,看见帅哥,我多瞄两眼,没毛病!

再说了,我也不会像城里那些好色恶女,看见帅哥就想要摸两把;我向来自尊自爱,除了诊脉时间略略长一点之外,绝对不会多占人家半分便宜!我也不会像山里那些特别奔放的异族姑娘一般,看见帅哥就往家里带。事实上,我做人做事向来矜持,只要出门,就会将全身上下捂得严严实实,连个脖颈都不外露!

叶明月觉得,自己喜欢看帅哥,这根本不算事儿,就像是明珠姐姐喜欢弹琴、香香师妹喜欢下棋一般,在枯燥的学医生涯里,总要有点兴趣爱好作为调剂。

而且这个调剂也不浪费时间,叶明月顶多就是守着神医堂的铺子,守株待兔罢了。

成效不大好,守到的兔子不算多,叶明月也绝对不会因为自己这点兴趣爱好过多浪费自己的时间。

但是……却没有想到,这个小毛病,今天就耽误事儿了!

正所谓快乐的时间总是短暂的,叶明月根本没有想到,就因为今天接诊的帅哥多了几个,自己就不自觉地耽误事儿了。

心中颓丧,真的没法言语。

更让叶明月觉得颓丧的是师父来了。

师父沉着脸,问:"明月,知道自己错在哪儿了吗?"

叶明月低头,诚恳认错:"看男人……果然耽误事儿。"

叶明月心中好纠结——

师父一定会要求我改正这个毛病,但是……我做得到吗?

再说了,不看帅哥了,这大夫当得该有多无聊。

师父转过头,问川槿:"川槿,知道自己错在哪儿了吗?"

川槿怔了怔,小心翼翼地开口:"是……徒儿今天下针速度……慢了?"

师父沉着脸不吭声。

川槿小心翼翼又说话:"是……徒儿今天用错了针法?"

师父抬起脚,对着川槿就踹过去。

川槿慌忙跳起来,避过了师父的无影脚,直挺挺跪倒在地上,叫起来:"师父,我知道错了,我不该叫分配工作的小师弟,将需要针灸的年轻男子都分派给师妹!"

这下叶明月也听明白了,咬牙切齿恨道:"很好,师兄,咱们从此没完!"

川槿抬头,笑嘻嘻说话:"师妹,如果不是这一遭,你也不能正视自己的弱点是不是?要知道你可是我们神医堂的希望所在,我当然希望你能修正弱点,让自己变得无懈可击……"

叶明月哼了一声。

师父也哼了一声,然后说:"站起来!我与你说过,为人最重要的是堂堂正正,你将师父的话都忘到九霄云外去了!"

川槿想了想,小心翼翼说话:"要不,师父,这一局算我输了,我千不该万不该用狡计,我诚恳认错坚决认输,这少堂主的位置就让明月师妹来做……"

川槿竟然干脆利落认输,这下师父与叶明月都是有几分惊讶。

叶明月哼了一声,说:"什么叫'算我输了'?你这认输心不甘情不愿的,这样的胜利我也不要!谁让我上了你的恶当!"

师父叹了一口气,说:"得得得,这一场比赛……就当平局吧,叶明月,川槿,你们如果想要拿到神医堂少堂主的位置,我另外再给你们安排一场比赛——这一局定输赢!"

师兄妹二人对视了一眼。

两人的眼睛里都禁不住腾起浓浓战意——

师兄妹七年整,他们已经争斗了无数次。

谁都想要彻底赢对方一次。

师父转身,走向中堂。

兄妹二人亦步亦趋跟上。

师父展开了一幅地图。

临平县地形图。

上面用红笔勾了两个圈。

川槿一眼就看出来:"这是天琅山与饿虎寨?两个土匪窝?"

师父点头:"是。你们的任务,就是各选一个土匪窝,限时半年,将这两个土匪窝消灭干净!"

"不!"叶明月忍不住叫起来,"师父,我们是大夫,我们的任务是救人不是杀人!"

川槿说:"师父,这不大公平,杀人这事儿,毕竟还算是男人的强项。"

师父看着叶明月,又看看川槿:"错!谁说医生只能救人不能杀人?这两个山寨的土匪,这三年来杀了多少过路的客商,抢了多少百姓的粮食,害了多少人的性命!"

"神医堂是我们辽州郡最大的医馆,执掌者不但要有医者之心,也要有杀人之心!正所谓杀人就是救人,消灭了一个土匪窝,挽救了千千万万的无辜百姓,这也是另外一种意义上的神医!"

"最后还有一条关键的,那就是这两个土匪窝中的一个,曾经抢劫了我们神医堂三百贯钱的药材,我们神医堂的一本《杏林药谱》也失落了……这么大的事情也不报复,那如何能显示出我们神医堂的能耐?"

叶明月忍不住问:"是两个土匪窝一起动手,还是其中一个土匪窝动的手？"

师父白了叶明月一眼："你要了解这么清楚做什么？是的，这只是其中一个土匪窝的土匪做的事儿，但是为了公平起见，我当然要再选一个情况相类似的土匪窝来陪葬了……川槿，这饿虎寨的土匪更凶悍一点，归你。明月，这天琅山的土匪……人数相对来说少几个，头领的武功也稍微弱一点，归你。"

叶明月愣了愣，随即严肃表态："我不需要照顾！"

川槿愣了愣，随即严肃表态："师父，这样的分配不公平！我武功比明月师妹高，我杀人经验也比明月师妹丰富，这场比赛，我赢面比较大。而且去土匪窝杀人……师妹是女子，上土匪窝风险太大……要不，两边的土匪都让我去灭了，我们另外选个比赛方式？"

师父皱皱眉："意见这么多，你们是师父还是我是师父？"

两个徒弟不敢说话了。

师父想了想："得了，加一条，如果明月能找到《杏林药谱》，那就算明月赢了。如果川槿找到了这个药谱，那就看谁早些把土匪窝给灭了。"

对于师父这个安排，川槿表示认可。二比一，叶明月也无可奈何。

☆☆☆

叶明月不知道，当她接受任务的时候，另外有一群人，到了天琅山山脚。

一群黑衣汉子，护卫着一辆马车，在山道上奔驰。

马车里，刘照闭着眼睛躺着。邓小白坐在刘照身侧。

离开并州已经一个月了。

三百亲卫护着刘照，辗转奔驰，一路艰苦，不能尽述。

三百勇士的力量，显然不能与国家的力量相抗衡。

幸运的是，刘照从小是背诵着天下山川地形图长大的，他能默写出这一路路线，让众人不至于迷路。更幸运的是，皇后与太子在民间颇有威望，所以这一路，有人通风，有人放水。

然而，即便如此，护卫人数还是减员了不少。

还有一件幸运的事，刘照的身子稳住了。常先生说，只要好好保养，坚持三年，问题不大。众人的心情都是抑郁不乐。但是刘照却笑起来："三年时间虽然不长，但是好好筹划，复仇未必无望。人生在世，谁能无死，只要能无憾，也就罢了。"

常先生跟着刘照走了半个月。然后这位老太医的身体垮了。刘照吩咐将常先生留在一个小村庄里，再留一个人照顾他。

虽然常先生不肯，但是刘照说："我不能用您的性命换我的性命。"

老太医被留下，刘照身边只剩下一个半吊子大夫邓小白。

说他是半吊子，是因为当初常先生对邓小白进行了紧急培训，邓小白牢牢记住这种病接下来可能出现的几种情况，常先生还给出了相对应的药方。邓小白死记硬背，弄不清楚什么叫浮脉滑脉，但是记住了舌苔眼睑皮肤变化，勉勉强强，也算能根据情况对症给药了。

邓小白也曾悄悄进入大城池，打听神医。倒也有老人家很热心地介绍："我们这辽州郡，还有一个神医堂，神医堂的姑娘小伙们虽然年轻，却都是真正懂医术的人。"

虽然也曾想死马且当活马医，然而，邓小白走到神医堂跟前，就看见门口明晃晃贴着刘照一行人的画像。幸运的是，几个月风餐露宿，邓小白比之前瘦了一小圈。

居然没人认出邓小白。

排了一个时辰的队伍，终于站在了大夫的面前。大夫仔细询问了相关情况，说："这种病症，极有可能是中了一种名叫'七绝散'的毒药。这种毒，我们也只能延缓发作，减轻病人的痛苦。"

就凭这句话，邓小白就判断神医堂的大夫名不虚传。于是就想着冒险带刘照去求医。但是还没等行动，行踪就被敌人发现，只能仓惶离开。这样，一路向北，竟然到了东北边塞，辽州郡与骊国的交界处了。这里往前面再走一百多里路，就到边境。

坐在马车里的邓小白手里紧紧抱着一罐用棉套子裹着的羊奶，掀开车帘，愁眉苦脸地问骑马跟在马车边上的杨云义："云义，我们怎么办，出边境吗？"

杨云义武艺高强，原先就是亲卫头领。皇孙殿下昏迷期间，很多事情都是邓小白与杨云义商量着办。

杨云义苦笑着说："大乾皇朝国土幅员辽阔，却已经没有我们的容身之地。何况殿下身中奇毒，好在骊国国君当初与太子殿下交好，投奔他，一国皇宫总有名医。如此，我们殿下也许还有一线生机。不过要等殿下醒来再决定。"

他叹了一口气，又说："现在华贵妃咄咄逼人，皇上又是老迈。不效重耳之奔，即便能苟延残喘，殿下也是复仇无望。"

杨云义正在分析，却听见一个声音："不出边境。"正是躺在马车里睡觉的刘照，刚刚醒来了，正支撑着要坐起来。

邓小白忙去扶着，说话："殿下，您要不要喝点羊奶，我这一直用被子裹着，捂在怀里，现在是温的。"

刘照脸色苍白，声音很轻，但是却很坚决："不出边境。"

杨云义沉默了一下，才说："殿下，韩信都有胯下之辱。重耳之奔，并不丢脸！何况，殿下您的画影已经贴在了各个城池的大门口，各地都在严查户籍路引，不出边境，我们寸步难行啊。"

邓小白打断了杨云义的话："殿下，您先养神，别费神。先喝奶。"

刘照闭了一会儿眼睛，然后睁开，双目灼灼："他们诬陷我父亲里通外国。我如果出了边境，这父亲的冤屈就再也洗不清了。"

杨云义默然。

正在这时，马车外传来了声音："敌袭！"

邓小白往远处看去。果然有一群盗匪从山上冲下来。

这群盗匪，算起来也挺凶悍的了，但面前是刘照和他的护卫。

刘照手下的护卫，原先都是御林军中挑选出来的。御林军是什么部队？天下最帅的部队，他们一个个身高八尺，体型标准，相貌中正，因为他们是大乾朝的门面担当；天下最能打的部队，一个个都是战场上死人堆里爬出来的，因为他们要担负的是天下最尊贵的人的安全保卫工作。这群人是一个比一个骄傲。一路逃亡，不敢与追兵硬碰硬，已经憋了一肚子气；现在遇到这一群盗匪，还不砍瓜切菜似的？

还没有等杨云义指挥，一群护卫就将一群盗匪斩杀殆尽。好在有两个见事不对，急忙跪下来投降，杨云义这才留下了两个活口。

刘照一罐子羊奶才喝了三口。

杨云义就上前汇报："殿下，已经审问明白，这是一群来自天琅山的盗匪。天琅山的山寨距离此地不远，地势险要，易守难攻，这一伙山贼占山为王，为祸百姓，已经有二十多年了。"

刘照抬起头，看着山上："既然这样，那我们就上山，灭了盗匪，顶了他们的名号，占山为王！"

半天之后，追着刘照的官兵杀来，看见的是一片狼藉。

领头的军官不可置信："他们……真的被土匪杀光了？"

下面禀告的士兵点头："两百八十七具尸体，虽然被剥了铠甲拿走了兵器，但是不少人的里衣上，都有禁卫军的标记。……只是……那具衣着华贵的尸体，脸上被割了很多刀，不能确认是皇孙殿下。"

领头的军官看着那堆长得歪瓜裂枣的尸体，嘴角勾起一个微笑，随即将笑容收敛了，正色吩咐下属："传令下去，大家都记住了，皇孙殿下游猎此地，不幸被土匪全数杀害。咱们就这样禀告。"

第二章　上山

天琅山的确不是一座好山。

什么叫好山？叶明月有自己的评价标准，那就是坡度平缓最好形似馒头，草木蓊郁鸟声啁啾且当配乐，道路平整最好有整齐的台阶，边上有些草花可以赏心悦目，周围的荆棘要清理干净以免钩坏叶明月的裙子……

现在这个天琅山一点都不符合叶明月的标准。

山势陡峻如乱斧劈掉了半片，山路陡峭蜿蜒到了天上，乱石山缝里虽然有大树，但是树叶都落光了，当然没有鸟鸣，至于散发着幽香的草花，现在是初冬更是不见踪影。

冬天草萧疏水萦纡，但是路边的荆棘一点也不萧疏。虽然叶明月已经提着裙子走路，但是还是让荆棘钩出了裙子的三缕丝。

京师曹记的裙子呢，一件就得十两银子，叶明月心疼。

问叶明月为什么不穿一件普通一点的衣服上山？你只要想想，像叶明月这种爱好美色的人，会容许自己衣柜里有不漂亮的衣服吗？

之前也就罢了，这些年叶明月在神医堂坐诊，也颇攒了几个钱。她又不打算嫁人攒嫁妆，所以有了钱，不买新衣服还能做啥？

于是叶明月就提着裙子，小心翼翼走进了边上的山神庙。

先歇歇脚，再想办法。

在山下的时候问过了,这一路上去还得四五里呢,这么陡峻的路,还不将我累死?

上个山就累个半死,等上了山寨又怎么杀敌?

神医堂的传承类似于江湖门派,神医堂的姑娘小伙们,不但要学习医术,也要学习武术。第一是强身健体,第二是大夫总免不了走江湖,也需要学一点防身术。叶明月的防身术学得不错,寻常两三个大汉近不了身。

但是也就如此罢了。

要她杀人,真的是一个大难题。

好在叶明月也并非不辨好坏的圣母,她知道这些盗贼的存在,的确是百姓的祸害。师父的命令虽然让叶明月觉得为难,但是也并非不近情理。

所以离开神医堂的时候,川槿将一包毒药放到叶明月手里。叶明月虽然很不屑地说"作为神医要带什么毒药,随便山上找一找,只要君臣不佐,阴阳相冲,良药也会变成毒药,哪里用得着特意准备",却很利落地将毒药放进自己的包袱里。

嘴上的亏不能吃,但是有便宜一定要占。

受了川槿的启发,叶明月又打劫了几位师兄的住所,毒药不需要了,迷药是一定要的,好在大夫要给人动手术,由麻沸散转化出来的各种迷药不要太多。

所以叶明月对自己的杀人之旅毫不担心。

现在的难题是怎么上山。

正思忖着,就听见山下传来一阵撕心裂肺的哭声:"我不嫁呀——山大王——,我不嫁呀——山大王——,我要回家呀——我要回家——"

哭声铿锵有力又婉转悠扬,绕树三匝,余韵袅袅,闻者伤心,见者落泪——哦,没有见者。

哭声是从花轿里传出来的。

山下抬上来一顶花轿。的确是花轿,虽然前面没有乐队,后面没有媒婆,抬轿子的是两个黑脸汉子,随着轿子走路的是一个白白胖胖的少年。

但是那轿子上面绑着大红花啊。

崭新的红绸子扎出来的大红花。

虽然大红花丑了点。

白胖少年的声音很不耐烦:"别哭了好不好?我们山寨有吃的有喝的,不是比你在家里受穷好得多?"

轿子里的哭声止住了,随即爆发出更猛烈的哭声:"我不做呀——山贼婆!——我身家清白呀——我不做山贼婆——,我要嫁给好人家呀——,我要嫁给秀才举人——至少也要知书达理呀——一脸富贵相貌堂堂——,你们这是强抢民女呀——,我坚决不答应——"

本来瘫坐在山神庙里的叶明月,精神猛然一振!

我不想上山,这不,抬轿子的人来了!

手指微弹,一个小石头咕噜咕噜滚了下去。

前面那个轿夫脚下一滑,肩膀上的轿子就摔了,咕噜咕噜,山道上几个人摔成滚地葫芦。

至于轿子里的姑娘,哭得更加大声。

叶明月心中微微有些歉意,但是自己接下来就是要将她救出苦海,这点小苦楚算啥?歉意瞬间就烟消云散了。

几个盗匪哼哧哼哧爬起来,将里面的姑娘抬出来,将轿子扶正了。叶明月偷眼看见,那里面穿着大红衣服的姑娘,手上捆着绳子呢。

那个白胖少年指着道路边上的山神庙:"先去山神庙歇口气,喝点水。"

一行人就扶着那个被捆着双手的姑娘上了山神庙。

山神庙里没啥,就是不知什么人刚刚在这里待过,点着一堆火。

现在火已经熄灭了，只剩下一堆余烬，依然漫腾着一缕一缕的青烟。几个盗贼也懒得麻烦了，往余烬里扔了几片树叶几根树枝——现在是冬天，山神庙内外多的是枯枝落叶——火焰就"腾"地冒起来，几个人顿时就觉得暖和了。

拿出干粮，将水壶凑近火堆暖和暖和，几个人都先垫垫肚子。也没有疏忽新娘子，那白胖少年还拿着东西过去给新娘子吃，但是蒙着盖头的新娘子只顾着哭，哭声一浪高过一浪，那白胖少年也就算了。

三个人说了一阵闲话，却觉得身子有些酸软，眼皮子直打架。不过一会儿工夫，三个人竟然都睡着了。

那坐在角落里的新娘子也觉得身上有些软，但是还没有来得及睡觉，就闻到了一股刺鼻的味道。一个激灵，头上的盖头就被人掀开了。

只见一个少女蹲在自己面前，似笑非笑看着自己。一张瓜子脸，俊目流波，樱唇含笑。

只是一眼看见东倒西歪的几个山贼，配合上这般情景，就不由想要尖叫。但是一只纤纤玉手挡到她嘴巴前，那新娘子就不叫了。

叶明月看着新娘子。这新娘子脸若银盘，目如新月，肩可挑泰山，腿可支天极——一个人的分量抵得上叶明月两个——是个出色的胖子。

叶明月就问："你是什么人，这是怎么一回事？"

新娘子抹了一把眼泪："我……叫春草，春天的春，草地的草。我是山下张家庄最漂亮最能干的姑娘……"

叶明月忍不住莞尔。

那姑娘似乎也发现自己牛皮吹得太过分，于是就纠正了一下："不是最漂亮的，但是也是顶漂亮的了。我们村未出嫁的成年姑娘中可以算前三……哦，不，前五。"

叶明月很好奇地问："你们村子未出嫁的成年姑娘有几个？"

春草掰着手指算了一下："四个……哦，不，明天就有五个了。"

叶明月就问："村子里不止你一个姑娘，那你怎么被人抢了？"

春草:"我哪里知道是去做贼婆啊,那白胖子拿着银钱过来,一共五十两银子呢,我想……能拿得出这么多钱的一定是富贵人家,我不是想要嫁一个富贵人家嘛,免得村里人总是嘲笑我被退亲……于是我就自己答应了,但是没有想到,他们居然是让我去做贼婆……"

好吧,这事儿似乎不算纯粹的强抢民女。但是性质也恶劣了,居然是藏头露尾骗婚!

叶明月三下五除二将那春草手上的绳子给解开了,说:"好了,你现在安全了,赶紧回家去。"

但是春草却不跑,直愣愣看着叶明月,说:"我收了他们的钱。一大包银子,五十两!"

叶明月毫不在意:"那你就将这些钱退掉吧。"

春草苦着脸:"他们……能让我退钱吗?再说……我父亲欠了人家好多钱,现在多半已经拿着钱去还债了……"

好吧,叶明月只能将自己的计划说出来了:"你放心,你只管回家去,我上山去给你做新娘子。"

"不不不,这不行。"春草将头摇成拨浪鼓,神色惊慌,"那天琅山的贼人可坏了,杀人放火很厉害的,如果你去了,那不就是害了你吗?我自己见钱眼开收了人家的钱,那就是我自己的命……"

"什么命不命的。"叶明月嘴巴努了努,"看见那睡觉的三个了吗?"

春草这才留意到火堆边上睡觉的三人,惊讶地将嘴张成"O"形。

叶明月就说:"我比你有办法,你放心。喏,这钱给你,你拿着回家去,带着父母赶紧搬家。"

虽然叶明月对自己的手段很放心,但是也要预防着万一失败是不是?

当年大人教导的时候就说过,未虑胜先虑败,才是兵家常胜之道。

叶明月当年只学了半吊子,但是这句话却是记得牢牢的。

万一失败了,相信自己能跑路,但是可别连累了这胖墩墩的姑娘春草。

春草不好意思接叶明月的钱，叶明月就将钱塞到春草手里。

两人换上衣服——好吧，春草穿叶明月的衣服难度比较大，好在现在是冬天，春草里面衣服穿得多，现在就少一件大红的外衣，也不算什么事儿。此外，叶明月还将自己的包裹扎在了大红喜服里面。

勉勉强强，身材也与春草相似了。

送走春草，叶明月又往轿子里放了一块大石头。

大约六七十斤。

坐在轿子里上山，脚也不疼了，腿也不酸了，晃晃悠悠，悠悠晃晃，叶明月抽空掀开帘子往外张望了几眼，欣赏着天琅山这雄奇壮美的景色。

不用叶明月自己攀爬的山都是好山。

叶明月搜肠刮肚，终于想出了好几句适合描绘面前景色的诗词，但是想要吟咏出来，想想抬轿子的几个汉子，想想上山还有那么漫长的一段路程，就忍住了。

但是真的喉咙痒。

邓小白几个人觉得有些惊奇。

山神庙歇了歇脚，几个人打了一个小盹，那春草姑娘居然没跑。

不过这也正常，这天琅山荒山野岭十几里路不见人烟，这春草姑娘又被捆住了手脚，她要跑又能跑到哪里去？

只是自己这一行人居然在山神庙里睡着了，这实在太缺乏警惕性，该打。

更让人惊奇的是，这个春草姑娘这后半程居然安静下来了。

不过这也是好事，毕竟抬回来的姑娘是要做压寨夫人的，如果这压寨夫人天天哭闹，山寨上下还能活人不？

只是有一样，那轿子似乎愈发沉重了？有点小疑惑，但是邓小白这几个人都不是追根究底的性格。心中记挂着寨主，急火火要上山，就没多想。

☆ ☆ ☆

山寨的地势果然险要，真正一夫当关万夫莫开。

风景也挺不错，叶明月觉得，灭了这群匪徒之后，自己在这山寨里修一个别院倒也不错。

没事儿来住上三五天，那就是大人曾经说过的"偷得浮生半日闲"的境界了。

当然前提是能找到人将自己抬上山。

还有一个前提，那就是能每天找一个疑难杂症来给自己解解手痒——

但是真的有疑难杂症的病人怎么能跑五六里山道来求医？叶明月觉得自己这个"浮生半日闲"的设想是很难实现了。

转眼上了山。真想不到，这群山贼强抢民女做压寨夫人，不但给聘礼，山寨上下居然还扎了几根红绸子，贴了几副大红的对联，整个山寨上下居然也有一些喜气洋洋的样子来。

只是人少了一点，听脚步声，周围观礼的、管事儿的，似乎总共也就四五十个人。

——这山寨不是有几百号土匪吗，怎么在现场只有这么一点人？

嗓子尖锐的白胖少年，居然高唱"一拜天地"了。

——拜天地？叶明月当然不能与人这么随便拜天地。

隐蔽地碰碰藏在怀中的迷药，叶明月倒是有些苦恼，怀中迷药不少，拿出来随便撒一撒，在场几个人都会齐刷刷躺下睡觉。

但是还有那么多不在场的人呢？

叶明月的原计划是找个土匪们聚会的机会将迷药拿出来的。本来呢，山寨寨主娶新娘倒是一个极好的机会，在场的人肯定不少，只要将药一撒，迷倒一片，那些零星再处理一下，这事儿用不了两炷香时间！

然后休息一晚，明天下山，到当地官府报告一下，就说自己采药路过，发现这一山寨的人都死光了，让人来处理一下尸体——

路虽然崎岖难走，但是下山总比上山容易是吧？

——完美！

但是现在现场人这么少，还得另外找机会！

——可是，马上就要拜天地了！

叶明月抬起头，红盖头的下摆晃荡了一下，叶明月看见了——

大公鸡！

什么，大公鸡？

一个黑脸少年怀里抱着一只大公鸡——与自己拜堂？

叔叔可以忍，婶婶不能忍。

婶婶不能忍，叶明月可以忍。

为了杀人、找药谱两件大事，叶明月很乖巧地与大公鸡拜了堂。

叶明月终于明白了，这伙子盗匪为什么下山花钱买姑娘，原来是为了冲喜。

那声音尖利的白胖少年叫了一句"送入洞房"，叶明月就跟着喔喔叫着的大公鸡往前走。现在正是黄昏时分，山中的风吹动着树叶哗啦啦作响，叶明月借着透过红盖头的朦胧光线，辨别着方向，判断自己的位置。

师父给的地图，不是很准确。

面前就是洞房了。叶明月看见红盖头外的屋子，门窗上贴着大红喜字，门的两侧还有大红对联。

就听见那白胖少年的声音："公子，您怎么自己起来了？……您身子好了一些了？"

声音里倒是透着惊喜。

叶明月看见了前面门里有椅子，椅子上有一个瘦削的身影。看不清楚面影。听到这样的称呼，叶明月微微有些疑惑。

公子？这天琅山的盗贼，占山为王已经二十多年了，这个寨主还被下属称为"公子"？

"公子"说话："胡闹！"声音微微有些喘息。

但是叶明月的眼睛却不由得亮起来。

声音好听！人很年轻！

好吧，这是叶明月的本能反应。但是叶明月很快就回过神来，自己这是糊涂了呢，这寨主可是罪行累累的恶霸，声音好听又怎么了？人很年轻又怎么了？！

自己可是要将他们全杀了的，为民除害！

白胖少年试着解释："公子，山下的神算子说了，今天这个日子，给您娶个压寨夫人，对您有好处……我扶着您，回床上躺着？"

公子说话："邓小白不读书没学问，杨云义你也陪着他胡闹？还从山下找了姑娘上来！赶紧将这姑娘送下山去！"

抱着大公鸡的人影也试着解释："小白到山下找人，给了五十两银子聘礼。虽说子不语怪力乱神，但是又有人说宁可信其有，不可信其无。您身子不稳，我们想，各种方法都试一试。"

公子停了好久，才说话："我这不是生病，是中了毒。冲喜有什么用？白白耽误了人家姑娘。我现在没时间浪费在这些琐事上。"

哦？这个病秧子寨主，听口气，似乎也不是那种无恶不作的——不是生病，是中毒？什么毒？

邓小白小心翼翼请求："是，这是我们几个人自作主张。但是人既然已经抬上山来了，那就让她进房子来待一会儿好不好？今天天色已经晚了，我明天早上就安排人送她下山。"

鼻尖闻到了一股淡淡的腥气，叶明月终于忍不住了，就开口问了一句："七绝散？"

这话一出来，只听见边上响起惊呼的声音，那个抱着公鸡的少年，一抬手将公鸡扔出去，一低头从怀里掏出了匕首。

匕首搁在叶明月的脖子上。

叶明月心中已经有了主意,也不慌张,一伸手将红盖头给扯了,看着面前的"公子",眼睛忍不住发亮。

也不管架在脖子上的匕首,径直走到那公子面前,嘴上说话:"七绝散据说是最厉害的毒药,下毒的人从七七四十九种毒药中随机选择七种,中毒之后,如果不是下毒的人施救,一般人都活不过七天……但是看现在的情况,你这是先用了达原解毒汤加减,最近是在用安宫牛黄散?"

第三章　谈价

叶明月一番说辞，四周禁不住响起了低低的惊呼声。

抱公鸡的少年将匕首架在叶明月的脖子上，但是叶明月根本没有理睬他径直走上前去。他急忙追上几步，又想要将匕首架在叶明月的脖子上，但是匕首递出去，又觉得尴尬，于是就站在叶明月身后，严阵以待。

房间里比较昏暗，但是烛影摇曳，叶明月也能看清楚面前的少年。

披散着头发，浓密的眉毛微微向上扬起，长长的睫毛下，有着一双干净而明亮的眼睛。鼻梁很挺，嘴唇的弧角相当完美，似乎随时都带着笑容。

只是……脸色苍白，实在太瘦了。

不过叶明月赏男无数，知道美人在骨不在皮，这个公子，只要养好了身子，那就是人间绝色。

可惜了，脖颈上面已经出现了淡淡的紫色瘢痕，这帅哥，活不了多长时间了。

用最好的药，用最合适的治疗方法，顶多也就延个三五年寿命。

——不过活得久活不久都没关系，反正自己要杀他。

叶明月觉得有些惋惜。

邓小白已经上前来，急切说话："春草姑娘，你懂医术——你不是春草姑娘!"

叶明月已经想好了自己的谎话,也不慌张:"我当然不是春草,你可以叫我春花。"

公子的眼睛微微眯起来:"春花姑娘,不知你到底是什么人?费尽心机上山来,是为了确认我死了没有吗?"

叶明月眼睛转了一圈,说话:"将舌头吐出来,我看看舌苔!手伸出来,给我看看你的脉象!"

那公子居然很合作地就将手伸过来了。

只是边上一群人虎视眈眈,有几个人把刀都掏出了半截,叶明月给人看病的时候,还真的没有遇到过这样的大场面。

闭着眼睛感受了一下脉象,叶明月松开了手:"你有很多仇人吗?居然用七绝散对付你,我听说这毒药很稀少而且老贵了。"

公子苦笑:"我是什么人,姑娘不是很清楚吗?倒是姑娘,到底是什么人?孤身上山寨,倒是好胆量。云义,将匕首收起来。"

叶明月扁扁嘴:"我是大夫,你是病人,你们山寨需要大夫,我有什么好怕的。但是……你之前用的药是没错,但是这些天没调养好……"

叶明月忍不住叹息了一声。

七绝散!

传说中的毒药!

叶明月的祖师爷曾经遇到了这种毒药,留下过医案。祖师爷没有将病例治疗好,他只是尽他所能,给病人延长了五年的寿命。

但是,祖师爷留下了医案!

所谓医案,就是诊疗记录。

并且,在医案的后面,祖师爷留下了新的治疗设想——他认为,让他重新来一次,他也许能将病人的寿命再延长个三五载,甚至达到十年以上!

但是，自己没有第一时间遇到这个病号啊……

叶明月爱看帅哥，更爱给人治病。于是忍不住皱起眉头，怅怅叹息了一声。

那公子看着叶明月，听见她怅怅的叹息声，倒是微笑着安慰起叶明月来："没有什么，死生有命，就是帝王将相也逃不过。"

叶明月有些诧异，说："这样的话我可不经常听到。"

公子微笑了一下，正要说话，眉头却皱起来，说："簪子歪了。"

叶明月愣了愣，伸手摸了一下自己的发簪。挺好啊，扎得挺严实的。

少年说："你转过身来。"

叶明月白了一眼："你说转过身来就转过身来啊。"

公子说："不牢固，我帮你重新戴过。"

叶明月就转过身。虽然自己摸着是挺好的，但是万一真的扎得不好看呢。——虽然叶明月知道作为一个未出闺的姑娘，不应该轻易让男人动自己的簪子，但是这个公子哥也快死了，所以也就无所谓了。

一只手在叶明月的头上摆弄了一阵，那公子满意了，说："你去照照镜子。"

房子里是有镜子，而且还有两面。那小铜镜磨得锃亮，周边花纹精致古朴，一看就知道不是便宜货。与这山寨的设定不搭啊。

照着镜子，叶明月忍不住就叫起来："这簪子戴得也太死板了，怎么能戴得这么正呢？"说着话，伸手就去摘簪子，却听见那少年的声音："别动！——端端正正才好看……"

叶明月怔住。还没有说话，就听见那少年喘息声猛然重起来，回头，看见他脸上的表情也逐渐狰狞起来，屁股下面的椅子也咯吱作响。

两人说着闲话的时候，边上其他的人都有些目瞪口呆，只觉得自己继续留在洞房里很不合适，但是面前这个姑娘显然不是一个村姑，来历不明，又怎么敢离开？

两人正说着话,那公子的脸色突然变得铁青,浑身颤抖,牙齿在咯吱作响,说话:"快……"

邓小白与杨云义慌忙上前,邓小白从怀中拿出布条,就去捆那公子;杨云义熟门熟路从怀里掏出了一块手绢,就往那公子的嘴巴里塞。

这场景——正所谓千锤百炼,熟能生巧。

很快就将帅哥捆在了椅子上。

看着这帅哥这般痛苦,叶明月刺啦一声撕开了大红的衣衫。

——别误会,叶明月外面穿着春草的嫁衣,里面依然是自己的衣服,京师曹记的牌子,十两银子一件的。

所以不担心漏了光。

为了冒充春草,叶明月把自己的包裹扎在腰上。打开包裹,拿出了一个小盒子。

小盒子里当然不是毒药和迷药,而是一盒三寸长的银针。

捏起一枚,狠狠扎了下去。

手起针落,再不迟疑。叶明月是神医堂第三代中针灸术最高的一个人,虽然看帅哥会影响她的速度,但是影响到底有限是不是。何况现在是人命关天——

然后,杨云义翻手来挡,叶明月这一针,扎在了杨云义手上。

杨云义痛得跳脚,叶明月气得跳脚。

叶明月说:"针灸,针灸,懂不懂?他现在是神经痛,不用针灸,怎么缓解?"

是的,就在刚才,叶明月做了一个决定。

不急着灭了这山寨,不急着杀这公子寨主,不急着搜寻《杏林药谱》了。

先拿这个帅哥练练手,试着解解毒。

七绝散啊,传说中的绝顶毒药,可遇不可求!

当这样的病例出现在叶明月面前,不试着治疗治疗,叶明月会后悔一辈子!

当然绝对与这张帅脸无关,也绝对与这个帅哥那异常温柔的言语无关!

叶明月绝对不是想要救他——当然了,如果叶明月能救下他的话,她也会在确认自己已经救治成功的当天杀了他!

——天琅山盗贼匪首,罪行累累,杀他就是救其他人!再说了,师父命令,我还要与川槿一决胜负,怎能放弃?

——不过,浪费一点时间倒是无碍的。反正有半年的期限呢。

所以,现在,叶明月目光灼灼,言辞振振;周边一群汉子,面面相觑,犹疑不决。

却听见一个沉稳的声音响了起来:"云义,让开,让她扎。"

声音微微有些发颤,但是语气却不容置疑。

正是那个公子寨主。

那公子寨主脸色苍白,额头青筋暴起,脸上汗水涔涔,显见非常痛苦,但是他的目光居然依然沉稳:"让她扎。"

杨云义迟疑了一下,让开了一步。

叶明月手起针落。

杨云义与邓小白还有其他一群人,就这样围在叶明月的周围。

目光堆积在叶明月的手上。

一个个面色紧张,不敢离开,不敢动。

看着叶明月手上的银针,一针一针,全扎在公子寨主的头上。

公子寨主的脑袋瞬间变成了一个刺猬。

亮闪闪的实在吓人。

好在寨主的神色很快就平静下来了——叶明月的针灸见效了。

叶明月伸手将捆着那公子的布条给扯了下来。

公子的表情已经松缓下来。他疲惫地瘫倒在椅子上,对叶明月讲话也异常温和:"多谢。"

"还没有完结呢,别乱动!"叶明月厉声呵斥,吩咐邓小白,"邓小白是吧?给你家公子将头发扎起来,挂到前面去,还要扎呢!"

银针在手,天下我有。

叶明月这番威风凛凛,宛若指挥千军万马的大将军。

小半个时辰之后,叶明月收了针。

一群人的目光都落在那公子寨主脸上。

公子寨主扶着邓小白慢慢站起来,对着叶明月鞠躬:"多谢。"

叶明月摆手:"不用谢,给你扎两针,也不算什么大事。"

公子寨主的声音很温和:"只是不知道姑娘到底是什么身份,来这山上到底为何,还请明示。"

"这……"叶明月眼睛转了一圈,有些苦恼,"能不说吗?"

那公子寨主的声音依然温和:"这山寨不是玩闹的地方,姑娘来历不明,来意不明,姑娘既然不说,那少不得先将姑娘囚禁起来。"

眼神很清澈,清澈里隐隐带着威胁。

叶明月却不吃这一套,径直在另外一张椅子上坐下来:"我听说江湖中人,最讲究滴水之恩涌泉相报,你这到底算不算江湖中人?"

公子寨主脸上含笑,声音平稳:"目前来说,姑娘对我有恩,但是对山寨,却不知是祸是福。凡事小心为上,这叫公私分明。姑娘若是不说,我们只能得罪。"

叶明月叹了一口气,说:"好吧,我得说实话了……我是学医的人。"

公子寨主说:"姑娘当然是学医的人。"

叶明月说:"我的医术来历,就不告诉你们了,你知道我们这些江湖门派的人,最怕的是给师门丢脸。我顶替了春草姑娘,来这山上,主要是想要与你们谈一桩交易。"

公子寨主就问:"什么交易?"

叶明月说:"我是大夫,我来给你们山寨的人治病。你们帮我报仇。"

公子寨主温和的目光落在叶明月的脸上,但是叶明月却隐约觉得脸上像是扎了针。

好在叶明月见多识广,阅人无数,小时候为了出去玩也曾撒谎无数,现在更是到了关键时候,脸上当然是丝毫不动声色,声音更是稳若泰山:"帮我去灭了那饿虎寨。"

公子寨主问:"为什么?"

叶明月说:"因为他们欺负了我。"

公子寨主说:"怎样欺负了你?"

叶明月勃然怒起来,脸色绯红,她"腾"地站起来,声音有些尖利:"你还要盘根问底是不是?愿不愿意帮我一把,一句话!"

只是叶明月虽然发怒,但是那眼睛里,却是盈盈然,汪汪然⋯⋯泫然欲涕是也。

叶明月说,装哭,装委屈,我很擅长。

这与叶明月幼年的成长环境有关,那时候叶明月做人家的丫鬟,很小就学会看人眼色,也学会了表情管理。该哭的时候哭,该笑的时候笑,是号啕大哭还是掩面而泣还是似哭非哭珠泪盈盈,是放声大笑还是掩口而笑还是哑然失笑还是啼笑皆非,细微之处她能控制到每一分每一毫的肌肉,因为只有这样才能少挨骂少挨打。

后来到了师父身边,师父用大家闺秀的标准来要求叶明月。但是叶明月终究是小丫鬟出身,腹有诗书气质却不华,师父也就没办法了。

随着年龄增长,叶明月也混成了神医堂一群女弟子中的大姐大,本来以为这装腔作势的戏精本事再也用不上,却没有想到,今天竟然又派上了用场。

饿虎寨与天琅山,临平县的两伙盗贼,平日里也不知道抢了多少劫,杀了多少人。

就是拉了饿虎寨的寨主对质,恐怕他们也不记得自己做了多少案子。

公子寨主还没有说话，却听见一个急切的声音："这位……春花姑娘，你能治好我们寨主？"

正是忍不住插嘴的邓小白。

公子寨主目光扫过。

邓小白急忙低头，讷讷说："我等下去领处罚。"

叶明月说："不，我治不好你家公子。"

周边一群人都露出颓然神色。

只有那公子寨主，神色自若，看着叶明月："既然这样，谈什么交易？"

叶明月微笑："这种疾病，如果我说我能治好，你们相信吗？"

公子寨主朗声笑起来。

叶明月说："这种病症，刚刚发作的时候就让我治疗，我有祖师爷的医案，还有两三分指望。现在寨主中毒已经超过三个月，虽然刚开始的时候诊疗得当，减缓了毒素对五脏六腑的冲击，但是后来你们做错了一件事。"

邓小白禁不住又问了一句："我们做错了什么事？"

叶明月叹了一口气，说："你们做属下的，怎么可以让寨主劳心劳神呢？重伤之后不得休息，肝肾受损，毒素入侵加速。按照原先的诊疗方案，寨主的身子，能维系个三年以上，运气好一点，甚至可以达到五年。更重要的是，寨主身子才稳当了几天？你们就迫不及待将那位最高明的大夫给赶走了。之后的大夫，虽然也按照前面一位大夫的安排用药，但是病人的情况千变万化，即便热毒寒毒大差不差，按照成方给药，也要注意其中加减。这几个月这么折腾下来，我看公子寨主这身子骨已经坚持不了一年。"

叶明月一番话下来，一群人都勃然变色。

杨云义猛然之间又拔出匕首，呵斥问道："你到底是什么人——跟踪监视我们？"

"跟踪监视你们？"叶明月愣了一下，随即冷笑起来，"跟踪监视你们？以为本姑娘那么闲会监视你们？你们公子寨主这点毛病，没读到过七绝散这种毒药的大夫也就罢了，读过书，诊脉技术也过关，还判断不出来？你叫杨云义是吧……你的肩膀拉伤多久了？不趁早找点伤药，到时候落下毛病，这刀子匕首就再也掏不动了！你是邓小白吧，你这几天是不是口干舌燥，总想要喝水？小心一点，消渴症就快要找上你了！还有你……"

叶明月眼睛扫过，顺口点评了几个。

四周的汉子脸色都渐渐变色。

公子寨主含笑道歉："属下无礼，不过也不是见识短浅，而实在是姑娘的医术高明，让人匪夷所思。不过我还是要知道，你能为我做什么。"

叶明月说："我原先是想要给你们山寨做个大夫，看个头疼脑热，治个刀伤剑伤什么的。哪里知道一见面就是这种毛病。这不是为难人嘛……不过我能帮你调理调理身体，尽量延长你的寿命……如果你能知道给你下毒的人是用了哪七种毒药，我说不定还能将你给治好。"

那公子寨主的眼睛眯起来："我还有一个问题，你这样上山来，不怕我们欺负你？"

叶明月摊手："虽然我听说你们山寨也挺喜欢杀人越货的，但是我有用啊。只要我能展示出我的医术，难道还怕你们不重视我？"

那公子寨主收起了笑容，说："你倒是很自信。"

叶明月淡笑："没有办法，我有本事，你们山寨又缺大夫。用我小时候学来的一句话说，这叫作卖方市场而不是买方市场，你们只能与我讨价还价，却不能像那不知道我来历的饿虎寨的一般欺负我。"

公子寨主手指轻轻敲击着太师椅的扶手，说："买方市场？卖方市场？你这话从哪儿学来的，你师父是谁？"

叶明月有些恼了,说:"我从哪里听来的这些话,不是重点,现在的谈话重点是,你到底愿不愿意与我谈这一场交易?"

公子寨主眉头微微皱起,说:"但是现在有一个重点,我帮你复仇成本太大,我又不知道你能不能全心全意给我治病。"

叶明月摊手:"那就没有办法了,我冒险来找你合作,你却信不过我。那我告辞了,祝你找到治疗你的方子。"

第四章　约定

叶明月站起来，抓着自己的包裹就走。

那包裹就放在叶明月的手边，刚才叶明月给公子寨主扎针的时候，那些土匪居然没给收起来，也算是侥幸。

现在包裹在手，天下我有。

方才一番事故，洞房外面已经密密匝匝围了一圈人，叶明月心里琢磨着，自己一把迷药撒出去，能够迷倒多少人？

也不用迷倒太多人，将公子寨主迷倒就够了。看着这些盗匪对寨主的态度，啧啧，简直是赤胆忠心。

抓了诱饵在手，不怕问不出药谱的下落。

问不出药谱的下落也成，一路迷药杀过去，灭掉半个山寨也不是不可能。

实在不行，这土匪首领一杀，还不怕他们树倒猢狲散？

只是现在这群盗匪还没有向自己动手，叶明月还没有出手的理由。

毕竟病例难得。

叶明月真的很想给这个公子寨主治治病。

当然与这位公子寨主相貌英俊无关。

所以叶明月虽然往外走，脚步却不疾不徐。

给这些山寨的人一个反悔的机会。

看着叶明月往外走,一群土匪盗贼都有些迟疑地往后退。依然将叶明月围着,但是没有土匪寨主的吩咐,也不敢用强将叶明月给留下。

叶明月只觉得眼前的形势有些不对劲,但是哪里不对劲却说不出来。

当下只是一步一步往外走。

蓦然听到一声"且慢"。叶明月转头,看见了邓小白。后者脸色苍白,声音尖锐:"你不能走,我们花了五十两银子做聘礼,将你抬上了山!"

叶明月忍不住失笑:"收了你的聘礼的人是春草,不是我春花!"

邓小白理直气壮:"那春草去哪儿了?春草是不是被你放走了?你既然放走了春草,你自己又顶替了春草,那……你就是我们山寨的冲喜新娘,就是我们的压寨夫人!"

邓小白一口气说完,又顿了顿,才说:"除非……你将春草给我们找回来。"

叶明月叹气:"给你们找回春草,是不大可能。这样吧,我给你五十两银子,就算帮春草还了聘礼,成不成?"

叶明月说着话,作势就去拿银票。

手却抓住了一纸包迷药。

却听见那公子寨主的声音:"这位姑娘,我们之所以不能达成合作,其中有个原因,那就是我认为你少了一点约束。所以,邓小白的言语,虽然无理,却也有可取之处……不如,你就做了我的压寨夫人,如何?正所谓夫妻一体,我们成了夫妻,我自然就信了你。你也不用担心我会不努力帮你复仇。"

那公子寨主的声音不疾不徐,但是叶明月却吓了一跳。

这等谈判的关键时候,叶明月自然不能输了气势。当下回头,只是微笑:"你如果真的与女人洞房花烛,你不信明天后天自己就变成一具尸体?就你这身子骨,还敢想七想八!"

那公子寨主继续微笑:"既然这样,那咱们不妨来个约定,你什么时候能与我洞房花烛之后却能让我活过三个月,我什么时候就为你复仇,如何?"

叶明月忍不住一笑:"这条件却也不算苛刻。既然这样,我们就一言为定?"

公子寨主愣了一下:"你居然愿意嫁给我这种将死之人做妻子?"

叶明月慢悠悠说话:"嫁给你其实也没有什么不好,你这寨子虽然破,但是好歹也是一个山寨。要知道这山下又有多少女人,为了求一口饭吃就将自己卖了?春草将自己卖了五十两银子,那还是极高的价格!我好歹也是压寨夫人的身份,你死之后,我在这山寨里说不定还能有点地位有点话语权。这样的生活,大多数女人一辈子也难以过上,既然这样,我为什么不答应你?"

叶明月这话说得平平静静,但是那公子寨主居然沉默了好久,才说:"富者广厦千里,贫者卖女求生,这的确是当权者的过错。"

叶明月嗤笑了一声,说:"说起来,你倒是像能当权似的。好了,一言为定,我先治你的身体。"

叶明月想要嫁给这山贼吗?

不想。

她只是想要找个借口留在山上做她的医学研究罢了。

嫁给这山贼王?

等着这山贼王身体好一点,横着竖着怎么摆,还不是叶明月说了算?

公子寨主将手伸出来:"既然这样,我们击掌为誓。"

击掌为誓就击掌为誓,叶明月与那公子寨主"啪"地打了一巴掌。

毫无心理压力。

只是那山贼寨主太瘦了,一巴掌拍过去全都是骨头,手感不好。

叶明月就在山寨里留了下来。

转眼就是三天。叶明月已经打听清楚了，这位寨主姓刘，单名一个光字。

据说这刘光的父亲是一个厉害人物，邓小白、杨云义这些人，都是刘光父亲给刘光准备的。

至于其他的，叶明月还没有打听出来。

饭要一口一口吃，路要一步一步走。

早上起来，给刘寨主扎了针，叶明月就去洗衣服。

天琅山山寨位于丛山之中，有溪有瀑有潭，水源不缺。

流水潺潺，松涛阵阵，天高云淡，神清气爽。

叶明月目光掠过，就看见前面的碧水湾处，枯柳之下，有人来了。

邓小白，推着那个少年寨主来了。

这几天调理下来，那少年寨主脸上气色好了很多。轮椅在碧水湾前停住，那邓小白在轮椅跟前挡了几块石头，又利利索索拿出挂在轮椅边上的钓竿水桶。

这山贼寨主倒是有闲情逸致。

只见那寨主拿着钓竿，甩出去试了试，转头与邓小白说了什么。

邓小白顿时变成了苦瓜脸，说了一句什么话，就转身离开。

清风碧水，英俊少年的身影，在水中一圈一圈荡漾。

场景如画。只是那寨主坐在轮椅上，看着碧水潭，一直没有再甩开钓竿。叶明月就忍不住问："怎么不钓鱼？"

寨主就笑："没有带鱼饵。没有姜太公的本事，所以只能眼巴巴看着。"

叶明月就忍不住扑哧一笑，说："前来钓鱼，却没有带鱼饵……姜太公是以自己做鱼饵，引来周文王这条大鱼，寨主何不……"

说着话，人就走神了，脚底下打了一个滑。

这是小溪边上，大石头上全都是滑溜溜的苔藓。

水潭不深，叶明月脚下的位置，也就是齐腰深的水罢了。但是现

39

在是初冬!

掉下水去,不见得会淹死,但是冻个半死也是难免。而……在一个陌生的男人面前,浑身湿嗒嗒……

画面太丑,叶明月不敢想象。

当然,这些杂乱的念头,在叶明月的头脑中只是一闪而过。她挥舞着双臂,努力平衡身体。

但是周边一点抓的东西都没有,想要站稳谈何容易?

眼看着就要掉进水里。

正在这时候,一根鱼竿,一条鱼线,破空而来!

即将溺水的人抓住了一根稻草,叶明月下意识就抓住了鱼线。

身体得到了一点借力之处,脚底下瞬间就稳住……

随即心中咯噔了一下。

鱼线从哪里飞来?

叶明月看见那刘光一只手抓着鱼竿,一只手抓着边上的一根柳枝。柳枝快要被崩断,那刘光将要连人带着轮椅滑落到水潭里!

刘光落入水潭与叶明月落入水潭,性质完全不同!

随时都有可能断气的病秧子,真的掉进水潭,还不立马断气?

说时迟那时快,叶明月根本来不及多想,手上的鱼线一扔,脚往边上一块不怎么滑溜的石头上一借力,整个人就飞跃而起,越过整个小水潭,冲着那刘光扑过去。

赶在那刘光即将滑落水潭的最后一瞬,叶明月整个人挡在了轮椅前面。

那刘光的轮椅磕到石头,整个人往前飞出——正好扑到叶明月的怀里。

现在——叶明月站在潭边的浅水里,刘光趴在她身上,轮椅翻在刘光身上。

狼狈得不可形容。

半响之后,叶明月发出了一声尖叫。

与叶明月叫声相应和的,是邓小白一声尖叫。

虽然叶明月相救及时,但是这病秧子寨主还是免不得半身溅水,脸色苍白,只留下了半口气。

叶明月三天用药针灸的效果,瞬间归零。

没有立马断气,已经是给了叶明月很大的面子。

怎么办?

人生豪迈,不过从头再来,叶明月吩咐邓小白将病秧子安置回床上,拿着银针,恶狠狠说话:"你能不能有点自知之明?"

病秧子只是微笑:"不能看着你落水啊。"

叶明月一针扎下去:"老娘落水,顶多就是一碗鱼腥草一碗生姜汤的事情,你落水,给我多了多少事?"

病秧子依然微笑:"我不能看着你落水啊。"

叶明月恼怒了:"这句话你已经重复了很多遍了,能不能换一个说辞?"

病秧子微笑:"你是我……压寨夫人啊。"

那弯弯的眉眼里,那清澈的笑意——

叶明月心神忽然有些恍惚,随即清醒过来,恶狠狠一针扎下去:"我还不是你的妻子,不能叫我压寨夫人!"

这一针扎得深了,病秧子吃痛,于是龇牙咧嘴。

叶明月就神清气爽。

傍晚时候,叶明月对着山寨外面的峡谷,搬出了桌子,摊开了纸笔。

想了几天,叶明月已经将当初祖师爷的笔记全都回忆起来了,根据这几天的观察,又琢磨出一些似乎可行的用药方案。

小心一点,一个一个试过去就是了。

反正不怕将人给治死。

整理好了今天的医案，又翻开了邓小白的药方。邓小白明明一点也不懂医药，也不知从哪里弄来的药方，针对七绝散，倒是有些实效。

正在这时候，不远处的山寨门外传来了悠扬的呼喊："我才是压寨夫人哎——不要为难别人哎——收了五十两的人是我哎——你们将无辜的人给放掉——"

那声音抑扬顿挫，婉转悠扬，叶明月的手上一颤，掉落了一颗老大的墨滴。

——这医案算是废了。

来的是春草姑娘。满头大汗，眼泪汪汪，神色焦灼，使劲强调："我才是寨主夫人！收了聘金的人是我！那位美貌的小姐姐……是听见我哭，同情我，才顶替我的……现在我将家里的事情给处理好了，我来做压寨夫人，求求你们，放了她，让我们换回来……"

看着春草那焦灼的样子，叶明月还是忍不住有些感动。

这姑娘，才脱了虎口，又来自投罗网！

晚上，两人躺在同一张床上，说着些闲话。

叶明月责备她："安安生生在山下过日子不好吗？"

春草就憨厚地笑："我放心不下你。"

叶明月就说："我过得好好的，因为我会医术，所以他们让我给寨主治病，对我客客气气的。"

春草挠挠头，说："你是顶替我的，我不放心，我想要将你替换回去。"

叶明月说："但是现在也替换不回去了，山寨的人需要我给他们寨主治病。你还是下山去吧，他们不会追着你要五十两银子的。"

春草猛然之间哇哇大哭起来。

春草说："我嫁不出去了。"

叶明月拍着春草的脊背，安慰说："好了好了，你虽然不漂亮，但是又善良又能干，怎么会嫁不出去呢？"

春草说:"我原先被退婚过一次了,那男人嫌弃我丑又没有嫁妆。现在我收了山贼王的聘礼,虽然没上山就被你救了,但是山下的人还是说了很多难听的话。"

春草抹了一把眼泪说:"我不想下山了,我就留在山上陪着你,我给你做丫鬟。"

顿了顿,春草又说:"如果山贼王欺负你,我就拼死帮你。"

叶明月只能无奈点头:"好吧,好吧,你留下来,给我做丫鬟。我们在这山上也好搭个伴。如果你想要学,我可以教你一点粗浅的医术。"

春草止住了眼泪,说:"我很能干的,我有一百八十斤,我打架很厉害的。"

叶明月猛然"嘘"了一声。

春草不明白,看着叶明月。

叶明月轻声问:"你听见没有,这山沟里……好像有女人的声音。"

春草睁大眼睛,说:"不可能啊,这邓小白下山来的时候,就说山寨没女人,所以要花钱买一个女人上山去冲喜。"

叶明月好看的眉头轻轻蹙起。

夜风从屋顶上滑过,那女人的声音愈加清晰了。

那是一个女人哭骂的声音。幽幽咽咽,像是山泉水一般冰冰凉凉。

这三四天,叶明月待在山寨,生活真的是顺风顺水。

刘寨主对她温文尔雅,一群盗贼对她客气有加。

叶明月恍惚之间,都忘记自己身处一群盗匪之中了。

然而,那女人的叫骂声,却让叶明月在一瞬间清醒过来。

原来,这是盗匪窝。

邓小白说,山寨里没有女人。

但是现在却有女人的哭声。

叶明月穿上衣服,拿了短刀,与春草打了一个手势,春草慌忙跟上。两人悄悄推开门,顺着声音去找寻。

43

幽咽的声音似有若无,飘飘渺渺。

山寨里的房屋布局散乱,叶明月居住的地方,正处在一堆屋子的中间。好在这些天叶明月也走了几个地方,已经认识了一些道路。

两人辨别着声音的方向,小心翼翼地往前走。

只是让人失望的是,两人才走出没多少路,那哭声居然就停了。

两人在原地站了一会儿,还没有做好决定,前面道路上,突然有脚步落地的声音!

有一个人影,从前面的树上一跃而下,拦截在两人面前。

两人吓了一大跳。春草浑身哆嗦了一下,却是上前一步,将叶明月挡在身后。

面前那人一身黑色的衣服,在这夜色里,相当隐蔽。

只听那人开口:"夫人,这半夜时分,你们两人要到哪里去呢?"

正是杨云义。

叶明月没有好声气:"半夜不睡觉,躲在树上吓人!你有那么闲吗?我们要上厕所,上茅房!——茅房在哪儿?"

杨云义声音沉冷:"夫人,茅房在左边,您走错路了。"

叶明月哼了一声,说:"你们这山寨,道路七绕八绕的,怎么分得清楚!"带着春草,转头就向另外一个方向走。

身后杨云义提醒:"夫人,大晚上的,您还是不要去茅房了。茅房未分过男女,万一有兄弟冲撞了您,那就失礼了。邓小白应该在房屋里为您准备了马桶,您两位就在房间里将就一下吧。"

叶明月脚步顿住,回头,更加没有好声气:"我要上大的!我要上大的!臭!所以我带了春草过来,帮我拦着人!"

虽然敷衍走了杨云义,但是这一番查探,叶明月与春草两人自然是无功而返。

不过叶明月却明确了一件事。

那就是这个山寨确实有秘密。不然,寨头寨尾安排人轮值就好了,用得着安排人守在寨子中间的大树上?

防着自己呢。

虽然医术在手,不怕这群盗匪无礼,但是叶明月的感觉不好。

忍不住起了一种冲动——下毒,将这盗匪窝给灭了!

第五章　搜寻

叶明月说："卫生，卫生，卫生！衣食住行，样样都要干净，周边不干净，疫病自然生！你们不信去查查史料，每次瘟疫流行，起头是不是都在不干净的地方？每次瘟疫流行，是不是都是穷人去世多，富人死得少？不是瘟神嫌贫爱富，是因为穷人总是弄不干净！"

"叶姑娘……"邓小白怯生生开了口，"这……似乎与穷人吃得差，富人吃得好也有些关系吧……"

"细节，不要在意这些细节！富人吃得好，身体好，染上病症也能扛过去，这是另一回事……我们现在的重点是，环境不干净，影响人的身体健康，影响寨主的身体康复！所以……我建议，我们整个山寨，都要大扫除，石灰要抹上，墙要刷上！"

"只是……"邓小白怯生生要开口，"我们现在没有多少钱……"

"钱，差钱？"叶明月痛心疾首，"我们这么大的一个山寨，找一点买石灰的钱都没有？是钱重要，还是我们寨主的健康重要？"叶明月一言定音，"我到底是不是压寨夫人？"

邓小白小声说话："然而，夫人，您自己说，还没有洞房花烛，您还不算压寨夫人，我们都不能称呼您作夫人的。"

"客气，我那是客气，客气懂不懂？"叶明月恨铁不成钢，"邓小白，我看你白白胖胖的，倒像是富贵人家的子弟……但是你怎么连这么一点眼力都没有呢？我与你们寨主，虽然还没有洞房花烛，但是我是与大公鸡拜了堂的……那大公鸡虽然被我们吃了，但是它好歹也是见证过是不是。既然我就是压寨夫人，那么这事儿就由我做主！山寨里其他的事情都停一停，今天明天后天，我们用三天时间大扫除！邓小白，你将山寨上下的人都汇聚起来，将山寨的地图给我送过来，我给大家分派任务，然后，我和春草一间屋子一间屋子过来检查！"

邓小白还要反抗："我要请示寨主……"

叶明月恼怒了："寨主是什么人，千金之躯，现在正是调养身体的关键时候，就这么一点琐事，你还要劳烦他？"

但是邓小白还是往刘光的房间去了。

叶明月夺权失败，心中倒也不颓丧。因为才四天时间，就要让山寨上下听自己的，本来就不大可能。

邓小白很快就回来了，垂头丧气："寨主说，一切都听夫人的。"

叶明月与春草上蹿下跳忙活了三天，整整三天。

趁着检查卫生的机会，叶明月将山寨其他地方检查了一个遍。不过却很失望，这个破山寨，就是一个破土匪窝子。

房屋一百零四间，随着山形地势起屋，连个像样的院子都没有。茅厕就在山寨的中间，每个房屋的周围，连一条排水沟都没有。

没有找到夹墙，没有找到密室，也没有找到任何妇女儿童，更没有找到叶明月师父要的《杏林药谱》。

倒是找出了很多零碎破败的东西：什么野兽皮子啦，什么破烂衣服啦，什么破破烂烂的刀枪剑戟啦——

杨云义的屋子里找出了几十斤腌肉，全都腌在盐缸子里。盐缸子上架了木板，放了一堆其他东西，叶明月指挥着杨云义将上面的东西搬掉，露出盐缸的时候，他自己也吓了一大跳。等挖出几十斤腌肉的时候，他更是吓了一大跳。

这年月，盐可是值钱东西。这么一大缸盐，可以去山下换两亩田了。

叶明月冷眼旁观，心里已经有数。这缸盐和底下的腌肉，多半是这屋子的前任主人留下的私房。这前任主人，多半是死在山下了，或者被火并了。搬进这屋子的杨云义，一直没有收拾这些角落，所以竟然不知道还有这腌肉。

叶明月看着那黑乎乎的腌肉，扇了扇鼻子，鄙弃地说："扔了，不能吃了。"

"怎么不能吃？"杨云义急了，"这肉没坏，没坏！"

叶明月呵呵笑："你知道这肉腌了多久了？颜色都发黑了！"

杨云义低声说："我闻过了，味道没坏。"

"味道没坏不代表就是好东西。"叶明月觉得没法交流，于是意兴索然，说，"你要留着吃，那就留着吃吧，不过每餐只能吃一点，病人不能吃！"

叶明月扔下杨云义，冲着刘光的屋子去了。

刘光是病人，叶明月说："病人居住的屋子，一定要注意通风与采光。阳气盛了，邪气不生。这房子太阴暗太潮湿，不适合。"

于是花了两天时间，其他人打扫出了另外一个屋子，今天早上给刘光搬了住所。

现在叶明月就去整理刘光原来的屋子。

叶明月指挥着大家："箱子里的东西都打开，该晒晒，该洗洗，邓小白，你看着一点，别将寨主的东西弄丢了。……这是什么？"

叶明月还是很矜持的，平时很摆寨主夫人的架子。

能发号施令绝不唠唠叨叨，能动口绝对不动手。

但是现在却忍不住了，一个箭步上前，将箱子里的一个黑乎乎的东西拿出来。

那是一个发髻。

女子的发髻。

这个时代，无论是大家闺秀还是小家碧玉，想要在自己的头上盘出好看的发髻来，少不得准备几个假发片垫在头发里。还有的贪图省力的，就会预先将假发盘成发髻，用胶水固定，用的时候往头上一戴就是。

这是一个全都是男人的山寨。据说山寨里没有女人！

看着叶明月拿着发髻，周围一群男人都面面相觑。

叶明月眼睛就转向坐在不远处晒太阳的刘寨主："寨主，我需要一个解释。"

刘光看着叶明月，尴尬地笑了笑，说："这……都不知道是什么时候的事情了，哪里还记得。……你扔掉就好了，你也看见了，现在这山寨里，就你与春草两个女人。"

叶明月就扔下发髻，去忙别的事情了。

那天晚上的哭声，幽幽咽咽的，似乎还响在叶明月的耳边。

叶明月是属狼狗的。

认准了目标，绝不回头。

不查清真相，绝不放手。

身为医者，叶明月从师父手中接过第一套银针的时候起，就将"治病救人"四个字，刻在了自己的心里。

所以一定要救人。

虽然这个病秧子的病情复杂，很费叶明月的脑袋瓜，然而毕竟有了祖师爷的笔记，叶明月最近并不是很费神。

所以叶明月有精力继续折腾。

叶明月带着春草，绕着山寨，上上下下走了一圈，说："你们看这山寨，茅厕居然在寨子中间！茅厕里的东西渗出来到小溪里，是让我们全山寨的人都喝脏水？正所谓病从口入，这个茅厕，必须修到别处去！"

叶明月指着前面的屋子："这屋子边上，居然连一条排水沟都没有！等大雨季节怎么办，看着积水往屋子里灌吗？趁着现在正是冬天，雨水少，赶紧的，我们要将阴沟阳沟都挖出来！"

叶明月指着前面的道路："这道路，全都是泥巴路！等下了大雨，这边山上的水下来，这条路怎么走？我们要将路面的石头砌起来！这路修平整了，寨主出行也方便！"

冬天温暖的阳光下，叶明月指点江山，意气飞扬。寨主坐在轮椅上，坐在背风的地方，微笑着看着叶明月，一直没有说话。

但是一群汉子的眼睛，都落在寨主身上。

刘光微笑点头："都听夫人的。听夫人给你们分工。"

叶明月要纠正："我不是夫人！我们还不算夫妻！"

刘光微笑："细节，不要在意细节。称谓只是一个细节……你过来，蹲下来。"

叶明月蹲下，刘光将叶明月的簪子插正了："这簪子，板板正正才好看。"

叶明月伸手，将簪子给拔下来，说："细节，簪子怎么插只是一个细节——我现在要指挥大家挖沟渠修茅厕了，没空管这个簪子是不是板正！"

叶明月大兴土木，只是想要进一步找找这山寨有没有藏人的地方。

然而很失望，折腾了整整三天，连阳沟阴沟都挖好了，依然没有找到能藏人的地牢。

面上精神抖擞，心中颓丧非常。

寨子中间有一棵大松树，叶明月扶着春草就往树上爬。

站得高看得远，也许站在高处就能看到这个寨子隐藏的秘密。

叶明月武功三脚猫，轻功倒是很不错。但是这大白天的，施展轻功出来，不太符合自己的人设。所以只能委屈春草，帮自己顶一顶。

好在春草体格健壮，一顿饭能吃三大碗，顶起叶明月这九十斤的分量，根本不算什么事。

只是正忙着呢，邓小白颠颠地跑过来了："夫人，夫人……您这是要做什么？"

叶明月没好声气："你管我要干嘛，我要上树掏鸟窝呢！"

邓小白怯生生的："可是树上没有鸟窝。"

却听见有人说话："青山前，青山后，登高望两处，两处今何有……但是夫人，古人登高望远，那是登楼登台登上山坡，不是爬树……你这么爬树，未免与压寨夫人的身份不符，有些不雅。"

正是杨云义推着刘光来了。

叶明月已经在树杈中间站定，听见下面声音，低头看去，哼了一声说："不雅就不雅，你这山寨，没有楼没有台连个山寨的地形图都没有——我要看清楚整个山寨，只能爬树！我们还不是夫妻，不要叫我夫人！"

刘光说话："如何称谓，只是一个细节，不要在意细节……夫人你小心一点，不要将簪子给碰歪了。"

叶明月不理他了，指着前面的山坡："前面的山坡上，选干爽的地方，我们要挖几个地窖。等明年秋天收获了，番薯就有地方收了！哦，那边山上树木这么好，是有山泉？"

叶明月跳下树来，招呼春草："春草，我们一起到那边山上去走走，我们要找一条合适的路径，将山上的泉水引下来。我们不能喝溪水了，溪水太脏！"

看着叶明月带着春草就要往那边山上走，刘光悠悠然说话："云义，你安排几个人跟着夫人。这山上毒虫猛兽的，可是要有人护卫才放心。"

叶明月气哼哼说话："我身体矫健，遇见毒虫猛兽，打不死也逃得走。倒是寨主您要小心保养着，仔细不要被北风冻着了。今天我给你换了一个药方，已经让邓小白煎上了，不过得等半个时辰后你再吃！"

刘光温柔地笑："多谢夫人关怀。"

51

叶明月与春草在山上走，后面跟着三个尾巴。

周边山上，晃晃悠悠，悠悠晃晃，叶明月找到了一条小径，通向一个看起来比较幽深的山谷。

小径干干净净，泥土发白，连一片苔藓都不见。很显然，最近一直都有人在走。

道路左右都是石头坡，不惧怕泥石流。更紧要的，这是一片石头山啊，难道山寨的土匪们通过这一条小路去前面那片岩石缝隙里种梯田？

叶明月眼睛发亮："春草，这山谷我看好！"

春草愣愣的："姑娘，这山谷怎么好？"

叶明月指点江山："你看，这左边右边，全都是石头！只要组织人手，将这山谷口子用石头一堵，将山涧里的水给积蓄起来，不是一个好池塘？再去建几道沟沟渠渠，不但喝的山泉水有了，还能灌溉边上的梯田呢！"

这盗匪窝也是有梯田的，毕竟平日的蔬菜总不能全到山下去买或者抢。

说起来，叶明月倒是想起一个事儿。待在土匪窝里也有七八天了，却没有听这些土匪谈论杀人放火的事情。

甚至没听到过这些土匪爆粗口。

不过这些想法只是在叶明月的头脑中一闪而过，根本没有留下来。因为后头杨云义黑着脸跟上："夫人，您不能进去了，这里面野兽多。"

叶明月睁大眼睛："不会吧，这位置野猪多，还是野狼多？你们山寨的人做什么的，居然让山寨附近有野兽窝？这不行，附近有野兽窝，严重影响山寨的安全，也影响山寨附近田地的收成。我们得将这附近的野兽都给灭了才行。"

叶明月说着，溜溜达达就往里面走："我看这儿有路，咱们就轻手轻脚走过去，看看地形——这地方，的确很适合建一个蓄水池呢……"

然后，杨云义黑着脸挡在了叶明月跟前："夫人，请注意安全。"

三个黑脸大汉，叶明月还能硬闯？

不过叶明月确定了，这个山谷有问题。

白天看不清楚，咱们晚上来！

傍晚吃了饭，关上房门，叶明月就与春草比量夜行衣。

叶明月没有带黑色衣服上山，但是春草带了几件深色衣服。

衣带扎紧一点，勉强也能用了。

然而没想到，才换上衣服，就听见敲门的声音："夫人，你们睡了吗？寨主有事找你。"

叶明月不免没有好声气："睡下了！"

却听见寨主那温和的声音："夫人麻烦开一下门，我知道你没有睡。实是有事相托。"

敲门声颇急，叶明月只能让春草将门打开。

邓小白推着刘光，出现在门口。刘光膝盖上，放着一包东西。

寨主面上含笑："我接掌山寨也有两个月了，因为身体不好，所以山寨的事务都没有厘清。小白虽然是我的心腹，但也只是能记一下数目，不懂查账。我看夫人安排山寨诸般事务，条分缕析，样样不落，件件分明，显而易见，可是学过管家的。"

这番夸赞，叶明月倒也受用。当初跟随小姐的时候，学习的重点就是管家的学问。跟着师父之后，重点就以学习医术为主，但是经营管理之道也没有落下。

当下就问："你要我做什么？"

邓小白就将那个包裹提进了叶明月的房间，在桌子上放下。

寨主就说："夫人，这是我们山寨最近几年的账目，还请夫人这些日子费神，将账目给厘清了。"

叶明月愣住。

邓小白将包裹打开，里面是好几十本账册。昏黄的烛光下，发黄的发灰的，上面也不知有多少霉斑。

叶明月打了一个喷嚏："我……还没有正式过门，这接收账册……不合适吧？"

寨主笑吟吟地说："谁说没有正式过门，你已经与大公鸡拜过堂了，这就是正式过门了。天地见证，那只被我们吃掉的大公鸡作证，夫妻同心其利断金，我信不过你还信得过谁？现在我身体不好，不能多劳动，所以只能劳烦你。"

叶明月猛然生气起来，说："你知道自己身体不好还不赶紧睡觉，现在什么时候了还出门安排事情，这是要闹哪样？"

寨主也不生气，依然笑吟吟地："夫人说得是，我这就回去休息……夫人换了一身衣服，这是要出门吗？"

叶明月看了自己身上一眼，不耐烦地说："不是已经褪下衣服要睡觉了吗？你半夜三更的来敲门，只能将外衣给套上，春草的衣服宽松，穿着方便，就穿她的了。"

理直气壮，毫不心虚。

寨主的目光在叶明月身上若有深意地停留了两个呼吸的时间，叶明月毫不客气地与他对视。

寨主收回目光，笑了笑，说："这样，我就回去睡觉了，夫人如果睡不着，那就核对一下账目，如果累了，那就明天再说。"

寨主转动轮椅走人，还细心地吩咐邓小白关上房门。

叶明月看着账册无奈叹气，今天晚上的出门大计必定要往后挪了。

这寨主明显已经起疑心了，怎么敢出门？

不过今天是不想查这个狗屁账了，明天再说吧。

第六章　民女

新打扫出来的屋子，白纸糊着窗户，亮亮堂堂。

寨主坐在轮椅上，边上有火炉，手上有暖炉，膝上有毯子，嘴角含笑，满室阳光。

叶明月坐在窗户前的桌子边上，前面有账本，左边有账本，右边有账本，皱着眉头，心情晦暗，苦大仇深。

叶明月是非常擅长经济管理的！

叶明月的计算能力还是极强的！

但是……眼下的账目是没法计算的！

天知道这是什么账目！

乱七八糟的，全都是鬼画符！

没有一个字是能顺利辨认出来的，没有一个账目是对得上的，没有两本账本是连贯的！

——没错，这账本上面，连年份都没有！

还有一本，上面已经被撕了很多页！

叶明月很想将这一堆账本按照时间顺序整理出来，但是——

做不到！

缺漏太多！

叶明月怒了："这账本——到底是谁做的！"

邓小白点头哈腰道歉："这都是前任账房做的……现在前任账房已经下山了，我们最近也没有时间整理，就变成这样了……你看，这是最近一个月的账本，你看这是我记的账本，都很清爽是不是……"

邓小白将最干净的那册账本翻出来。

叶明月横眉怒目："这样的账本，你也能与他交接？"

邓小白苦着脸："不能交接也只好交接啊，反正这破山寨也没有几个钱。"

叶明月哼了一声，说："不对！你看，这是今年八月的账本，今年八月的账本上没有几个钱！我粗粗算了一下，总计也不到两百两银子！但是你接手之后的账单，给春草的聘礼就是五十两，给寨主买药又花了一百多两，各种零七零八的支出又有几十两……现在，山寨早就应该是亏空了！——最近给寨主买药的这笔钱，你从哪里来？"

邓小白低声说："那是……寨主的私房钱。"

叶明月怒了："公是公，私是私，公私账目合并在一起，稀里糊涂一锅八宝粥，你要我怎么查账！"

却听见身后的寨主说话："夫人，我们不急，慢慢查，总查得出来的。"

叶明月回转头，看见寨主那双微笑的眼睛。心中的烦躁渐渐平息下来，但依旧没好声气："你这当寨主的——好吧，即便以前是你父亲的锅，但是现在你当寨主了，总要将寨子账目给弄清楚了才对！我看你，就有御下不严的毛病，这样下去，山寨走不长远！"

那寨主笑了一下，说："夫人，你别急……你过来一下。"

叶明月有些不明所以，走向寨主。

刘光说话："夫人，你转过身，蹲下一点。"

叶明月哼了一声，说："你要我蹲下就蹲下？"却依他所言，蹲了下来。

刘光拔下了叶明月头上的簪子，又重新插了进去："这簪子又插歪了——好了，现在正了。"

叶明月伸手摸了摸自己的发簪，忍不住叫起来："插得这么端正，样子很傻！"

拔下来，重新插了，说："邓小白，你照顾着寨主，我去看看寨主的房间收拾得怎么样！之前安排了杨云义看着，但是杨云义看着就很傻，别弄丢了寨主的东西！"

看着叶明月出去，刘光——也就是刘照，与邓小白相视而笑。

邓小白低声问道："公子……这姑娘到底是什么人，您看出来了吗？"

刘照笑了笑，说："能查账，会管理，这是大户人家养闺女的路数。胆子大，武艺高强，这是江湖人家的路数。医术高明，这是杏林世家的路数。如果我们手上有足够的消息系统，只要打听一下那些擅长医药的江湖门派，最近几年有没有收入大户人家的闺女做弟子，就能判断出她的身份了。"

邓小白有些苦恼："但是我们没有人手。"

刘照宽慰："不过我们可以放心了，这姑娘肯定不是华贵妃的奸细。"

邓小白睁大眼睛问："公子……您确定？"

刘照笑："她给我治病的方案，是真的有效的。这个水准，至少也是御医水平。华贵妃不会将这样一个人派出来做奸细，这叫大材小用。"

邓小白迟疑了一下，才说："太子殿下当年泽被天下，会不会是受了殿下恩惠的人，得到了我们在这山上的消息，特意派子侄辈前来救命？"

刘照笑着摇头说："如果真的是受了我父亲恩惠的人，对我不应该如此无礼。也许……与后山关着的那一个有相同的目的吧。或许……是想要找什么东西？你看她翻箱倒柜的。"

邓小白就问:"这么一个破山寨,能有什么东西?乱七八糟的人来了一个又一个。"

刘照笑:"谁知道呢。先让她折腾吧。"

邓小白点头:"公子英明神武,说的都是对的。到时候她将东西找出来了,打算跑下山去了,我们一群人神兵天降,正所谓螳螂捕蝉,黄雀在后……"

刘照闭上眼睛:"我倦了,你扶着我去床上。"

邓小白急忙上前,推着轮椅到床边,扶着刘照上床。

放下蚊帐,邓小白去整理书桌上的账本。

当初上山的时候,邓小白可是从犄角旮旯里找到了这些账本。

这些天早上生火麻烦,也撕了好几张去引火。

原本以为引火就是这些账本的最大贡献,只是没有想到今天还派上了用场。

身后蚊帐里传来刘照的声音:"小白……你说,我们将这姑娘留下来做压寨夫人,好不好?"

邓小白愣了一下,一时不知道怎么说话。片刻之后才说:"公子觉得好就好……"

☆ ☆ ☆

月黑杀人夜,风高放火天。

叶明月终于找到了机会,悄悄出门,熟门熟路,直奔之前的山谷。

只是才走出几步路,又有人无声无息地从树上跳下来。

杨云义脸上的表情与前几天如出一辙:"夫人,茅厕的位置改了,在寨子后面呢,你忘记了?"

叶明月如梦初醒:"哦哦哦,我睡迷糊了。"

杨云义声音依旧沉冷:"夫人,这几天在修路面打理沟渠,磕着绊着可不好。您还是回房间去吧,即便是大号,也可以在房间里解决。"

叶明月笑吟吟地:"说得倒也是,我这就回房间。"

叶明月再迟钝的性格，也知道自己被盯上了。

救人大计只能先放一放。

早上起来，依然还是指手画脚指挥山寨整改的一天。

正精神抖擞唾沫横飞，就看见邓小白推着寨主过来了。

寨主面上带笑："夫人，今天诸般琐事也可以告一段落了，我们先将这账目厘清了好不好？这毕竟是大事。"

叶明月跳起来："厘清账目？谁说今天没事了，今天我已经打算好了，今天我要给大家检查身体。检查身体知道吧？"

寨主微笑："检查身体？我们山寨的人，身体都健壮得很……"

"邓小白有了消渴症的征兆我还没有给他开药！杨云义的肩膀出毛病了得去配合适的膏药！他们两个病症比较明显，我看出来了。还有其他人，身上说不定有其他病症呢？很多疾病，发现得早，治疗起来也就是几天的事情，发现晚了，就性命攸关！所以我今天得闲了，我打算给他们一个个望闻问切过去，然后派人下山去买药！"叶明月一顿乱炸之后终于将声音给放平和了，"我们山寨都是壮年人，得坏毛病的可能性还是比较小的。但是比较小也不代表没有危险是不是？何况寨主您的身体不好，您的身体不好，就容易被邪毒入侵。山寨上下，如果谁身上带了邪毒，就有可能传染给您。所以为了给您调养好身体，我决定了，今天得给所有人都检查一次身体……您不要觉得我辛苦，为了给您养好身体，我不能放松。至于查账的事情……查账有给大家检查身体重要吗？再说了，你这都拖了几年的烂账了，再拖几天也没啥。"

为了逃避查账这一工作，叶明月也是拼了。

明月姑娘言辞恳切，刘照寨主目瞪口呆。

长条桌子摆出来，明月姑娘坐起来，号脉枕放在桌子上，鉴方放在宣纸上，年轻力壮的盗匪们，一个个在叶明月跟前排成长队。

叶明月看着面前一群汉子，不自觉吸了吸口水。

59

之前几天忙着收拾山寨,这些盗匪一个个灰头土脸,叶明月也没空欣赏美色。今天空闲下来了,仔细一看,吓一跳,这群盗匪的平均颜值居然不低!

至少高于山下百姓的平均水平!

在印象里,盗匪不都是长得歪瓜裂枣的吗?这山贼王长得好也罢了,下面的土匪,长得居然都不坏?

也许是因为山贼吃得好,这群盗匪个个身材高大。身体状况也高于山下普通百姓的平均水平。

但是小毛病还是不少,叶明月一一开方。

给杨云义开方的时候,叶明月特意注明:这是睡前药!

嗯,药里加了酸枣仁,加了龙眼肉,那都是有助于睡眠的。

咱们不明目张胆给你加安眠药,但是也能让你睡一个好觉。

叶明月不怕山贼拿着药方去抓药的时候被人看出破绽,任哪位大夫来看,都会觉得叶明月开出来的是非常合适的绝妙药方。

叶明月问诊持续了两天。稍稍炫了一下技术,一群盗匪心服口服。

邓小白派人下山买了药回来,告诉说只买到了一小半人的药。叶明月摆摆手,说:"不要紧,其他人的小毛病,熬几天也没事。只是你和杨云义的事情不要耽搁。"

山寨里青烟袅袅,七八只药罐子一起开动。

空气里弥漫着药香。

邓小白与杨云义还有病秧子都喝了睡前药。

一钩上弦月是如此美妙,叶明月终于神清气爽出了门,直奔原先的山谷。

大松树底下没有暗哨,大槐树上有暗哨但是被叶明月轻松晃过,山寨里的大黄狗被两块肉骨头轻松收买。

只是那山谷黑黢黢的,实在有些怕人。看着距离山寨也有好长的一段路了,于是叶明月就壮着胆子点亮了火折子。

叶明月终于看到了监牢。

两边都是石壁，山谷的尽头，是一堵墙。

墙边开了一扇铁门，门的上方开了一个洞，刚好可以容得一碗饭菜送进去。铁门上挂着大锁，拳头般大小。

其他地方，青砖砌墙，与石头严丝合缝，不漏风。

当然不漏风这句话也不完全准确，墙壁的下面是漏水的。有水流从几块巨石的缝隙中流出，不过想想也知道，那水流的缝隙肯定非常狭窄。

这是一个非常严实的监牢。这山谷的里面，定然是非常要紧的人和物。

至少不是野猪和狼群！

叶明月试着踮起脚尖，从门上方的那个洞往里面张望。

然而还没有等叶明月将火折子举起来，猛然之间一道亮光闪过，有什么东西带着风声扑面而来！

千钧一发之际，叶明月的双腿往下一蹲，险而又险，避开了这一道光亮——

那东西贴着叶明月的发髻划过，撞在后面的岩石上，发出铿然的声响。

火折子之下，叶明月看见那物件——不知道是什么暗器！

有愤怒的女声在门后响了起来："放我出去，放我出去！暗器上有毒药，不放我出去我就弄死你！"

叶明月惊魂初定，大声叫："我不是盗匪！"

女声安静了下来。

片刻之后，那女声才又响了起来："请问……女侠，你这是来救妾身的吗？"

妾身？这话文绉绉的，看样子不大像农妇。

叶明月没有立即答应，只问："你是谁？怎么会待在这山寨，还被人关在这儿？"

那女子苦笑说："我是来山上找药材的，结果辨不清方向，遇上了这群天杀的土匪。他们要娶我，我不答应，他们就将我关在这里，扔给我一袋粮食，让我在这山谷里自生自灭。另外还隔三岔五给我送一点其他吃食。"

叶明月想着那群人对自己彬彬有礼，就不由得深深吸气，愤怒瞬间燃烧起来，说："这群土匪……真的太坏了。"

那女子声音急切："女侠，您能帮我出去吗？我家里人也不知怎么样了……我是来这山上给父亲采药的啊，都被关了一个月了……"

叶明月看着面前的大铁门，又看着边上光溜溜的石壁，苦笑说："我只是好奇，所以过来看看，却没有想到会遇到你这样的事情。我手上也没有合适的工具，不过你稍安勿躁，我一定想法将你救出来。"

那女子声音哽咽了："我就担心家里……请女侠你一定要帮我……"

叶明月说："好，我一定帮你，只是你要稍微等几天。"

那女子就向叶明月道谢。叶明月问："你是哪里人，叫什么名字，我先让人去你家报个信。"

那女子愣了一下，随即哽哽咽咽哭起来。好久才说："我被关在这山上这么多天，家里人……家里人还不知怎么看呢。不说也罢……"

叶明月更加同情，柔声安慰说："你不要悲观。即便你真的被这群土匪侮辱了，家里人肯定也能理解。你刚才都说，你记挂家里，你家里谁生病了，需要你采药？"

那女子只是哽咽说话："女侠，您别宽慰我。这事儿我知道，自从我被这群盗匪逮住，留在这山寨这么几天，我这辈子就算是毁了。即便嫁了人，丈夫婆婆肯定都要嫌弃。我家里人也会嫌我丢脸……您别追问了……"

那女子这样说话，叶明月一时半会儿也不知说什么，好半天才说：

"你放心。你看我来这山寨也待了好些天了,我家里人也没有将这当一回事。"

那女子似乎也愣了好一会儿,才说:"你别宽慰我……不可能有这样的事儿。"

叶明月愣了一下,觉得这女子说得似乎有理。自己的师父的确很与众不同,不但准许自己抛头露面,还给自己安排任务上山寨,一点也不担心自己遇到什么危险——用自己的师父作为例子来说服这位女子不要担心,显然不太现实。

于是就安慰说:"没事,如果你家里人嫌弃你,将来就跟着我,我教你学医,本事在手,天下不愁,不嫁人也没啥,到时候天下的人都排队求着你来给他们看病。"

那女子柔柔地道谢了。

叶明月问:"这些天就没有人来管过你?你知道管你这处钥匙的人是谁?"

那女子就说:"是一个黑脸的汉子,好像叫什么刘凤?"

刘凤?叶明月努力回想山寨的一群人。

很遗憾,叶明月的注意力全都放在医药和帅哥身上了,而这位叫刘凤的汉子,相貌肯定比较一般。

这个山寨帅哥实在有点多,帅气的型男各不相似,丑的有个性的男人实在不多。大家长得各有千秋,贪恋美色的叶明月当然要努力先将帅哥给记住。

叶明月又努力追问:"这个黑脸汉子……脸上有什么特征?"

那女子观察能力不行,想了好半天才说:"眼睛不是很大,也不是很小。鼻梁不是很塌,但是也不是很挺。还有……个头不是很高,也不是很矮。"

好吧,说了半天好像没说,好在好歹有了一个名字。

叶明月看着天上,一钩上弦月已经落到不知什么地方去了。当下就快速说话:"你先等着,我明天晚上来看你。……哦,你叫什么名字?"

那女子说:"我叫……李凤凰。你叫我凤凰就好。女侠……我怎么称呼你?"

叶明月想了想,说:"我姓叶,叫春花。"

第七章 钥匙

叶明月转回住所,手脚轻便,纤草不惊。

当然,也少不得小心翼翼。

叶明月现在不怕被这群土匪撞破了,如果他们撞破了,那就直接上迷药,杀人!

但是想起那帅哥寨主,叶明月又觉得有些五味杂陈。

……毕竟那眼神真的很清澈明亮呢。

春草还没有睡觉。叶明月轻轻地将自己的所见说了。春草瞬间从床上坐了起来,颤抖着声音说:"我们要救她!……但是春花姐姐,我们怎么救?"

叶明月就给春草安排:"我们先要打听清楚,那个叫刘凤的黑脸汉子到底是哪一个。然后我们施展计策,将那钥匙给偷过来,再找个晚上,去将人放了。"

春草又问:"但是……怎么样才能将钥匙偷出来呢?"

叶明月说:"这……怎样才能将钥匙偷出来呢?……要不,你去施展美人计?"

春草急了:"春花姐姐,我长得丑,那么胖,怎么能施展美人计呢?"

虽然春草的脸皮够厚,但是到了这当口,也不得不生出一些自知之明来。

叶明月无奈了:"我现在是寨主夫人的身份,我施展美人计的话,不符合我的人设啊。再说你又不丑,你只是胖,你听说过一句话吗?边塞三年,母猪也赛过貂蝉,当初他们都给了你聘礼要你做寨主夫人……你只要敢不管面子去勾引这个人,我相信,钥匙你一定能骗到手!"

春草表示很无能:"可是……春花姐姐,你知道我是最笨的,我笨得连话都不大会说。"

好吧,看着春草那老实巴交的表情,叶明月也知道这个要求是强人所难。

既然施展不开美人计,叶明月只能继续动脑子。

☆☆☆

刘照斜卧在床上,邓小白端着药碗在边上伺候。

杨云义站在床前,向刘照禀告:"叶姑娘果然与那个李凤凰是一伙的,昨天晚上已经碰上面了。"

刘照的眼睛里掠过一丝凛冽的光:"她们说些什么?"

杨云义说话:"叶姑娘比较机灵,我们的人不敢过于靠近,只听到叶姑娘隐隐约约的声音,说,一定要将李凤凰给救出来。"

刘照忍不住莞尔:"就她?"

前些天碧水潭边一番试探,刘照已经摸出了叶明月的武功根底。

刘照知道自己的身份,怎么可能会为了援助一个来历不明的女子而将自己陷入死地。当日本来就想要用其他办法来试探叶明月的本事,只是叶明月自己落水,刘照就顺势冒了一下险罢了。

需知道当日碧水潭边,其实潜伏了刘照的人手。

不过刘照确实也鲁莽了,他不知道溅了这么一点水就对自己的身体造成了影响。

这些日子,叶明月在山寨上蹿下跳,其实所有的举动全都在刘照的监视之中——你只要想想,全山寨上下几百人全都是刘照的心腹,只有叶明月与春草两个外人,那这两个女孩子又能蹦跶到哪里去?

之所以不动声色,只是另有所图罢了。

叶明月编造了一通自认为绝妙的谎言,但是那套说辞实际上破绽百出。且不说邓小白这等在王侯府邸长大的人,一眼就能看出叶明月神色不自然,就连杨云义这样的大老粗,也能轻易推断出叶明月这番话的不合情理之处。

只是叶明月的确表现出了强大的医疗水平,正是山寨所必需的。山寨众人,不得不捏紧了鼻子,姑且相信了叶明月的说辞。

此外还有一个重要的原因,那就是要看看叶明月的真正目的是什么。

因为知道山寨土匪作恶多端,众人占据山寨之后,下手就不留情,砍瓜切菜一般,将山寨上下灭了一个干净。

好在这座恶行累累的山寨之中,居然没有孩子。虽然有三个被抢掠上山的妇女,也不消刘照做主,邓小白就将这事情解决了。

逼令这几个妇女发下毒誓,记下她们的家庭住址,告诉她们如果泄露山寨情况,将灭她们满门。然后将这几个妇女送到三百里地外的邻县去。邻县有太子当年留下的商户,安排她们自己做工养活自己。与她们约定,做完三年工之后,可以让她们自己选择回家。这个时代,消息不畅,对于普通妇女而言,三百里地就是天涯。何况这些妇女被土匪抢掠上山,回乡之后也很难抬头生活,到邻县去打工,倒还透气一些。于是全都答应了。

于是这山寨就完全变成了刘照的山寨。

然而众人才安定下来两天,就有人上山来了。

有一个獐头鼠目的男人带着一个打扮气质都很出众的女人上了山,说是要与山寨做一笔大生意。走到了山下,被放哨的兄弟拦截住了。

放哨的兄弟本来想要将他们拦着不理睬,但是那女人出手很大方,居然出手就是一个明晃晃的银锭子。

刘照的手下可不是没见识的人。这群人绝大部分都是御林军退役下来的。看着银锭子下面的印记，就吃了一惊。

那银锭子上，居然有着骊国王室的印记！

此地与骊国没有多少路程，两地百姓来往，收到几个骊国的银锭子也不是很奇怪的事情。但是那银锭子后面是骊国王室的印记，那是王室铸造出来逢年过节拿来赏赐人用的。

王室的人收到这种银锭子，怎么会随便拿出来与人交易？

一群弟兄就起疑心了，于是就与这个女人虚与委蛇，将那女子的包裹给骗到手，打开一看，又找到了很多带着骊国风格的东西！

很显然，面前这个女人，极有可能就是骊国的间谍！

刘照一群手下是被朝廷逼得走投无路，但是这不代表着他们允许骊国的间谍在自己的国土上晃悠。

于是一群兄弟就将这两人给扣住了。

那獐头鼠目的很快就供认了，他原本就是山下的所谓游侠，给两处山寨通风报信，从中赚取佣金，可算是为虎作伥之流。

不过他不确定这个女人是不是骊国的人，这个女人来找自己，给了丰厚佣金，自己就答应带她走一趟。

这个獐头鼠目的家伙既然是这样的身份，大家下手也不再留情。再也敲不出有用的信息之后，大家给了他一个痛快。

但是那个女人却是抵死不招。

刘照需要知道那女人来这山上到底想要交易什么，但是那女人居然一口咬定她只是附近的富家女，听闻山寨有上好的中草药，所以前来购买。死也不承认自己与骊国有什么关系，更不承认自己是间谍。

严刑逼供也不起作用。

山寨之人，都是刀尖上舐血的好汉，对于这样宁死不屈的女子，其实很有些好感的。虽然知道这女子事关重大，但是再用刑也着实下不了手。

　　还是刘照定下主意，既然这个女子坚持不说实话，那就不再逼问，先将这女子关起来。又让刘凤去勾搭这个女子，经常表达对那女子的同情之意，并且发誓一有机会就将她救出去双宿双飞。

　　其目的，第一是消除这个女子的自杀之心，第二是让刘凤慢慢勾搭，或许能骗出实话。

　　但是也不知是不是刘凤演技太弱，一个多月了，依然没有查问出真相。

　　这期间，刘照也曾派人到山下调查。父亲刘淙当了几十年太子，因为生性宽厚仁慈，有意无意也培养了一些人。

　　现在刘淙倒了，当年太子的嫡系肯定被华贵妃清算，但是底层的人手又怎么清算得过来？

　　当初太子身居高位的时候，底下受了恩惠的人虽然感激，却也不见得会付诸行动来回报。但是现在太子无辜蒙难，当初的一点恩情，就被无限放大了。

　　这一阵，刘照能在全国追杀的情况下脱身并且找到了天琅山山寨这么一块喘息之地，与刘照熟悉地图有关，与三百手下的能征善战有关，与老英王暗中给予的照拂有关，与太子当年送出的恩泽也有些关系。只是不到山穷水尽，刘照就不去动员这些力量。

　　自己逃不过也就逃不过了，连累他人灭门，不是刘照能做的事情。

　　但是一番调查，依然没有任何收获。

　　这时候正好叶明月来了。

　　叶明月来到山寨，拿着鸡毛当令箭，一点也不认生，又打扫卫生，又挖沟渠修道路，还要去附近考察地形，诸般动作，实在不像一般的当家主母。

　　刘照几个人认为，天下着实没有太巧合的事情。

　　于是刘照诸人判断，这个叶明月就是为了那个女人而来。所以将计就计,就陪着叶明月演戏。

唯一的例外就是那天叶明月越过水潭来救自己,刘照心中不免起了些许波澜。

如果这个叫春花的姑娘真的包藏祸心的话,那天的行为着实无法解释。

难道她是真的想要救自己?

不过这些都是闲话。

现在听得刘照质疑的口气,杨云义的嘴角也不由得勾起,但是依然语调平稳说话:"叶姑娘的武功显然扭不开大锁,那我们怎么办,将钥匙给她吗?"

刘照嘴角含笑:"也不着急,我倒是想要看看,她到底用怎样的借口拿到钥匙。"

正在这时,外面脚步声响起,叶明月来了。

虽然脸上有两个黑眼圈,但是叶明月依然是神采奕奕。

刘照不免关心:"夫人昨天晚上没睡好?"

叶明月死鸭子嘴硬:"怎么没睡好?昨天白天忙活了一天,昨天晚上一沾枕头就睡了。"

刘照很关心:"可是你有好大的黑眼圈。"

叶明月眨了眨眼:"嗯,这肯定不是因为睡不好的缘故,是昨天晚上睡得比较晚的缘故。昨天晚上我筹划了很久今天的事情呢。"

刘照很高兴:"夫人打算查账了吗?"

叶明月急了:"现在哪里有时间查账!必须将你的身体摆在最重要的位置上!为了保证你的身子能安安稳稳撑满三年,我们现在还有一件很重要的事情!"

刘照微笑说:"房子打扫干净了,下水道也挖好了,大家的身体检查也做了。还有什么问题?"

叶明月的表情极其严肃:"但是在给大家检查身体的过程中,我发现了一个极大的问题。那就是个人卫生问题！我们都知道，病从口入。大家手上洗干净了，但是身上依然是该咋样就咋样。这不行。有些邪毒是藏在体内的，有些邪毒是粘在皮肤上的。所以即便是冬天，大家也要隔个几天就洗一次澡！所以今天有一个大工程，那就是改造一个浴室，烧上足够的热水，让大家都有时间泡澡！"

邓小白表示反对："要大家洗澡很容易啊，我们山寨有四个大浴桶，大家轮着洗澡也就是了。"

叶明月声音严厉了："不行！大浴桶泡澡虽然好，但是几个人一起用，邪毒粘在水桶壁上，传染了你，传染了我！你们有没有得过皮肤瘙痒的毛病？这种毛病，往往就是洗澡和衣服传染的！我们健壮的人传染了毛病不算什么大事，但是身体差的人，传染了一两种邪毒，说不定就丧命！所以我决定了，今天全体成员，动手改造几间浴室出来！"

其实叶明月真的不在乎能不能改造浴室，她关注的是能不能找到刘凤，拿到钥匙。

然而找钥匙，有比逼着这群男人脱衣服、帮这群男人洗衣服更好的办法吗？

刘照斜卧在躺椅上，看着不远处的人在忙忙碌碌。

叶明月选中了寨子中间的两间青砖屋子，搬空了其他杂物，用青砖将地面铺好，四面挖开了下水渠道。吩咐众人在这排屋子的外墙上方，安置上两个大浴桶。在浴桶的底下侧边开一个洞，将外墙凿开一个洞，用打通了的小竹管贯通浴桶和墙壁，又在室内一人高的位置上挂上了一圈打通了的竹竿。竹竿每隔三尺就打出了一个小洞，用塞子塞住。将那小竹管与竹竿连通了，拿着油布将浴桶和墙壁空出来的部位还有竹竿的关键处堵了，防漏水。

邓小白嘀嘀咕咕："这个叶姑娘，到底在忙活啥？"

刘照听着叶明月的安排，却是若有所思。

叶明月吩咐一群人打了水灌进浴桶，拔下室内竹竿上的塞子，那竹竿就往下漏下涓涓水流。

邓小白颇有些不满意，说："我们大男人，洗澡哪里要这么麻烦，下面水潭里去洗不成吗？用得着折腾这么一天？"

刘照看着叶明月忙碌的身影，嘴角含笑："这种设计我见过的。其实很不错的。"

邓小白睁大眼睛："公子，您一直都与我一起，您什么时候见过？"

刘照看着叶明月的身影，若有所思。

这种淋浴式样的浴室构造，他不但见过，还使用过。不过那个浴室，用的水管材料比这儿可是要好多了。

那年母亲生病，父亲奉命到江南剿匪，年幼的自己悄悄跟随。等到父亲发现，自己已经到了江南。父亲无奈，就将自己交给了赋闲在家的先生。

先生见识广博，性格洒脱，食不厌精，脍不厌细，对生活条件的要求很高，他的府邸面积不大，装饰简单，但是设计巧妙，每一样都能让人感觉到舒适。

当时先生身边跟着一个女儿。那师妹性格骄傲，总是昂着头，对自己颐指气使。

先生——先生姓叶！

这个想法跃出后，刘照瞪大了眼睛，随即失笑。

自己这是多想了。

这个叶姑娘，与自己印象中那只骄傲的孔雀，相隔何止千万里。

天下人这么多，这也不是什么复杂的设计，有聪明的人想到一块儿去，也是可能的。再说先生的女儿，怎么可能与骊国的人扯到一块儿去？

邓小白看着刘照的表情，急忙说话："是我想差了，这设计的确精巧，这样我们洗澡就不用下山涧了，话说山寨有女眷，我们一群人的确也不适合光屁股直接下水潭。"

邓小白话音还没有落下,那边叶明月很不满意的声音响了起来:"这太粗糙了,你们几百人就找不到一个心灵手巧的吗?"

直接打水实在太麻烦,好在小溪的上游已经修好了蓄水池,叶明月吩咐人用凿空的大树干将蓄水池里的水一步一步引过来,用空心的竹竿将水分流,大部分落入各处房子门口的水缸里,小部分直接落入浴桶里。

她又吩咐人在浴桶的下面修了台阶,在边上修了灶台,架上铁锅烧热水。烧好了热水麻烦一些,需要人提着跨上台阶灌进浴桶里。

春草欢呼着冲进浴室,拔出一个塞子,用手试了试温度,对着外面叫:"太冷了太冷了……啊,有点烫起来了!春花姐姐,我要洗澡!"

叶明月怒了:"洗澡?这是男人的浴室我们进进出出什么样子!……还有一个空浴桶,搬到我们房间,我们用浴桶洗!"

春草也委屈:"那我们忙活了一天,却不是给我们修浴室,不划算啊,我委屈!"

叶明月敲打着春草的脑袋:"为什么要修浴室,还不是这群人经常十天半月不洗澡!春草,我交给你一个任务,你来给他们登记造册,让他们排队洗澡!"

春草拦截在浴室门口,双手叉腰,指挥大家:"我们有两个大浴室,每个浴室进二十个人!将外衣脱下来,扔在门口,穿着里衣进去洗澡!"

她拉过来一堆箩筐,放在浴室的门里门外:"干净衣服带进去,放在门里的箩筐里!脏衣服留在外面的箩筐里,我收拾收拾,安排人来洗!"

叶明月吩咐:"邓小白,你去将山寨的名单拿来!第一次安排卫生工作,咱们得督促所有人都洗一遍……按照姓氏笔画来排序!丁忠义,第一个!——刘凤,第十五个!进去!"

第八章　川槿

为了搜出钥匙，叶明月也是拼了。

春草指挥："外衣放在箩筐里！如果有要紧东西，那就放在另一个箩筐里，我会看着，丢不掉的！你这是对我不放心还是对山寨的兄弟们不放心？我拿了你的东西，我也跑不掉是吧？"

那个刘凤，果然将一大堆钥匙放在另一个箩筐里。

看着该进去的人都进去了，叶明月就指挥别人忙别的去。

然后——叶明月与春草对视了一眼，春草站起来，装作整理脏衣服，遮住了那边寨主与邓小白的视线——事实上，寨主此时已经闭目假寐，邓小白正细心地给他盖毯子。

这位刘凤大约是山寨的房屋总管，随身携带一大串钥匙。

幸好那监牢的锁特别大，这么大的锁配套的钥匙还真的不多，那一大串钥匙里也就一个。叶明月飞快将那把钥匙摘下，又从别人的钥匙串里拆出一个差不多大的，装到刘凤的钥匙串里。

唯一的麻烦是，这些钥匙串全都是用花绳编的，如果要将花绳编成原来模样，还真的很费工夫。好在叶明月虽然不擅长针织女红，春草却是个中高手，按照花绳原来的纹路走，一支香时间，好歹也编织成差不多的模样。

现在天色已经昏暗，负责膳食的山贼已经将饭菜准备好，刘照也已经醒来,与邓小白两人离开了。

叶明月两人的心砰砰乱跳,第一批洗澡的人出来了。

刘凤果然没有发现钥匙串的异样,拿上自己的脏衣服就走了。叶明月两人松了一口气,大声招呼吃好饭的、第二批人进去洗澡。

整个山寨两百多人,这几天天天大兴土木,几乎每个人都灰头土脸。大男人嘛,本来也不大要干净,上了山寨之后,这群人偶尔也上碧水潭去洗个澡——但是这几天大家被叶明月操练得喘口气的时间都没有,身上是一个比一个臭。

现在叶明月发明了一个法子,能用比较少的热水洗个舒服的澡,不用到碧水潭挨冻了,谁不欢喜?于是一群人吃完饭又过来排队了!

叶明月钥匙到手,已经心满意足。一心想着早点结束今天的工作,好去救人。但是看着面前去而复返的一群汉子,而且人数越来越多,当然不欢喜,当下大声说话:"这一批进去洗完澡就好了,剩下的人全都散了!明天再洗!"

然而一个刚刚从浴室出来的小伙子,却是有些不欢喜,对叶明月说:"夫人,能不能再洗一批?我们五个人同一个屋子同一排炕,我们仨洗过了,他们俩不洗,一起睡觉还是臭烘烘的!"

好吧,叶明月就说:"好好,你们继续洗澡,我们先去吃饭休息。"

然而又有俩小伙子不肯了:"两位姑娘,你们不看着,他们上一批人进了浴室就舍不得出来了。到时候他们洗一个时辰,我们怎么办?还是您两位留着,帮我们看着好不好?这些人都是挺不要脸的,只有两位姑娘在场,他们才不会占便宜。再说,你们两位做事公平,如果换我们,我们连谁洗过澡谁没洗过都算不清楚。"

那俩小伙子,长得帅,又觍着脸微笑,叶明月都不好拒绝。

只是两人肚子真的饿了,怎么办?有小伙子飞快去给两人打了饭菜过来,叶明月两人就在一群汉子面前,将就吃上两口。

没办法,人家信任我们,我们不能辜负了人家的信任。再说,今天还有大事，如果拒绝了他们，与之前自己关心众人身体健康的人设不大符合，容易露出破绽。

负责烧热水的两个小伙子，生生烧掉了五六百斤木柴。

一直折腾到很晚。

将叶明月与春草折腾个半死。

好在午夜之前，一群人终于消停了。一大半人洗了澡，还有一小半人，觉得再熬下去也不是办法，于是就睡觉了。

叶明月很想睡觉，但是生怕睡着了就醒不过来，于是只能硬熬着，与春草有一搭没一搭说话。也许是因为今天洗了澡大家都有些兴奋，整个山寨过了半夜还有人声。

叶明月又等了一会儿，人声终于渐渐稀落下去。想要等到这山寨完全没有声音，那不知要等到什么时候了。

于是叶明月就悄悄起身，冒险出门。

今天月色不错，出了村寨之后，叶明月的心情就不由得一点点飞扬起来。走进山谷，步履轻捷，甚至想要哼一支歌儿。

然而——嘴巴才刚刚张开，前面却突然掠过一个黑影！

一个壮硕的黑影——那是一只野猪！正冲着叶明月方向奔来！

那野猪从边上的岩石缝隙里奔出来，体重起码有两百斤！就这么冲过来，就是一架小马车了，如果被撞着，那后果可是不堪设想！

叶明月吓了一跳——

但是眼下人在峡谷之中，两边都是峭壁！唯一低矮一点的地方，就是野猪冲过来的方向！

叶明月有武功，然而那是三脚猫。她绝对没有飞檐走壁的本事……

可是，野猪正冲着叶明月方向来！

好吧，现在叶明月别无选择，只能转身，沿着原路，飞奔，离开山谷！

那野猪也不知被什么激怒了，居然继续一路追来！

大冬天，叶明月浑身冒汗——先是冷汗，被吓的；然后是热汗，跑出来的。

气喘吁吁变成了拉风箱。

终于奔出了山谷。

野猪依然追着叶明月！

叶明月别无选择，只能冲着山寨的方向跑——事实上，叶明月的面前也就这么一条路。

野猪越追越快。叶明月跑不动了。

跑不动也得跑。前面有一棵大树——爬上大树就安全了，但是，叶明月不知道自己还有没有力气爬树！

欲哭无泪。

奋力求生。

很想尖声大叫将山寨里的人都叫醒，但是想着山寨众人出现后自己根本无法解释为什么穿着夜行衣出现在外面，叶明月只能默默闭嘴。

正在这时候，叶明月听见了利箭破空的声音！

利箭不是对准自己——身后传来野猪的号叫。

叶明月回头，就看见身后的野猪眼睛上被戳了一支箭。因为疼痛看不清，野猪狂奔，很快就撞在了一块石头上。身子抽搐了一阵，不动了。

叶明月这才松了一口气，只觉得浑身冰凉。然而依旧不敢松懈，僵硬地转过身子，就看见前面的路口，邓小白推着刘寨主，两人静悄悄地立在那里。

刘寨主手上拿着一副弓箭。

清冷的月光下，寨主的半边脸被隐没在黑暗里。只是光亮的那半边脸，嘴角勾起，带着淡淡的笑意："夫人深夜出行，可是不愿意给我做夫人了，想要离开山寨？"

叶明月愣了一下，随即被冤枉似的叫起来："我哪里是不愿意给你做夫人了？我是想起明天早上要给你换药，但是这些天都忙着，竟然没有给你准备药材！其他的药材我们山寨都有现成的，但是有一味叫作'半边莲'的，却是没有！所以我来这野地找一找……哪知道会遇到大野猪！还有，寨主你，不是与你说过了嘛，这些日子不能随便乱动，不要随便使劲！弄坏了身子，可是算谁的？"

叶明月说着话，就上前去给刘照诊脉。

还好，刘照的脉象并不紊乱，刚才射的这一箭，对他好像没有影响。

——当然，叶明月不知道，杨云义就躲在前面的大树上，刚才射中野猪的那一箭，其实是杨云义发出的。而在那头大野猪的身后，还跟着两个高手呢。

没错，那头大野猪怎么会从悬崖峭壁之间钻出来，为什么会吓着叶明月，与大野猪身后的高手直接相关。只是那两位高手从野猪身后斩杀，毕竟麻烦，不如让潜伏在前面树上的杨云义对准野猪的眼睛来一箭。

至于刘照，他知道自己身体重要，所以绝对不敢轻易加入战场。

不过是晚上没睡着，出于"恶趣味"出来看下热闹罢了。

至于那副弓箭，是邓小白的，邓小白推着轮椅不好拿，就搁在刘照的腿上。

刘照知道叶明月误会，但是刘照没有解释的兴趣。看着叶明月惊慌失措地跑过来给自己诊脉——感觉很好。

虽然知道这个女人居心叵测，但是至少这些天她确实是在认认真真给自己看病。本着有恩必报的原则，刘照觉得，自己戏弄这个姑娘也不能太过了，于是就笑着问："却不知夫人有没有找到这所谓的半边莲？"

叶明月哼了一声，说："碰到野猪，篮子也不知丢到哪里去了，哪里能找到半边莲！少不得明天早点起来，再给你找找！"

刘照依然笑吟吟的:"夫人,这大冬天的,草木萎黄,又是半夜三更,居然能找到草药,你的眼神还真的好。"

叶明月眼珠子咕噜咕噜转了转,随即发怒,一甩手站起来:"给你面子你不要面子!好,你告诉我,这好好的山寨,为什么藏着一个女人?我是你夫人——你瞒着我,藏了一个女人!我要去把那女人杀了……我与你的大公鸡拜过堂,我是你的正经夫人,你要纳妾,我不准!"

刘照苦笑,反手抓住了叶明月的手:"夫人,原来这事儿还是被你发现了——但是那姑娘上山还在你之前,而且她也长得不好看,所以我就将她关在那儿了。夫人放心,我明天就下令将她杀掉,好不好?"

叶明月一阵恶寒,想了想,声音就变得异常委屈:"我又不是要你杀人。你们男人动不动就打打杀杀的。我与这女人又没仇。你们这样打打杀杀,其他兄弟知道了,还不将这些事情都记在我的账上。大家都将我当作心狠手辣的泼妇,我这当家主母又怎么做得下去呢……你这是欺负我!"

一边说着话,一边努力甩开刘照的手。

刘照却不松手,迭声哄着:"你错了——我只是想要讨好你,哪里会欺负你呢。你看你来到山寨,我就将山寨的大权放给你,你要啥我就给啥,你要做啥,两三百号人就做啥,刚才我说要杀她,也是因为你说不喜欢山寨里有别的女人……"

叶明月更加恼怒了,抽抽搭搭,眼泪就下来了:"原来你还是喜欢那个女人!如果我不生气,你就要将那个女人弄成小妾是不是?她肯定长得比我好,所以你舍不得杀她!"

叶明月胡搅蛮缠,刘照头大如斗。虽然知道这个女人满嘴胡说八道,但是难得她角色扮演如此到位,不得不跟着叶明月的台词走:"好好好,之前是我不好,舍不得杀她,现在你既然说了,又不能杀,那该怎么办?"

叶明月扁扁嘴："还能怎么办，你这是故意为难我，不论我怎么决定，一个容不下人的主母名声是脱不开了……"

刘照小心翼翼地说："现在只有一个办法，那就是将那姑娘给放了。然而真的把她给放了，万一她泄露我们山寨的秘密怎么办？"

叶明月哼出声："你这破山寨有什么秘密，钱没几个，账目一塌糊涂。人家要上来黑吃黑，还要考虑一下成本呢。"

刘照凝视着叶明月，深情款款："可是，我们山寨有你啊。只要山下的人知道我们的压寨夫人是这样一个明眸皓齿、闭月羞花、倾国倾城、冰肌玉骨的绝色女子，他们还不抢上山来？为了抢夺一个美女而掀起一场战争的故事，我听了不少啊。"

叶明月目瞪口呆，脑子明显不够用了，很想斥责这位寨主胡说八道，但是听他称赞自己倾国倾城，这斥责的话就说不出口。当下只能转换思路，说："这事儿——这样，你将她放了，让她给我做丫鬟！"

刘寨主皱眉，依旧苦恼："让她做你的丫鬟，可是我不相信自己啊。她虽然没有你美丽，但是也算是漂亮的，你又不让我碰，万一我忍不住，碰了她怎么办？这样吧，我等下在众人面前宣布将她放了，然后派杨云义偷偷跟下山去将她杀了好不好？"

叶明月从来也没有想过，自己居然这么疲惫无力。想了想，说："我是要与你过一辈子的，这动不动就杀人，不吉利。"

"是不吉利。"刘照表示赞同，"其实……只要你帮我解了这个饥荒，你就是将这姑娘留在身边当丫鬟也没啥。"

叶明月怔住。

刘照抓着叶明月的手，深情款款地说："你看我的身体情况是不是稳住了？今天射杀一只野猪，对我的身体也没有大影响！你看——我们什么时候洞房花烛？"

叶明月吓了一大跳，根本来不及打李凤凰的官司了，赶忙挣开刘照的手，说："寨主您的身子虽然好了一些，但是毕竟不曾除根，哪里能鲁莽！"

刘照看着叶明月，含笑说："早一点洞房花烛，我也能早一点派人去帮你复仇是不是？"

叶明月怒了："是复仇要紧，还是你的身体要紧？我不是分不清轻重缓急的傻瓜！"

"原来你将我的身体看得这么重要，比复仇更重要。"刘照眉梢眼角全都是笑意，"夫人，今天晚上，你就到我的房间去睡觉吧——你放心，你不批准，我坚决不动你。我们毕竟是夫妻，在洞房花烛之前，我们应该逐渐熟悉对方……"

叶明月听着一番鬼话，简直无力反驳，于是摆摆手，自顾自往前面去了。

半夜出门，救人计划没成功，又被这病秧子逮着鬼扯了半天闲话，任凭谁都没有好心情。

只听见后面轮椅声音响动，正是那邓小白推着病秧子寨主追了上来："夫人，留步。"

此时山寨一片静谧，只有静悄悄的月光流泻在屋宇之间，将整个世界勾勒成了一幅静谧的水墨画。叶明月回转头，正想说话，但是看见坐在轮椅上的少年男子，不由怔了怔。

安静的环境，少年浅浅的笑容。

很美。

然而"很美"这个想法也只有一瞬。叶明月很快就想起了这个人的身份，于是声音就恶劣起来了："还不赶紧睡觉去，生怕自己太长寿了不成？"

刘照也不生气，只是看着叶明月，说："你过来一下，蹲下来……你的簪子歪着。"

叶明月愣了一下，啐了一口，哼了一声，说："你管我簪子歪不歪！"径直就往前面走。

却听见刘照的声音:"你后背一条蜈蚣,正在往上爬!"

叶明月"啊"了一声,急忙跳起来,别过手去拍自己的后背。

刘照就说:"你过来,蹲下,我帮你。"

叶明月急忙跑到刘照跟前蹲下。

刘照伸手,将叶明月的簪子拔出来,又插回去,点点头,说:"好了。"

叶明月跳起来,转身:"你哄我!"

刘照辩解:"没有哄你。你身后的蜈蚣已经被你拍掉了,我就顺手帮你将簪子扶正了。"

叶明月怒道:"现在是冬天,冬天!冬天哪里有蜈蚣?"

刘照点点头:"哦,方才月光底下看不仔细,既然你这样说了,多半不是蜈蚣了。"

邓小白本来乖乖站在刘照身后,听刘照一本正经胡说八道,也禁不住咧嘴笑起来。

叶明月吃了大亏,扭头就往自己的屋子方向走。

然而走了两步,鼻尖就闻到了似有若无的香味。心中一惊,急忙掏出手绢,捂住口鼻。好在这些天将山上的水引下来了,到处都是水缸,叶明月的手边就有——

捂住了口鼻,才转身去看寨主与邓小白的方向。

虽然是预料之中,还是禁不住吃了一惊。

风,是从刘照那个方向吹过来的。刘寨主两人走向自己的大院子,叶明月走向自己的小房屋。

自己是背着风走,刘照两人是迎着风走。

两处屋子,距离不到五十步路,但是就差这么几步路,那两人就已经中了招。

就在大院子门口,邓小白整个人都软了,倒在地上。好在刘照反应比邓小白快,他拿着手捂着口鼻,但是整个人也瘫倒在轮椅上。

——病秧子，试验品，美男子，我的病例！

虽然说，叶明月的任务就是灭了山寨，但是自己的病例实验没有做完之前，叶明月绝对绝对不会将这个"人面兽心"的坏蛋弄死！

一个箭步上前，叶明月先将自己手上的手绢抛给刘寨主；她自己屏住呼吸，刺啦一声撕下了自己的衣袖，跃回水缸边，浸湿了，绑在自己的脸上！

不是为了做蒙面大盗，而是为了腾出手来！

因为，叶明月已经知道发生什么了！

川槿！

第九章　内斗

　　能制造出这等强效迷药的人，全天下也就这么一个川槿！

　　川槿与叶明月之间的赌赛，就是谁先灭了土匪窝谁赢！当然了，如果叶明月能先找到药谱，那就算叶明月赢！

　　因为想要给这个病秧子治病，叶明月先将灭山寨的事情放到一边。找药谱的事情却没有下落，借着大扫除挖沟渠的机会，已经将山寨上上下下都检查了一遍。除了刘寨主的屋子里有笔墨纸砚，邓小白的屋子里有账本之外，山寨里连片多余的纸都没有。

　　但是，川槿不知道啊。

　　川槿多半是把饿虎寨收拾干净了，发现找不到药谱，生怕叶明月找到了药谱反败为胜，于是就找上了天琅山。

　　至于为什么往这个方向扔迷药，理由也很简单。山寨里没有什么像样的屋子，就只有这一个院子最大气，站在高处就能看明白，他不往这个方向扔迷药还往哪边扔？

　　——叶明月输了不打紧，然而这个病秧子是她的试验品！天下独一无二的试验品！

　　不远处响起了敲锣的声音。

　　是山寨的守卫者，终于发现入侵者了。

　　兵戈响动，顿时乱成一片。

叶明月也不知道这是幸运还是不幸。

川槿有本事制造这等强效迷药,但是这等迷药需要重重提纯,川槿人力财力有限,所以药量肯定不会太多。

有风声逼来,叶明月也来不及说什么——事实上,那个病秧子寨主还没有陷入昏迷状态,但是人已经一丝力气也没有了——于是叶明月脚上一踹,就将轮椅踹到小路的后方去。踹轮椅的时候,顺路将病秧子寨主放在膝盖上的弓给拿起来。

至于箭——叶明月没有来得及抓,轮椅就咕噜咕噜往后退了。

叶明月将昏迷的邓小白提起来,甩出去——

轮椅咕噜咕噜往后退,邓小白落在轮椅后方,正好将轮椅给挡住。以免轮椅掉进沟里。

正当这时候,一道剑光飞了过来!

正对准病秧子!

叶明月挥动手中长弓,将剑光拦住——只听见"铎"的一声响,叶明月手中的长弓,已经被对方的长剑断为两截。

但是那长剑的去势也已经被挡住。

☆☆☆

川槿的心情很好。

饿虎寨的实力,也就这样。川槿本来想直接下迷药杀人完事,但是想了想,杀人容易找东西难,不玩出一点花样,也愧对这一次历练,愧对自己大师兄的称号。

于是就化妆成了一个落魄书生,上了饿虎寨,自称要给山寨做军师。

这个饿虎寨的土包子们虽然杀人不眨眼,但是真的是没学问。只知道凭着蛮力下山去抢,不分贫富没有计划,杀人不少收获无多,队伍的损失也不小。

于是川槿为他们定下了抢劫计划。抢劫目标是山下为富不仁的狗大户，家里护院不少，这饿虎寨的人向来不敢招惹。川槿让他们先暗中联络狗大户的护院，说抢了粮仓分他们一半，于是那些护院果然将粮仓门打开了。土匪抢走了一半粮食，川槿又吩咐将其中的四分之一扔在路上，敲锣打鼓唤醒睡梦中的百姓来瓜分。

等狗大户纠集人手来拦截，不但护院不肯出力，连当地的百姓也有意无意给他们制造障碍。这一番抢劫所获不少，但是人手损失却是一个也无，轻省便利到了匪夷所思的地步。

于是川槿就坐稳了军师的位置。借口了解山寨的历史，将山寨上下询问了一个遍，知道山寨并没有抢劫过医者，也没有收获过任何与医药有关的物件，也就灰了心。

药谱多半就在天琅山了。

刚好，饿虎寨食髓知味，上上下下就要开展下一步的抢劫计划。

川槿就说：下一步，我们抢劫天琅山。

饿虎寨上下当然没有立即上当。他们说："天琅山一群盗匪也很厉害，我们与他们斗，不是要吃亏？"

川槿就谆谆教导循循善诱：

天琅山一群盗匪与普通的狗大户是不一样的。普通的狗大户与官府有勾结，抢了普通的狗大户，官府的人会找我们算账。我们才抢了一个狗大户，就闹得轰轰烈烈的，如果继续用这样的方法抢劫狗大户，官府顶不住狗大户的压力肯定会找我们算账。所以这种抢劫狗大户的方法，我们不能接二连三使用。但是我们抢天琅山就不一样了。天琅山是什么地方，土匪窝啊。我们将土匪窝给灭了，与官府通个信息，我们抢劫完了让官府来收拾残局，让他们占一个功劳，他们会不会领我们的情？与官府形成了默契，今后再去抢狗大户，就放心多了啊。

一山不容二虎，除非一公和一母。这临平县的山大王，除了我们大王，怎么还能有其他大王？如果我们灭了天琅山，又与官府形成默契，这临平县，我们大王就是真正的老大了，你们说是不是？

更重要的是，这天琅山的地形比我们饿虎寨地形要好。他们这个地形，就是典型的易守难攻，又很靠近一条通向邻国的小路。没错，走那条小路的都是走私的背包客，量不大，官府也很少管。但是不要小看这背包客啊。这东西不多，但是价格不会低，否则他们怎么可能拼了老命走这一条路？蚊子小也是肉，更妙的是，这走私客失踪了，官府不会过问，那苦主也没有地方告状。正所谓细水长流财源广进，这就是一条细水啊。

天琅山的盗匪比狗大户的护院能打？看起来的确是这样。但是我们仔细分析，其实不见得。我们分析一下具体的数据就明白了。之前的数据我们也不记得了，但是最近三个月的信息，我已经记录下来并分析清楚了。你看，进入秋天收获以后，正是最好抢劫的时候。我们山寨基本上保持着四五天一抢的节奏。但是这天琅山怎么着？只有之前还听说过他们抢劫的消息，但是最近两个月，他们就窝在山上没有动静！这说明了什么呢？有两个可能，第一是他们之前抢来的东西够多了，不在乎粮食了；还有一种可能，那就是他们山寨遭遇了变故，老大受伤了老二要死了这一类。人心不稳，当然没空下山抢劫。如果是前一种，我们当然要去抢，富贵险中求，看到他们有好的我们不去抢，这不是与钱过不去吗？如果是后一种，我们更要去抢了，正所谓趁你病要你命，不抓住这个机会，我们怎能做大做强？

接下来我们要解决的就是怎么减少我们的损失这个问题。我们之前是与天琅山有交往的，有兄弟去过天琅山。天琅山的地势险要，但是对我们来说不是秘密。这是第一条。天琅山戒备森严，我们也不是没有办法。每天半夜子时丑时之间，是一个人最疲惫的时候，天琅山即便有守卫，也会防备不及。我们趁夜摸黑上山，杀他们一个措手不及，此事也不会太难。

川槿是神医堂最聪明的男人，一番话下来，让一群土匪热血沸腾了。于是挑选好日子，换上装备，攻打天琅山！

今天就是一个好日子。有月光，不是很明亮。

便于一群不大熟悉天琅山地形地貌的土匪找路，也便于这群土匪隐藏身形。

至于其他的，我们的川槿川军师就不管了。

两边都是盗匪，两败俱伤才是最好的结局。

川槿的嘴角勾起笑意——鹬蚌相争渔翁得利，螳螂捕蝉黄雀在后，都不足以描述川槿川大军师的计策之妙。

不过在这么关键的时候，川槿觉得自己还是需要做一点事情。

那就是找药谱。

药谱不在饿虎寨，那就肯定在天琅山。找谁要药谱，当然是找天琅山的寨主。

天琅山的寨主在哪里，肯定在最大最好的屋子里。

于是川槿就甩开大部队，直接上大屋子方向来了。

朦胧的月光下，看见大屋子门口有三个人，一个坐着两个站着。又听见了隐约的对话声——其中一个是师妹？听不清说些什么，但是感觉到师妹的语气是很生气。

师妹——被人欺负了？

川槿的怒火腾腾烧起来了。

师妹是谁，师妹是神医堂的活宝，医术精湛爱好美色，天下只有师父能教训，只有师兄能欺负！

你一个土匪也想欺负师妹？

川槿就甩出了迷药。要知道这迷药存货量还真的不多，撒在这空荡荡的地方，实在太浪费。

但是为了给师妹出气，川槿在所不惜。

好在师妹与那俩土匪分开了，按照师妹的机敏，不至于误伤了她。

就在这一瞬间，川槿已经想好了，等收拾完了这群土匪，找到了药谱，也要算在师妹的头上——以弥补她被欺负的委屈。

但是！

川槿怎么也没有想到，自己想要杀了那个坐在轮椅上的土匪时，师妹居然出手了！

不是杀土匪，是保护土匪！

这一惊非同小可，这一怒非同寻常。师妹这脑子怎么了，这些土匪，千刀万剐还嫌轻，你上山寨来是除贼，不是救贼！

——难道是怕自己抢了她的功劳，输得一败涂地？

不过这些猜测都是一闪而逝，川槿身子一侧，绕过叶明月，对准不远处的刘照，又是一剑飞出！

他是将手中宝剑当暗器使用了！

见此情景，叶明月也来不及细想，身体一侧，一手伸出，就抓住了飞出去的宝剑！

只是——慌乱之下，眼神不好，手上不稳，正抓在剑锋之上。

手就被割破了。

然而来不及想什么了，叶明月另一只手抓住了剑柄，拿着，挡在了川槿面前！

川槿真的没有想到，叶明月为了护卫这盗匪，居然不惜自己受伤！

好在这一次来杀人，川槿做了足够的准备，连剑都带了两把。

现在被师妹拿走一把，手上还有一把。

又是疼又是慌还是怒，川槿声音喑哑："你让开！"

叶明月低声说话："不让！"

说话之间，两人已经斗上。

这种武艺操练，两人已经演练过很多遍。虽然川槿武艺高强，叶明月武功松垮，但是叶明月有个身份是师妹啊。

师妹就是应该被师兄照顾着。

劈劈啪啪，架势很凶。

川槿占尽上风,叶明月寸步不让。

川槿虎虎生威,叶明月艰难支撑。

川槿不耐烦了,低声呵斥:"你疯了!"

叶明月也很委屈:"这是我的地盘!"

川槿怒:"算你赢!让开!"

两人的身后,山寨的入口处,打杀声已经沸腾起来。有嘈杂的脚步声往这边来了!

也不知道是天琅山的人还是饿虎寨的人。

更有呼喝的声音:"寨主,你没事吧?"——叶明月听明白,那是杨云义的声音,从后面方向传来。

有利箭破空而来!

比叶明月的头顶高出一线,正对准川槿的面门!

好一个川槿,一个铁板桥硬生生避过,那利箭"铎"的一声,戳在身后的墙壁上!

川槿知道,自己不能再与叶明月缠斗下去。来的人越来越多,自己的目的已经难以实现;万一在饿虎寨众人面前显露武功,与他"落魄书生"的人设不符,他就露馅了。

闹完这一出,他还想回饿虎寨玩玩呢。

于是甩开了叶明月,后退两步,低声呵斥:"我走了,别胡闹!"

师兄不杀人了,要走了,叶明月这才想起一件更重要的事情来:"那边山谷里关了一个女人!"

川槿哼了一声,也不知他听见了没,却照着叶明月之前说的方向奔去了。

正在这时,只听见"咔嚓"一声细微的响动,有利箭破空的声音!

就是在近处!

有一支箭镞样的东西,冲着川槿飞去!

川槿已经转身,躲避不及!

叶明月拔剑拦截,但是拦了一个空!

好一个川槿,千钧一发之际,居然身子一侧,硬生生避开去——然而,这么一避,却是将自己的身子凑到了另两箭的跟前!

没错,对方射过来的不是一支箭,而是三支箭!

这三支箭,将川槿的来路去路,封了个死!

叶明月来不及相救,身子去势已定,千钧一发,川槿用宝剑撑起身子,矫如大鹏展翅,翻上了屋顶,终于硬生生避过!

只听见"咔嚓"一声响,那是手中的宝剑吃不住力气,折断了!

不过也来不及下地去捡回那短剑了,拎着手中的半把剑,川槿回头看了一眼,沿着屋脊,飞掠离去。

虽然灰头土脸,但是离开的身形勉强也能算是潇洒。

天琅山山寨,我会回来的!——你这坐在轮椅上的混蛋,我会回来的!

——没错,叶明月没有看明白,但是川槿却能判断。最后那三箭,与之前射过来的那种长箭有些不同。很明显是小弓弩射出来的。

射箭的人,就是坐在轮椅上的那个看似已经被迷了个半倒、手无缚鸡之力的青年!

刚才欺负师妹的青年——或者不叫欺负,那叫——打情骂俏?

川槿回头看的最后一眼,正对上了那个混蛋的目光。那个混蛋占了上风,嘴角勾起笑容,那是一种轻蔑而冷冽的笑意——只是那笑意一闪而逝。

很明显,那厮的轮椅扶手上装有机关,看着自己与师妹相斗,一直没有动手。直到自己与师妹分开,才出手三支弩箭,要将自己留在此地!

更让人吃惊的是,这三支弩箭,显然是算准了自己将会怎么躲避才射出来的。看着那病秧子的姿态,这份心力确实不同寻常!

当然,说时迟那时快,川槿脑子里这些想法都是一闪而过,他现在要完成的最关键任务,叫作落荒而逃。

咱们先不说川槿,先说叶明月。

看着师兄差点中箭,叶明月几乎被吓呆了;好在师兄武艺高强,如此紧急时刻居然避开了三支箭。看着师兄离开,才松了一口气,这才后知后觉想起一件事来。自己刚才与师兄打了一仗真的有点莫名其妙,只要自己说明白这个寨主是试验品,师兄难道还会坚持要杀人?

……不过,如果说明寨主是试验品了,师兄说不定就要留在山寨与自己一起做实验了,等完成医案他肯定也要参与署名……所以,不告诉他,是对的!

叶明月想起了试验品,猛然之间又跳起来,自己立在路上半日了,也不知那病秧子现在如何了。急忙转身去看刘寨主。

这位寨主已经将捂着口鼻的手绢放下了,后背靠着轮椅,手却搭在轮椅的扶手上。

迷药早就被风吹散,但是就之前吸入的少许,依然让这位寨主浑身乏力,不能端坐。

至于挡在轮椅后面的邓小白,眼睛也已经睁开,但是依然起不来。

叶明月没空理睬邓小白,急忙给刘寨主诊脉。理论上这迷药对身体并没有什么损害,但是这位公子寨主身体就像是一个瓷瓶,不能以常理度之。

还好,有影响,但是影响不是很大。叶明月也知道如何补救。

杨云义从不远处奔过来,手里拿着弓箭,过来帮忙将邓小白扶起来,脸色苍白,看着叶明月,眼神感激:"多谢叶姑娘。"

叶明月将轮椅推到一边,说:"谢什么,这是我的病人……"

却听见那刘寨主说话:"夫人,我不单单是你的病人,更是你的夫君。"

叶明月愣了一下,随即反驳:"我们还没有成亲!"

刘寨主说:"你与大公鸡拜了堂……你受伤了?"

叶明月哼了一声,说:"没多大的事情,还是你这个病秧子,又要多吃几味药了!半夜时候不好好在床上睡觉,出来乱走,活该你要吃苦!"

刘寨主凝视着叶明月,声音温柔:"可是,我不出来看着,你……万一走了呢?"

叶明月愣了一下:"你说什么?"

刘寨主微笑:"如果你走了,我这辈子都睡不着了。"

第十章　凤凰

叶明月完全愣住，片刻之后才记起来要生气："好了，再胡说八道不睡觉，我看你这辈子马上就要睡着了，永远都不醒过来的那种！——杨云义，你推着你主子回屋里去！"

此时又有几个人过来了。

刘寨主就问："情况如何？"

有人要回答，叶明月却毫不客气打断："不用回答他，他现在的任务是睡觉！"

虽然叶明月要打断，但是前面的人还是毕恭毕敬禀告："是饿虎寨的土匪，日子过腻了，想要来我们山寨打劫。寨主放心，我已经吩咐下去了，一个也不会放他回去。"

刘寨主说："那好，我回去睡觉了。"

杨云义说："那我们多安排几个人护卫。别的也不担心，就怕刚才那个高手去而复返，也担心他们用迷药。"

听一群土匪这般语气，叶明月略略有些诧异。

叶明月在山寨里混了几天了，知道这山寨的战斗力的确不同寻常。虽然不曾看见他们练武，但是就他们参加日常工作的效率来看，的确是一群精于合作的。更何况这群土匪平均年龄不过二三十，除了病秧子和邓小白，基本上每个人都有一身腱子肉，并不像是乌合之众。

但是，在临平县人的印象里，两大土匪窝的战斗力是基本平衡的啊，而且是饿虎寨比天琅山略强一些。

但是这些人谈话的时候，浑然没有将饿虎寨看在眼里。

唯一看得上的就是川槿和他的迷药！

好像有点不对，但是叶明月却不知道什么地方不对。

春草也奔出来了，眼泪汪汪："小姐！——你受伤了！"她惊天动地地叫起来。

叶明月有些无奈地推开春草："没事，我们回屋里清理一下，我有金疮药，不是什么大事。"

春草眼泪汪汪："但是如果你的手上留了疤……"

叶明月叹气："没伤到重要血管，不是什么大事，留疤就留疤吧。"

川槿的迷药，叶明月能解开，但是手上没有对应的药物。于是众人推的推，抬的抬，将中了迷药的两位送回卧室，而叶明月就与春草回自己屋子去了。

杨云义又吩咐了两个人："你们守在夫人屋子的前后，不要让那群土匪惊扰了夫人，让夫人好好歇息。"

好吧，你们自己是土匪，还称呼别人是土匪——叶明月默默翻了一个白眼，回自己屋子，清理伤口，睡觉。

只是春草却怎么也睡不着，甚至连外衣都不敢脱，就坐在床沿，说："小姐，我守着，如果有个万一，我要及时叫醒你。"

叶明月也只能罢了。

然而外面的打杀声，却是渐渐轻了。

春草也终于抵受不住，身子一歪，倒在床上睡着了。

叶明月不知道，等她与春草回到自己的屋子，原先软绵绵斜靠着轮椅背的寨主大人就坐直了身体。

川槿的设计当然是极好的，但是饿虎寨一群乌合之众趁着夜晚摸黑上山能成功，那也是刘照有意放水的结果。

半路拦截难免有漏网之鱼，将他们放进埋伏圈才能关门打狗。事关刘照的安危，众人当然是小心翼翼不敢轻忽。

只是没有想到，那边在摸黑爬山，这边叶姑娘就离开山寨试图救人。在大家伙都有事情忙的情况下，让叶明月与李凤凰接上头，不是一件好事。

于是刘照的人就及时用一头大野猪将叶明月赶了回来。

一切都在算计之中。唯一的意外就是刚才的刺客。迷药实在厉害，邓小白虽然有所防备，但还是中了招，而后面的杨云义两个人与刘照相隔甚远，加上寨子中屋子遮挡，所以没能第一时间发现问题。

刘照还是幸运的，他坐着，位置比邓小白要低，承受的药量少，他又第一时间屏住了呼吸，所以没有立马失去行动力。又有叶明月及时抛来湿手帕，所以才得以无恙。

杨云义说："这位姑娘与刺客认识。他们武功招式配合默契，很可能是师兄妹。"

刘凤说："那现在怎么办，我们要将叶姑娘抓起来讯问吗？"

邓小白浑身还是软的，甚至还不大会说话，只是狠狠瞪了刘凤一眼。

刘凤有点莫名其妙。

刘照微笑："她救我，是真心的。如果不是她给我一块手绢又将我椅子踢开，挡了三四招，我就真的被杀或者被俘虏了。所以，对叶姑娘，我们原先怎样就怎样。至于那刺客，我们的人跟上就是了。我们对叶姑娘下不了重手，正好用这刺客探探那李凤凰的来路。"

早上叶明月与春草起来的时候，整个山寨已经干干净净。叶明月问身边的土匪，昨天有没有人需要用药，结果那土匪却是摇头："有几个人身上有点小伤口，已经按照您的吩咐洗了并用金疮药包扎了。其他人都没事儿。其实受伤最重的还是夫人您。"

听他这般吹牛，叶明月也没有继续搭话。其实还打算询问一下川槿与李凤凰的事情，但是太急切了倒显得很奇怪，何况川槿武艺高强迷药无敌，想来也不会落到这群土匪手里，顶多就是救不出李凤凰罢了。

自己今天真的有要紧事情。

昨天与刘寨主说自己半夜出去找半边莲，只是撒谎。刘寨主其实也知道自己撒谎。但是今天是真的要出去找草药了。

迷药效果已经散去，但是对刘寨主身体损害还是在的。得趁早去找两样合用的药材。别的也罢了，派人到山下药铺买就是，但是其中有一样，却是药铺也不一定有。

何况山寨在深山之中，下山上山，就是一整天，等明天熬药，对刘照的身体损害就不可挽回了。

现在正是冬天，草木枯黄，想要找草药还真的不容易。

于是带上春草，两个负责护卫的土匪也要跟上，一行四人，出了寨子大门，爬上了边上的山坡。

出寨子大门的时候看了几眼，除了寨口墙壁、路上还有些刀痕、箭痕、血迹之外，大门口已经干干净净。

这群土匪没有吹牛，饿虎寨敢来偷袭天琅山，真的是羊入虎口。

然而叶明月却没有想到居然会看见这样的场景。

与山寨隔了一座山头的山谷里，几十个土匪正忙着收拾尸体。

山谷里密密麻麻都是坟头。

有的坟头上长草萎黄，有的坟头上土色未干。

几十个土匪走在乱坟岗中收拾尸体，轻车熟路，不慌不忙。

仿佛有一柄重锤击打在叶明月的心上。

叶明月在这半个月里，生活其实相当愉快。每天有帅哥可以看，有疑难杂症可以治，有一群土匪可以可劲儿折腾。

更重要的是，她每天能找理由与寨主胡说八道。那寨主……不见得不知道自己是胡扯，但是因为要求自己看病，所以一本正经地陪着自己胡扯。

虽然李凤凰的事情让叶明月不高兴,但是这件事对叶明月心情的影响着实有限。

然而——看着这乱坟岗,叶明月陡然之间明白过来。

——这是一个土匪窝。全是杀人不眨眼的土匪。师父命我将其灭杀的土匪窝!

乱坟岗的坟头,一个连着一个。今天埋葬的人,或许全都是可杀之辈,但是那累累的坟茔下面,又埋葬了多少无辜?

我要完成师父的任务。叶明月对自己说。

刘寨主暂时不能杀——那就先杀几个小土匪消消气。

☆☆☆

川槿从来没有这样手忙脚乱过。

他的确将那个叫李凤凰的女人救出来了。那大铁门上有大锁,但是川槿手上有半把宝剑。多劈两下也就劈开了。

虽然说月色朦胧,但是川槿还是看到,那女子相貌美丽,体态婀娜。

只是及不上明月师妹健康阳光。

反正天下美女虽然多,我家师妹最可爱。

川槿还是比较小心的,因为才在山寨吃了大亏。将李凤凰放出来,姑娘在前,川槿在后,两人就沿着山间小路狂奔。风中传来土匪的声音:"追这边!追这边!不要让人跑了!"

隐隐听见山坡那边纷至沓来的脚步声。也不知是追赶他们呢,还是追赶饿虎寨的土匪们。

不敢走天琅山的下山大路,得找一条山间小路。借着月光,川槿登上山脊,看着山形地势,终于找到了一条合适的小路。

月光不是很明亮,山间大路尚且不好走,何况小路?唯一的幸运就是现在是冬天,山上没有蛇虫;然而依旧要防备着猛兽。

慢,慢不得;快,也快不得。

更糟糕的是,川槿一直隐隐觉得,自己被人跟踪了。

这绝对不是疑神疑鬼,川槿回想起之前与那轮椅青年对上的那一眼,就觉得有一种被毒蛇看上的冰凉。师妹要他救人,而这救人之旅绝对不会这么容易。

而且背后总是有些细微的声响。不用怀疑,川槿的耳力其实还可以。之前没有听清楚叶明月与那轮椅青年的谈话,那是因为周围杂音太多,而且川槿的注意力不够集中。

有时是脚步声,有时是轻微的喘气声,有时是拨开树枝而树枝又弹回的声音,有时是鸟雀飞起的声音。这些声音非常轻,一不留神就会被人忽略,但是现在川槿脑子里的弦已经绷紧了。

有人跟踪他们两人,这不是错觉。

但是回头去看,光线暗淡树林茂密,哪里能见到半个人影?

想来也是,对方比他更加熟悉这里的地形地貌,如果要跟踪,自己哪里能发现?

那么怎样才能躲开跟踪?

川槿的主业是治病救人,副业是行侠仗义,至于怎样逃命的技能,对不起,还没有点亮。

摸摸怀中,毒药还在,迷药已无,身边累赘,脚下迷途。

没错,脚下迷途。刚才与李凤凰在这山中不辨方向一阵乱奔——说是完全不辨方向也不对,避开山寨所在,两人还是做得到的。

眼下如此黑暗,那人与自己相隔至少有十丈路以上,这中间又有那么多岔路,对方是怎么判断自己的去向呢?

天色如此昏暗,道路如此曲折,对方跟踪他们两人不落下,靠的不是眼力。

面前又是一条岔路。川槿拉住前面的姑娘,看对方回头,与她打了一个手势,两人放轻了脚步,走向左边的道路,躲在了一棵大树的后面；而川槿却捡起地上的小石头，往另外一条岔路抛过去。

一颗，两颗，三颗——一共扔了十多颗。

频率节奏掌握得很不错，有些像是夜行人在树林中施展轻功飞奔的样子。

两人蹲在树后不敢动，又这样等了好一阵。但是身后却没有其他声音传来了。

李凤凰对川槿笑了笑，做了一个"多疑"的口型，就要站起来。川槿拉着她示意别动，指了指自己的耳朵——果然，之前的方向，耳朵边又传来树枝拨动的声音！

然而，只有一下！

很显然，那跟踪者做出了准确判断，并没有被几块小石头误导。

两人蹲在这里，那跟踪者也停下来等他们。

川槿脑子急速运转。

自己往岔路制造声音，跟踪者也不上当，甚至没有任何困扰，那跟踪者靠的什么？

嗅觉？——嗅觉！

两人在上风口，那跟踪者在下风口。如果那跟踪者有极灵敏的嗅觉，完全可以准确判断出自己两人的去向不上当！

川槿示意李凤凰掩住鼻子，从怀中掏出两个瓷瓶，拔出了瓶塞，将那瓶子猛然往身后一甩！

一股刺鼻的气味从瓶子里飞出来，身后的树丛里，发出了一声惊天动地的喷嚏声！

川槿再不迟疑，拿着断剑就飞掠过去——

结果那跟踪者看见了川槿飞过来，居然撒腿就跑！

川槿追杀了几步，也就放弃了，转身拉着李凤凰，继续奔跑。

当然没有忘记打开一个新的药瓶——与之前相比，这个药瓶的气味就不够强大了——将里面的药丸子抛向周围的岔路。

现在终于安全了。但是还没有走上三里路，李凤凰"哎哟"了一声，脚扭了。

虽然说后面似乎没有追兵，可才吃过大亏的川槿，哪里敢轻忽！也不是他多疑，他总感觉到那个精于算计的山寨寨主，会派人跟踪自己，但是总不能将这个姑娘扔在山道上。

这大冬天的，将人家姑娘扔在山道上，没被野兽吃掉，也要被山风给冻死。

只能扶着姑娘走。但是这姑娘的脚实在太疼了，人总是不自觉往川槿方向靠；吐气如兰钻进川槿的鼻尖，头发丝儿擦过川槿的耳垂，甚至还打了两个趔趄，差不多将整个人都摔倒在川槿的怀抱里。

川槿不是木头桩子，这份难受真的说不完。

于是川槿就狠下心来，对李凤凰说："李姑娘，我们这般走路，走到天亮也走不下天琅山。我背着你。"

好吧，李凤凰虽然是大家闺秀，却也知道事急从权，当下也不扭捏，就趴在了川槿的背上。

这下果然快了很多。但是美中不足的是，今天是上弦月。

过了午夜，月亮就下沉了。

天上虽然有稀疏的星光，但是哪里能作数？

远处隐隐传来狼嚎。他们现在正沿着一条山涧走路，脚下一滑，就会掉进沟里！

估摸着地方，此处距离山寨也已经有了十多里地。暂时倒是放心了。

好在川槿带了火折子，小心翼翼取了火，看清了脚下的路径。不远处就是一片悬崖，下方有一个凹凼，不深，但是能容许两人坐下，也能挡一挡风寒。

于是扶着这姑娘去那边坐下，好在这几天天气干燥，地面并不潮湿。只是石头嶙峋，实在硌人。川槿在附近胡乱抓了一些枯枝落叶，打算垫在两人的身下。

李凤凰是一个很温婉的人,看着川槿忙前忙后,也努力想要帮忙。但是她一只脚不大好走路,才站起来,就又摔了一跤。

川槿忙阻止李凤凰帮倒忙。找了一堆落叶将座位铺垫好,扶着李凤凰坐下,又在前面堆了一些枯枝落叶,打算生火。

李凤凰忙阻止,说:"这火有光,被土匪看见就不好了。"

川槿苦笑:"这地方正在山谷的最底部,我们后面又有悬崖遮蔽。不站在对面山脊上是看不见我们的。何况现在已经到了后半夜,土匪们也都回去歇息了,这点险还是值得冒的。更重要的是,现在这么冷,不生火,我还无所谓,你非冻死不可。"

李凤凰苦笑:"我宁可冻死,不能连累你冒险。"

川槿只能罢了。苦笑说:"就生一会儿火,我给你看一下脚。我身上带着药,先给你裹上。这伤筋动骨,越早用药越好。"

李凤凰这才羞羞涩涩将鞋子给脱了,说:"其实不要紧的,也许等早上就好了。"

川槿借着火光看了看李凤凰的脚,眉头微微锁起来,好一会儿才说:"果然不要紧。姑娘你家在哪儿?怎么会被土匪拘禁?"

李凤凰羞涩说话:"我是山下李家庄的女儿,为了采药上了山,被土匪抓住了。"

川槿拿出了怀中的膏药,给李凤凰贴上,淡淡说话:"姑娘你认识草药?"

李凤凰急忙说:"大部分不认识,我就知道几种。"

川槿就问:"是你家里人要用药,还是采了卖钱?"

李凤凰苦笑:"是家里人要用药。人家都说别的地方没有,只有这块地方有。"

川槿放下了李凤凰的脚,说:"你自己穿上鞋袜……哪几种药?我可以帮你。"

李凤凰声音涩然:"我刚刚被抓的时候,这草木还算茂盛,现在草木凋落,哪里还能找到草药,不提也罢。"

川槿就说:"这季节的确不好找。不知你父亲得了什么疾病,我也认识几位大夫,或许能帮上忙。"

李凤凰眼泪一串串落下来:"两个月不通信息,父亲的病症还不知怎样呢……其实我也不知道父亲是什么病症,父亲只是咯血,痰中带血,人家说这山中有什么草药有用,我就过来找了……现在几个月过去,我连草药的名字都忘记了……"

第十一章 杀贼

川槿问:"他头疼吗?"

李凤凰连连点头:"是,头疼。"

川槿就问:"是不是怕风?"

李凤凰继续点头:"是啊,怕风。"

川槿想了想,说:"只有这山中有的草药……那是茅根?"

李凤凰眼睛放光:"是是是,是茅根!"

川槿掏出断剑拨弄着火堆:"除了茅根之外……你还想要找藕节草?"

李凤凰点头:"对对,就叫藕节草,川哥,你真厉害!"

川槿拨好了火,拿着断剑抬起头来,说:"但是,没有藕节草啊。"

"没有藕节草?"李凤凰怔了一下,随即说话,"这不可能,人家告诉我,就在这山上,有藕节草……"

川槿笑容很冷淡:"我是说,这世界上不存在藕节草这玩意。藕节就是莲藕的节,生长在水里,不可能长在这山上。"

他一边说着话,一边将手中的断剑搁在了李凤凰的脖颈上。

李凤凰愣了一下,身子一侧,避开断剑,脚上钩起了一根燃烧的木柴,对着川槿的面门掷去!

川槿用断剑拨开了木柴,李凤凰已经沿着山涧往下飞奔。

周围环境虽然阴暗，但是李凤凰身形矫健，显然有轻功在身，哪里有脚腕扭伤的样子？

然而川槿也只是笑，不急着追，先蹲下来，将火堆给灭了。

很快就听见那姑娘"哎呦"的痛呼声，伴随着摔跤的声音。

川槿拿着火折子，慢慢走过去，就看见李凤凰软倒在地上，起不来。

李凤凰看见川槿，声音尖利，气急败坏："你……到底做了什么？"

川槿"嘘"了一声，说："没什么大事，那张膏药质量不太好，但绝对不是毒药——李姑娘，你声音放轻一点，那跟踪的人说不定就在我们身后不远的地方呢，你现在浑身动弹不得，将人引来，我可以跑，你跑得掉吗？"

李凤凰恨恨地看着川槿，整个人躺着，说："你……算计女人，算什么英雄好汉！"

川槿呵呵笑了一下，说："说算计，也是你先算计我们师兄妹好吧。说了半天没一句真话，你真的当我是傻子？我可是你救命恩人啊，有你这样利用救命恩人的？生怕我不够傻，还想对我用美人计？"

李凤凰恨恨说："明明知道我是用美人计，你还不说，你就想要占我便宜！"

川槿蹲下来，举着火折子，看着李凤凰，说："碰一下你叫占便宜？你比我师妹丑多了，还矫揉造作装腔作势装模作样，我看着都难受。"

李凤凰又羞又恼，终于叫："你不扶着我起来？你到底是不是男人，这么冷的天气，你就让我躺在地上？"

川槿呵呵一笑，说："天将降大任于是人也，必先苦其心志，劳其筋骨，饿其体肤，空乏其身，行拂乱其所为，所以动心忍性增益其所不能。你所求那么大，那么吃一点苦头也很正常。"

李凤凰恨恨地说："你怎么知道我所求很大？"

川槿哼了一声,说:"如果所求不大,你一个千金小姐,跑上这荒山野岭来做什么?"

李凤凰迟疑了一下,又问:"你怎么知道我是千金小姐?"

川槿不耐烦了,说:"得得得,现在你是囚徒,我是判官。我现在问你,你到底是什么人,跑到这土匪窝来做什么?"

李凤凰不说话了。

川槿呵呵笑了一下,说:"你不说话?不说话也行,那我走了,你等在这儿——天气那么冷,再熬一个时辰,你就冻成冰了,你确定?"

李凤凰闭上了眼睛,没有理睬川槿的意思。

川槿呵呵一笑,说:"那行,反正你就要冻死了,既然要死了,那临死之前,给我废物利用一下,你说可以不?"

说着话,他就放下火折子,动手去抚摸李凤凰的脸庞。

李凤凰陡然一惊,尖声叫起来:"你要做什么?"

川槿微笑:"不要尖叫不要尖叫,做你们这一行的,不是要做到泰山崩于前也不变色吗?上刀山下油锅一点也不怕啊,这么一点小事怕什么,再说你有胆子来这土匪窝,想来也做好了献身的准备了,是不是?我好歹也算是长得面如冠玉玉树临风风华无双……"嘴巴里乱七八糟说着话,手从李凤凰的脸颊上滑下,掠过脖颈,就要一路往下。

川槿继续微笑:"等你冻死了,这山里的野兽就有福了,这山里有狼还有野猪,听说还有花豹,这大冬天的,野兽都没东西吃……"

李凤凰咬着嘴唇,脸色苍白,也不知是冻的还是吓的。

川槿呵呵笑:"其实我也很好奇,你说你在山上也待了这么些天了,那些土匪怎么就关着你不动你。还给你那么好的居住条件。不过如果你冻死在这里,又是衣冠不整的,又没有第一时间被那些野兽吃掉,你说那些土匪会不会对你怎样?毕竟这土匪们都没女人,血气方刚的,做什么事情都不奇怪……"

李凤凰嘴唇哆嗦,终于叫起来:"你这混蛋!"

川槿手停在李凤凰腰间的系带上，努力辩解："我不是混蛋。其实我对普通人家的姑娘都是很礼貌很客气的，但是你不是正经人家的姑娘是不是？我猜……你这是什么身份，是……奸细？对于姑娘这样的奸细——我有必要客气吗？"轻轻一扯，就将那个活结打开了。

李凤凰眼睛里含着泪，死死盯着川槿："你碰我，我就自杀。"

川槿打算将腰带抽下来："那你就自杀啊，拿这个来威胁我，你以为我会当一回事？"

然而李凤凰的眼睛依然死死盯着川槿，眼神里渐渐充满了仇恨与绝望。

川槿正打算演得更彻底一点，但是那女人这眼神让川槿索然无味。悻悻然放了手，呵呵笑了一声说："成，我迟早要让你口服心服。"

☆☆☆

叶明月是一个实干派，既然决定要杀几个土匪出出气，那就下手不迟疑。

当然了，刘寨主是不能杀的，邓小白、杨云义也不能杀。前者是必须留着做药物实验，后面这两个算是这个破山寨的核心人物，动了这几个人，容易惹人怀疑。

而且还不能大规模地杀，规模杀大了，这群土匪肯定要怀疑到自己身上。自己逃命不难，但是连累春草还耽误了药物实验，这损失太大了。

最好是制造成意外事故的样子。

怀中虽然有迷药，但是迷药不多，得用在关键时候。为了杀几个土匪而暴露迷药，不是合算生意。

叶明月一边思忖，一边去找草药。这个季节草木凋零，好在这几样草药都不是很罕见。药店里很少卖，也是因为这种药很常见，没人买，就没有利润。

只要找对地方，就很容易从枯枝败茎里找到草药。再用锄头挖出来，看着根比对一下，就行了。

不过两个时辰，就找够了。

眼睛在一片枯草上掠过，眼睛蓦然闪闪发光。

蛇衔草！

毒药！

这种毒药还有一个长处，那就是外形与半边莲比较相似。

在药草都已经枯萎的情况下，更是不容易分辨。

山寨里正是做中饭的时候，叶明月一行四人溜溜达达回寨子来。

经过了叶明月十几天的改造，整个寨子已经气象全新：对面的山上建了水池，用竹竿将水引下来，隔一段路就摆一个水缸，有大的也有小的；竹竿子漏水将水缸注满，多余的水沿着水沟继续往下，注入山涧。

到处有水缸，好处多多，首先是大家洗漱不用扎堆，洗衣服不用再往碧水潭边走，可以改善山寨众人的卫生习惯，其次更紧要的就是可以防火。

叶明月绝对没有让山寨众人喝生水的意思！

但是吧，这村寨里吃的是大锅饭，几百号人就两个大厨房。病秧子寨主不能与大家一起吃，只能用几个小炭炉熬粥吃，大家伙喝水都很不方便。

整个山寨都是五大三粗的汉子，力量有的是，肠胃也没问题，这山上引下来的山泉水又甜丝丝的，你说他们不就地喝泉水，还得特意跑厨房喝开水？

何况厨房的开水也是冷的啊。

虽然说，叶明月也曾与这群人说起，喝生水容易生病，但是大家伙这么些年都过来了，这句话有几个人相信？

当然，作为大夫，叶明月也没有兴趣向这群土匪普及卫生知识。

现在，叶明月几个人就路过了一个水缸。

走路的时候，叶明月的脚硌到了一块石头，身子略略侧了一下。

背篓里满满的都是草药。最上面的两株，不经意之间就掉进了小水缸里。

当然，药草掉了的事情，叶明月是浑然不觉。

只是留意了一下这水缸边上的住户。

嗯，挺好，其中一个似乎叫刘凤。

放心，这缸子水里泡了一棵毒药，喝上两碗生水，药性也不至于死人。不过拉肚子拉个三五天在所难免，到时候拖延一下，给他开上两味难找的药材，让小病变成大病，大病就变成送命。

只是叶明月还没有高兴上半个时辰，刘凤来了。

他提着饭菜来了。小篮子里装着两个罐子，刘凤将其中的一个罐子拿出来。

让叶明月诧异的是，刘凤提来的居然是小米粥，而不是寻常的杂粮饭。

刘凤满含歉意："夫人，是这样的。今天大厨房的两只大水缸，早上被冻裂了。厨房没水，饭菜一时半会儿跟不上。别人倒也罢了，夫人与寨主是不能饿肚子的。于是我就用小炭炉先给夫人和寨主熬了两碗粥，夫人与寨主将就用一下吧。"

"你房间里的小炭炉？……熬了两碗粥？我与寨主先用？"叶明月的呼吸顿时紧了，但是她依然保持着镇定，问，"你用哪儿的水？"

"当然是用我房子门口的水缸里的水啦。"刘凤有点诧异，"我门口不是有一个小水缸吗？我平时都喝那儿的水。"

叶明月急了："你那是仰天缸！这几天山寨正在搞建设，——各种灰尘太多了，你那口缸连个盖子都没有，谁知道会落进什么脏东西？这水只能拿来洗脸洗脚，不能喝，不能喝！更不能给寨主煮粥！谁知道里面会有什么邪毒！"

叶明月说着话，一手一个罐子，就往沟里倒："这粥不能吃了，扔了！"

刘凤急忙阻止："这粥人不能吃还能给狗吃呢，山寨还有两只老母鸡……"

叶明月愣了一下，想要将两个罐子给收起来，然而手一滑，劈里啪啦，两个罐子一起砸了。

蹲着看落进沟里的小米粥，刘凤心疼如绞，叶明月汗湿重衣。

她严重怀疑刘凤知道自己下毒的事情，但是刘凤的神色真的是一无所知。再说了，只是一株草而已——水缸里落进一株草，他就拿这缸水给自己煮粥吃？

也许只是巧合罢了。

经过这番失败，叶明月决定要谨慎再谨慎。

入夜大家都休息之后，叶明月拿来了纸笔，在春草的协助下，开始干一件大事：画山寨的地形图。

原先师父给过叶明月地形图，但是那地形图并不准确。

叶明月需要借刀杀人。

怎样借刀杀人，当然是借官府的刀。官府之所以攻不下天琅山，那是因为官府不熟悉这里的地形地貌。

叶明月要将地图给画出来，找机会给官府送去！

至于官府来人会不会误伤刘照的事情——叶明月已经看清楚山寨的地形，到时候官兵一攻打，她就背起刘寨主跑！迷药在手，天下我有，保全一个病秧子，叶明月表示，没有啥难度。

这些天，借着整顿山寨的机会，叶明月已经将山寨上上下下看了个仔细。唯一的缺憾是上山的路径，当时叶明月坐在轿子里，看得不甚明白。所以需要春草帮忙。春草可是单人独骑上了一趟天琅山的。

两个人一边回忆一边画，用了两个晚上的时间，终于将图给画了个七七八八。

画出地图的第二天，叶明月就对着山寨土匪们生气了。

指着一包一包的药材,叶明月严厉批评主管此事的邓小白:"你怎么派人下山去买药的?你买来的药材能合用?"

邓小白很无辜:"叶姑娘……夫人,这不是根据您开的药方买的药吗?我们是在县城最大的药铺里买的,不会买错了吧?"

叶明月很生气:"没买错?不是你们糊涂,就是药材店坑人!你看这个药,我是要川贝,川贝,你知道吗,是四川的贝母!你买来的是什么,是浙贝,江南一带的贝母!不是江南贝母不好,这两种贝母的药性不大相同,你买了一堆的江南贝母,整包药材的药性都发挥不出来,全都作废了!"

一群人都睁大了眼睛:"这……都是贝母,我看……有区别吗?外形上看不出来啊。"

叶明月怒了:"眼睛睁大一点,这贝母那么扁,扁圆扁圆的,是浙贝!你们再看这里面两个鳞片……除了贝母,还有这个药……还有那个药……"

好吧,一群人傻愣愣的,听着叶明月滔滔不绝,但是他们就是看不出来。

云里雾里,绕了几个圈圈。

叶明月狠狠瞪着几个负责跑腿的土匪:"记住了没有?明天再去买一次!这次不能再买错,买错了,寨主的病情就耽误了!"

几个土匪战战兢兢,邓小白终于说话:"夫人……您这样说,我们根本记不住啊。"

叶明月简直要咆哮:"这么简单的事情都记不住?"

随即叹了一口气,说:"一个山寨几百口人呢,这么一点小事,连一个管用的人都找不到!"

翻了翻美丽的白眼,叶明月要求邓小白:"去给我收拾一下轿子,我明天自己下山跑一趟!"

邓小白愣了一下,说:"可是,夫人,您已经不是新娘子……"

111

叶明月生气了:"山寨上山下山那么多路!如果靠着我一双脚走路,我怎么走得快?耽误时间怎么办?你以为我喜欢往山下跑?如果不是为了赶时间,我会要求坐轿子?"

叶明月说得是理直气壮,邓小白诸人都是哑口无言。

然而邓小白依然怯生生的:"可是,我们山寨现在没有轿子了啊。"

叶明月愣了:"没有轿子了?"

邓小白点头:"那天我们将您抬上山,然后就将轿子抬下山,还给人家了啊。"

"你们……"叶明月恨铁不成钢,"你们这么大的山寨,居然连一顶轿子都是山下借的?"

邓小白继续点头:"可是我们不需要轿子啊,寨主需要轿子,但是寨主不下山啊。"

第十二章 告密

背上行李,叶明月与春草还有邓小白还有两个土匪一起下山。

天琅山不是一座好山!

崇山峻岭,没法穿裙,山高水恶,两腿发软。

叶明月艰难走路,好不容易下了山;可是到最近的小镇最起码还有二十里,到县城最起码还有五十里。

天黑前不知道能否赶到县城。

好在邓小白总算还是有点门路的,他居然跑到附近的村寨里,要了一辆驴车过来。叶明月终于不用步行了,驴车的速度虽然不咋地,总比叶明月两条腿跑要快。

去小镇买药?平时这些土匪都是这么做的,叶明月当然不干。于是一直到了傍晚时分,一行人才到了县城。

好悬,距离关城门只剩一个时辰了。

进了县城,找了客栈放下行李,立马去找药材铺。几个人出了客栈的门,叶明月对春草使了一个眼色。春草就说:"我肚子疼,要回客栈上厕所。"

叶明月不耐烦:"今天这么晚了,我们要抓紧时间买药材,别耽搁时间了,你去上你的厕所,我们去买我们的药材!"

春草捂着肚子:"原先也不想,出门就想了……今天中午吃坏了!"

邓小白就说:"那你上完厕所无聊的话,就去街上找我们,不无聊就在客栈待着。"

春草答应了,回客栈,很快又出来了,东张西望了一番,就打听道路,前往县衙。

春草是本地人,但是农村姑娘,这辈子能来几次县城?少不得打听道路,好在春草不是路痴,这番跟着叶明月指挥山寨上上下下也颇有了一些胆量,否则这个活还真的不好做。

衙门口有兵士守卫,春草直接告诉他们:"这是天琅山的地形图!赶紧送给县老爷!"

按照原来计划,春草送完地图,也不过去与叶明月诸人会合了,她直接就跑路。叶明月给了春草几个钱,让她先另外找个旅店安身,等官府灭了天琅山就回家。如果官府迟迟不灭天琅山,那春草就先去邻县找神医堂。拿着叶明月的信物,神医堂的兄弟姐妹自然会安置好春草。

但是单纯的春草想了想,自己还是不要走的好。自己不走,这群土匪也不见得知道是自己告密,官府围剿山寨,自己不见得会有危险;自己逃走了,等官府围剿山寨的时候,土匪们肯定知道是自己告的密,那时候叶姑娘就危险了。

最关键的是,叶姑娘是因为自己而身陷魔窟的,春草能丢掉叶姑娘走吗?

于是,春草就照旧往客栈走。

正在这时,后面却听见了杂乱的脚步声:"刚才那个胖胖的姑娘,去了哪里?"

春草回头,就看见一群衙役冲进来,刀枪剑戟,闪着寒光!

春草愣在那里。

只听见后面一声叫:"就是那个胖女人!抓住她,别让她跑了!拿着一幅猫捉老鼠图来糊弄大老爷,大老爷生气了,一定要抓住她!"

春草被吓了一跳，终于反应过来了，尖叫一声就跑！

春草是跑不快的，但是现在正在逃命，所有的脂肪都燃烧起来，速度居然还可以！

但是身后一群兵丁衙役还是越跟越近！

眼看着就要被逮住！

跑着跑着就靠近了客栈。

叶明月几个人正往客栈走。还没有进客栈的大门，就看见一个人呼哧呼哧奔跑过来。身后闹闹哄哄，追着一群衙役！

这阵仗，让叶明月吃了一惊！那胖墩墩的身影，怎么看怎么熟悉！

正要上前询问，邓小白急忙拉住叶明月，低声急促说话："不要多事！我们就当作路过！"

不要多事？叶明月一甩手甩掉邓小白——春草正从叶明月跟前跑过——叶明月就一脚。

势如闪电，急如流星。

春草就飞进了客栈——

一个漂亮的屁股墩。

好在客栈里的大部分人还没有反应过来，而邓小白、叶明月，还有两个山寨龙套都反应过来了，一群人一闪身进了客栈，叶明月就将大门给关上了！

噔噔噔上了楼，其中一个龙套就叫："翻窗！"

其中一个土匪熟门熟路地跳了下去，叶明月也不迟疑，邓小白速度也不慢——大家奔向窗户——但是，春草！她就傻乎乎蹲在房间门口，双腿发软，站不起来了！

叶明月转身，去拉春草。邓小白和另一个土匪一起发力，架起春草，抬着她就往窗户下面扔！

春草终于反应过来了，哇哇乱叫，手舞足蹈。先跳下去的那个土匪已经做好了准备，站在下面要将春草接住——

115

但是，春草太重了啊。

那个土匪虽然是大力士，但是这位大力士很明显是轻量级的。

不但没接住，反而被春草砸在了地上。

好在春草与那土匪很快就站起来了，看样子两人都没受伤。

此时衙役兵丁已经冲上楼来，脚步声近在咫尺。

叶明月将门一关，桌子椅子往门上一堵，暂时拖延一下时间。邓小白已经在催促了，叶明月急忙奔向窗户边上——随即想起更重要的事情来，叫了一声："药草！"

却发现邓小白早就将药草包裹提起来，扔下去了。

再不迟疑，几个人都跳了下去。

惶惶然如丧家之犬，茫茫然如漏网之鱼。

好在这几个土匪显然很有隐藏的本事，对这县城的路径也还熟悉，东躲西藏，不过一炷香的时间，就翻墙进了一个高门大户的后院。

此时早已天黑，绝大多数人家已经熄灯。几个人也不吭声，邓小白熟门熟路找到一个柴房，几个人睡觉。

居然安稳了一个晚上。

次日早上绝早起来，翻墙出了大院，趁着城门刚开，守城士兵睡眼惺忪的当口，用十两银子开路，一伙子人扬长而去。

只是驴车丢了。

邓小白很可惜："这毛驴得好几两银子呢，还有车！等下得去赔钱，那老张脾气大，肯定会被骂一顿！"

叶明月不明白："这车子怎么了，你还要还给人家？"

邓小白苦恼了："这驴车是借来的，不是买来的。虽然说我们山寨也很需要这驴车，但是不能强买强卖是不是。这驴车，说好租一天二十个大钱，老张才点头！"

春草急了："你们是山寨的人啊，山寨的人，不是直接抢吗？"

邓小白生气了："直接抢，那是土匪！"

听着邓小白理直气壮的言语,叶明月哑然失笑。

叶明月当然不知道,春草为什么会被衙役追杀。

原因是——

春草塞给那衙役的图,不是地图,而是一幅《猫戏老鼠图》。

前天晚上,叶明月与春草画完了地图,晾干塞进包裹就睡觉,再也不曾打开。

后来在牛车上的时候,包裹被调换了。

一个民女送了一幅乱七八糟的猫抓老鼠图来嘲讽自己,县太爷当然勃然大怒,派人前来缉拿这胆大包天敢于戏耍县太爷的混蛋。邓小白几个人却早已有了准备,他们做了几个月的地头蛇,县城里早就安置了人手。客栈老板是他们的人,连让他们住了一个晚上的大院子,主人也是他们的人。

所以他们可以熟门熟路翻墙进院子,纤尘不惊。

至于早上出门,预先安顿两个自己的人,再用金钱开道,出门很难吗?

——记住一件事,刘照逃命的时候是如丧家之犬漏网之鱼,但是瘦死的骆驼比马大,刘照的父亲曾经当了几十年的太子。

几个月时间,已经做了足够的经营。

——原先邓小白是想要扔掉春草直接跑路的。春草与叶姑娘明显不怀好意,那么将春草扔给县令大人消消气也没啥。叶姑娘是要带回山寨的,因为叶姑娘懂医术啊。

但是关键时候,叶姑娘居然不愿意丢下春草。

没奈何,只能将春草带回山寨了。

当然,叶明月不知道,这次事故虽然让她吓破了胆,也让邓小白吓破了胆。

不是因为这一个晚上的逃命生涯,对于资深流亡高手邓小白而言,几个月的逃命生涯已经让他有了足够的见识。

117

这样的事情，连惊险都算不上。

邓小白吓破了胆的原因是，公子竟然因此大发脾气。

公子说："我们山寨是有大任务的，你这般行为算不算胡闹？"

邓小白低声说话："公子英明神武，说的话都是对的，但是……叶姑娘……夫人如果不给一点教训，她还要继续折腾……现在春草就是帮夫人折腾的左膀右臂，所以属下想……"

"将春草弄进官府的班房里？她只是一个见义勇为的小姑娘罢了，就这样被你弄死，你不亏心啊。她与你的妹妹差不多年纪吧，如果你的妹妹这样被人莫名其妙弄死，你甘心吗？幸好叶姑娘不肯听你的。"公子淡淡说话，"自己去领三十大板，这事就这样算了吧。"

邓小白苦着脸答应了，又说："那个李凤凰，今天还没有找到。"

刘照皱了皱眉，说："那就算了，为了这个李凤凰耗费我们的力量已经不值得了。李凤凰如果想要到我们山寨谋求什么东西，肯定还会再来。"

那天刘照实行钓鱼政策，放李凤凰跟着那男子（川槿）离开。本来派人跟着，但是真的错误估计了川槿的能力。

能单枪匹马偷偷先行杀上山寨，并且差点将自己置于死地的男人，果然不同凡响。

跟踪的人，嗅觉特别灵敏，也算是山寨的一宝。只是没有想到，川槿居然这么快就发现被人跟踪，几番实验之后，用一种刺鼻的药剂解决了问题。

正所谓入芝兰之室，久而不闻其香，入鲍鱼之肆，久而不闻其臭。

刺鼻药味久而不散，对于嗅觉灵敏的人来说，简直就是酷刑。

于是就将川槿与李凤凰追丢了。

刘照就联络山下的人手查找这两个人。但是那天天色很黑，不能辨认那男子的面貌；拿了李凤凰的画像，却也没有消息。

刘照沉吟了一下，问道："叶姑娘的消息也没有打听到吗？"

刘照早就命人拿着叶明月的画像，动用自己的信息渠道去打听了。但是初来乍到，信息渠道还没有架构好，七八天了，还没有收到回复。

当然，这也与叶明月的主地盘不在临平县有关。如果在神医堂所在的县城调查叶明月，认识叶明月这张脸的人没有一千也有八百。但是神医堂驻地距离这里足足有五百里，不要小看这五百里，山重水复的，绝大多数人一辈子也走不出这么多路。

所以刘照调查叶明月，还没有调查到这么远。

邓小白摇头，刘照沉吟了一下，才说："她亲自下山，一天一夜的时间，没有与任何人联系吗？"

邓小白肯定地说："没有。她只是送了一幅我们天琅山的地图给官府，那地图我们上上下下检查过了，没有任何暗记，就是普通的地图，连一个多余的字都没有。我们被官府追得狼狈，夫人也没有与任何人有勾连。"

刘照好看的眉头皱了起来，说："难不成她只是想要见义勇为灭了我们这群山贼？"

灭山贼的说法也说不通，既然要灭山贼，为何要给自己治病？

☆☆☆

好心给官府送地图却被官府莫名其妙地追杀了一场，叶明月的心情也有些郁闷。

官府靠得住，母猪能上树！

于是每天除了给病秧子治病之外，还得想点事情出来闹腾闹腾。

总不能让这群山贼闲着。

人太闲容易闲出毛病来。

说起来，自己上这山寨也有十几天了，还没有听这群山贼说起下山抢劫的事情来。

多半是自己的山寨改造大计，让这群山贼忙不过来。

所以要让这群山贼继续忙。

那让山贼忙什么呢？

关于这个，叶明月表示说，我熟。

叶明月又开会了。

在山寨前面的空地上，叶明月谆谆引导循循善诱："俗话说，靠山吃山靠水吃水，自己动手丰衣足食才是过日子的王道，横财拿着一时爽，转身全家火葬场。我们现在山下这条路，过往客商也几乎没有了，指着山下客商的资助过日子，也不是办法。何况我们寨主身上有病，每天都得靠药维持着，不想办法自己生财，坐吃山空不是办法！"

刘照就坐在轮椅上，含笑听着。只是听到"自己动手丰衣足食"的时候，眼神微微紧了紧。

杨云义提出疑问："夫人，我们山寨能有什么？碧水潭边有几亩田，但是种植的粮食也不够我们吃，这边上山谷倒是能开垦一点梯田，但是这山上从哪儿去引水？没有水来灌溉，我们种什么？"

刘凤却是关注另一个问题："夫人，这个'火葬场'是什么东西？"

"火葬场"是什么东西？叶明月也不知道，这只是当年大人的口头禅，她顺口学了一句而已。于是她就说："大家不用关注个'火葬场'的细节，反正就是不好的意思。至于没有水，我们有办法啊。图来！"

春草颠颠地将地图奉上。这是前些天的劳动成果，已经画过一次地图了，这画第二幅地图就是轻车熟路。

不过侧重点不同。这幅地图侧重点在于周围的山脉地势。

叶明月侃侃而谈："大家看，前几天为了山寨的生活用水，我们在这儿修了一个水池。但是这个山谷还有一道很好的水源，只要拉一道堤坝就可以修一个很大的水池，还有这儿，还有这儿……有这几个水池，再修几条水渠，我们就能在这片缓坡上开梯田了……"

刘凤抬杠："我们人虽然不少，但是这又修水渠又修梯田，今年忙活一个冬天，也不见得能赶上明年春天的播种季节。"

叶明月微笑："能赶上啊，我们先修梯田再修水渠，没有水渠我们也能种一些东西的。"

刘照微笑起来,问:"什么东西?"

叶明月语气中含有怜悯了:"药材啊,你这病,得吃多少药材啊,每天下山去买药材也不是办法,坐吃山空,以药养药才是正理。特别是一些贵重的药材,一直花钱买,我们山寨就是有金山也熬不住,何况……我看账面上,也就剩下三百多两银子了?你现在吃药,一天差不多要吃掉一两银子,现在不种一点药材,等一年后你吃啥?"

刘照很认真地讨教:"你现在就能预算到我一年后更适合吃什么药材了吗?"

叶明月鄙视地看了刘照一眼,解释:"没听过以药养药这句话吗?我种植药材,有些是给你吃的,还有一些是拿到山下去卖的。药材比粮食值钱,何况很多药材不怎么要浇水!"

刘照继续认真求教:"那我们要种植药材的话,种子到哪儿去找?"

叶明月不耐烦了:"山上,山上,山上!这山上能野生的药材,我们肯定能大规模种植,知道不?虽然说在一片枯萎的草叶中找到药材种子很困难,但是站在你前面的,是一个足足有十年采药经验的大夫,是一个识药辨药天赋绝伦的第一流大夫!来五十个人,先去这边山坡,先将隔离带割出来,明天放火烧山!注意,隔离带一定要清理干净,这大冬天的,一不小心将整片山林烧了,那损失可就大了!再来五十个人,去这边山坡……"

叶明月手上有两百大汉,留下五十个护卫和后勤人手,其他的全都派出去了。

至于叶明月,也没有闲着,她带着春草,上山找草药种子去!

第十三章　巡按

这天琅山山寨，的确是一处风水宝地。

药材种类多，就是现在季节不对，难找了一点。

也不分贵贱了，叶明月能找到多少就是多少。

也不单单找种子，有些能找到根的，就连着根挖起来。

这事儿，叶明月干得是当真卖力。因为这儿种植的药材，将来都是神医堂的！

对头，只要等官府的人上山将这天琅山灭了，这山寨无主，这药材长大了，还不是我的？

能让两百大汉为神医堂打工，叶明月自己怎么敢偷懒！

叶明月分工有方。采石头的采石头，割草的割草，开荒的开荒，不过是十来天时间，就开出了好大一片荒地。

只是叶明月的采摘种子大计，进展一直不大。

当日吃晚饭的时候，邓小白推着刘照过来了。

刘照说："我打算明天下山一趟，你一起去吧？"

叶明月愣了："就你这个身体，下山？"

刘照说："你不是说，这一阵药起效了，我只要不劳累，就不会恶化嘛。"

叶明月皱眉，说："你这身体太弱了，经不起风寒。"

刘照说:"我会穿暖和一点的。"

叶明月说:"你这身体太弱了,经不起劳累。"

刘照说:"我已经命人准备了轿子,麻烦兄弟们抬着我下山。"

叶明月愣了一下,终于怒了:"你一定要下山?说不定送命也要下山?——那我也要坐轿子!"

刘照看着叶明月,微笑起来,说:"好。"顿了顿,他说,"与我坐同一抬轿子。"

叶明月愣了一下,叫:"不行!"

刘照微笑:"可是山上只有一抬轿子。这还是你前些天说没有轿子出行不便,我让人临时做出来的。"

叶明月怒了:"你休想占我便宜!"

刘照愣了:"只是坐同一抬轿子而已,这怎么叫占便宜呢?何况,你是与我的大公鸡拜过堂的,你是我夫人,我就真的占你便宜又怎么了?"

叶明月气哼哼地说:"我走路!"

刘照只能同意:"夫人啊,你把头转过来。你的发髻歪了……"

叶明月捂着自己的发髻就走:"我这是堕马髻,本来就是歪的!"

☆ ☆ ☆

天琅山真不是一座好山。

这一阵叶明月翻山越岭找草药,那些漂亮的衣服也早已损失殆尽,她穿的都是山贼们给她提供的布裙长裤,所以她下山时候再也不用小心翼翼。

叶明月也很想知道,这位山贼寨主,拼死拼活要下山寨的原因。

在山寨里待了一个多月了,叶明月早已明白,这位山贼王并不像他表现出来的那么人畜无害。这位山贼王其实非常有主见也非常有魄力,你看他都半死不活了,这山寨中的一群青壮年依然将他当作主心骨。

他要冒死下山,必定有不争的理由。

所以叶明月只能跟着。——这个试验品，到底不是一个完美的试验品啊，不听话！

虽然说这一阵，这试验品身体没有恶化下去，甚至有了一定程度的好转，但是，这种毒药是无解的！

万一下山的时候多吹了一阵风，感冒了，这试验品说不定——就完蛋了！

所以叶明月心中很不爽。

叶明月在琢磨刘照的时候，刘照也在琢磨叶明月。

刘照在这山下做了一些布局，现在已经到了收尾的时候。他必须走这一趟。带上叶明月，一方面是为了自己的安全；另一方面，是为了判断一下叶明月的真正来历。

厚厚的帘布遮住了外面的风，也遮住了刘照的视线，他用手掀开了一条缝，就看见叶明月那气鼓鼓的小脸。

脑海中浮起了另外一个小姑娘的影像。时间太久远，记忆已经模糊。刘照想要从叶明月脸上找到那记忆中的五官，但是……七八岁的孩子，与十七八岁的大姑娘，即便是同一个人，又能找到几分相似之处？

心中已经有了判断，情感上却依然患得患失。

带这个来历不明的姑娘下山，刘照就是想要验证一下这个姑娘的来历——

孤注一掷，赌上生死。

☆☆☆

正赶上集市，临平县城好一番热闹景象。

与前几天的冷清倒是大不相同。

叶明月几个人前几天在县城闹腾了一场，但是与那些衙役交手的时候已经是迫暮时分，天色阴暗，匆匆忙忙之间，谁还记得叶明月几个人的面貌？

比较扎眼的是春草，但是春草这个丫头根本没有跟着来。

邓小白将刘照的轮椅带上了，不用担心刘照劳累。所以一行人用了足足一天的时间来逛街。

叶明月是很爱逛街的，胭脂水粉、衣服首饰，她都喜欢往贵的挑。但是这临平县城不那么繁华，大多数东西叶明月都看不上，何况还有一些心事。

对头，就是要盯着这个病秧子。

所以路过胭脂水粉店，叶明月只是瞟了一眼。

路过衣服绸缎店，叶明月只是瞟了一眼。

路过大酒楼，叶明月瞟了两眼，吸了吸鼻子，目不斜视。嗯，肚子饿了。

说实话，现在还没有到山寨寻常的午饭时间。只是今天早上叶明月吃得少了一点，肚子就饿得早了一点。

只是吸了两下鼻子就急忙偷看病秧子的反应，这神态不是很雅，别给病秧子看去了。

正好听见病秧子的声音："午饭了，我们去酒楼吃饭吧。"

倒像是叶明月肚子里的蛔虫。

正在这时，众人听见了前面的哭声："我没有收你的钱，我没有卖身给你！我不做奴婢，我不是你的奴婢……"

女子的哭声里透着凄凉。叶明月怔了怔，快步走向前去。

酒楼门口，一群家丁正将一个抱着琵琶的女子往外拖。家丁们是面色冷峻穷凶极恶，女子已经是披头散发声音嘶哑。

边上还有一个衣着华贵的肥胖青年，看着那琵琶女子，面上带着色眯眯的笑容。

这一番场景，让叶明月气往头上冲。不过叶明月到底不是一个莽撞人，就伸手拉过边上一个看热闹的小摊贩："小哥，这到底怎么一回事？"

那小摊贩摊手:"怎么回事?我也不知道。这姑娘大约两个月前来我们临平县,说是寻亲,但是寻亲不着,就上这家酒楼唱曲,也得两贯钱住客栈,混一口饭吃,还想攒一点钱回乡去。但是今天这混世阎王来酒楼吃饭,不知怎么就闹起来了,那混世阎王说赵十二娘就是他家的逃奴,现在要将赵十二娘给带回家去。"

叶明月吸了一口气,问:"有没有可能,赵十二娘真的是他们家的逃奴?"

小贩嗤笑了一声,说:"真的是他家逃奴的话,这赵十二娘敢在这大酒楼卖艺两个月?这混世阎王是仗着父亲是县令,强抢民女呢,这事儿他之前又不是没干过!"

临平县的县令名叫胡大图,人如其名,就是一个大糊涂。来到这临平县做了快三年官了,临平县怨声载道。

叶明月明白了。看着那赵十二娘被拖远,心中的火气腾腾的怎么也按捺不住,上前几步,大声说:"前面那位公子,您弄错了,赵十二娘不是你家的逃奴,我才是!"

那肥猪公子混世阎王,听见声音回过头来,看见是叶明月,眼睛一亮,对边上的家丁招呼:"这个小姑娘也是我们家的逃奴,你家公子花钱买的,赶紧的,去将那姑娘带回家去!"

叶明月怀中迷药不离身,想救赵十二娘,只要迷药一撒,万事大吉。

但是,后面有一群天琅山的盗匪啊。

在这群盗匪面前使用迷药,未免有些嚣张。

所以叶明月就打算先用自己将这可怜姑娘替换下来,等离开天琅山这群盗匪的视线后再做主张。

只是没有想到,这个混世阎王居然是一个贪心不足的,不但要将叶明月带回家去,之前抓住的那个赵十二娘也不放过。

叶明月站着,对着那青年公子笑:"公子,您当初只买了我一个丫鬟,所以您先将她放了,我这就跟您回家去。"

混世阎王色眯眯看着叶明月,说:"没弄错没弄错,我是先买了你再买了她……不过你长得比她好,所以你放心,你到我家我让你做小妾,她只能做丫鬟……"

叶明月说:"不行,我嫉妒,所以我们俩只能留下一个。"

混世阎王呵呵笑:"有什么好嫉妒的,我家还有一群姑娘呢……"伸手就来拉叶明月。

虽然叶明月一直想要虚与委蛇,但是这胖手的确让人恶心,于是下意识地一甩手将混世阎王的手打开。

混世阎王脸上蓦然变色,叫道:"都上来,将她拿下!以奴欺主,这是反了!"

一群家丁上来捉拿叶明月。

叶明月登时怒了,我这么辛苦地与你说了这么多话,居然一点效果都没有?

不给你一点教训我不姓叶!

要知道,叶明月可是神医堂的大姐大,武功虽然三脚猫,但是打架从来都不怕!

当然不怕,叶明月熟悉人体器官穴道,知道打哪个部位能用很轻的力道达到严重的效果。

更紧要的是,天琅山盗匪都知道叶明月会武功这事儿。

于是,叶明月大展身手。

劈里啪啦,唏里哗啦。

都不用杨云义和刘凤等人动手。

家丁倒了一地,肥猪公子尖声大叫,叶明月拉上那个赵十二娘就往边上的小弄堂里跑。

但是——

前面兵戈声响动,一群带着武器的士兵出现在叶明月两人跟前。

见义勇为的叶明月登时傻了眼。

叶明月能打架，但是叶明月绝对做不到以一敌十。

前面有士兵，后面有家丁，小巷子左右是高墙，要逃命，除非叶明月生出翅膀。

一群人就要将叶明月两人给逮住。

这时候，叶明月听见后面传来慢悠悠的声音："胡大图好大的胆子，纵容儿子当街强抢民女还不算，连本官的人都敢动？"

叶明月回头，就看着邓小白推着病秧子寨主过来了。

病秧子寨主面上带着微笑，声音清清冷冷，如山间冰泉泻下。

就将前前后后几十个人都冻在那里。

肥猪公子愣了一下，尖叫起来："你是什么人，敢冒充官府？"

病秧子寨主看着肥猪公子，眼神怜悯，摇摇头，说："你先转身去问问你父亲，今年的考评还要不要？放纵儿子闹事，丢官还是小事，让你父亲想好了。"

肥猪公子不敢动了。实在是这个病秧子寨主那神色气度……不大像是大言不惭的骗子。站了一会儿，声音颤抖起来："您……您是新上任的八省巡按？"

一群人冻在原地不敢动的时候，叶明月已经牵着赵十二娘的手，回到病秧子寨主的身侧。

病秧子寨主冷笑了一声，说："我来这临平县两天，原先以为，这临平县也算是社会清明，这县令的考评也能得一个中上。现在看来，也不过尔尔……阿白，阿义，我们走！"

邓小白愣了一下，问："公子，我们去哪儿？"

刘照笑了一下，说："去县衙。"

☆☆☆

县衙巍峨，大门洞开。

肥猪公子还是懂事的，之前就派人悄悄通知了父亲。

现在，县令大人带着县衙一群人恭恭敬敬站在刘照面前。

刘照冷冷淡淡地笑："我都不知道，小小的一个县令居然这么威风。天子让你帮他来牧民，不是让你来欺负百姓！"

胡大图额头汗珠涔涔而下："教子不严，是下官的错……"

刘照淡淡笑："不要自称下官，本官是七品巡按，你是七品县令，大家都是为朝廷办事，你用不着称自己为下官。本官只是没想到，到了你们这地方，生了一场病，耽搁了一点时间，你们就以为本官不来了？"

胡大图战战兢兢不敢说话。肥猪公子站在边上，双腿瑟瑟发抖。

叶明月在边上看着，暗暗叫了一声绝。她身为医者，也见过不少大官，这病秧子的神情气度，居然把握得十分精准。

刘照冷笑了一声，说："欺负百姓如此在行，看见本官，为何不发一言？"

胡大图终于哆嗦说话："大人，此事也许是误会……"

刘照面上毫无表情，说："是不是误会，本官判断一下就明白了。"转头对众人说话："小白，扶着我进大堂，我要检查一下这个县衙的文书档案，云义，你发布一个通告，告诉百姓，本官今日放告，百姓们有仇有怨，就来衙门，本官给他们做主！"

众人都怔了一下。邓小白小心翼翼地说："大人，您的身体还没有痊愈……"

刘照哼了一声，说："我自己的身体我自己知道，何况有叶姑娘在身边看着。"

叶明月看着这个正气凛然的土匪首领，不觉有些心神恍惚。这脸上的神情态度，与当初大人的形貌居然有几分相似——

猛然觉醒，不觉啼笑皆非。

这世界果然颠倒了。

听见刘照提起自己，只能点头合作："大人有令，自当尽力。不过得准备药材……"

边上的邓小白就说话:"叶姑娘您开下药方,我这就命人去买。"

边上的县令大人是有眼色的,急忙说:"如何能劳动小哥,我这就派人去买。"

看着这个土匪头子断案,叶明月既是神清气爽,又是胆战心惊。

神清气爽是因为这个土匪头子断案,思路敏捷,一语中的,总能从各种现象中找到本质,前来诉讼的人无所不服,短短一个时辰,就断了二三十起案件;胆战心惊是因为这个病秧子脸色苍白得吓人,虽然精神奕奕,但是叶明月总怀疑这是回光返照。

叶明月本不应将这个土匪头子生死当一回事,但是看着那土匪头子在公堂上叱咤风云,就不自觉地为他担忧起来。

生怕他当场断气,生怕他被人看出破绽,然后被人乱刀分尸。

断了几十个案件,打屁股的打屁股,赔钱的赔钱,道歉的道歉,都是当堂完结。来状告县令儿子的人也有几个,在胡大图那绝望的目光中,病秧子命令衙役前前后后打了他五十个大板。

直将那厮打得哭爹喊娘,血迹斑斑。

让叶明月非常过瘾。

眼看着这个病秧子身体越来越不对,叶明月只能阻止:"大人,时间已经不早,您身体还没有痊愈,还是静养为主。"

县令大人忙上前:"是是是,来日方长,大人要审案,明天早上也不迟。下官已经安排了上好的房间以及侍女……"

邓小白忙去搀扶刘照:"大人,叶姑娘说得对,您身体要紧。"

刘照看了县令一眼,说:"皇上让我年底之前巡逻这一圈,明年开春回去报告,我这一病耽搁了不少时间。"

叶明月看见这个土匪越演越上瘾,不觉怒了:"你既然不要命了,那本姑娘告辞!"转身就要走。

邓小白忙赔笑:"姑娘,您又不是不知道我们大人的臭脾气。大人,叶姑娘生气了……"

刘照淡淡笑："好，不审了，县令大人，就我这一趟看来，你这县治管理还不错，本官过来放告，百姓前来，都是一些鸡毛蒜皮的小事，没有大的冤案，足以说明，你们大局还是把握得住的。"

县令忙谦逊不迭。

刘照又说："令公子虽然跋扈了一些，但是经过一番教训，想来也会改过自新。本官就不给皇上奏报这些了。"

县令大人欣喜若狂，连忙称谢。

刘照说："本官行程匆忙，还要去邻县，你们这儿就不多耽搁了。你们将这三年的县衙账本档案拿来，本官在马车上看看，看完如果没有疏漏，就让人送回来。"

县令大人急忙说："大人，我们的档案肯定没问题的……"

刘照闭着眼睛休息，不说话。

就看见邓小白将县令大人拉到一边，嘀嘀咕咕说了一阵话。

县令边上的一个师爷就出去了，不多时就捧了一些档案过来。

邓小白就说："大人，账目什么的，咱们就不查了吧，毕竟这账本每日都要用，我们拿走了，说不定就影响县衙的日常运行。我们将其他的文书档案看看得了，这些晚几天送回来也没有关系。"

刘照微微睁开眼睛，说："好，那就这样……"

县令几个人大喜。

第十四章　相认

出了县城，上了马车，叶明月就命令刘照："趴下！我给你扎几针！表演上瘾，忘记自己要死要活了？"

刘照乖乖趴下，却扬起脸微笑："给你出气呀。打了五十大板……你看够了没？"

"给我……出气？"叶明月愣了一下，心中似乎有一种莫名的暖流涌过。

马车里没有风，空气很温暖。

心中有点痒酥酥的。

正当这时候，邓小白掀开了车帘："大人……哦不公子，哦不寨主，那贪官给贿赂了五千两银子！"

刘照含笑："五千两，这哥们儿算是大出血了。"

叶明月扎针的手猛然颤了一下："原来你们是想骗钱！还说……帮我出气！"

她狠狠一针扎下去，刘照忍不住失声哼出来。

看着刘照那因为疼痛而扭曲的五官，叶明月神清气爽。

于是大声呵斥邓小白："你这是干什么，没看见我正在给寨主扎针吗，咋咋呼呼的，你看，将寨主扎疼了！"

说叶明月没有疑惑，那是不可能的。

刘照审案时候驾轻就熟,那神情仪态,显示出来的学识水平,与山贼根本挂不上钩。

邓小白等人敲诈勒索,轻车熟路,显然是见多了或者是做多了。

当下一边收针,一边与刘照套近乎:"寨主,你刚才在公堂上,看起来好有学问的样子。"

刘照翻转身子,仰面对着叶明月,声音朦朦胧胧的:"是吗……我其实没读多少书……"

叶明月还想继续套话,但是后者已经响起了轻微的鼾声。

叶明月只剩无奈。

不管怎样,今天在公堂上,这土匪头子倒是做了很多好事。

为了他们做的这些好事,本姑娘暂且不忙着杀人。

至于其他的,叶明月表示,本姑娘虽然很聪明,但是对于这些杂七杂八的事情并不感兴趣。

既然想不明白,咱们暂时就不想了。

今天的确累着了。

叶明月只是看了一场戏而已,但是刘照却是实打实付出心力的。

离开县城之后,一行人也没有急着回山寨,先是绕远道走了一圈,回到山寨已经是半夜时分。顺路交代一句,那个引起一场争端的女子,刘照早就安排人将她送出临平县了。

虽然有着叶明月的银针加持,虽然有从县衙里敲诈来的各种名贵药材,虽然叶明月中间也给这位病秧子吃了不少药,但是病秧子的情况还是又糟糕了好多。

第二天就在床上躺了一天。

一边给刘照喂药,邓小白就一边埋怨:"殿下——寨主,您身体才好了一点,现在看看,辛辛苦苦几个月,任性了几个时辰,全都糟蹋了。"

刘照斜靠在床上,脸色苍白,眼神却很明亮,说:"做戏要做全套。"

邓小白:"但是您翻两下卷宗就可以了,谁让您折腾这么久!"邓小白有些埋怨刘照,"叶姑娘也着急,我们也着急,但是殿下您居然一点都不着急!自己的身子骨不知道吗?"

刘照似乎是觉得理亏,片刻之后才说:"不审案,就没有理由将县令的儿子打个半死。"

邓小白恼了:"将县令儿子打个半死很重要吗?公子,殿下,我是侍从,主子的事情我不能管,但是我忍不住要生气,您这叫作本末倒置轻重不分!"

刘照闭着眼睛养神,喝下了一口药,然后缓缓睁开:"不,很重要。"

邓小白怔了一下。

刘照:"我给当地的百姓出了气。我还给叶姑娘出了气。"

邓小白呆呆的:"叶姑娘?"

刘照:"她很有正义感。她敢冒险与县衙顶牛。她不是华贵妃的人。"

邓小白愣住:"您就这么草率地判断了?"

刘照又闭上眼睛,好久才说:"不草率。"又吃了一口药,才说,"还记得不,当初你想要拜访神医堂求医。"

这一讲,邓小白就想起来了:"对极了,神医堂!他们说,神医堂最杰出的有两个弟子,一个叫川槿,还有一个姑娘,就姓叶!"

刘照露出一个笑容:"我想留下她。"

邓小白愣了一下,说:"但是我们依然不知道她为什么来山寨。"

刘照微笑:"不管她为什么原因来到山寨,我都有办法留下她。"

叶明月当然不知道病秧子在想办法留下自己。

既然不打算杀病秧子了,叶明月现在想要努力的就是调养这个病秧子。

至于与师兄赌赛的事情,叶明月已经抛诸脑后。师兄居然挑唆着那饿虎寨全员攻打天琅山,借刀杀人,饿虎寨的盗匪们已经被天琅山的好汉杀了个七七八八,自己即便现在下毒杀人,也无法胜出了。

既然输了，那就好好收拾医案吧。

病秧子的境况还不错，前几天这么糟蹋，居然折腾了两天就又恢复过来了。

调养病秧子需要钱。

叶明月能想到的最好的药方，都是最贵的。

前几天从县衙里敲诈了一些药材，但是不够。

叶明月拿着新写下来的方子，带着春草，急急匆匆就去找山寨的大管家杨云义。

顺路介绍一句，山寨之前的账目是邓小白在管，但是叶明月嫌弃邓小白管理账目不清不楚，就剥夺了邓小白的管理大权。

当然了，那堆烂账让叶明月也很头疼，于是就询问了病秧子，得知杨云义会算账之后，就将管家大权给了杨云义。

杨云义确实也不负众望，没几天时间就将账目整理了个七七八八。其中有些被撕掉了的，杨云义居然也一一去调查访问，尽量补上。

最终查出来，山寨出了三百多两银子的亏空。这三百两银子亏空，实在抹不平了，病秧子一句话，账面抹平。

山寨的大管家位置，也顺理成章地到了杨云义手中。

叶明月拿着药方走向杨云义的公房。然而在门口稍微停顿了一下。

因为房子里传来了谈话的声音。

那是杨云义的声音："寨主，这五千两银子……您确定都买成棉衣棉裤棉被？"

五千两银子，棉衣棉裤棉被？

叶明月有些惊诧。

山寨不缺防寒用品啊。

而且托叶明月的福，在这几个月山寨房屋都修整了一下，暖炕什么的都安排上了。要这么多棉衣做什么？

五千两银子，如果换成人参，都可以买上一牛车了！

135

又听见了病秧子寨主的声音，中气明显不足："这五千两银子，都是临平县的民脂民膏，我们不能随便占为己有。今年冬天必定寒冷，备上一些，发放出去，关键时候就能救命。"

邓小白没有好声气："好吧，寨主说的都是对的。但是五千两银子的棉衣棉被，买着容易，怎么发放出去？寨主，您可不是什么县令县尉，没有办法组织人手！"

——屋子里还在争论，但是叶明月却听不见了。

脑子轰隆隆作响。

叶明月向来懒得动脑。

她认为自己的智力是有限的，如果将大量的智商用在其他无关紧要的事情上，就会削减她在研究医药方面的能力。

所以到了山寨之后，虽然看见了这个所谓的土匪窝很多不同寻常的地方，但是叶明月一直没有往深处想。毕竟叶明月没有在土匪窝混过，又不知道标准的土匪窝应该是什么模样。

天琅山盗匪名声在外，远在几百里外的神医堂都记住了它的恶名，又怎么可能弄错？

更重要的是，那山谷中的坟堆和被单独囚禁的李凤凰，让叶明月明确了"这群土匪无恶不作"的判断。

但是那天在县衙里发生的事情，终究让后知后觉的叶明月心中浮起了很多疑惑。当时虽然压下去懒得想，然而现在，却是不由控制地全都浮上了脑海。

山下的人说：天琅山盗匪杀人越货，无恶不作。

但是自己上山以来，这些盗匪要么乖乖地听从自己修整山寨，要么种地打猎采草药，自己从来也没有听说过他们下山抢劫的事情。

山下的人说：天琅山的盗匪喜欢强抢民女。

但是自己上山来，却发现山寨是一个男儿国，甚至连女性都几乎没有。山寨里囚禁了李凤凰，但是据李凤凰的陈述，山寨的人也没有对她霸王硬上弓,只是将她关着,逼着她答应而已。至于春草,那是花了五十两银子从山下抬上来的——不是叶明月歧视胖姑娘,但是农村山区下聘,春草真的不用十两银子。

山下的人说:这群土匪是山贼,汇聚了附近最凶恶的地痞流氓。

但是自己上山后,除了这个病秧子经常把人气得半死之外,整个山寨的人做事都是规规矩矩,都像是大户人家出来的样子。至于这个病秧子,在公堂上的表现,读了二十年书的新科进士也比不上他。

虽然叶明月觉得很不可思议,但是很多线索汇聚起来的时候,叶明月还是不得不做出判断:要么是自己找错地方了,要么是这群山贼换人了。

一瞬之间,叶明月就想明白了。

找错人,那是不可能的,师父给的地图很准确,自己在山下也曾着意打听,本地人春草也认为没错,师兄川槿也曾带人杀来。

这群山贼换人,倒是很有可能。现在的山寨众人,武艺高强攻守有度,只见那饿虎寨一群匪徒来攻山,却被山寨众人摧枯拉朽一般弄了一个全军覆没。

那么接下来还有一个问题,这群人如果不是匪徒,那他们为什么要啸聚山林冒充匪徒?

叶明月知道自己没有必要好奇,但是她抑制不住探究的欲望啊。

☆☆☆

这是初冬的午后,阳光温暖,少女白皙的小手放在男子那瘦削的手腕上。

青色的经络下隐隐能感到血液的流动,男子的皮肤苍白得惊人。

虽然给这位寨主诊了很多次脉,对他的身体早已心中有数,但是今天不知怎么的,心中竟然不自觉地有几分黯然。

也许是因为知道这个寨主并非无恶不作的坏人吧。当然,还有一个重要原因,那就是这位寨主长得好看,金色的阳光下,从叶明月的角度看过去，那帅哥寨主嘴上的绒毛都被镀上了一层淡淡的金光。

不满二十岁的年纪啊，却要面临死亡——

叶明月深深叹了一口气，就问："寨主你是怎么——"她想问对方是怎么中的毒，但是话问了一半，才想起自己这样问并不稳妥。这位寨主隐姓埋名留在山寨，自己这话有探问他来历的嫌疑。

于是硬生生将后面几个字咽下去，又问："寨主你几岁？"

刘照微笑看着叶明月："我十八岁啊，与你同年。"

叶明月愣了一下，好久才反应过来："你什么时候知道我年龄？我与你说过吗？"

刘照微笑："说过啊，你忘记了。"

叶明月皱眉，想了想，说："不可能，我没说过。这是我个人隐私，我连春草都没说。你在诈我。"

刘照摇摇头："我没有诈你。你告诉过我，十三年前。"

叶明月完全怔住。

刘照的声音很温柔，柔软得像是一阵来自春天的风："我知道你不叫春花，我知道你叫明月，'明月何皎皎'的明月，现在的身份，是神医堂的继承人。"

叶明月呆呆站着，脑子里轰隆隆作响。

她张了张嘴，却没有发出声音。

十三年前。

那时候叶明月还是一个六七岁的小丫头，跟在小姐的屁股后面颠颠地跑。

那时候大人赋闲在家，就收了几个学生，开了一个小学堂上课，顺带将女儿一起教导了。

那时候叶明月就帮着小姐背书包，拿着笔墨纸砚，站在小姐的身边伺候。

大人经常会提问检查作业，小姐也经常被提问。那时候叶明月就要赶紧给小姐各种暗示。但是小姐经常看不懂叶明月的暗示,答不上来就会被大人批评,大人批评小姐,下课之后小姐就会对着叶明月撒气。

不是说小姐坏,六七岁的孩子,能有什么坏心思呢,她就是骄纵了一点、脾气大了一点而已。平日里对叶明月,还是极好的。

叶明月被小姐劈头盖脸乱打了两下,心中委屈,也没处倾诉,于是跑到小池塘边上,躲起来哭。

就是那时候遇到了刘公子。

那也是一个六七岁的孩子,唇红齿白,在一群小屁孩之间显得特别好看。贪恋美色的叶明月,每次都会多看几眼。

更何况这位小公子,比寻常的男孩子更为优秀。

所以叶明月很快就记住了:这位小公子姓刘。

刘公子给叶明月递了一块手绢,又温言安慰了叶明月几句,然后很礼貌地邀请叶明月一起去看他练武。于是叶明月很快就将郁闷的事情都丢到脑后。

也就是那一天,叶明月与这位叫刘光的公子哥结识了,互相通了姓名和年龄。

后来,叶明月与小姐就经常与刘光主仆一起玩儿。

只是才两年,刘光就走了,叶明月还惆怅了好一阵子。

刘照的声音里依然含着笑意:"我不知道你来这里是为什么,但是我知道,你来这里,是上天赐给我的幸运。"

叶明月完全石化,她只是看着刘照,好久才说话:"你姓刘……你是刘光刘公子!"

刘照点头:"是的,是我,当年先生在老家赋闲,我曾经跟着先生在你家住了一段时间。"

叶明月呆呆看着刘照,突然暴怒起来:"那你……为什么上山寨做土匪?你是读书人,当年大人教导你读的书,你都读到狗身上去了!"

叶明月突然暴怒，刘照看着面前这个恨铁不成钢的女子，端正了脸色，说："我真名不叫刘光，我叫刘照。"

叶明月没反应过来："你怎么有这么多名字，当初跟着大人求学也用假名字……"

好一阵才反应过来："你叫刘照！"

刘照点头："街头巷尾有我的海捕文书。"

叶明月真正愣住："你……到底得罪了什么人？"

刘照不知如何回答。好一会儿才说："我……被人下毒，追杀，好不容易找到这个地方喘口气，没有想到……居然碰上了你。"

叶明月明白了，好一会儿才说："我本来是想要杀天琅山的匪首的……但是我真的没有想到，我要杀的人居然是你。"

刘照微笑："也幸好我占了这个土匪窝，否则我也遇不到你。"

叶明月忍不住扑哧一笑："也幸好我没有一见面就下手杀人，否则你早就凉了。"

刘照笑："也幸好我得的是疑难杂症，否则真的要哭了。"

叶明月忍不住生气："还说笑呢，你不知道自己随时都有可能死？"又问，"这么多年了，你怎么认出我来？"

刘照苦笑："我没认出来，只是你当初给大家造浴室，我就留了一个心眼。当年先生家里，那个浴室设计，是真正巧妙的，你因陋就简，就地取材，建造出来的浴室居然有先生家的模样。后来我派人去神医堂打听，才确定了。说起来你的相貌是发生了很大的改变，我记得你当初是圆脸，现在怎么变成瓜子脸，不过……更好看了。"

叶明月有些纳闷：我小时候是圆脸吗？不过听闻刘照夸赞自己漂亮，又不免高兴，脸颊都微微有些发烧，于是赶忙转移话题："当初跟在你身边的书童是邓小白吗？感觉不像。"

刘照笑："对，就是邓小白，他那时候很瘦，最近几年才胖起来。"

叶明月又笑："你还记得不，当初我们四个过家家，逼着邓小白扮儿子……"

　　刘照就笑:"那时候你们两个争着要做新娘子……"

　　叶明月咯咯笑起来:"我当然争不过……"

　　正在这时候,那边脚步轻捷,春草提着煎好的药来了。

　　叶明月连忙将笑容收住。

第十五章 孟获

今天晚上,叶明月很欢喜,但是叶明月也很悲伤。

许多旧事铺天盖地而来。

叶明月在江南长到了八岁。八岁的时候,师父来到了叶家,认为叶明月很有医学天赋,于是将叶明月给带走,悉心培养。

说实话,叶明月到今天也不知道,师父是怎么在一群适龄的小丫头中,一眼看中自己的。

这是叶明月最大的幸运,也是叶明月最大的不幸。

叶明月来到北方,就与叶家失去了联系。直到十年之后,叶明月才打听到了叶家的一些信息。

叶明月离开叶家之后不久,也许是几乎同时,叶大人就犯了罪。

大人被杀了,全家被流放了,在流放的路上遇到了刺客,几十口人全都死于非命。唯一例外的是小姐,据说小姐在大人出事之前被一个武林人士带走收徒。

不过,说八卦的先生说,大人的仇家本着斩草除根的原则,这些年一直在搜寻小姐的下落。

得到消息的那个晚上,叶明月流泪到深夜。

官场上的事情,叶明月不大懂。但是她知道,她永远也找不到自己童年的小伙伴,找不到自己的童年了。

——可是谁能想到,在十多年后的今天,在这样的一个地点,自己居然能遇到当初的小伙伴呢?

——只是,大人被杀,这位童年的玩伴,也被下了剧毒待死。

春草担心地看着睡在身侧的姑娘,这个姑娘一会儿偷笑,一会儿又掉眼泪。嘴巴里念念有词,也不知道在说些什么。

村子里有两个疯子,春草见过,他们安静的时候与叶明月此时的情状很相似。

这些疯子,都是日子过不下去变疯了的。

——但是叶姑娘这么强悍的一个人,怎么突然就这样了呢?

她心疼地伸出胖胖的手,搂着叶明月的纤腰,低声说话:"小姐,你有事情就与我说。别憋着。"

叶明月这才如梦初醒,抹了一把眼泪,对春草说:"没事,我遇到极好的事情了。你知道吗,我遇到我这辈子所能遇到的最好的事情了……"

春草轻轻抚拍着叶明月的手,说:"那你就笑。别哭了。"

叶明月又抹了一把眼泪,说:"是的,我要笑,老天爷居然让我遇到他,在我根本没有想到的时候遇到他,老天爷对我真好……但是我还想哭。"

春草继续安慰:"那……你就哭。"

叶明月就抓着春草递过来的手绢,继续哭。

春草就搂着叶明月,低声安慰:"你将心放宽些,好事坏事都会过去。"

"是的,好事坏事都会过去……"叶明月狠狠抹了一把眼泪,终于露出了一个笑容,说:

"我要救他。"

叶明月从床上坐起来,斩钉截铁地说:"我一定要救他,我一定能救他,因为我是能将名字留在《杏林药谱》上的女人。"

春草搂着叶明月,轻轻安慰:"是的,小姐你能将名字留在《杏林药谱》上,所以你一定能救他。"

☆☆☆

叶明月不知道的是,她在琢磨着怎么救刘照,师兄川槿却在琢磨着怎么杀刘照。

川槿对天琅山的土匪已经忍无可忍。

唯一的顾忌就是还在山上的叶明月。

上次川槿用了驱虎吃狼的策略,只是没有想到,狼没吃成,虎却死伤殆尽。因为几个当家都被天琅山的人斩杀了,川槿又不回山寨,饿虎寨剩下的一群土匪开始内讧。

这偌大的饿虎寨,算是被川槿玩废了。

不过赢了这一场,川槿并不十分高兴。因为在与天琅山一群土匪短暂的交锋中,川槿发现,这天琅山的实力远胜于饿虎寨。

所以虽然赢了叶明月,川槿也不十分欢喜。

对于那天晚上叶明月的表现,川槿有些疑惑。不过作为一个合格的师兄,川槿知道叶明月并不是那种不知轻重的人。她既然这样做,定然有她的理由。

所以最近川槿工作的重心,就是与李凤凰斗智斗勇。

李凤凰身上有秘密,川槿一定要逼问出来,否则怎么向师妹交代?

猫捉老鼠放几次抓几次,老鼠就会整个崩溃。多翻几个跟斗发现也逃不出五指山后,孙悟空也会绝望。诸葛亮七擒孟获,孟获最终口服心服。

对于一个不怕死的女人,严刑逼供是没有用的。李凤凰一口咬定自己是被天琅山俘虏上山的女人,川槿虽然知道她的说辞破绽百出,却没有办法进一步逼问。

既然这样,川槿就来一波大的。

将李凤凰双手的绳扣解开,川槿看着李凤凰,很认真地约定:"李姑娘,我与你说,我放你走,你先跑半个时辰,我半个时辰之后追,如果你能跑掉,我就认账。"

李凤凰狐疑地看着川槿:"你到底想要做什么?"

川槿认真地解释:"我觉得我喜欢上你了,所以我决定向你展示一下我的能力。我如果能将你追上,我们就坦诚相见,你将你的秘密告诉我好不好?"

李凤凰白了川槿一眼。川槿说的话,她一个字也不相信。奈何形势比人强,她只能讨价还价:"可是我怎么保证你不是立马追而是在原地待了一个时辰后追?"

川槿挠头,无奈而霸气地说:"我既然与你谈条件,我当然会自己遵守,你只能选择相信我。"

李凤凰再看了川槿一眼,揉了揉手腕,撒腿就跑。

当然,两个时辰之后,李凤凰又落入了川槿手里。

川槿对李凤凰说:"这一次这样,你继续跑,我在原地等一个时辰,一个时辰后来追你。"

李凤凰这次往山上跑。

山高林密,李凤凰不相信川槿能找得到自己。

只是没有想到,山高林密,饿狼遍地,李凤凰好不容易爬上了一棵树,瑟瑟发抖了大半个晚上,才盼到了优哉游哉前来的川槿。

川槿斩杀了蹲在树底下守着李凤凰的饿狼,将李凤凰接下树来,问她:"还跑不?我们可以坦诚相见了吧?"

李凤凰咬牙:"我不服,这次是被狼逼着了!"

川槿很体贴地给了李凤凰一包肉脯:"这个你拿着,你饿了自己可以吃,遇到狼的时候给狼扔一片,狼咬着这肉干一时半会儿就不会追你。"

李凤凰拿上肉干继续跑。

这次等到第二天中午。

川槿在山林中慢慢走着,就看见李凤凰站在对面山岭上,看见了川槿,就挥手向川槿招呼,然后……冲着川槿跌跌撞撞跑过来了!

小半个时辰之后。

李凤凰一边喝着水,一边咬着肉干,对川槿说:"这次不算。我是肚子饿了,才回来找你的。"

川槿瞪大眼睛说:"不是给了你肉干吗?"

李凤凰说:"遇到好几头狼,肉干一口气都撒光了。"

川槿说:"这样吧,你不要往山上跑了,虽然你爬树很快,但是这里狼的确也多。我们一起去山下,我买两匹马,你骑上马跑半天,我再骑上马追。"

李凤凰怒了:"我不信这样我还跑不掉!"

——这一次,被川槿逮住的时候,李凤凰不算太狼狈。

李凤凰花钱买吃食的时候,被小流氓给纠缠上了。

单身女子,漂亮过人,衣着狼狈(在山上摸爬滚打好几天,当然干净不到哪里去),加上还牵着一匹看起来很昂贵的马,偏生买一个馒头也要计较半天,这样的女人,小流氓怎么看怎么好奇。

其实小流氓也不是想要占多少便宜,就是想要趁机摸上两把而已。

李凤凰瞬间怒了。李凤凰的武功在川槿面前不值一提,但是在小流氓面前还是很有战斗力的,于是三下五除二就把一个小流氓给打倒了。

谁知道流氓这种生物都是拉帮结派的,你打倒一个,牵丝葫芦就扯出一群。

几十个流氓呼啦啦将李凤凰围成一圈,虽然李凤凰有的是本事,却也架不住人多。

一群流氓缠着李凤凰,另外几个流氓就去牵李凤凰的马。李凤凰尖声大叫,威胁报官,结果却招来哄堂大笑:"叫啊,叫啊,叫破了天也没有人给你撑腰!"

正当这时候,一个清朗的声音响了起来:"谁说没人给她撑腰?"

一群流氓就看见了川槿。后者骑在马背上,气质超卓,白衣潇洒,风华绝代,两缕发丝被风吹着飘,一看就是大侠。

一群流氓一哄而散。

李凤凰走到川槿身边,气哼哼地说:"这群流氓误事!"又问,"我骑着马绕了很多路,才到这儿,你居然这么快就追上来了?"

川槿呵呵一笑,说:"我说过,我喜欢你,所以心有灵犀,总是能从各种岔路中找到最准确的一条。"

李凤凰嗤笑了一声:"你以为我会相信?"

心中却莫名其妙有了一些暖意。

川槿吸了吸鼻子,说:"跟我来。"

李凤凰警觉地看着他:"去哪儿?"

川槿:"你闻闻你身上的味道,又酸又臭,那是死鱼烂虾的味道,与你在一起,人家会以为我是丐帮头目。"

没有想到会被川槿嫌弃,李凤凰勃然大怒:"你这到底是什么意思!"

人却跟着川槿去了客栈。

原来川槿在李凤凰身上放了一种叫追神散的药,这种药物粘上衣服头发后会散发淡淡的味道,洗几次澡也难以消散。

然而现在李凤凰几天没有洗澡,体味有点重,压过了追神散的味道,虽然川槿的鼻子比狗还灵,却依然觉得有些吃力。

所以得将李凤凰打理得干干净净的,便于下一次追踪。

走进客栈,店小二就热诚招呼:"小店还有二楼的上好客房一间,贤伉俪可需要?"

"贤伉俪?"李凤凰白了店小二一眼,说,"我与他不是夫妻!我们要两间房!"

店小二尴尬地笑了笑。川槿抓了一把铜钱递过去:"小二,就要一间上好客房，你知道我——贱内最近闹脾气，居然想自己一个人跑回娘家，这路上行李也丢了，还遇上了小地痞，弄得这般狼狈。你说我怎么放心让她一个人一间房。"

店小二就挤眉弄眼地笑。

李凤凰怒道："我不与你一间房！"

川槿叹气："好了好了，别闹脾气了，给别人看笑话。你身上连路引都没有，怎么开两间房。"压低声音说，"你真的生气，等到了房间，随便你处罚，让我跪搓衣板都可以。"

这声音虽然压低了，但是不轻不重，刚好落到店小二和周边几个客人的耳朵里。

大家就全都心照不宣地笑起来。

李凤凰恨恨地瞪了川槿一眼，不敢吭声了。

川槿带着李凤凰进了客房，就吩咐小二："麻烦赶紧准备一个浴桶，贱内打算洗个热水澡。"

热水很快就来了，李凤凰喝道："你到门外去！"

川槿呵呵笑："你是俘虏，我是监工，你在房间里，我当然也要在房间里……"

李凤凰就说："你不出去，休想从我嘴里问出个啥！"

川槿无奈叹气："其实我对于能不能从你嘴里问出个啥并不在意，我在意的是能不能让你喜欢上我。这样好不好，我在房间里放一扇屏风，你在屏风里面洗澡，我在屏风外面看着，让我听见你戏水的声响，也满足一下我的幻想……"

李凤凰哼了一声，说："你再满嘴胡说八道，我就找机会自杀！"

川槿皱起眉头："李凤凰，耍无赖不是你的作风。虽然你很像那躲在污水沟里的癞蛤蟆，我很像那贵族园林里养的白天鹅——我们之间是很不般配，但是我这白天鹅看上你这癞蛤蟆了，你这癞蛤蟆不能反过来威胁我这白天鹅……"

李凤凰简直要气笑了。

好在川槿一边聒噪,一边就退出了房间,关门的时候很体贴:"衣服放在右手边的椅子上,皂角在左手边的盒子里。建议先洗澡再洗头,因为你的头发能洗出十二两头油……等下我让小二再送两桶水上来,放在门口,你洗好澡可以将水提进去。"

李凤凰顺手抓起一个皂角就对着川槿砸过去。

川槿接过,关上房门,李凤凰听见了他那得意的笑声。

不管三七二十一,赶忙洗澡。

说实话,按照李凤凰的脾气,这一次澡,就是洗上一个时辰也不够。

但是外面一个川槿。

这几天与这个川槿斗智斗勇,或者说是被戏弄,李凤凰与川槿也算是熟悉起来了。

这是一种很莫名其妙的关系。理论上说,作为敌对的双方,李凤凰对川槿应该是极度痛恨的。但是理智是一码事,情感又是另外一码事。

李凤凰对川槿竟然产生了一种莫名其妙的依赖心理。

似乎……跟随着这个莫名其妙的无赖,与他斗斗嘴,被他欺负欺负,是很不错的样子。

李凤凰知道这是不对的,所以她一定要跑,一定要跑,一定要跑!

李凤凰是有大任务的,绝对绝对不能落到这个无赖手里!

趁着这个无赖麻痹大意,李凤凰要逃跑!

于是李凤凰三下五除二洗完了澡,穿上衣服,毫不客气地拿起床单,撕成一条一条,打结,系好,从窗户溜下去。

楼下有一个小花园,李凤凰打算悄悄穿过小花园,绕到马厩,出后门走人。

只是才绕过小花园到达马厩,就看见店小二笑眯眯站着,将马缰

149

绳递给李凤凰:"夫人,你家相公说,夫人可能还没有消气,还想要回娘家。你家相公说,回家是可以的,但是您千万别落下他,毕竟钱和路引都在他身上。没有钱和路引,您回不了娘家的,走不远。"

这个气啊,李凤凰扭头就回楼上。

川槿正帮着收拾了浴桶,拿着李凤凰的脏衣服,打算去洗。

李凤凰大羞,叫住川槿:"站住,不许拿我的衣服!"

房间里只有一张床,李凤凰睡床上,川槿睡椅子上。

李凤凰睡里边,川槿睡外面。隔着一扇屏风。

李凤凰和衣而睡,川槿也没有褪下外衣。

这般彬彬有礼,倒是让李凤凰放心下来,对川槿有了几分感激之意,随即又有几分羞恼。

口口声声说你喜欢我,却多看我一眼的色心都没有?——好吧,李凤凰也觉得自己有点莫名其妙。

虽然没有路引,李凤凰还是打算跑路。于是将呼吸放得均匀了,人也躺着不动;果然,很快就听见外面响起了均匀的呼吸声。

李凤凰从床上坐起来,小心翼翼从屏风后面探出头去。油灯光线微弱,川槿歪在圈椅上,被子滑落地上,但是他却一动不动,显然是睡熟了。

李凤凰转身就要从窗户出去,但是走到窗台前又站住了。转身回来,轻手轻脚走到川槿边上,将被子捞起来,给川槿盖上。

川槿似乎很不舒服,侧了一个身,被子又滑落了。

李凤凰再度将被子给盖上。

这下川槿似乎意识到了什么,居然伸出一只手,将李凤凰的手给抓住了。

李凤凰的心砰砰乱跳,只听见川槿嘴巴里嘀咕了一句"我喜欢你",声音含糊不清,显然还在睡梦中。

李凤凰这才放心下来,轻轻将手抽回来,又将被子给川槿掖好,拿上自己的行李，想了想，又拿起了放在房间桌子上的一盏灯笼。这是店家给客人准备的，方便有客人深夜想要去茅房。

甩下被单做成的绳索，带上钱，从窗户溜了下去。

这一次逃跑很顺利。

李凤凰没有去牵马。这马是川槿花钱买的，谁知道川槿有没有在买马的时候弄过花样。

说不定买马卖马就是川槿导演的一场好戏，两匹马都是川槿养的。所以她骑马跑了那么久，还是被他逮了个正着。

出了客栈，辨认了一下方向，李凤凰就往北边走。

这是一个很小的城镇，没有城墙。

然后，李凤凰发现自己失算了。

上半夜还有明亮的月光，下半夜却是阴云弥漫，寒风刺骨了。

李凤凰身上虽然有狐狸毛大氅，但是对着丑时的寒风，这件衣服根本抵不住。扑面的寒风将鼻涕也冻住了；整个人不能呼吸；所有的关节好像被冻住了，走路机械而僵硬；整个人瑟瑟发抖，脚底下冷成了冰块，简直失去了知觉，不是靠着一股硬气撑着，根本走不动多少路了。

然而李凤凰却根本不敢停下来找个地方避避风。她不知道川槿是靠着怎样的办法找到自己的，她猜测极有可能与气味有关，或者与传说中的下蛊有关。

气味也好，下蛊也好，都只能在一定的距离内起作用。

只要自己在天亮之前，逃得足够远，这个男人也许就找不到自己。

第十六章　相知

因为阴云，月亮早已无影无踪。一盏灯笼在风中东摇西晃。尽管李凤凰努力护着灯笼不晃荡，但是脚下一个趔趄，手中的灯笼就甩了出去；才站起来，那灯笼里的小火苗就将整个灯笼壳子烧起来，不等李凤凰去救，那灯笼就被风卷到更遥远的地方，随即熄灭了。

现在，李凤凰一个人站在野地里。

为了抢回灯笼，她偏离了大路。手中没有灯笼，天上没有微光，天地之间，只剩下李凤凰一个人，就像是一根没有灵魂的扎在泥地里的木桩子，又像是一片被风卷上天的羽毛，飘飘忽忽，不知道自己身在何方。

她不知道身前是什么，身后是什么，左边有什么，右边又有什么。她知道自己站在原地迟早会被冻死，但是她不知道往哪边走才是正确的方向。

李凤凰哆嗦着蹲下去，将身子尽量蜷缩在一起。因为这样才能尽量少挨一点冷风，尽量保持身体的热量。

但是蹲下去之后就再也站不起来了，整个人就像是被固定成了一个矮小的形状；李凤凰哆嗦着，摸索着，想要找到大路。

然而……也不知挪动了多久，四面八方都摸索过了，李凤凰依然找不到大路……实际上李凤凰也不确定自己是不是离大路更加遥远了。

正在这时，李凤凰看见了远处的微光，听见了远处隐隐约约传来了马蹄声！有人来了！

先是一惊，随即是一喜。

不管怎样，来了人，就有希望。

而且，来的不是一匹马，是两匹马。也就是说，来的不是川槿那个王八蛋！

因为看见了微光，听见了马蹄声，李凤凰终于确定了大路的位置，摸索着向大路方向走。

李凤凰努力挺直了身子，张口呼唤。

然而张开嘴才发现，自己嗓子竟然嘶哑了！

虽然发出了一点声音，但是那声音随即被风卷走，哪里传得出去？

那来的两骑显然是非常熟悉这里的道路，转瞬之间就从李凤凰前方疾驰而过。

希望来得快，去得也快，一点微弱的欢喜瞬间被冻结成冰，李凤凰徒劳地无力嘶喊，但是她自己也没有半分指望。

刚才还算顺风，他们都听不见，现在去远了，又怎么听得见？

然而当李凤凰绝望的时候，奇迹发生了。

已经骑远的人竟然勒住了马，转头朝着李凤凰的方向来了！

这下惊喜非同寻常，李凤凰努力发出声音——其实也不用努力发出声音，因为对方举着燃烧着的火把，火把头上浇着猛火油，那火头虽然在风中左右摇晃却也将四周一圈照得明亮。

更何况李凤凰已经站直了身子，明晃晃，好大一棵树桩。

李凤凰急忙说话："两位英雄，麻烦带我一程……"

却听见其中一匹马上有人大声笑："李家大姑娘？"

李凤凰陡然一惊，下意识就要张口否认，却见马鞭如蛇，就冲着自己扑过来！

李凤凰急忙躲避。然而她在寒风中冻了半夜，早就没了力气；现在虽然脑子里说要赶紧躲,身子上的反应哪里来得及?

被马鞭结结实实抽了一个正着。

虽然身上穿着大氅,身上却早就冻了个半僵硬,鞭稍掠过,在李凤凰的脸上带起一道血痕,撕心裂肺地疼。

两个汉子下了马来,就要抓李凤凰。

李凤凰一个打滚躲过,现在也不管前面是什么了,深一脚浅一脚就要跑。但是不凑巧,李凤凰很快就一脚滑落——

脚底下有一个坑。

脚腕扭伤了。

跑也没法跑了。

两个汉子将李凤凰捆了一个结结实实。

既然没法跑,李凤凰只能落个嘴硬:"有本事将奶奶我杀了!"

其中一个贼人就哈哈大笑:"杀你?就这么杀了你,我们兄弟岂不是亏了?为了逮住你,我们兄弟从并州追到这鸟不拉屎的地方,在这地方待了足足两个月!"

李凤凰怒骂:"你们不得好死!"

贼人继续笑:"我们好死不好死那是以后的事情,现在你先让我们舒服一下。朝廷五品大员的女儿……啧啧,这个牛皮我能吹一辈子。"

另一个贼人说话:"好了,既然逮到人了,那就找一个挡风的地方舒服一下,然后带着这个小娘皮回去交账。我们捅了这么大的娄子,如果把她弄死了这辈子就回不了京师了。"

李凤凰心中惨然,但是人为刀俎我为鱼肉,哪里有逃跑的机会?

眼下就是想要自杀也是难。

这一瞬间,心中有无限悔恨。

自己为什么要逃离川槿;即便是留在天琅山山寨也比现在这样强;川槿看起来不像是坏人,或许自己与他坦诚相告,他能帮助自己……

但是世界上最缺的是后悔药。

正在这时候，李凤凰听见了世界上最动听的声音：

"你们要欺负她，问过我没有？"

李凤凰从来没有觉得，川槿的声音是如此动听。

川槿骑着一匹马来了。一跃下马，长剑就对准那扣着李凤凰的贼人招呼。

川槿武功很高，但是面前两个贼人也不是庸手。何况川槿是为了追李凤凰而来，也没有带上趁手的武器。

对方还抓了李凤凰在手。川槿对李凤凰另有所图，既然想要从她身上得到秘密，打斗进来就不免有些投鼠忌器。

更何况这半个月的相处，川槿对这个孜孜不倦持之以恒的姑娘，也产生了一种说不清道不明的情愫。

更紧要的是现在正在刮风，刮大风，川槿随身携带的迷药才拿出来就被风吹散了。

没有迷药在手，川槿的战斗力就要打一个折扣。

于是川槿吃了亏，胳膊上被人划了一道口子，然而拼着挨了这一刀，川槿也终于将李凤凰给抢了下来，扔上了马背。

两个贼人纠缠着川槿。川槿大声叫："你赶紧走！"

李凤凰哪里舍得走，疾声叫唤："你也赶紧上马！"试着驾驭马匹回头。川槿怒骂："别不知好歹，赶紧走，留着让我分心！我会用最快速度追上来的！"

李凤凰这才策马往前。她要回镇上，找人来救。

只是才走了几丈远，就听见身后传来大声惨叫，正是川槿的声音！

李凤凰这一惊非同小可，不管三七二十一，急忙转身回去。

此时三个火把都扔在地上，忽明忽暗，很快就要熄灭了。

微弱的火光中，只见三人都躺在地上，静悄悄的没有声音。

李凤凰只觉得手脚发软，急忙过去，翻身下马——手脚依然不灵便，她就爬过去——

地上躺着三个人，川槿一身白衣，比较好辨认。

一把将川槿的身子搂起来，努力抱着，眼泪就扑簌簌往下落。

只觉得脸颊上被一个冰冰凉凉的东西触碰了一下，她还没有反应过来，直到听见川槿一声得意的低笑，才如梦初醒。

将川槿整个扔在地上，眼泪不争气地掉落下来："你在欺负我！"

川槿又是大声惨叫。

李凤凰愣了一下，又有些手忙脚乱："你……你是装的吧？"

川槿苦笑着说："碰到伤口了。刚才以伤换命，又被扎了一刀。"

李凤凰手忙脚乱给川槿裹伤。好在川槿的伤都没碰到大血管，不是什么大事。

川槿哑着嗓子说："你去捡一个火把，扶我上马，往前面走，有一间土地庙。"

土地庙有点破，但是到底能挡风。廊檐下有稻草堆，估计是曾经有人在这里夜宿。李凤凰将川槿安顿好，又在前面不远处安置了一个火堆。

火光忽明忽暗，川槿靠着墙半躺着，闭着眼睛休息。李凤凰拨弄着火苗，想了想，将自己身上的大氅脱下来，给川槿盖上。

川槿睁开眼睛，说："我不冷。"

李凤凰凶巴巴地说："我管你冷不冷呢，我靠着火堆，太热了，衣服扔你这儿！"

川槿就笑了笑，问："肚子饿了没，我带了肉干。"

李凤凰就去拿马背上的包裹，拿出肉干，递给川槿一小块，自己拿了一小块。

因为身上没带水，现在也没有地方找水，两人只能干啃一片肉干填填肚子，然后川槿就继续闭着眼睛休息。

李凤凰看着火堆，发了一会儿呆。

风愈加凄厉了。坚硬的雪粒砸落下来，在地面上发出簌簌的声响，很快就在屋檐上面积攒了白色的一层。

只是外面依然是黑魆魆的黑夜，这黎明也不知什么时候到来。

一只温暖的手覆盖在李凤凰的肩膀上。川槿柔声说话："我睡过了，你去休息，我看着火堆。不会失火的，你放心。"

李凤凰转头看着川槿，蓦然之间泪流满颊。

然后，李凤凰就开了口。

"我是李邈的女儿……你问哪个李邈？我以为父亲的冤案人尽皆知……

"他是兵部一个老实巴交的五品官，一个老实巴交的军汉，总以为天下离开他就要倒塌了。我一年也难得见他一次。

"今年夏天京师要送一份地图到并州，我父亲负责封档派人送出。然而并州将军打开火封，看到里面的地图疏漏百出，甚至因此延误了战机。朝廷追问父亲的责任，我父亲因此下狱。但是我父亲拒不承认那份错误百出的地图是出自他的手笔，却也找不到真正的地图去了哪里，所以我的父亲一直被关在监狱里。兵部的人也在追查哪个步骤出了问题，但是那个负责送地图的小吏却突然死在了监狱里。此事就再也查不下去了。

"后来有个驿站的小吏招供说，那送地图的小吏，在驿站时候与人弄混了包裹，将地图给弄丢了。这小吏就当作什么事情都没发生，找人伪造了地图，私刻了印章，制作了火封，将假地图发往并州。但是真地图去了哪里，却是一个谜。得了这个线索，我们就立即出发去追查。杨叔叔带着我，一路查，后来得到线索，那包裹极有可能落到一个收购长白山老山参的商人手里。我们就追到了这辽州郡。然而这一路上却一直被人追杀，从蛛丝马迹来看是华夫人的人手，华夫人与我父亲一向不怎么对付，他们怕我们查到真相，不允许我们活着到达辽州郡。我手下的很多家将，就牺牲在了这一路上。但是这一路的追杀，却也证明我们的方向是对的。

"我们虽然到了这里,却一直也没有打听到那个药材商人的消息。虽然有人说这药材商人已经被这附近的山贼土匪杀了,也有人说这药材商人投奔山贼土匪了,但是我们总是不死心。

"后来机缘巧合之下,我们得知了一个消息,这东边的骊国,派了间谍在辽州郡,打算与辽州郡的一个土匪窝做一笔生意。我们牺牲了两个人,终于得到了确切信息,这土匪窝是天琅山,骊国的间谍想要做的生意是买一份地图。"

川槿猛然之间站起来,怒道:"岂有此理!"

李凤凰的陈述很简单,但是却陈述了一个让人惊心动魄的事实。

李凤凰说:"我们的人又花了力气找到了骊国的间谍,从他们手中拿到了天琅山匪徒与他们交接的书信。"

川槿冷着脸问:"书信在哪里?"

李凤凰的眼泪落下:"但是拿到书信后,骊国间谍就发现了我们的真正身份,两伙人起了冲突,骊国间谍被我们杀了,我们的人也死伤惨重,此后追杀我们的人追过来,我与杨叔叔失散了。不过当初仓惶逃命的时候,我从骊国奸细的身上抓了一些乱七八糟的物件。书信在杨叔叔那儿,但是现在我找不到他了。"

这个案子,川槿曾经听说过。当地的百姓一直都将这案件算在天琅山或者饿虎寨身上。然而川槿上了一趟饿虎寨,已经打听明白,饿虎寨并没有犯下这等恶行,就以为是天琅山做的。却没有想到,今天却竟然从李凤凰口中听到了真相!

川槿听她声音压抑,心中不免有些怜惜,伸出手去,握住了李凤凰的手。

却觉得李凤凰的手黏黏腻腻的,吃了一惊,急忙将她的手拿起来,对着火光一看,只见右手血迹斑斑。竟然是说话的时候,将手指甲深深地抠进自己的肉里。

李凤凰看见川槿那怜惜的神色,苦笑了一下,撩起了自己左胳膊上的衣服。

手腕上方，伤痕累累。

都是小伤口。

川槿更是吃惊。

李凤凰轻声说："当我痛得吃不消的时候，我就在自己这里划一刀。"

川槿看着李凤凰那小脸，心中五味杂陈。

李凤凰把衣服放下来，说："我要复仇，但是我不知怎样才能复仇。我要救父亲，但是不知怎样才能救父亲。后来想，我还有一个办法可以试一试，那就是上天琅山。"

川槿就问："找到那还藏在天琅山的地图？"

李凤凰点点头，说："那些骊国间谍都被贼人杀了，但是我从那些骊国人手里拿到一些乱七八糟的物件，我就想是不是可以冒充骊国人，与天琅山继续做生意，将天琅山的地图给骗出来？拿回了地图……也许能救下我父亲一条命。"

川槿恨铁不成钢地说："与虎谋皮，你好大的胆子。"

李凤凰说："我就到处打听，终于找到了一个曾经与天琅山做过交易的人，许诺了他一个大价钱，让他带着我上天琅山。我听说骊国有个公主，名叫凤凰公主，于是我就给自己取了一个名字叫李凤凰。只是没有想到，上天琅山容易，也不知哪里出了问题，那群土匪看见我故意露出的骊国物件，居然如临大敌。我就一口咬定自己是山下的姑娘，上山来买草药，那群山贼知道我满嘴谎言，但是又摸不准我的真实身份，不敢莽撞杀了，因此把我单独囚禁，就是要用水磨功夫要我屈服。"

川槿温声问话："我既然将你救出来，你怎么不与我说实话？"

李凤凰低声解释："我生怕你也是贼人，救我只是演一场戏。所以千方百计要算计你，想要逃走。直到今天——我才确定，你是好人。"

159

川槿说:"你有两伙敌人,一伙是山寨的,一伙是那一路追杀你们的。我今天救了你,只能马马虎虎确定我不是那一路追杀你们的。"

李凤凰说:"如果你是天琅山山寨一伙的,那我也认账了。谁……让我与你单独相处了这么多天呢。"

声音里竟然略带娇羞。

川槿心中一动,侧头看着李凤凰的脸蛋,只见对方在火光的映衬下,如同鲜花一般明艳耀眼。

猛然之间想起一件事,问:"你说你这个名字是假名?那你的真名叫什么?"

李凤凰看着川槿,突然一笑,说:"女孩子的闺名只能给家里人知道,你问了我也不告诉你。"

川槿瞬间闹了一个红脸。

第十七章 相别

此时已经快要天亮，两人折腾了一宿，也实在困倦。靠在稻草堆上，有一搭没一搭说着话，川槿毕竟是受了伤的，于是渐渐困顿，眼皮子终于合上了。

只是睡着之前还是看了一眼火堆，那火堆距离稻草甚远，李凤凰的身子往自己这边侧歪了过来。

次日两人醒来的时候天已经非常明亮。

好在一场大雪，地上攒了一尺厚，路上少行人，昨天晚上那两个贼人死在路上，居然也没有人发现。李凤凰找了一个坑，将两具尸体拖进去，草草埋了。

川槿猜测，那一路刺杀李凤凰一行人的贼人，极有可能与朝廷有关。既然这样，就不敢报官。

川槿身上有伤，长时间留在土地庙里，缺吃少穿，肯定不行。李凤凰扶着川槿上了马，回了小镇。只是再也不敢去客栈了，那两个贼人被川槿杀了，谁知道那贼人有没有同伙在等他们回来报信。

用夫妻的名义租了一间房，住了下来。

川槿倒是有些尴尬，但是李凤凰却是落落大方。

用一张面纱遮住脸，与人讨价还价，让人每日送菜肴和药物过来；两人就再也不外出。

过了七八天，川槿身上的伤渐渐痊愈。他身上的伤本来也不严重，更何况自己就是医者，治疗一点小外伤，真的不在话下。

两人日常也说了不少闲话。李凤凰也说了不少朝廷上的事情。川槿行走江湖，不大关注朝廷，倒也听得津津有味。暗中与自己偶尔听闻的信息相对照，发现并无破绽。

也就是说，李凤凰的措辞是可信的。

闲暇的时候川槿也想过怎样去帮助自己的女人。没错，川槿已经将李凤凰看成是自己的女人。两人同生共死，共同患难这么久，又同进同出同居这么多天，如果自己不对李凤凰负责，将来李凤凰嫁给谁去？

什么，李凤凰出身官宦人家，你川槿只是一介草莽？门不当户不对？

呵呵，川槿表示说，门当户对算老几？老子我武功高强，医术高强，手艺傍身，怕你当官的？

你当官的再厉害，也难保要生病。何况李家现在正在落魄，落魄了就没有资格计较门当户对的问题。

好吧，这些都是废话。

最要紧的一件事是：川槿对李凤凰动心了。他觉得这个女人很对自己的胃口，比明月师妹更对自己的胃口。

两个人一样的泼辣，两个人一样的聪明。但是川槿面对叶明月的时候只觉得麻烦，不好对付；面对李凤凰的时候却充分感觉到了自己作为一个大男人的被依靠感和被信任感。

所以川槿得想办法将老丈人给救出来。

官场的事情川槿是不懂的。

所以川槿只能琢磨，怎么灭了天琅山，怎么想办法将地图给找出来。

川槿很聪明，辗转反侧好几个晚上，终于有了一个不算太成熟的主意。

嗯,等天亮了,好好与李凤凰商议一下,看看到底成不成。毕竟京师里的事情,川槿不太懂。

这是一个阳光明媚的早晨,川槿哼着歌儿起来,简单洗漱完毕,拖着鞋子进了厨房,打算与李凤凰打声招呼。

厨房炉子上熬着小米粥,蒸锅里放着大白馒头,腾腾地冒着热气。川槿吸了吸鼻子,小米香、馒头香、咸菜香——打开桌罩,桌上果然有一碟咸菜——再吸吸鼻子,里面还夹杂着少女那似有若无的体香。

只是少女却不见了人影。

川槿唤了两声,听不见少女回答,也不管了,就抓起大白馒头往嘴巴里塞。

然而吃完了一碗小米粥,少女依然不见过来。

川槿就抓起另外一个馒头,往李凤凰的房间走。在房间门口唤了一声,居然没有回答!

门虚掩着,川槿径直推开了门。

房间里,被褥整齐,但是……李凤凰和她的随身物品,都不见了。

桌子上压着纸条,那是李凤凰留给川槿的信。

李凤凰说:川槿,我很感谢你几次救我的性命。但是很遗憾,我不能给你回报。

李凤凰说:你有你的生活,我有我的责任。我不能将你拖进漩涡里。

李凤凰说:现在,我去解决我的问题了,对不起,我不能陪伴你到身体完全痊愈。

川槿放下纸条,冲出门去。只是扯到了伤口,隐隐作痛。

现在正是清晨,北方来的风席卷而过,在小巷子里卷出呜呜的声音。

寂寥无人,连少女的气味也已经消失无踪。

☆☆☆

李凤凰走在天琅山的山道上。

在山下的小镇过了半个月,不经意之间,李凤凰也打听到了天琅山的很多事情。

两个月前的土匪,还经常下山扰民。不一定杀人放火,但是抢只猪狗羊,敲诈一只鸡鸭鹅什么的,都是常有的事。但是最近两个月,居然一次也不曾下山来敲诈或者抢劫。

甚至连过路的商人旅客,也不曾缴纳过买路钱。

最荒唐的笑话是前一阵他们居然还花了五十两银子给一个胖姑娘下了聘礼,吹吹打打将那姑娘抬上山去——如果是以前,直接将姑娘抢了也就抢了,下什么聘礼!

平常人听着这些闲话,也不会多想;但是李凤凰是在山上待了好长一段时间的。她突然想起来,自己被囚禁在山上这么长时间,这群土匪也没有动过自己。

然后李凤凰就有了一个大胆的猜测——这群土匪,已经不甘心做土匪了,他们有更大的图谋!

不扰民,只是他们进行图谋的第一步。

洗白之后,才是他们要进行的第二步。

那么,这群不扰民的土匪,到底想要什么?

想起了山寨曾经得到地图这一件事,李凤凰就忍不住浮想联翩。

在没有卫星探测的年代,地图可是重要的军事机密。平常的山贼土匪,拉起一支队伍,在山窝里称王称霸还行,一旦想要下山攻城掠地,首先要面对的第一个问题,就是——会不会迷路?

有了一份详细的边疆地形图,这群山贼土匪会不会被勾起争霸天下的野心?

李凤凰已经是走投无路。在照顾川槿的十多天里,她也曾辗转反侧,想要为父亲寻找一条生路。

然而,想不出办法!

……她终于决定,破釜沉舟!

李凤凰知道山寨的人怀疑自己是骊国间谍。这其实也是自己故意给他们造成这样的误解。

既然这样，自己就利用这种误解，干一个大的。

成功了，骗到地图。甚至还可以拉起一支队伍！

失败了，左右不过是一条命而已！

李凤凰知道，自己已经是没什么不能失去的了！

对着山寨的哨口，李凤凰的声音很沉稳很安静：

"我是骊国的凤凰公主。我要见你们的寨主。"

☆ ☆ ☆

刘照真的想不通李凤凰为什么要去而复返。不过去而复返，足以说明山寨中事物的重要性。

然后，他一口水就差点喷出来。

李凤凰说："我是骊国的凤凰公主。"

刘照指着李凤凰："你你你……是骊国的公主？"

叶明月斜睨了李凤凰一眼，现在她已经从刘照嘴巴里知道李凤凰的可疑之处，心中暗恨自己被这个李凤凰当了枪使唤。见刘照呛水，慌忙照顾。

李凤凰很严肃很认真："是的，我是凤凰公主。你可以不相信，但是我的确是凤凰公主。"

刘照："孤身一人潜入大乾朝的凤凰公主？"

李凤凰很严肃："我曾带了很多从人，但是遇到意外，他们都去世了。"

刘照摊手："好吧，你现在可以告诉我，你暴露身份，到底想要做什么？"

李凤凰深深吸气，非常平静："我要与你们谈合作。"

刘照："那你要怎么合作？"

李凤凰心中怦怦乱跳："我知道寨主有争霸天下的雄心壮志。"

165

刘照目光渐渐沉冷下来："李凤凰，你很会胡说八道。"

李凤凰心中也在发虚，但是她却依然努力镇定："寨主如果之前没有争霸天下的雄心壮志，那么现在寨主的机会来了。"

刘照淡笑了一下："怎么说？"

李凤凰声音终于也有些发颤了，不知是害怕还是激动："不知寨主有没有听说过陈胜吴广的故事？陈胜吴广不过是贩夫走卒，不过是凭借了皇长子扶苏的名义，就搅动了大秦朝的天下。而现在大乾朝皇后与太子死于非命，皇孙流亡，天下人心动荡，与当日的情景，何其相似！如果寨主借助了皇孙的名义……"

正在这时，一阵剧烈的咳嗽打断了李凤凰的话语。李凤凰转头看去，见叶明月满脸通红，咳嗽得上气不接下气。

站在门口守卫的邓小白，也是把头转过去，肩膀一耸一耸。

李凤凰愣了好一会儿，也不知道这两人反应这么剧烈是为什么。半句话就卡在那里，说不下去了。

刘照似笑非笑地瞟了李凤凰一眼，转头去俯拍叶明月的脊背，慢悠悠说话："没事，凤凰公主，你继续说，我听着。"

李凤凰心中虚得厉害，但是她的声音却平稳下来了："我听说皇孙曾经向着辽州方向逃亡，想要去骊国，但是最终却死在了路上。而现在寨主身在辽州，这就是上天送给寨主的机会！"

刘照看着李凤凰："你到底是什么意思？"

李凤凰面目有些狰狞："现在，你手上有了边关的地形图，你可以用这幅地形图，与我骊国借兵！你手上有了兵，又有了皇孙的名义，登高一呼，天下震动，如果加上骊国的帮助，天下易主，亦未可知！即便不能易主，在这辽州地方，割地称王，中原的皇帝陛下，也只能捏着鼻子认账！"

李凤凰是豁出去了，她什么话都说出来了！

刘照呵呵一笑："凤凰公主，我手上有地图？"

李凤凰:"我如果不是为了地图,怎么可能跑到这儿来。"

刘照冷冷淡淡地笑:"凤凰公主,我觉得你这个人很古怪。你刚才说的这些话,我是一个字也不相信的。"

李凤凰已经有些色厉内荏:"为什么不相信?"

刘照淡笑:"半个月前,你抵死都不说自己的真正来意。半个月后,你自己主动上山来,与我谈合作。前后态度差别如此之大,你让我如何相信?"

李凤凰深深吸气,知道刘照盘问乃是应有之义,好在她已经思考明白,于是款款解释:"冒昧地问一句,你们天琅山寨,两个月之前,是否发生过一些意外?老寨主与之前的高层,不曾与寨主有事务上的交接?"

这句话一落,四面的人都是一惊。

这一句话虽然很委婉,却直接指向了事情的实质。就差点没有说明山寨火并,现在的刘照乃是杀了老寨主才上位了。

刘照的眼睛眯起来,说:"你继续说话。"这个女人能猜测到这一点,也不是很奇怪,自己也没有否认的必要。

不过心中却暗自警醒,自己冒充山贼的事情,看起来也不是毫无破绽。

这个李凤凰能看出来,那么定然也有能人能看出来。

李凤凰说:"因为我会来到中原,就是接到了原先老寨主发出的信息。老寨主告诉说,山寨得到了一幅边塞的地形图,想要与骊国交易。我皇上虽然对中原绝无觊觎之心,听闻这件事也不免要派人过来看看真伪。只是我带人进入中原之后,遭遇了意外,从人尽丧,只能孤身上山。没有想到上山之后,寨主却对我的骊国身份怀有很强的敌意,更像是不知道地图的事情。这样的情景,我不想引起更大的纠纷,就只能咬牙不说。"

刘照微笑:"这倒也能够作为解释,但是我依然不明白,公主殿下下山半个月，就怎么改变主意了呢？"

李凤凰说："第一，我来到中原几个月，不但没有完成使命，而且从人尽丧，如果就这样灰溜溜回去，只怕不会有很好的结果。"

刘照点头："听起来似乎有些道理。"

李凤凰咬牙，说："第二，是因为我听说寨主的行事风格，与老寨主绝不相同，所以我斗胆猜测了一下，寨主是有打家劫舍之外的新的打算。如果侥幸猜中寨主的心意，那么我就不用灰头土脸回骊国了。"

刘照点头："如果没有侥幸猜中呢？你不怕我杀了你这个骊国间谍？或者干脆拿了你这个骊国公主，向朝廷请功？"

李凤凰咬牙："如果你杀了我，那么几天之内，天琅山私藏地图的事情，就会传遍整个辽州。那时候，天琅山为我殉葬，我这个公主，死得也不算太寒碜。如果你拿着我向朝廷请功，且不说我不承认骊国公主身份，就是我承认了，你如何向朝廷解释私藏地图几个月的事情？你即便将地图完璧归赵，上交朝廷，你又怎么让朝廷相信，你们私藏地图几个月，保证没有复刻？"

刘照点头："你说的这个，我们的确很难应付过去。"

李凤凰笑靥如花："既然这样，我们就达成交易如何？你将地图给我，我回国将兵借给你。手上有了兵，不管做什么事情都有了底气。"

刘照也微笑："你们能借兵，能连粮草一块儿借不？"

李凤凰咬牙："这一切都可以商量。"

刘照沉吟："既然这样，我们需要商量一下，还麻烦凤凰公主纡尊降贵，在我们山寨逗留几天。"

李凤凰觉得自己终于占据了主动，于是笑靥如花："既然这样，我就静候寨主佳音，不过寨主需要留意的是，我与山下的人约定七天之内必须下山，否则对山寨不利的传言传扬出去，可就不妙了。"

刘照挑了挑眉，说："既然这样，那我们就不能谈合作了，因为我手上的那幅地图，要临摹一下，也需要好长时间。"

李凤凰淡笑:"那就不好了,还请寨主抓紧时间,否则造成误会,对你对我都不好呢。"

刘照微笑:"真的想不到凤凰公主居然是这样一个厉害角色。也好,我会尽快给公主一个回复,做好地图的临摹。只是还有一个关键,那就是——我需要一个人。"

李凤凰:"什么人?"

刘照:"淳于三。"

李凤凰眼神里一片迷惘:"淳于三,那到底是什么人?"

刘照微笑:"凤凰公主连淳于三都不知道,看样子对骊国国内的情况不是很熟悉。"

李凤凰愣了一下,才说:"我出来有一段时日了。不过我在国内的时候也只对父皇负责,所以很多事情都不关心。既然寨主特意提到这个人,那我回国之后就帮着寨主去问一问,也不是不能商量。"

刘照继续笑:"那好。"

眯起眼睛,看着李凤凰笑道:"不过公主殿下,有一件事我想要提醒一下,您与一个山寨寨主说话的时候,自称'孤''本宫'之类会更符合您的身份,您说不是吗?"

李凤凰的脸色瞬间变了一下,随即笑道:"既然离开骊国,本宫总要改变自己的语言习惯。否则不小心说漏了嘴,就是一场大祸。"

刘照点头表示同意:"原来如此。"

这一次刘照当然不会将李凤凰安顿到那个幽僻的山谷里。就在山寨的中间给她找了一个干净的屋子,将她安顿了进去。只是门前屋后站着的人多了一点。

第十八章　借刀

"地图？"邓小白叫起来，"整个山寨都找过了，怎么可能有什么地图！"

"但是这个女人这么一本正经的样子，不像是撒谎。"叶明月沉吟着说，"如果我们没有地图，那么她实在用不着重新回来一趟。"

"她不是骊国的公主。"杨云义皱着眉头，"扯着骊国的虎皮，冒险再回到山寨，就是为了寻找所谓的地图。"

刘照点头："所以我们必须弄清楚几件事，第一件，我们山寨是不是真存在着一幅所谓的地图。我们需要将山寨上下再仔仔细细找一遍。这件事，小白，交给你。"

邓小白遵命。

刘照继续说话："第二件，我们要弄清楚这个李凤凰的真正身份，这需要从两方面下手，第一方面，我们从李凤凰这边下手，不管怎样，先试探着再说。明月，这件事情交给你。"

叶明月答应了，说："只是我很笨，上次被她绕得团团转。"

刘照忍不住莞尔，说："那是因为你善良的缘故，不是因为你笨。"又说，"第二方面，我们要从地图入手。"

众人都露出诧异的神色。

刘照说："我们从地图入手，地图乃是皇朝机密，这一个土匪山寨怎么会与地图扯上关系,这个李凤凰又如何会相信山寨有地图这件事?让这个李凤凰不惜冒险冒充骊国的人,上山来求取地图?我推断,这个李凤凰,身份来历,定然与地图有关。我们想办法调查一下,朝廷上下,最近几个月,有没有发生过地图的事故?这个事故,是否与辽州方向山贼土匪有关?云义,这件事交给你安排下去。"

杨云义答应了。

刘照沉吟了一下,说:"第三件,是我们需要调查清楚,最近两个月,这附近有没有发生过山贼伤人的事件,被杀的商人,至今身份不明。刘凤,这事情交给你。"

刘凤答应了。

山寨众人在算计着这件事的时候,忽略了一个人。

那就是将李凤凰救走的川槿。

叶明月与刘照提起过川槿,不过涉及了川槿与自己赌赛的事情,叶明月没有多说。

所以李凤凰随口一句"我路上将川槿给甩了"的时候,一群人都没有追根究底。叶明月是脑子不大会拐弯,而刘照等人是用叶明月的智商值来估量师兄的智商值。

李凤凰丢了,聪明的川槿,用膝盖想想也知道李凤凰是上了天琅山。怎么办?先上天琅山看看。天琅山上还有一个师妹,与师妹商量一下吧。多半要欠师妹一个人情,不过那也没法。嗯,川槿已经做好了认输的准备,毕竟神医堂可以没有川槿这个少堂主,但是李凤凰却不能没有川槿这个未来的丈夫。

嗯,灭了天琅山,就将这功劳让给师妹吧,就说这是师妹想出来的借刀杀人之计。师兄妹之间,做事应该留一些余地,赌赛我已经赢了,那就足够了。

——对于师妹,川槿向来很有师兄的风范。

不过怎样去见师妹,是一个问题。

现在已经是冬天了，白雪皑皑，山下的雪下了又化，山上的雪却是一直没有融化，想要凭着自己的轻功像上次那样潜伏上山，已经不能够。

背上竹篓，川槿就上天琅山卖蛇药了。

蛇药是川槿包裹里本来就有的。这蛇药有没有效，得拿两条毒蛇来试验给别人看。但是现在正是冬天，哪里去找毒蛇？

不用担心，神医堂下属有养蛇专业户，要知道蛇胆可是一味好药，蛇肉也能派上用场。

现在正是蛇虫冬眠的时候，抓两条出来，用火烤醒就是了。

至于为什么要卖蛇药——川槿想，我们神医堂最出名的就是蛇药啊，冬天卖蛇药，肯定能引起师妹的警觉，师妹肯定第一时间判断出是师兄来了，那时候就能找机会与师妹单独说话了。

当然，川槿还是高估了叶明月的智商。

☆☆☆

这天叶明月正在给刘照施针，外面传来了杨云义的说话声："叶姑娘，山下来了一个卖蛇药的，我们要不要备上一点？"

叶明月正忙着给刘照扎针，头也不抬："现在是冬天，都下雪了，山上哪里来的蛇虫？这些药丸，大多都是有日子的，过了几个月就失效了，买了也没用。"

叶明月忙活去了，但是说者无心听者有意。

杨云义将叶明月的话听进去了。

蛇药都是有日子的。

卖蛇药的江湖汉子，不会在冬天出来卖蛇药。

何况是上这么一个臭名昭著的山寨来卖蛇药！

可以看出来了，这个卖蛇药的，说不定就是各方势力派出来的探子。

既然是探子，那就先扣下再审问。

戚里哐啷，劈里啪啦，唏里哗啦，打起来了。

那鬼头鬼脑的探子落荒而逃，山寨这边也倒下了不少好汉——不是说山寨里的众多好汉在有准备的情况下还留不下那汉子，实在是那汉子手上毒药迷药层出不穷。

等叶明月给刘照扎好针，来到山寨前厅的时候，闻到的是淡淡的香味。

迷药的香味。

师兄出品，只此一家，绝无分号。

众人愤愤然，悻悻然，叶明月都不好意思解释这是神医堂的出品。

这才后知后觉地知道，原来，师兄来过了！

师兄卖蛇药，是提醒自己：师兄来了！

然而现在，救人才是正经。追师兄的事情，只能先放一边。

☆☆☆

川槿也是愤愤然，悻悻然。

神医堂第一美男加第一神算加第一高手，只是想要见个师妹而已，哪承想在山寨入口处就吃了这么一个大亏！

师妹没见到也罢了，更气人的是，山寨那些守卫本来没有发现自己身份的破绽，还是师妹提醒他们！

之前到了山寨的入口，守卫们对川槿还是客客气气的。哪知道守卫客客气气一个人去请示，气势汹汹带着一群人回来。

那话让川槿差点气炸："叶姑娘说了，这时节没有蛇虫，上山来卖蛇药的，不是骗子就是傻子！"

川槿一瞬间就傻了，自己与师妹果然没有灵犀！

抬头无语问苍天，苍天下雨淅沥沥。

然后一群人围攻自己了。

几条蛇都被杀了！小心肝好疼！

虽然川槿努力辩解："我是真的卖蛇药的，我的蛇药能存放好几年，你们山寨有备无患……"

却差点被人一刀给砍了。

好在川槿轻功学得不错,千钧一发之际避开了。

不过经过了这么一出,川槿也算是将这个天琅山看得更明白了。

连一个穷苦的卖药人都要扣留打杀的山寨,就是满门都灭了,也绝对不会有无辜的!

至于师妹要留在山寨的原因,川槿认为自己也猜出了个七七八八。

师妹向来嫉恶如仇,这一次不肯爽爽利利杀人回神医堂,要么是因为这群坏人太坏,师妹要慢慢炮制他们;要么是因为这群坏人手上有药谱,师妹要好好骗取信任好弄到药谱。

因为关系到神医堂继承人的赌赛,前者的可能性不大。

多半就是为了弄药谱了。

但是师妹没想到,有一句话叫作"一力降十会",如果找了大军过来将这山寨给灭了,留下几个要紧活口慢慢收拾,还怕问不出个究竟来?

叶明月在山上是安全的,从那几个汉子的言语中猜测,叶明月的地位还不低。

现在为难的就是李凤凰那个蠢丫头。

这个傻姑娘多半就在天琅山上,继续琢磨她的地图。

她既没有本事,又满脑子急火。正所谓利令智昏,脑子一急,肯定会犯更多的错误。

天琅山的盗匪之前将这个傻姑娘留着,多半是怀疑她有其他的身份什么的。现在这个傻姑娘单身再度上山,天琅山盗匪再傻也知道她身后没有靠山了。

除了指望明月师妹能照顾傻姑娘一把,别的都指望不上了。

但是就之前的事情看,李凤凰骗了师妹一把。现在李凤凰再度上山,师妹再傻也知道她骗人的事情了,再也不会将她当作人畜无害的村姑来照顾。

川槿第一次觉得，他肩膀上的责任是如此重大。

现在迷药都用光了，即便去配制也不是一时半刻的事情。

傻姑娘多半就在山上，危在旦夕。

川槿脑袋肿胀了三圈，茫然的目光在街头掠过，街头巷尾贴着的海捕文书进入了川槿的眼帘。

没错，海捕文书。

聪明的川槿，脑子高速运转，一瞬之间，他想明白了一个关键。

我灭不了天琅山，但是我可以去搬救兵啊。

救兵在哪里？

下面县城，有一个糊涂县令叫胡大图。

天琅山的土匪，本来就是罪恶滔天。

但是官府却懒得动这群土匪，第一是因为这群土匪虽然危害百姓却很少动官府，虽然啸聚山林却不敢攻城拔寨；第二是因为这群土匪骨头硬，难啃。

但是如果给朝廷一个不得不啃这块骨头的理由呢？

最简单的法子，就是直接跑到县衙或者府衙，告发这个天琅山抢了一户商人，收了一份地图，现在正高价向邻国售卖这份地图。

这法子可行吗？

肯定不可行。川槿不懂朝廷中的波谲云诡。但是他知道李凤凰一直遇到刺杀。

也就是说，有一个能量极大的幕后黑手一直想要将李邈等人置于死地。

如果自己向县衙或者府衙报告这件事，那县衙或者府衙敢不敢管？

县衙或者府衙如果是对方的人，那乐子就更大了。

——所以，川槿要找一个县衙府衙不得不去剿灭天琅山的理由。

剿灭反贼刘照就是一个很好的理由。

对于废太子与华贵妃之间的争端，川槿早些时候就有所耳闻。毕竟朝廷废太子废皇后这么大的事情，必定要昭告天下。而且废太子之前当了几十年太子，在民间也颇有一些好名声，乡下的无知百姓，甚至还编造出了"狐狸精变成西宫娘娘算计正宫娘娘"之类的谣言来，虽然作不得数，但是川槿也明确了朝廷里互相争斗的双方以及大概。

据说太子是一个好太子，皇孙是一个好皇孙。

但是皇帝不爱皇后了，皇帝就将自己的老婆儿子都给弄死了。可怜的皇孙，奔逃流亡了几千里，最终还是死在了盗匪手里。

——不过民间也有传说，皇孙并没有死在盗匪手里，皇孙是逃到骊国去了。

这就给了聪明的川槿以操作的空间。

——是的，对于那位民间颇有好名声的废太子，川槿是抱着同情态度的。但是同情归同情，能利用废太子儿子的名义灭掉一个为祸乡里的土匪窝，川槿下起手来也毫不留情。

至于真正的皇孙，如果他已经被杀了，那么他九泉之下有知，肯定不会计较这么一点小事。毕竟自己也算是为了百姓嘛。

如果他没有被杀，还躲在某一处苟延残喘，那么听闻这个信息，肯定会感谢自己。假皇孙死了，他就安全了，是不是？

☆☆☆

胡大图几个人最近很郁闷。

被人生生骗走了五千两银子！

五千两银子，得搜刮多少民脂民膏？

原本想讨好巡按大人，得一个上等的考评，好继续升官发财，哪里知道，自己竟然是——上当了！

真正的巡按在几天后姗姗来迟。看着那巡按一副穷极了伸手就勒索的模样，胡大图几个人就犯了一个致命的错误。

他们将真正的巡按当作骗子了！

一群衙役穷凶极恶地冲上去，将巡按和他的手下全都摁住，拉到县衙，就要打板子——

可怜的巡按大人，衣服被扯了，帽子被摘了，身上带了几个小钱，都被那个该死的衙役趁机摸走了——

如果不是在脱下巡按大人裤子打算打屁股的瞬间从巡按大人口袋里掉下了金印，那金印刚好咕噜咕噜滚到胡大图的身边，衙役的板子就打下去了！

重新穿上衣服的巡按大人真的气急败坏了。

——这说起来真的是巡按大人自己的错，要知道八府巡按官品虽低了一点，但是手中权力不小，这做巡按的，居然一副急赤白脸要钱的小家子模样！

就单单神情气度而言，真货真的比不上假货！

更何况那假货处理起案件来，条分缕析，让人一看就知道那假货肚子里有货！

然而这真货，到了县衙，第一句话不是看卷宗而是要钱。

所以，这真的不是胡大图几个人的错。

但是真正的巡按大人就当这是胡大图几个人的错。

差点将真巡按打了，这已经是大错；被真巡按知道这个笑话，又是一个大错。

最关键的大错是——

他们手上没多少钱了。

为了保住官职，他们小心翼翼与巡按大人赔礼道歉，又拿出一大笔钱来表示诚意。

巡按大人终于走了。但是他们也很清楚，升官发财的美梦是破灭了，能保住官职就已经是谢天谢地了！

现在，水面上出现了一根救命稻草。

川槿面对胡大图，态度极其认真：“是的，我到天琅山附近采草药，是遇到皇孙了……是的，一个唇红齿白的年轻人，与城门口贴着的告示图像上一模一样！他身边还有一个青年，白白胖胖的，与那城墙上的告示也很像！小人怀疑，这皇孙，并没有死，而是逃到天琅山上去了！他被天琅山的盗匪给救了！"

胡大图的眼睛溜溜地转，说："我要商量一下。"

要去逮叛贼，靠县衙的力量是不行的，得向朝廷报告才行。

但是如果让朝廷扑了一个空，那后果也是很严重的。

——然而，如果能抓到皇孙，搭上华贵妃的线，报酬也是非常丰厚的！

向朝廷报告？川槿心中一凉。

等胡大图向朝廷报告，朝廷决定派大军过来，叶明月咱们不说她，李凤凰这盘黄花菜肯定凉了。

于是川槿继续说话："大人，如果您向朝廷汇报，情况是稳妥了，但是您的功劳也小了是不是？我听说废太子谋逆案子虽然已经下了定论，但是朝廷里同情废太子的人还真的不少。万一您的文书到了那些人手里……"

胡大图瞬间紧张了："那该怎么办？我派人去打天琅山？但是我手上没人啊……"

"可是边关有兵啊，这些兵丁，隔一段时间就轮休，您花一点钱，请他们帮帮忙，等拿到了皇孙刘照的脑袋，这功劳可比钱重要！"

说起钱，胡大图脸上的表情都扭曲了。他的声音里带着哭腔："说起来不怕您不相信，本官在这里当了三年官，手上连两百两银子也拿不出来了。要请动边军那些大老爷帮忙剿匪，没有一万两银子，哪里能请得动他们？"

临平县距离边塞只有三百里，快马加鞭一日可以抵达边塞大营。

第十九章 开诚

"啊？"川槿瞬间震惊了，"大人当了三年县令，竟然清廉到了这般地步？真的是我们本地百姓的福气啊……既然这样，在下还有一个主意。"

川槿发挥他的智商优势，循循教导："天琅山收留反贼，那是对朝廷有害。但是天琅山同时抢劫百姓，这是对百姓有害。既然是对百姓有害，那么请百姓出一点钱也是情理之中是不是？尤其是山下的大户，天琅山的盗匪下山来抢劫，先抢的就是他们。"

胡大图点头，说："既然是收拾天琅山的盗匪，那么全县的百姓都有责任，我这就吩咐下去，让全县的百姓认捐，实在不行就摊派下去……"

"这可不行啊大人！"川槿吓了一大跳，赶忙阻止。如果真的让这位县令大人向全县百姓摊派，百姓岂不是雪上加霜？

当下好好分析："如果向全县摊派，那么全县的百姓都知道我们要买兵攻打天琅山了。到时候天琅山的盗匪狗急跳墙，下山攻打县城，或者行刺杀的法子，那县令大人就危险了。所以县令大人还是要悄悄地向大户募捐，或者是借钱，最好是三五户人家就将钱给凑起来。"

胡大图将头点得如小鸡啄米似的。

川槿又交代："大人借钱将灭土匪的事情办成了，可以说是功在当代利在千秋。这个钱即便不还,我们本地的大户乡绅也是感激的。不过灭天琅山土匪的事情宜早不宜迟,大人最好早点将这事儿给办稳妥,否则消息传出去,且不说天琅山的土匪狗急跳墙,就是边上来抢功劳的,也很恶心。此外,时间耽搁久了,这天气愈加寒冷,大雪封山,要灭土匪就不容易了。"

胡大图又是点头:"这个道理,本官虽然懂得,但是你这江湖大夫,居然连这个都想到了,可见做事情的确周到仔细。这样吧,本官身边也刚好缺一个师爷,你就别做什么江湖大夫了,留在本官身边,帮本官做事怎么样?"

啊?川槿急眼了:"大人抬举,在下感激不尽,当然要效犬马之劳,但是眼下小人还不能进入大人幕府。"

胡大图:"怎么不行?"

"小人得去天琅山脚下盯着,看着这些土匪的举动。只有收集了足够的情报,才能保证大军到来之际万无一失……"

胡大图点点头:"你说得有理,不过本官也不能委屈了你。"

站在川槿的角度来看,自己给胡大图出的主意,纯粹是胡说八道。

他只是一个民间大夫,官场争斗,波谲云诡,距离他实在太遥远。之前距离官场最近的一次,就是听李凤凰说父亲的案子。

如果有聪明人在场,仔细琢磨分析,胡大图说不定就不会上了川槿的恶当。

但是胡大图智商有限,糊涂虫身边又没有聪明人。

川槿的计划实施得非常顺利。

——当然,川槿不会想到,自己的胡说八道,竟然误打误撞说中真相。

眼下最要紧的大事,就是上天琅山,把这件事告诉明月师妹,让明月师妹在大军到来之前下山。

当然还有一件顺带的事情,那就是让明月师妹顺路将李凤凰捞出来——

如果李凤凰还在天琅山的话。

还是那句话,怎么上山?

川槿在山下琢磨了整整两天。

关系到升官发财,胡大图的动作很迅猛。才不过两天时间,就凑足了钱,打算去借兵了——

如果胡大图顺利借到兵,边军开拔过来,左右也就是两三天的事情!

好在这时候,川槿在山脚下打听到了一个名字:春草。

据说这个春草是被山大王用了五十两银子买上山去做压寨夫人的。中间还曾下了一次山,给了家里一点钱。

说明这个春草姑娘很受宠。

这就可以利用。

不能耽搁了,川槿给自己贴上了络腮胡子,下山去了百姓家,胡乱买了一担子年货,三上天琅山!

这一次见到守卫,川槿昂首挺胸,骄傲地宣布:"我是山下春草家的兄弟,这不眼看着过年了嘛,我来妹妹家送年货的。"

守卫倒是有些疑惑。川槿就将整个担子都翻出来:活鸡、活鸭、米糕、半扇羊肉、一只蹄髈,上上下下看不到半点可疑的地方。

但是守卫依然很礼貌地告诉川槿:"麻烦您在这儿等一下,我们派人请春草姑娘过来。"

川槿就恼了:"我是大舅哥,大舅哥!大舅哥上妹夫家,你们还阻三拦四的……"

川槿挑着担子就往里闯。

这下不得了,守卫的刀子就掏出来了。

既然扮演大舅哥,川槿也不好打架,事实上打架也讨不了好,于是就梗着脖子说:"我是春草的哥哥!你有本事就真的杀了我!"

那守卫也不敢真的杀下来，一群人就僵持着。正在这时，听见一个气急败坏的声音："这个人不是我哥哥！"

于是——场面更加热闹了。

很快就又有守卫看出来，这个汉子的胡子是假的，他是之前挑着蛇药上山的奸细！

川槿灰头土脸，很吃了一些亏。之所以没有直接被杀，还是因为山寨众人要留着川槿审问仔细。

好在叶明月来了。

叶明月正在琢磨着新的药方，听闻是春草的哥哥来了，她也没有理睬前面的喧嚷。

直到那边有人来报告说是"上次那个奸细"，叶明月才后知后觉想起来，哦，上次那个没碰上面的奸细，极有可能就是我的师兄。

这才急急匆匆赶往寨门口。

可是山寨三道寨门，着实有一点路。

所以叶明月冲过来的时候，川槿已经被人摁倒在地上。

狼狈的样子让叶明月笑得弯下了腰。

川槿气愤地叫："我是关心你才过来，你居然还笑！"

叶明月就很诚恳地向川槿道歉，请川槿就在门岗边上的小房子里坐下——至于寨子里面，毕竟关系重大，不经过山寨众人同意，即便是叶明月也不敢请川槿进去。

川槿看了看自己的衣服裤子，说："衣服脏了，你赔钱。"

叶明月点头表示同意，说："裤子破了我也赔钱……"然后捂着嘴巴又笑起来。

川槿懊恼地看着叶明月。

叶明月终于忍住笑，说："师兄，对不起，我一般情况是不笑的，除非是真的忍不住……"

川槿看了一下四周，说："我有几句私下的话与你说。"

还没有等叶明月表示，门岗边上的人都远远退出去了。

川槿翻了翻白眼，说："看样子你在这个山寨的地位还真不低。这个山寨有病人，只有你能治？"

叶明月点头："是的呢，我记得师兄曾经教导我说，人要学会利用自己的长处……为什么师兄上个天琅山却没有想起怎么利用自己的长处呢？"

川槿怒了："我已经将饿虎寨给灭了！"言下之意是提醒叶明月，这场赌赛你输了。

叶明月就小声地提醒："不是师兄把饿虎寨给灭了，而是天琅山把饿虎寨给灭了。"

川槿脸上一阵青一阵白，说："虽然杀饿虎寨土匪的是天琅山的土匪，但是运筹帷幄决胜千里的人是我。"

叶明月再度纠正："师兄你没决胜千里，师兄你亲自下场了……哦，那个李凤凰是怎么一回事？"

与叶明月纠缠了半天，川槿才想起正题，说："凤凰妹子又上山寨来了吧？赶紧的，就这两天，你找个借口，带着凤凰妹子一起下山！"

叶明月很好笑："凤凰妹子，凤凰妹子，川槿师兄你吃了人家的迷魂药了，连妹子都叫上了……我在这山寨挺好的，我暂时不打算下山。"

川槿急了："你必须下山，因为官府很快就要来剿匪了！"

叶明月愣了："官兵几十年都没管天琅山，来剿什么匪？"

川槿："因为我告诉县令胡大图，天琅山的匪徒首领是皇孙……"

叶明月："……"

二话不说，叶明月抡起宝剑，对着自己的师兄就砍过去！

川槿愣住了，一个驴打滚，顿时灰头土脸披头散发："师妹，师妹，你这是做啥？"

叶明月气急败坏，川槿狼狈不堪。

听到声音赶过来的刘凤等人面面相觑，实在不知道是不是应该上场去帮忙。

叶明月扔掉了宝剑，气得直掉眼泪，这事儿怪谁呢？

只能怪天琅山太臭名昭著了点。

眼下最要紧的事情，就是阻止胡大图去借兵！

怎样阻止胡大图去借兵？川槿表示说他的智慧现在不够用了。

叶明月恼怒地踹了川槿一脚，却也无可奈何。

好吧，原先不打算告诉川槿真相的，现在也不得不说了。

山寨高层，加上叶明月、川槿、李凤凰，一群人坐下来开会。

哦，刘照是半躺着的。在开会之前，川槿先给刘照诊了脉，与叶明月讨论了药方。叶明月表示，师兄的医术虽然比我略差了一点点，但是他提出的一些意见，对我也有一定的参考价值；师兄也很认真地表示，愿意参与到刘照的治疗之中来，顺带向师妹学习，提高自己的医疗水平……

这也算是意外之喜了。

有了川槿的参与，在稳定刘照病情方面，叶明月更有把握了一些。

"你是李邈的女儿？李邈下狱了，因为莫名其妙丢失的地图？"听完了李凤凰的自我介绍，刘照就直接询问，神色还有几分急切。

看着众人不解的眼神，杨云义就介绍："李邈当初是得了太子的举荐，才得的官。虽然当时太子是秉公推荐，与李邈并无私交；李邈后来一直效忠于皇上，与太子再无来往，但是朝廷上下，依然不放心一个曾经得过太子知遇之恩的人留在兵部。李邈被撤职是迟早的事。只是这么迅速，却是出人意料。"

众人计算时间，兵部地图失落案发作、李邈下狱，也就在太子案发作的第二天。

也就是说，在太子案发作之前，这兵部送出的地图就已经被人动了手脚，就等着太子案发作，以便第一时间启动问责程序。换句话说，陷害李邈的凶手，与陷害太子的凶手，极有可能是同一伙人。生怕李邈等人为太子叫屈，所以第一时间把李邈下狱，让他自顾不暇。

此后刘照一路逃亡，李凤凰带人一路追查，两行人马前后到了这天琅山。

李凤凰的眼泪滴下来："殿下的意思是说——我就是找到了地图，也不见得能救出我父亲……除非太子殿下得到平反。"

众人都同情地看着李凤凰。这个姑娘为了救出父亲，千里奔波，吃尽了各种苦楚，然而现在却被人告知救父无望，怎么能不掉眼泪？

刘照长叹了一声，说："朝廷也许根本没有失落地图。所有这些，都不过是陷害你父亲罢了。"

李凤凰张了张嘴，试图反驳，但是想起这一路的情景，却再也说不出话来。

川槿轻轻抚着李凤凰的脊背。

叶明月柔声解释："我们已经将山寨上上下下搜检了好几遍，绝对不会有你所说的地图。"

杨云义也解释："我们杀上山寨的时候，根本没有放走任何男人。几个被土匪抓来的妇女，我们都送走了，不过她们随身也没有带走什么包裹。"

李凤凰叫起来："不对，我们路上抓住了骊国的奸细，杀了他们，从他们身上拿到了文书，也拿到了口供，那骊国的间谍亲口承认，他们是来天琅山交易地图！你们也看见了，我身上有不少骊国的东西，那都是从骊国奸细身上拿下来的！这些东西，你们都验证过了，是真的！"

李凤凰就疯狂地将自己手腕上的手镯。"你看，你们看，这是从奸细手上拿来的东西……"

疯狂的神色，就像是快要淹死的人抓住了最后一根稻草。

她的泪水决堤而下。

众人都没有反驳她。

叶明月将自己的手绢递给李凤凰。李凤凰没有接,川槿接过了,给李凤凰擦拭了眼泪。

李凤凰好不容易止住眼泪,才说:"我知道了。骊国奸细是真的,但是传递消息给骊国奸细的人,不是天琅山的盗匪,是……算计我父亲的贼人。他们一边传递了假消息让我上钩来辽州,一边传递假消息给骊国人,只要我与骊国的人碰上,那就坐实了我父亲卖地图给骊国人的谣言。也算是不幸之中的万幸,我们与骊国的人见上面就起了冲突,我们将骊国的人全都杀了。他们的计划落了空。他们继续追杀我,是因为我捡了一堆骊国人的东西,他们只要抓住我,就可以继续栽赃我的父亲。"

事情已经理顺了,但是迫在眉睫的事情急需解决。

刘照看着叶明月,声音很温柔:"我们一起下山走一趟,好不好?"

叶明月眼睛睁大了,怒了:"你不要命了?"

刘照微笑:"我要命,我很要命,所以我要你一起下山。"

叶明月怒:"别人就干不成这事儿了?得你自己下山?"

刘照微笑:"不让胡大图看清我的脸孔,胡大图怎么能死心塌地为我所用?"

叶明月继续生气:"胡大图这样的货色,你也要用起来?"

刘照继续微笑:"在你们大夫的眼里,任何草根树皮都有一定的效用,不管是清热解毒还是益气补中还是以毒攻毒。"

叶明月还是生气:"在我们大夫眼里,任何病人都是有一定效用的,或者浪费粮食或者欺负女人或者试验药材药方。"

生气归生气,刘照既然已经决定,周围的人也只能马上行动起来。

☆☆☆

然而一行人来到了县衙,却迟了一步。胡大图两个时辰前已经出发去边军驻地了。

好在边军驻地相当遥远,即便是快马,也差不多需要一整天的行程。胡大图是一个大胖子,肯定骑不动马,速度不会太快。

但是病秧子刘照的马车也不能太快。

众人简单商议了一下,只能分头赶路。杨云义和川槿带着人马,快马加鞭追上胡大图,将胡大图扣住;叶明月与病秧子刘照还有邓小白等人,跟随其后,以刘照能忍受的速度前行。

即便如此,这一路追赶,刘照还是咯了好几口血。虽然叶明月第一时间用了银针,但是刘照的境况依然没有很大的改善。

叶明月几乎乱了方寸,好在身边有各种药丸。

说起来,山寨的生意也逐渐进入了正轨,在叶明月的安排下,各种药丸子逐步打开了市场,也攒了一点钱,至少刘照用药是再也不用愁了。

☆☆☆

带着那么多钱上路,说实话,胡大图心中是有些忐忑的。

毕竟剿匪是地方官兵的职责。

只是因为粮草、薪饷等各种问题,地方驻兵早就成了一个空壳子,战斗力约等于零。

既然剿匪不是边军的职责,边军的将军们会不会出工不出力,或者干脆不出工?谁都知道,兵匪一家!

但是请官兵们剿匪之后来县城拿钱,这危险性更大。兵匪一家,边军们进入县城,谁知道他们会干啥?

闹腾出什么事情来,自己这个官还做不做了?

胡大图在肚子里揣摩了几遍与将军们的对话,越想越是不安。

正在这时,后面传来了衙役紧张变形的声音:"大人,大人,后面有人追上来了,响马,响马!"

胡大图浑身一抖,声音里带着哭腔:"快快快,加速加速,跑,跑!"

也不用胡大图催促，一群衙役苦力，当然是拿出了吃奶的力气。

但是钱财沉重，哪里是说跑就能跑的？

扒开窗户，眼看着后面的追兵那明晃晃的兵刃，胡大图心中愈加绝望。

天琅山与饿虎寨都不会来这里啊，因为距离边军驻地很近。大概是自己带的钱财太多了，入了这两个土匪窝的眼，所以这群土匪要来冒险！

"叮"的一声响，一支利箭戳在马车车窗上，吓得胡大图一个哆嗦，急忙趴在地上。

正在这时，斜边上听见了一声呼喊："大人，到这边来！"

胡大图一个激灵，但是又不敢抬头。只听见边上有衙役的声音："是川大夫，是川大夫！"

只听见川槿的声音："各位好汉，这笔钱，乃是有大用场的。请各位看在我川槿的面子上，网开一面，可否？"

第二十章 收服

利箭的声音停下来了。后面的马蹄声——似乎也安静下来了。胡大图小心翼翼探出脑袋,就看见川槿站在左近一块大岩石上,手上拿着弓箭,做即将射击状。自己带着的几十个衙役民夫,正赶着马车,向川槿靠近。

而二三十丈远的地方,十来个骑马的人,拿着刀剑,却也不敢靠近。那些劫匪目光灼灼,只盯着川槿。

就像是即将淹死的人抓住一根浮木一般,胡大图急忙叫:"川大夫,怎么办?"

川槿眼睛并不看岩石下面的车队,目光只盯着前面的土匪,说话:"大人,车队先摆好防御阵型。我们先固守,这里距离边军驻地近,只要等到边军来巡逻就好了。"

劫匪大叫:"川槿,你多管什么闲事!"

川槿沉声说话:"这笔钱是有大用场的,而且此事因我而起。只要我川槿还有一口气,就绝对不许你们对胡大人不利。"

这话斩钉截铁,胡大图心中感激莫名。

之前赏赐给川槿的五两银子实在太少了……至少,至少还要加一两!

为首的匪徒下了马来,沉着脸对川槿说:"川槿,你是大夫!因为你是大夫,所以我们兄弟对你客客气气。但是如果你要做保镖,那么就别怪我们兄弟不客气!"

川槿深深吸了一口气,说:"我做人做事,向来是一个唾沫一个钉。你们要动这笔钱财,除非从我尸体上跨过去!"

为首的匪徒皱眉,说话:"川大夫,你们做大夫的,风里来雨里去,每天费心劳神,还不是为了那几个诊金?现在拿下这笔钱,我们二一添作五,分你一半,如何?够你看上几辈子的病了!"

川槿摇头,说:"你错了。我给人看病,那不是为了钱,而是为了治病救人。胡大人手上这笔钱,也是为了救人。两者本质上是一致的。"

为首的匪徒说:"下面的这些衙役民夫,根本没有什么战斗力。你一个人,怎么打得过我们这么多人?"

川槿摇了摇头,说:"我除了喜欢给人看病之外还喜欢打猎,你知道的,如果我看中什么猎物,肯定是百发百中。我一个人打不过你们十多个人,但是在你们打死我之前,肯定能射死你们五六个人。那么问题来了,你们谁愿意被我射死呢?"

匪徒们僵住了。

这边在扯皮谈判,胡大图的一颗心就悬在半空中落不到实处。但是现在这个形势,胡大图什么也做不了。

说起来,几十个民夫衙役,人数也不算少,遇到普通土匪,也算是有一定的战斗力。但是面前的,不是普通土匪。

何况一旦发生战斗,就肯定有误伤。胡大图可不愿意被误伤。

只是这样僵持着,时间也无比漫长。

也不知过了多久,远处又传来了马蹄声!

衙役民夫们都是一喜,胡大图也从马车窗户里探出头来,睁大了眼睛——是不是边军?

那呈半包围状的土匪也有了一点小骚动——

但是,众人的眼光都定住了。

来的是几十匹马,加上一辆马车——慢腾腾的马车!

不是边军!

不是军队,对于这样的土匪,几乎没有战斗力!

众人正失望的时候,那保护着马车的护卫,几十匹马刷啦啦铺开,将那十几个土匪半包围着了。

领头的土匪硬着头皮说话:"饿虎寨办事,闲杂人等走开!"

马车里,一个清脆的声音响了起来:"公子问,你们这是办什么事,打劫吗?"

领头的土匪气呼呼说话:"没错,打劫!不要多管闲事,否则连着你们一起杀了!"

车帘子掀开,一个少女跳下了马车,双手叉腰,仰头看着悬崖顶上的川槿,又大声问:"我们公子问,你们这些被包围的,要帮忙吗?要帮忙的话,我们公子需要收一点利息!"

川槿没有回答。那少女站在远处,看不清相貌,但是说话的声音神态,给了胡大图隐隐约约一点熟悉感,似乎在什么时候见过。但是胡大图也来不及细想,就忙不迭说话了:"行行行,我一定给谢礼,一定给谢礼!"

那少女就说了一声好。一声呼哨,几十个护卫就冲着那几个土匪杀过去了。

那几个土匪也是乱了手脚,手忙脚乱抵抗一阵,一群人就落荒而逃。

马车慢悠悠靠近过来,少女坐在车辕上,一边还吩咐赶车的人:"慢一点,慢一点,公子咳嗽呢。"

川槿已经下了悬崖,与胡大图一行人混在一起。

胡大图死里逃生,少不得道谢。道谢要给钱,但是给多少,胡大图却是迟疑起来。

给多了舍不得,给少了怕人家生气。

当然要找狗头军师川槿商量。

正在这时,那少女又掀开车帘出了车厢,对众人说话:"我家公子请胡大人、川大夫一见。"

好吧,这位公子相邀,胡大图只能乖乖去相见。

虽然说,胡大图觉得自己是官,是官的话就有资格摆摆架子……但是摆架子也要看对象是不是。虽然这位公子的马车寒碜了一点,但是这位公子手下骑着的马儿,一匹匹都是骏马,马背上的护卫,那精气神,绝对是精锐中的精锐——简而言之,这位公子爷,非富即贵。

自己摆什么架子?

川槿倒是还有几分不愿意,但是胡大图拉扯了两下,就将川槿也拉上了马车。

嗯,这个狗头师爷比较聪明,拉着他心中更有底。

然后,胡大图整个都僵住了。

这张脸!

——这张烧成灰自己也认识的脸!

刘照斜着靠在车厢上,苍白的脸上带着若有若无的笑容:"胡大人,别来无恙。"

胡大图嘴唇哆嗦,说不出话来。

刘照微笑:"胡大人对先父对孤可谓是赤胆忠心,之前支援了五千两银子,现在又愿意支援一万两。"

胡大图嘴唇哆嗦了半晌,才大声说:"我这钱……不是给你的!——你是谁?"

刘照微笑:"我的画像贴在城门口已经有几个月了吧,县令大人居然不认识我。我听说县令大人四处凑钱,就是想要送给我的,于是我就自己上门来拿了。"

胡大图浑身瑟瑟发抖,扑通就跪下来了。

川槿挡在胡大图的前面,大声说:"你到底想要干什么!胡大人可是朝廷命官！"

刘照笑："稍安勿躁，稍安勿躁。胡大人，幸好我们来得快，否则你这一条命，算是断送了。"

川槿怒道："你这是什么意思？"

刘照微笑："川大夫你不知道，我们之前与县令大人有些银钱上的往来。县令大人出手大方，给了我们五千两银子，可以说是倾家相助。不过这事儿没有大肆宣传，但是如果我们遇到生死攸关的事情，这事情说不定就泄露出去了。"

胡大图嘴唇哆嗦："你……要说什么？"

刘照微笑："当然是告诉朝廷的官兵，我们是得了胡大人好处的，胡大人一直记挂着先父，一直想要为先父平反复仇，倾家相助五千两银子，只是第一步。胡大人还将整个县的档案地图全都给了我们，便于我们做各种安排，这是第二步。胡大人还特意划出天琅山的地盘，让我们定居，这是第三步。此后又因为我们缺少兵器，所以想方设法骗了边军来攻山，让我们可以通过战斗来缴获……"

胡大图叫起来："你这纯粹是胡说八道，没人会相信！"

刘照微笑："不不不，虽然这话是破绽百出，但是华贵妃这个人的脾气，你的确不知道……正所谓宁可错杀不能错放，我躲在这里这么长时间你居然不上报，尤其是我闯进你县衙之后，还代替你审案大半天你居然都不上报，你说你与我没有任何猫腻华贵妃能相信？唉，你书读得少，你还真的不知道，凡是得位不正的人，疑心病总是要重一点的。在她儿子推上皇位之前，她会不断杀人的。"

刘照的话平平静静的，却隐隐带着威胁。

胡大图声音里带着哭腔："你陷害我！"

刘照："唉，胡大人，这还真的称不上陷害。你都凑了一万两银子要买兵剿灭我山寨了，我当然要将你挡住。"

胡大图真的没办法了："我不做官了，这钱归你……"说着话，胡大图就要下车。

川槿忙一把将胡大图拉住："大人，大人，事情还没有到这个地步！……皇孙殿下愿意与您交谈，那就是说明皇孙殿下不打算赶尽杀绝，皇孙殿下您说是不是？"

刘照微微有些气喘。叶明月忙将参汤递过去："殿下累了，剩下的话我说了吧。胡大图，还有川槿，你们都是混账，居然想要借兵来杀殿下。照着我们说呢，追上你们，直接杀了干净。但是殿下说，胡大人毕竟是给我们送过钱的，那笔钱让我们度过了最艰难的一段时期，所以要承情。所以打算与胡大人谈一下合作。"

胡大图浑身不抖了："怎么合作？"

胡大图是糊涂虫，但是糊涂虫知道自己不用死了，精气神也瞬间回来了，智商也涨回来了一点点——对方愿意谈判，就说明我还有用！

叶明月："这一万两银子归我们……"

胡大图已经来了精神："不不不，这钱我要还给乡绅们的，因为我告诉他们拿了他们的钱是为了剿灭天琅山的土匪！现在我不剿匪了，这笔钱不还给乡绅，乡绅们要造反的……"

说实话，胡大图不相信乡绅们敢造反。但是这么一大笔钱，胡大图总要争取一下。

叶明月呵呵笑了一下："谁说你没有借兵剿匪？你明明借兵剿匪了，并且将天琅山的匪徒全都灭了。"

胡大图愣了好久，脑子没有转过来。

叶明月继续说话："因为天琅山的匪徒保证从此之后再也不扰民。这天琅山的盗匪再不扰民，可不是与灭了差不离吗？嗯，如果有人问起，这天琅山上为什么还有居民？那是因为县令大人收留了骊国来的流民，因为这天琅山有空房子，您就安排我们在天琅山居住。所以我们还需要在县衙上个户籍，因为是开荒，所以需要免税二十年。"

胡大图张大了嘴巴，好久才说："这样吗？可是……没有脑袋，县城里那些乡绅那里，交代不过去的！"

少几个脑袋？叶明月就看着川槿。川槿只能小声说话："饿虎寨的土匪都死得差不多了，不过几十口人还是有的。"

叶明月点点头："那就这样了，川槿大夫您熟悉饿虎寨的情况，等下带着我们的人上饿虎寨，将剩余的土匪全都灭了……喂，胡大图，附近还有几个土匪窝？我们去帮你全都灭了，保证能凑足几百个脑袋。"

天琅山与饿虎寨只是附近最大的两个土匪窝。附近州县，零零散散的土匪窝还有不少。

胡大图也不知是喜是忧："我得回县衙去问问他们……"

胡大图这个县令当得实在不合格，他明明知道附近土匪窝不少，但是让他说，却说不清楚了。

闭目养神的刘照睁开眼睛说话："这一县事务繁多，胡大人有所疏漏在所难免。胡大人几次襄助，我天琅山也是感谢得很。好在我手上还有几号人手，也能帮忙处理一些杂事，等下就安排这些人手，下山给胡大人做师爷吧。"

胡大图虽然蠢笨，听着这些话也明白刘照的真正意图。他是要往自己的县衙里安插人手，将自己完全架空，让自己这个县全都变成他的地盘，所以忙不迭地推辞："这怎么好意思，再说我之前已经聘请了川槿大夫做师爷……"

刘照说："那也不矛盾，胡大人身边一个师爷哪里足够呢，至少也要四五个才行，川槿大夫做师爷，是负责钱谷，还是刑名，还是其他？"

胡大图忙说："钱谷，钱谷！"钱谷师爷，管的是赋税之类事情。胡大图认为，请川槿做钱谷师爷，总比将一县的赋税都交给刘照的人管理要强一些。

正所谓五十步笑百步，虽然川槿也不见得能捂住胡大图的钱袋子。但是胡大图总要垂死挣扎一下。

195

刘照说:"就今天的情况来看,您手上的小吏衙役多半也是不顶事的。等我的人给您做师爷,看看情况,将衙役什么的都替换了吧。"

胡大图很想拍案抗议,但是他连一个字的声音都不敢发出来。

现在刘照这个皇孙还想要利用一下自己,所以留下了自己的性命。如果自己敢顶嘴,他当场就将自己杀死在这荒郊野外,自己找谁申冤去?

天大地大,性命最大,胡大图就做了一个识时务的俊杰。

成为刘照的傀儡、整个临平县都落入刘照手里这些事情,与性命相比,都是一个屁!

叶明月从怀中掏出一个小瓷瓶,倒出两颗药丸,盼咐胡大图与川槿:"张嘴,吃下去!"

川槿就愣愣地看着叶明月:"这是什么药?"

叶明月微笑:"这是十全大补丸,给你们调养身子用的。以后我每个月会给你们吃一颗,吃了这个药,就能保住一个月的身体康健。"

川槿迟疑不决。胡大图接过药丸,手都在抖。

叶明月很诚恳地解释:"真的是十全大补丸。我以后每个月会按时给你们吃。以后你们每个月吃一颗,肯定没事,嗯,不吃也不一定会死。"

川槿神情壮烈:"一定得吃?"

叶明月收敛了脸上的笑容,声音沉冷:"川大夫,你说呢?"

川槿一咬牙,就将那药给吞下去了,声音却是微微发颤:"每个月一次的药丸,千万不能忘记送来。"

叶明月微笑:"天大地大,炼药最大,我肯定不会忘记给你们送药丸来的。"

胡大图看着川槿的神色,知道自己这次也是绝对逃不过,只能一咬牙,一闭眼,也将药给吞下去了。

只是他吞得急了,卡在咽喉里,连连咳嗽,差点被呛死。

还是川槿,一把将他推出车厢,冲着他的肚子踩了一脚,才将药给逼出来。叶明月就在边上,一伸手就将药丸子给接住,照旧给胡大图吃下去。

这就叫垃圾回收再利用。

从此,胡大图算是真正被套上了马笼头,刘照让他往东,他再也不敢往西。

刘凤下山给胡大图做了首席师爷,带着几个人下山帮着整理一个县衙的事务。嗯,刘凤这个师爷做得很不错,几个月之后,民间就开始流传县令大人被太上老君点化做清官的传说。

第二十一章　白溯

接下来大家要忙的事情就多了。刘凤带着七个人去了县衙,帮助县令大人处理常务。李凤凰和川槿带着三十二个人,奉县令大人命令前往京师送贺年表。

最大的部队也不在山上。他们组建了"天琅山打虎队",这是一支由县令大人花了一万两银子从南方招募来的团练组织。这支团练队伍总数不过一百人,但是战斗力非常强悍,先灭饿虎寨,后灭天琅山,才十来天时间,就将左左右右前前后后的各处土匪窝灭了个精光。

因为灭了太多土匪,整个辽州郡的过年气氛也热烈起来;加上这支打虎队为民解忧而且做到了秋毫无犯,他们在百姓之中也取得了崇高的威望。

别的且不说,一口气呼出来都变成冰碴子的时候,他们居然安安静静驻扎在县令大人给他们安排的老祠堂里,县令大人给他们安顿了多少东西他们就用多少东西,连一根垫席子的柴草都不拿百姓的。要知道这祠堂虽然有个屋顶能挡挡雪,但是四面墙却不怎么挡风。在这样的环境里休息,该有多冷?

还是得到好处的乡绅们看不过眼,主动送了很多饮食和生活用具过来。这群士兵很客气地道谢了,但是东西坚决不收,并说:"我们收了县令大人的一万两银子,就不应该多拿百姓的好处。"

听听，听听，这才是真正的王者之师，仁义之师！

真想不到县令大人居然能花钱请到这样的团练！

所以后来，这支团练的首脑人物，很客气地向县令大人询问当地的落户政策希望能将家眷都迁居过来的时候，几乎全县上下都表示热烈欢迎。

县令大人大笔一挥，就决定将县城边上不远的三百亩滩涂交给打虎队，让他们建立村庄，开垦荒地，从此定居！

全县都欢欣鼓舞。

但是打虎队的首领杨云义却很客气，说："这滩涂虽然空着，但是距离县城如此之近，将来肯定是寸土寸金的地方。"推脱了好长时间，才收下了几十亩宅基地。终于又不好意思地开口："造房子需要等开春之后，现在冬天又实在太寒冷。现在附近的土匪又灭光了，暂时不需要我们忙活了，天琅山上有空余的房子，我们能否去山上休整？"

县令大人当下大笔一挥，这天琅山上的房屋就成了杨云义等人的私产。打虎队从此落户天琅山，刘照等人作为家眷，当然在山上安居乐业。

等杨云义等人回到山上，已经二十多天过去。眼看再过一个月就要过年了，当然要快快活活准备起来。

等雪再厚一点，想要买买买，也没有地方买了！

大红灯笼要挂起来，整整齐齐的腊肉需要晾起来，各种小吃零食都要准备起来。好不容易等天气略好一些，叶明月带着春草和几个护卫，划着雪橇，下山去花钱！

话说这世界上最挣钱的生意还是抢劫。天琅山打虎队灭了一群土匪，收获还真的不少；杨云义也算是心善的，于是就将其中一半交还给县衙，交给刘凤，用来改善民生；还有一半，当然是收归天琅山私有。嗯，之前买的棉衣也全都到了，刘凤用县衙的名义赈济贫苦，于是胡大图得到了一个极好的名声。

最高兴的是叶明月。打虎队做抢劫工作的时候,居然无意之间给带回来三根黄柏,这可是清热解毒的良药!这黄柏虽然算不上多名贵,却是非常稀少。这大辽州虽然也是产地,但是价格不够昂贵,采药的人少,市场上比二三十年的人参更为罕见!

有了这三根黄柏,叶明月就给刘照更换了一个药方。

没有想到,这药方竟然相当对症。

刘照的身子竟然又好了很多!

如果说,之前叶明月尽自己最大的能力只能将刘照的性命延长到三年的话,那么只要有了足够黄柏,叶明月甚至有把握将刘照的性命延长到五年甚至更长。

甚至……有治愈的希望!叶明月的眼睛里,已经有了亮光!

再也不迟疑了,叶明月催促着刘照,安排人手,到处去搜寻黄柏!

只是这东西实在不常见,得知有人在寻黄柏,手上有货的人也都藏起来不卖了。叶明月还派人联系了神医堂,但是神医堂也没有多少存货。好在刘照得知黄柏有用的第二天,就安排了一个名叫姜连成的亲卫队长,带着二十个人前往骊国找药材。

邓小白顺口提了一个不靠谱的建议:"既然要去骊国找药材,来来往往浪费时间,要不,我们直接带着殿下与叶姑娘去骊国?"

杨云义就踹了邓小白一脚:"殿下的身份,怎么能与骊国有关联?"

这一切景象,都让叶明月的嘴角含笑,简单的生活,也是满室生春。

刘照就告诉叶明月:"这几天我身子也稳下来了,你也带着春草下山一趟,我们山寨那么多人,冬天的东西也要备齐。"

叶明月的眼睛发亮:"下山买东西?"

刘照笑:"你是山寨的女主人,过年这么大事,你不主持谁主持?"

叶明月啐了一口,笑着说话:"谁是山寨的女主人了,再胡说八道我不给你看病了!"

刘照就转移话题："你把头转过来。"

叶明月就摇头："我这是堕马髻，本来就是歪一边的，不改！"

刘照皱眉："你还没有成亲，梳什么堕马髻，梳一个双丫髻多好！"

叶明月也也不理他，呼唤上春草，叫上几个人，一起下山去了。

☆ ☆ ☆

女人最大的爱好就是逛街，或者是买买买。眼看着到了中午了，叶明月就打算吃点饭继续逛。

正在这时，叶明月听见了骂人的声音："居然敢吃霸王餐了你！"又有棍棒打击身体的声音。

然后一个身子飞出来，正落在叶明月身前不远处的雪堆上。

那是一个衣着单薄的女子，背着一个包裹，大约十八九岁，脸色苍白，眉清目秀。因为刚挨了打，发髻散乱，但是身上衣服除了些许刚刚粘上的雪块水渍之外，居然相当整洁。那女子被重重摔在地上，脸上有些许擦伤，但是她却努力挣扎着坐起来，一点声音都没有发出来。

嗯，那女子手里捏着半个馒头，刚才挨了打被摔在地上，但是她居然保持了一个相当奇异的姿势，那馒头居然还捏在手里，上面半点灰也没有粘上。

跟在叶明月身后的杨云义，忍不住厉声呵斥："光天化日之下，乱打人了你们！"

几个店伙计气势汹汹将女人扔了出来，就站在店门口，看着杨云义，气焰先矮了三分，其中有人就拱手作礼："杨队长，这哑巴吃白食。"

杨云义是打虎队队长，这临平县城认识他的人真不少。

杨云义就绷着脸："吃白食，让她给钱就行了，怎么可以打人？"

杨云义训斥那店伙计，那店伙计也不敢还嘴。打虎队长，就是威猛。

然而叶明月却没有关注杨云义,眼睛只看着那女子。

那女子站起来,退到墙角,照旧吃馒头。

虽然饿得狠了,但是那女子吃的时候依然是小口小口,很秀气的样子。

而且只用那干净的手,那脏了的手绝对不碰馒头。

叶明月于是就吩咐杨云义:"云义,我们不说了。"又吩咐春草:"去前面那个摊子那儿,买两个烧饼过来。"

那女子看着一群人围在自己面前,略略有些惊慌,往边上躲了躲,似乎想要撒腿跑。但是叶明月带着七八个彪形大汉,她又能躲到哪里去?

好在看着叶明月表情和善,才渐渐平静下来。等看到春草拿着烧饼过来,整个人才定住。

看着叶明月,那女子没有立马接吃食,而是站定了身子,行了一礼。

姿势很是庄重。

叶明月笑着还了一礼,说:"不用多礼,你去那边洗个手,趁热吃吧。"想了想,又对春草说:"你拿出五两银子,给这姑娘。"又对那姑娘说:"你拿了钱,好好安顿一下生活。"

春草就拿出五两碎银子。

那姑娘却不接,伸出手比画了一下,随即明白叶明月等人看不懂,于是蹲下身子,捡了一根树枝,在地上写了一行字:"二饼之赠,已解燃眉,银子太重,不敢接纳。"

叶明月看那女子居然会写字,而且字迹娟秀,不由很是诧异。这才明白,这女子之所以不说话,不是因为这女子木讷或者胆怯,却是因为口不能言。心中怜惜之情大增,就问:"你认识字,怎么落到这步田地?——我们去那边说。"

虽然已经到了饭点,但是路边摊子上依然没有什么顾客——因为这摆摊的茅草棚子四面漏风,着实不是吃饭的地方。有钱的人去饭馆吃饭,没钱的人买了烧饼找个避风地方吃,更多的人回家自己做着吃。

这摊主见来了十来个人,是一笔大生意,当下忙不迭收拾桌椅。那女子洗了手,来到叶明月跟前,行礼,侧着身子坐下。

叶明月让摊主上了热粥,先让那女子就着热粥将烧饼吃了。自己也吃了几口粥。一边吃饭,一边观察着那女子——动作举止,文雅大方。

与一个不能说话的女子交流着实不易,好在春草是一个有眼色的,立马向店家要来了一些包裹烧饼的字纸。上面虽然有字迹,但是边缘空隙,还能拿着木炭写不少字。

叶明月就与那少女交流起来。

少女名叫白溯,出身书香之家,祖父也曾经当过五品知州。只是祖父去世之后,家道中落,白溯与父亲就到辽州郡来投亲。只是在路上的时候,父亲轻信了骗子,家私被骗了个精光。父亲又急又气,病故在路上。白溯在路上挣扎着又走了一段,终于到了临平县,却怎么也找不到亲戚了。现在寄居在客栈里,靠卖绣品为生。今天是拿了绣品来前面的饭馆售卖,东西没有售卖出去,却有一个好事的客人,给了白溯一个馒头。白溯没有立即将馒头吃了,先去其他桌子推销绣品。等向几桌客人推销回来,才向店小二要一碗白水。店小二发现了馒头,向白溯要饭钱,白溯哪里拿得出来?虽然努力解释,却终于免不了被扔出饭馆的结局。

叶明月就问白溯:"你接下来怎么打算?"

白溯神色黯然,迟疑了好久,才在纸上写下:走一步看一步。

叶明月想了想,说:"你有多少绣品,我看看。"

白溯迟疑了一下,才将自己背后的包裹打开。

叶明月禁不住"哇"了一声。

原因无他,太漂亮了!

叶明月是女人。女人,当然喜欢漂亮的东西!

叶明月挑选衣服的眼光当然很好,但是女红水平的确很差。

所以叶明月很敬佩能绣花并且能绣好花的女人。

叶明月在山寨已经待了两个月,原先的好衣服早就穿烂了。现在的衣服都是后来在临平县买的,舒服是很舒服,但是叶明月不喜欢!

所以叶明月看着白溯,眼睛就晶晶亮了。

不过叶明月也知道,自己虽然是压寨夫人,山寨的事情还不能随便做主,于是就大手一挥,将白溯手上的绣品给买了。

白溯含着眼泪道谢。

有道是救人一命胜造七级浮屠,造了七级浮屠的叶明月回山寨的时候是神清气爽。

哼着歌儿回到山寨,第一项任务就是去看刘照。

但是叶明月傻眼了。

刘照居然不在山寨!

这身子骨才好一点,这刘照就长了翅膀,飞了!

连带着不见的还有山寨的其他一群人,包括与刘照形影不离的邓小白。留守山寨几个人,毕恭毕敬告诉叶明月:"叶姑娘,寨主说,他身子好了很多,这一阵也的确憋坏了,所以下山去透透气。请叶姑娘放心,他带了药去,有什么事情定然第一时间回来。"

叶明月又气又急,恶狠狠说:"好不容易好了一点,又要把自己身体折腾成原样!他有没有说过去哪儿?"

留守的人面面相觑,最终告诉叶明月:"寨主带着火炉与夹袄,还带了三天的干粮,说也就在附近州县看看风土人情。他还说,请叶姑娘放心,现在我们已经有了正式的身份文书,也不用担心官府了。另外,我们山寨的人把轿子与马车都备上了。"

叶明月的呼吸慢慢平稳下来,对杨云义说:"你们寨主把我支开,就是想要下山去办事吧?"

杨云义苦笑着说不出话。

叶明月扭头转身回自己屋子去了。

刘照第二天傍晚才回来,明显有些疲惫的样子。叶明月就给刘照看病,下药方,煎药,一句多余的话都不与刘照说。

刘照知道自己理亏,拿出浑身解数来逗叶明月。叶明月翻着白眼,说:"我知道你不怕死,我也知道你有自己想要做的事情,但是……你去作死之前,好歹也想一想我好不好。你不知道我会担心吗?"

说着话,眼泪就在眼眶子里打转了。

刘照就赔笑:"是的,这的确是我不对,我们是夫妻,男主外女主内,男主人出门不向女主人汇报这是不对的……"

叶明月啐了一口,骂:"什么男主外女主内,什么男主人女主人,谁给你做女主人了?"

刘照继续赔笑:"我这次下山,给你买了几支新式的簪子,你看,与京师的款式也差不离。你转过来,我给你插上。"

叶明月的气渐渐消了,说:"以后你有什么事情要出门,一定要告诉我。"

刘照把发簪给叶明月插上,很诚恳地说话:"我……有事情,一定尽量告诉你。但是这一次……我不能告诉你。"

叶明月听懂了:"你是去冒险,你是去筹备你的复仇大计。"转过身去,凝视着刘照的眼睛,说:"我很笨,很多事情都不懂。但是我保证,我不拖你后腿。我只是想要你活着,好好地活着,不要像不是我家里的人一般……说不见就不见了。"

沉甸甸的话,让刘照再也笑不出来,他点头,说:"我一定好好地活着……与你一起活着。"

叶明月想起一件事来,告诉刘照:"我在山下遇到了一个哑巴姑娘,很可怜,但是很有骨气,一手针线活也做得很好。我很喜欢,我想带她上山来。"

刘照就笑:"男主外女主内,你要带人上山来做事,你做主。"

三天之后，白溯被叶明月邀请上了山寨。

她的工作是给山寨的汉子们缝补衣服。山寨的汉子们，这几个月衣服都没有缝补，叶明月一声令下，各处衣服送过来，在叶明月的小院子堆成了山。

叶明月有些迟疑，白溯却是两眼放光。于是，不眠不休，补衣服，做衣服！

叶明月将住所搬到了刘照的院子里，白溯与春草住在一处，有了这个哑巴姑娘，春草的叽叽呱呱总算有了用处。

因为有人安静地听她叽叽呱呱而不会总是半路打断。

☆☆☆

过年了！

叶明月很忙。

邓小白带着弟兄们开始大扫除，屋檐下的蜘蛛网要清扫干净，房间角角落落的老鼠洞要堵上，破旧的家什要修理起来。其实叶明月上山之后，整个山寨都经历过一次大修整，但是新年总得有新气象是不是？

叶明月放眼山寨，指点江山激扬唾沫，看着大家扫蛛网抓老鼠，向大家普及了一下老鼠带疫病的知识，检验了一下大家修理的凳子是否结实——因为邓小白修凳子只修了一半就跑去干别的了，叶明月摔了一个屁股墩。

春草带着人，做了很多米粉馃子，晒了很多腊肉，炸了很多小麻花，还做了几百斤面粉的饺子，扔到外面雪地里冻着……山寨有钱了，买了很多食材，她终于可以大显身手。

叶明月带着肚子，吃了很多米粉馃子，闻了许多腊肉的香味，吃了很多小麻花，吃了很多饺子——没有吃腊肉，是因为腊肉还是生的，没法吃。

烧腊肉也麻烦，闻闻香味就好。

白溯听叶明月显摆自己吃了多少东西,就笑着听,然后摆摆手,拒绝叶明月给予的吃食。

她说自己吃得已经够好够多了,不好意思多吃山寨的东西。

刘照吩咐人做了很多鞭炮。

叶明月带着春草放了很多鞭炮。

白溯听叶明月介绍外面的鞭炮种类,就笑着听,然后摆摆手,拒绝了与叶明月一起出去放鞭炮的邀请。

她说她很忙,一堆衣服要修补,一堆新衣服要她做。

大雪封山一个多月,这段时间,是叶明月最悠闲的日子。

山寨药材充足,出使骊国的人还没有回来,去南方的人也还没有消息,连山下县城里,充当县令师爷的刘凤,因为路途不便,也极少派人传递消息回来。即便有消息传递回来,也都是好消息,因为今年刘照预先准备了棉衣棉被发放了下去,临平县的灾情比前些年都要好得多。

这就意味着刘照不需要费心劳神。

刘照不需要费心劳神,那就意味着叶明月可以少费心劳神。

年夜饭的时候有个小插曲:闲来无事的叶明月去厨房溜达,闻到了一种陌生而又熟悉的甜香味。于是急忙进厨房,打开了锅盖,看见满满的一锅红烧肉。中间有一个小布袋,香味就是从小布袋里传出来的。

叶明月忙将小布袋一把捞起来,一把扔掉,又将整个红烧肉锅端起来倒掉了。

众人都非常诧异,在边上帮厨的白溯紧张地看着叶明月,春草眼睛眨巴眨巴,眼泪就快要落下来了。

叶明月解释:"这锅红烧肉不能吃了。因为有毒素,我们其他人吃了拉肚子,寨主吃了肯定出事。"

春草不服:"你是说香料有问题?每一颗香料都是我选的,茴香八角都是干干净净的，亲手研磨的！因为想要干净，所以才装在小布袋里！哦，这些香料，之前都是你自己去药店买的！如果说有毒，那就是你自己给大家下毒！"

叶明月笑："问题不在香料上，在布袋上。做袋子的碎布，用了祖母绿来染颜色。祖母绿可是有毒的。这颜料染布片，做衣服穿在外面，对身体倒也没有什么影响，但是入口是绝对不行了。"

春草咋舌。好久才说："我哪里知道这么多事！"

白溯在地上画字："此妾之过。"眼睛里有些泪光在闪烁。

春草急忙说："不是不是，这是我找你帮忙，不关你的事。"

听着春草讲述，众人才明白白溯这般认错的缘由。原来春草磨香料，白溯来帮忙，于是白溯就建议弄个小袋子将香料给装起来。春草认为这法子好，于是白溯就找了一片崭新的布料，洗了，缝制了十几个小香袋。

此事虽然因白溯而起，但是她也是好心，于是众人就轻轻笑过，不以为意。

只是接下来的时间，叶明月一直都守在厨房里。

不怕山寨里有坏人，只怕众人行动出岔子。

过年那天晚上，山寨众人吃了两个时辰的酒席，叶明月放了两个时辰的烟花，刘照躺在床上，打开屋门，看着叶明月放了两个时辰的烟花。

春草的笑声很嚣张，叶明月的笑容很热烈，刘照的笑容就像是斟了一层浅浅的酒。

心也醉了。

不知今夕何夕。

如果能忘却血海深仇，该有多好。

第二十二章　爱情

浅浅的阳光透过薄云照射下来，投射在积雪的屋檐上，反射进干净清爽的小院子。院子里的积雪早已清理干净，屋檐上融化的雪水流泻下来，沿着明沟流进了暗渠，在庭院里制造了一些潺潺的声响。

院子里地面非常干净清爽，但是叶明月依然不允许刘照到院子中间去。她在屋檐下有太阳的地方放了躺椅，靠北的一面甚至用屏风挡住——其实靠北的一面三步路就是墙壁。

叶明月就坐在刘照的左近，手里抓着一把米，有撒没撒地扬在院子里。

院子里已经聚集了一群鸟雀，叽叽喳喳正在进行狂欢。

刘照就笑："别浪费粮食，等下春草看见要心疼。"

叶明月就笑："鸟雀的命也是命，救鸟一命胜造一级浮屠。我救你的命，与我救鸟雀的命，本质并无不同。"

刘照也笑："原来在你眼里，我就是一只小麻雀。"

叶明月点点头："就是一只麻烦的小麻雀。"

正在这时，白溯小心翼翼走了进来，将一只火笼子递到了刘照的脚底下，又走到叶明月跟前，在地上画了几个字："小白请您过去。"

年已经过完，邓小白就有些头疼了，一堆账目需要解决！

顺带介绍一句，这天琅山的账目，前些天是杨云义在管理。但是杨云义打虎去了,这事儿又落到了邓小白头上。

邓小白是不笨,但是这过年的账目实在多了一点。只能求助叶明月。

叶明月点点头,对白溯说:"你留在这儿照顾寨主。我等下就叫春草过来替你。"

虽然小院子前前后后都有人,但是叶明月担心刘照起身溜达。身体好不容易好了一些,可不能前功尽弃。

刘照就笑:"没有必要,我一个人留着晒太阳看书就好。"

叶明月就对白溯说:"盯着他,不许他看书!"

刘照无奈。白溯看着互相调笑的两人,有些手足无措。

叶明月去了,刘照看着局促不安的白溯,笑着吩咐:"你就在边上坐下,边上有小米,你可以学着明月喂鸟儿玩。"

白溯侧着身子坐下来了。只是抓米喂小鸟,却是怎么也没有胆子。

小鸟儿吃完了院子里的小米,有几只却舍不得散去,只一圈一圈地在院子里绕着旋儿。

刘照眯着眼睛躺了一会儿,睁开眼睛,看着坐着的姿势都没有变过的白溯,忍不住失笑:"白姑娘,你这也太紧张了,我不过一个病秧子,怎么也不会对你如何的。"

白溯垂着头,轻轻嗯了一声,脸颊却是蓦然烧红了,又急忙转过脸去。等转过脸了,又觉得自己太过失礼,又急忙将头转过来,在地上写字:"主仆之礼不可废。"

刘照又是忍不住一笑,说:"我不过是一个山大王而已,哪里有那么多的主仆之礼!"

白溯在地上写字:"寨主不是常人。"

刘照眼睛眯起来,笑着说:"什么不是常人?"

声音里却带着淡淡的威严。

白溯身子微微颤抖,在地上写字:"令行禁止。"

刘照明白了,这个姑娘触觉比叶明月要敏锐很多,上山才这么一些日子就从山寨众人的举动中看出问题来。

他看着面前的姑娘,若有所思。

白溯身上的颤抖止住了,她不知哪里来的胆子,偷偷抬起了眼睛,却正对上了刘照那若有所思的目光。

她的脸颊倏然又红了,沉默了片刻,却鼓起勇气,用颤抖的手在地上写字:"愿奉箕帚。"

啊?这下吃惊的人是刘照了。

好吧,刘照知道自己很帅,但是刘照也很有自知之明。自己就是一个病秧子啊,活不了几天的。

面前这个哑巴姑娘,虽然是个哑巴,但是相貌姣好,知书达理,怎么突然就愿意嫁给自己?

白溯写完这句话,僵僵地蹲着一动不动;得不到刘照的回应,脸色渐渐转白,眼泪就滴落下来。

刘照看着地上的水渍,叹了一口气,说:"姑娘,我有妻子的。"

白溯猛然听见刘照这句话,于是又抬起头,眼睛里掠过不可抑制的惊喜!

脸色又潮红起来,手胡乱地在地上写了一行字:"愿意为妾!"

刘照用手抚额,天哪天哪,这个小姑娘到底怎么了?

自己说得还不明白吗?

当下苦笑,说:"我与夫人感情甚笃,没有纳妾之意。"

白溯身子僵硬了片刻,终于在地上写下:"愿为君生育子女,不求名分。"

越说越离谱了。刘照无奈地摆手:"你去吧,我不需要你服侍。"

白溯身子又僵了一下,才在地上写了两个字:"遵命。"

看见白溯去远了,刘照这才放松下来,将脑子放空,看着院子里的风景。

远处传来悠悠然的箫声，空灵缥缈，刘照倒是有些诧异。

那旋律是刘照所熟悉的，当年先生曾经用古琴演奏过。刘照甚至还能根据旋律默念与曲谱相对应的词：

青青子衿，悠悠我心，但为君故，沉吟至今。

刘照想起了很多年前的情景，跟在老师身边的小女孩与洞箫结了仇，这一首《子衿》吹了一个月还不成调子。刘照忍不住微笑了，于是就在那空灵的箫声里，美美地睡了一觉。

☆☆☆

晚上临睡之前，叶明月照旧来给刘照检查身体。

刘照的境况很不错，叶明月也很欢喜，笑眯眯地告诉刘照："要什么奖励？有什么想吃的，告诉我，我看看能不能给你弄一口来尝尝。"

刘照就笑："不用吃的，给我吹个笛子或者箫，今天中午那个曲子就好。"

——虽然与明月已经形成了默契，但是让明月亲自在自己面前说出"我喜欢你"，依然让刘照感到舒爽。

——嗯，也许当面吹情歌，叶明月会有些不好意思。

叶明月怔了怔，说："吹箫？笛子？我不会啊，我今天被邓小白抓住做了半天的账目，哪里有时间吹笛弄箫的——今天中午吹箫？你是说白溯的箫吧？白溯上山的时候，随身行李里有，我看见过的。你要奖励，我明天让白溯来给你吹一段。但是人家是好人家的姑娘，你可不能当作街头卖艺的伶人。"

刘照愣了好久，才将今天白溯"愿奉箕帚"的事情与叶明月说了。

没有想到，叶明月的眼睛一下子亮了："愿奉箕帚是什么意思？她愿意嫁给你？这姑娘不错啊，有眼光！"

叶明月的脑回路让刘照跟不上："你称赞白溯有眼光？"

叶明月点头："没错，没错，除了不能说话这一点，白溯姑娘与你其实很般配啊。"

刘照愣了神:"般配?"

叶明月扳手指:"知书达理,上得了厅堂下得了厨房,相貌又比我漂亮……"

刘照傻住:"比你漂亮?"

叶明月:"最关键是端庄!端庄知道吧?你是皇孙,虽然现在待在山寨里,但是你的妻子也得摆上台面……"

刘照喃喃自语:"原来你摆不上台面……"

叶明月叹气:"虽然说,落魄的凤凰不如鸡,但是凤凰到底不是鸡。龙凤要配龙凤,老鼠要配老鼠,大人说过,凤凰与鸡之间会有生殖隔离。"

刘照觉得头大如斗,当下只能一言定音:"你与我拜过堂了!"

叶明月:"没有,你那时连拜堂的力气都没有!"

刘照:"你与我的大公鸡拜过堂了!"

叶明月:"我只是与大公鸡拜过堂,又不是与你拜过堂。说实话,白溯真的挺不错的,她还是出身于官宦之家,祖父是五品官呢,我打听过了,她祖父在江南做官的时候,也曾在太子的麾下办事。"

刘照恼了:"你父亲还曾经是三品官呢,你与我更般配!"

叶明月沉默了片刻,才说:"好吧,不扯这个了,你早点睡觉。"

☆ ☆ ☆

这个晚上,叶明月在床上翻来覆去睡不着觉了。

其实叶明月一直都知道,刘照误会了她的身份。

刘照一直把她当成了小姐,当成了大人的女儿。因为把她当成了大人的女儿,所以一直觉得自己与她也算是门当户对。

虽然叶明月一直称呼叶无病为"大人",但是在江南,很多人家称呼父母也是"大人"。

叶明月应该说明白的,应该纠正的。但是叶明月怎么也说不出口。

——但是,野雉鸡怎么可能变成金凤凰,假的就是假的,真相终究有大白的一天。

——那时，我依然是小小的婢女，他依然是高高在上的皇孙殿下，那时我再也不是他的压寨夫人，虽然我与他的大公鸡拜过堂。

第二天早上起来的时候，叶明月的眼圈是黑的。

她坐在铜镜前面，很细心地用脂粉把黑眼圈给盖住了。

梳了一个双环高髻，很对称的那种，有对称强迫症的刘照应该很喜欢。

☆☆☆

春天来了，叶明月也忙了。

梯田一畦畦开出来，之前收到的草药种子一颗颗种下去。去年找到的草药种子其实很有限，所以趁着春天，万物复苏，百草萌芽，叶明月还得带着人上山去找各种幼苗。

到哪里都没忘记将白溯、春草给带上。

早上起床，带着白溯给众人安排一天的工作；晚上也没闲着，手把手教白溯做账。

——白溯既然喜欢刘照，那就是好消息！

山寨的确需要一个压寨夫人，要能上得了厅堂下得了厨房，做人做事更要端庄大方，身份家世要能勉强相当。

自己这般不伦不类地做着，的确不太像话。

所以要白溯尽快熟悉山寨的各种事务。

有空还带着白溯到刘照跟前晃悠晃悠，给他们制造单独相处的机会。

嗯，丈夫丈夫，一丈之内的才是丈夫，不一起近距离相处，怎么成为丈夫？

让叶明月惊喜的是，白溯这个姑娘，虽然是一个哑巴，但是真的聪明机灵，做什么事情都能举一反三，一点就透。

虽然说这姑娘不会说话挺麻烦，但是她会写字，也会比画简单的手势。加上山寨的人很忠诚,所以哑巴这一点并非是很大的障碍。

但是也有让叶明月感到无奈的事情,那就是刘照无论如何不肯给白溯与自己单独相处的机会。

不过叶明月之所以能成为现在的叶明月,是因为她身上有一种精神,叫作胜不骄败不馁,做人就像牛皮糖,粘住了就不放弃,不达目的誓不罢休。

虽然说,刘照对白溯那种敬而远之的态度让叶明月的心底有些暗暗的窃喜。

虽然说,每天晚上回想这天做的事情,叶明月心中都有些淡淡的怅然。

但是——第二天早上起来,叶明月就继续向刘照推销白溯。

☆ ☆ ☆

邓小白给刘照垫上一个枕头,让刘照躺得舒服一点:"公子啊,这些天叶姑娘经常带着白姑娘上您这儿来晃荡啊。"

刘照眯着眼睛回答:"是啊,她想让我娶了白姑娘。"

邓小白一下子跳起来:"白姑娘?这不合适!"

刘照笑:"怎么不合适?明月说我们般配得很,那姑娘端庄大方,恪守礼节。"

"端庄大方?端庄大方能当饭吃吗?且不说这姑娘是一个哑巴了,哑巴不是她的错——但是她那身子骨,文文弱弱的,一场风就要刮倒了……"

刘照微笑:"是啊,春草姑娘这样的,才是最适合做压寨夫人的。"

讲到这个,邓小白面红耳赤,有些尴尬了:"当时……不是找不到姑娘来冲喜吗?何况春草姑娘……哪里差了,膀大腰圆能生养,性格爽朗又大方,做事麻利有力气,除了胖一点,啥啥都比白溯好!"

刘照忍着笑点头,说:"对啊,所以前些日子你给春草姑娘送了一件新衣服。话说……她穿得进吗?"

邓小白很不服气："当然能穿进去！她还高兴地向我道谢呢！"突然又不安起来："公子……春草姑娘您是看不上的，是吧？"

刘照忍俊不禁："春草姑娘既然这么好，那么我当然要娶她……"

邓小白当下垮了脸："公子——叶姑娘可是与您的大公鸡拜了堂……"

刘照憋笑："可是收下聘礼的是春草姑娘。再说两个姑娘也不多……"

邓小白要哭了："公子，您别逗我了好不好？我知道您喜欢的是叶姑娘，叶姑娘多好，又聪明又能干，身材还很苗条，穿什么衣服都好看……"

刘照颓然地叹了一口气，说："可是，她想让我娶别人啊。"

邓小白想了想，说："那就娶别人呗，我听说，女人都是嫉妒的，等你真的与别人好了，她就会嫉妒，一嫉妒起来她就会发现你的好了……"

刘照忍不住气笑了："聪明，这个主意真的绝顶聪明！"

邓小白双手抱头，非常委屈："我只是给您出个主意而已，采纳不采纳那是您的事，可是您不能反讽我啊……"

想了想，邓小白提了一个相当靠谱的建议："现在开春了，下山的路也方便了，要不，我下山……找人问问？山上都是大老爷们，大家都不知道该怎么办。"

刘照就问："你下山找谁问？找胡大图问？"

邓小白眼睛一亮："我可以买书啊！我听说……山下有很多书店，里面有很多男女情爱的书！"

刘照笑："这倒也靠谱……但是下山一趟不方便啊。"

邓小白："寨主，我们下山不方便，叶姑娘下山也不方便——所以我想，您就霸王硬上弓，搂着她亲个嘴，事情就完结了！"

邓小白越说越觉得这事可行："俗话说，男人不坏，女人不爱。生米煮成熟饭，什么事情都好说……"

刘照跟着笑，笑容却渐渐收敛了："这些乱七八糟的话不要说了，忙你的事情去。这事儿……不要再提了。"

邓小白就去开门。却听见门外有脚步声，有人急促离去。

邓小白急忙一个箭步打开房门，却看见房门之外，院子之中，有一个快步离开的背影。

一身白裙，身形婀娜，不是叶明月是谁？

身影还有些踉跄，显而易见，叶明月也很慌张。

两人面面相觑。

主仆二人商量着要对一个姑娘做坏事，却不想被人家姑娘听见了，你说这事儿……

该怎么凉拌？

☆ ☆ ☆

叶明月带人上山寻找药材苗子的时候，整个人都还是晕腾腾的。

每一步都像是踩在云端里。

叶明月不止一次地幻想过爱情，幻想过婚姻，幻想过与自己携手走过一辈子的良人。

神医堂的姑娘，大多都早早定下了自己的婚约，像叶明月这样的孤儿，终究是少数。

对于这些无家可归的姑娘而言，神医堂就是她们的家。师父也很关注这些姑娘的终身大事，只要有人来求亲，仔细考察过对方的家境人品之后，师父就会询问姑娘自己的意愿，然后帮姑娘做主。

虽然神医堂的姑娘不在乎世俗的婚姻，她们很多人为了学习医术一而再再而三地推迟自己的婚期，但是晚上睡觉的时候，姑娘们讨论最多的，还是那些未婚夫。

叶明月也参与讨论，她甚至肆无忌惮地表达自己对美男子的欣赏。但是也许是她表现出来的强势与嚣张吓坏了十里八乡的年轻人，也许是师父认为那些来求亲的人都不靠谱——反正师父一次也没有与叶明月谈过她的终身大事。

叶明月没有想到,一次看起来简单的任务之旅,爱情竟然猝不及防地来临。

刘照符合叶明月对爱情的所有想象。他性格温和而且聪明能干,最关键的是他很英俊。第一个美中不足的是他的身体孱弱了一点,很可能不长寿——但是那又有什么关系呢?

第二个美中不足的是他的身份地位高了一点——但是他现在是一个山大王!

是的,听见刘照与邓小白的对话之后,叶明月想明白了,既然刘照想要用坑蒙拐骗霸王硬上弓各种策略来得到自己,那我……就隐瞒一下真正身份,那又怎么了?

刘照都想要用坑蒙拐骗霸王硬上弓的法子来得到自己了,那说明他其实是爱我的……而不是看在大人的分上!

现在叶明月就像是一个被天上掉下馅饼砸坏了的小孩。

风是那样的轻,山野一片生机勃勃的绿。树梢上站着一对不知名的小鸟,啁啾着相互和鸣。

带着一群人上山,走路的时候叶明月都差点一脚踩空了。好在边上的春草眼疾手快,一把将她给拉住。不过春草个头胖却没有什么力气,于是两个人齐齐往下滑了三四尺才停住。

不过这也算是因祸得福,叶明月定住了身子,身子换了一个角度,眼睛蓦然睁大,不可置信地叫了一声:"黄芩?"

黄芩可是名贵药材,种植一分地,超过种别的药材一亩!

不但天上掉下了馅饼,地上还踩到了金子。

春草就放开嗓子,招呼附近的人都过来挖掘。

挖药材是技术活,尤其是打算挖回去继续种植的,可千万别将药材弄死了。

还有，原先这片地方，能繁殖出这么多黄芩的，也不能浪费了，如果一口气将这个地方的黄芩挖得太厉害，让杂草侵占了地盘，那可不是长久之计。

所以收住心神的叶明月提醒大家，要间隔着挖苗，不能乱踩。

这一顿忙活了很久，眼看着临近傍晚，众人收拾了东西准备先回家。走在下山的路上，叶明月这才想起一个人——白溯。

白溯是对刘照有好感的，她愿意嫁给刘照——自己算不算截了白溯的胡？得找机会与白溯交流一下——

叶明月眼睛就去找白溯。然而，一行十多个人，没有白溯！

人群中少了一个白溯！

第二十三章　分别

叶明月这才后知后觉地想起来，白溯居然没有一起挖黄芩！

众人沿着来路找。但是当初众人就是沿着山道分散开来寻找药材的，分散在大半片山上，却去哪里寻人？

众人虽然大声叫喊，但是白溯却是一个哑巴！

好在众人终于听见了白溯发出的啊啊声。

白溯的腿上被一条冬眠初醒的蛇咬了一口。当时白溯还是比较清醒的，立马割了头发扎住伤口，给自己放血。也曾啊啊叫喊，但是一来距离遥远，二来一群人都在为黄芩兴奋，居然都未曾听见。

叶明月立马给白溯放血，也挤压出很多黑血，但是这种蛇的毒性，岂是这么简单能解决的？

好在身边有这么多人，叶明月简单处理之后，一群男人轮流就背着白溯往山下飞奔。

而叶明月就冲在最前面，回山寨准备各种药材。

邓小白正在帮刘照泡澡，却听见了前面传来叶明月的气急败坏的叫声："七叶一枝花呢？小白，快快快，救命！"

邓小白急速扔下刘照，冲出去，看见叶明月在药柜之前乱翻。

因为山寨有一个病秧子，而叶明月喜欢每天给病秧子换药方。所以邓小白等人下山买药的时候，常用的药物都是十斤八斤地备着。

但是之前冬天,大雪封山,各种常用的药物,都消耗得差不多了。

叶明月脸色苍白,邓小白也是手足无措:"昨天还有一点七叶一枝花碎末,我今天早上给清理了,让山下的人今天买回来,原本想着晚上药就来了,也不会耽误今天晚上煎药……"

叶明月不知道说什么才好:"这种蛇剧毒无比,无论哪个解毒的方子,都离不开七叶一枝花。这还是南方的药材,我们山上根本找不到……"

叶明月的声音有些颓然。

周围一圈人都有些颓然。

叶明月吩咐邓小白:"你先拿着这些药去煎。其他的……尽人事听天命吧。"

作为大夫,叶明月也算是见多了生死。

但是看着白溯意识昏沉沉躺着,这份绝望,却是难以形容。

白溯这个姑娘,是自己带上山的啊!

如果自己不带她上山寨,如果自己不带她上山采药……

白溯朦朦胧胧听见叶明月说话,微微张了张眼睛,却是一点声音也没有发出来。她眼神已经有些涣散,似乎想要安慰叶明月什么,但是哪里有能力表达呢?

春草的眼泪已经扑簌簌落下来。她徒劳地抓住了白溯的手,低声安慰白溯,又像是自言自语:"不慌,不慌,一定能救,一定能救……"

却听见一个沉稳的声音响了起来:"我好像有办法救她。"

大家都惊讶地回过头去,看见刘照走了过来。发髻是乱的,身上也只胡乱穿了两件衣服。

虽然很诧异,但是大家都知道刘照平日里为人沉稳,心中虽然疑惑,却也没有人反驳。

邓小白关注的是另外一件事:"寨主,天气还凉——您先披上大氅!"

刘照却没有在意邓小白的话,对叶明月说:"我手上还有一颗药,当初常先生给我的,急救的药。明月你已经查验过了,里面有七叶一枝花。"

众人都愣了一下,邓小白当下就叫起来:"不可以!如果有个万一,您还得靠着这颗药急救!"

要知道,当初刘照中了暗算,千里逃命能上天琅山,其中重要原因就是这几颗常先生给的药丸!

现在与常先生也已经分开,那药丸到底怎么做的,叶明月也没有研究出来。所以这颗丸子就一直留着,不怕一万只怕万一,也许刘照病发,还能靠这颗药急救!

刘照已经将丸子拿出来。因为关系重大,这颗丸子,刘照一直装在瓶子里,随身携带。

邓小白急了:"寨主,如果你发病怎么办……"

刘照把药递给叶明月,微微苦笑:"我的命是命,你们的命就不是命?这颗药在与不在,其实都救不了我的命,还不如给白溯姑娘,至少能真正救下一条命。"

刘照说得倒是在理,但是一群人都难以接受。邓小白张了张嘴,却终于没有再阻止。

叶明月拿过药,深深地看了刘照一眼。

刘照微微笑着,似乎刚才是一个很简单的决定。

叶明月将药喂到白溯嘴里。

两天之后,白溯终于清醒过来了。

这两天,整整二十四个时辰,叶明月连衣服都没有脱下过,即便是坐在椅子上打盹,时间也不超过半个时辰。不单单要顾着白溯,有空还得去看看刘照。好在刘照的精神一直都很健旺,脉象也很平稳,倒是也不用叶明月死很多脑细胞。

只是众人没有想到的是,白溯醒来之后,木呆呆的,半日也不吭一声。倒是将叶明月与春草吓坏了,害怕毒药毁了脑子。叶明月已经在开动脑子想着怎样给白溯用药,春草已经烧了香在房间门口求神灵保佑了。

嗯,山寨左左右右都插了不少香,那是这两天春草求神灵保佑的杰作。

听春草是怎么求神灵的:"玉皇大帝如来佛祖三清在上山神爷爷水神爷爷日游神夜游神还有白溯的祖宗叶明月的祖宗刘照的祖宗我的祖宗邓小白的祖宗……各位走过路过不要错过,这里有猪头这里有豆腐这里有白菜,谁如果能及时赶到保佑白溯姐姐身体转危为安不疯不傻这些猪头白菜豆腐都归他,谁如果晚到就只能吃空碗空盘子拿着空筷子喝西北风,所以你们都快点来,手快有手慢无,你们快点来啊……"

好吧,这么清奇的祈祷词儿,虽然还在皱眉思考怎么用药的叶明月,也禁不住扑哧笑出声来。

……这声音好像有点奇怪?

好像不止我一个人笑了?

叶明月转过头,就看见了白溯收起了微微翘起的嘴角。

白溯收敛了笑容,说:"我要见寨主。"

"啪"的一声,叶明月手中的毛笔掉落,膝盖与鞋面上,登时斑斑点点。

春草愣了一下:"你要见寨主,现在身子要紧,先别去见……啊!"她后知后觉地尖叫起来,好一会儿不可置信地问叶明月:"这……刚才我到底求了哪路神灵?"

白溯认真地说:"你只求了一路神灵,那就是天琅山的寨主。"

☆☆☆

"我叫白溯,没错,我的祖父曾经是江南的五品知府,也没有错。

"但是我父亲没有沦落成教书先生,我也没有流落江湖。

"祖父入狱,父亲被杀,我和母亲被人用笼子关着,拉到市场上出售。——那年我六岁。

"华贵妃的弟弟买下了我和我的母亲,还有一些其他的孤儿。我们读书习武练字,辨别草药,学习使用毒药,学习爬墙听墙根。没错,就是杀手加间谍,身居高位的人,身边总要有人帮他干脏活。再后来我被华贵妃的弟弟送进了宫,成了华贵妃身边的宫女,我的母亲留在了华家。我的母亲染上了药瘾,一种很厉害的毒药,半个月不吃就会发疯,吃了又会像正常人一般。也就只有华家能给提供这种药。我一家就被牢牢困在了华家再也离不开。因为我武功高强,什么都懂一点,所以经常被华贵妃派遣出宫做些脏活。这些年皇后不怎么管事,华贵妃得宠,她安排一个宫女出宫,实在是简单不过的事情。皇后去世之后,华贵妃成了后宫实际上的主宰,这事儿就更寻常了。

"那天京师那边收到了密报,说胡大图认为天琅山的盗匪有问题,打算借兵剿匪。又有小道消息,有人认为,那群土匪就是皇孙殿下。于是华贵妃就派我来到辽州。因为我在华家的庄园里长大,大多数管事仆役都是华贵妃的乡党,十多年过去,我说话也受了他们影响,声音里带着些淮南的腔调,怕引起你们的疑惑,所以我就装了哑巴。而且我知道,一个残疾的女子,总会更加惹人怜爱一些。"

白溯的语音很平静。

周围一圈人,却是听得心惊肉跳。

刘照眉毛挑了挑,问:"华贵妃命令你来查验我到底是不是皇孙?"

白溯点头:"我上山之后两三天就判断清楚了,我看到了各种药渣,辨认出那是解毒药物,也看到了山寨众人的行为举止。没有一个山贼窝会如此整洁,也没有一群山贼能令行禁止,更没有一群山贼会将一个病入膏肓的人奉为寨主。只要不蠢,就能判断。"

刘照看了叶明月一眼,说:"白溯姑娘当然很聪明。这事儿是我们错了。"

叶明月对着刘照翻了一个白眼,说:"像白溯姐姐这么聪明的人,世界上也没有几个。不能用白溯姐姐的标准来衡量一般人。"

刘照看着白溯，声音慢慢的："你查验清楚了，下一步应该是杀我？"

叶明月苦笑着解释："白溯下手了，年夜饭的时候用一个香料袋子。但是我没有把这事放在心上。"

白溯微笑："我能用更厉害的杀人办法，但是山寨里有神医，我又怕误伤了春草与明月。再说了，我即便能杀了寨主，也杀不了山寨的全体。这几个月大雪封山，我也没有办法安全逃跑。所以我只能留着，看情况再作决断。"

刘照问："你难道不是无法判断我的身份，才着意勾引我？"

白溯含笑："因为我不好用其他方法杀你，所以我想让你死在我的肚皮上。如果你真的死在我的肚皮上，那么谁也不能说是我的错。即便不能让你死在我的肚皮上，能气走明月也是好的。即便不能气走，让明月因为生气而疏忽一两天也是好的。但是我没有想到，明月不但没有生气，还兴致勃勃地给我制造各种机会，甚至培养我。这让我有点不忍下手了。一拖两拖，就拖到了开春。"

叶明月用手抚额。刘照看了叶明月一眼，叶明月心虚地将头扭过去。

刘照又问："前天被蛇咬中毒，果然是意外？"

白溯苦笑："殿下多疑了。我虽然冷血凉薄，却也不会轻易拿自己的性命开玩笑。此事真的是一个意外。只是没有想到，殿下居然敢拿自己的救命药来救我，明月更是两天不眠不休照顾我。"

站起身来，向刘照行礼，说："我白溯六岁亡父，母亲沦落为人奴役。这两年来，也曾滥杀无辜，愧对父祖的教诲，然而廉耻之心尚在。之前或许有杀殿下完成任务的心思，但是如今欠了殿下一条性命，只能对殿下和盘托出。我现在回京师去，我会向华贵妃汇报天琅山匪徒是一群乌合之众。"

☆☆☆

清溪水潺潺，春意阑珊。

头顶上已经有鸟雀从南方飞来，一行人送白溯下山去。

春草与叶明月一左一右，与白溯絮絮叨叨说话："到皇宫里一定要小心。"

"真的没办法，那就实话实说吧，寨主肯定也不会计较。"

"你放心，我们寨主现在也不算没有准备，华贵妃真的对我们山寨动手，也要崩掉两颗大牙。"

白溯带着笑容，听着叶明月与春草在唠叨。

心中却有些怅然。

过去的这两个月，是白溯有记忆以来最安静最幸福的日子。但是无可奈何，我必须离开。

其实——留在山寨，给刘照做个妾室，也是不错的。但是……殿下不接纳我，而我，又不能与明月抢男人。

明月与刘照，针插不进，水泼不进。

什么时候我也能拥有这样的爱人呢……白溯目光在群山之间飘过，她的面前掠过一个人的面影，那是一个十来岁小男孩的面影——这个小男孩该长大了吧，但是他是江南医药世家的少年公子，我是给人干脏活的杀手，我这辈子，应该是再也遇不到他了……

白溯把自己杂乱的思绪收起来，安安静静走路。

杨云义帮白溯提着行李，里面装满了春草做的馒头包子，安静地跟在后面。

离别的忧伤并没有持续多久，因为一群人将白溯送下山返程的时候，遇到了一支大部队：姜连成回来了。

姜连成是奉命去骊国买药的！

带了二十多个人，出去已经整整三个月了，现在终于回来了！

一群人围着姜连成一群人问长问短，叶明月却不怎么感兴趣，她感兴趣的是那些箱子！

箱子里装着药材！

除了黄柏，还有不少其他药材。有些是目前所需的，有些暂时派不上用场。

叶明月兴致勃勃地琢磨起自己可以给刘照开的药方了。

姜连成到刘照房间去了，其他人也各忙各的事情去。叶明月拿着笔将自己琢磨的东西写下来，正写得愉快的时候，门被人敲响。

居然是——川槿！

川槿居然从京师回来了！

兴冲冲的叶明月就拉着风尘仆仆的川槿，讨论给刘照设计的新药方。

但是川槿却将门关上了，吩咐春草到门外去。

叶明月皱眉，说："讨论药方而已，用得着这么保密吗？你还是要与我讨论李凤凰的事情？还是打算脚踩两条船看中了别家的姑娘，想要我帮你参谋？"

川槿气笑了："我是什么人，脚踩两条船？我连你都看不上，世界上又有几个李凤凰一样的姑娘？我是担心你！"

叶明月就笑："担心我什么，我家没仇人，不用担心暗中潜伏的刺客。话说你怎么回北方来了，李凤凰一起回来了吗？李凤凰的父亲救出来了吗？"

川槿说："要救一个人谈何容易，不过找了一些门路，贿赂了一些人，为她的父亲求了一个贬谪的处置。凤凰陪着父亲，我又安排了人手，安全是有保障的了。别扯李凤凰了，我担心的是你。今天山寨很热闹啊，听说有谁从骊国回来？"

叶明月点头："对啊，姜连成队长带人从骊国回来了，买了很多药材，你没看见我正在琢磨吗，你过来一起参谋参谋，这个药方怎么才能做到君臣佐使……"

川槿站在叶明月面前，拿走了叶明月手中的纸："有要紧的事情。你不要琢磨你的药方了。"

叶明月这才抬头:"什么事情?这么正经。"

川槿说:"还记得吗?李凤凰说过,骊国曾经派间谍进入辽州郡,想要找天琅山的土匪交易一张地图。"

叶明月怔了怔:"但是山寨上上下下都找过了,根本没有所谓的地图,骊国的人是上当受骗了。"

川槿说:"但是我听说,姜连成去骊国,一去三个月,现在才回来。"

叶明月说:"是啊,这一冬天下雪,路难走……"

叶明月怔忡了一下。

骊国,冬天,路难走。但是三个月的时间,也太长了。

但是叶明月依然生气:"胡说八道,脑子长泡,也不知道你在说什么。我去找姜连成要个药材的清单。"

姜连成在与刘照交谈。叶明月就去找刘照。房门虚掩着,叶明月就去推门。

但是手举起来了,却又禁不住迟疑了一下。川槿的话再度在叶明月的耳边响了起来。

这一迟疑,屋子里的对话就钻进了叶明月的耳朵:"骊国国君怎么说?"

骊国国君?姜连成不是去骊国找药材的吗?这……什么意思?

叶明月的脑子有些迟钝了,一些可怕的想法像毒蛇一般钻出来,叶明月知道这是不对的,但是她忍不住不想。

叶明月想要离开,但是不知怎么的迈不动脚步。

就听见姜连成的声音,像是冰珠子一般,一颗一颗迸进叶明月的心底:"骊国皇室说,淳于三手上的证据珍贵,殿下的地图也珍贵,他们同意了这番交易。"

刘照的声音里带着淡淡的喜意:"那约定了什么时间交易?"

姜连成的声音略带凝重:"三月十五,鸡公山下,焦水河边。不过……他们说,受人之托,忠人之事,收了殿下的地图,就一定要帮殿下把事情做好。淳于三性命关系重大,他们要派精兵五千,护送淳于三进入中原。如果殿下不愿意接收这五千精兵,他们也不敢将淳于三移交给殿下。他们说,请殿下放心,这五千精兵令行禁止,定然不会为祸中原,顶多也就是向百姓索要点粮食罢了。"

叶明月脑子里轰隆隆的,根本不知道自己听见了什么。

刘照的声音冷冷淡淡的:"他们倒是好心。"

姜连成说:"另外,他们说,希望与殿下联姻,愿意送舞阳公主进入中原,做殿下的妃子……"

叶明月整个脑子都是一片空白。

似乎有漫天的大雪撒落下来,整个世界白茫茫的。

叶明月无力地靠在门上,发出一声脆响。

姜连成打开了门,看见了脸色苍白的叶明月。

第二十四章　分手

　　叶明月脸上没有血色,但是她的眼睛里却烧灼着一团火。
　　"你不能与骊国人谈合作。"她说。
　　"骊国的人说借你五千精兵,你不能要。"叶明月说。
　　"让别人的精兵进入中原,那就等于是引狼入室。"叶明月说。
　　"我听了一耳朵……什么地图?你给骊国的人提供了地图?"叶明月的声音里带着绝望的哭腔了,"无论如何不能给骊国的人地图,骊国的人虽然没有草原人凶狠,但是他们是异族人,他们拿到地图会干什么,你可以想到的!"
　　叶明月浑身在发颤,刘照的眼神却很平静。
　　"这些事情我有自己的打算,你不要烦心。"刘照说。
　　"五千精兵我当然不会要,我们手上也没有多少人手,对方一下子来五千,我手上的人肯定控制不住。"刘照说。
　　"但是这番交易肯定要进行,你不要管我。"刘照淡淡地说,"姜连成,你把外面几箱药材的钥匙给夫人。"
　　叶明月没有接那钥匙,她激动得声音发抖:"咱们要把这件事给说明白,你必须答应我,不管怎样,地图不能给异族,给了人家地图,就等于将刀把子送到别人手里……"
　　"我的事情,你不要多管。"刘照的声音沉冷下来,"我自有主张。"

"……不，你不能这么敷衍我。当初大人也曾教导过，凡事要以百姓为重，以天下为重……那时候你记得的，你记得吗？"

"明月。"刘照的脸色渐渐变得铁青，"你记得你的父亲大人的教导，虽然十多年过去了，你依然没有忘记。我也记得我父亲大人的冤案，才过去半年，我肯定没有忘记。"刘照声音放柔和了，"我必须为父亲雪冤，你知道的，现在联合骊国，是我为父亲雪冤的唯一途径。"

"你要为太子殿下雪冤……"叶明月喃喃低语，"别人冤枉了太子殿下，说他想要谋逆，但是你现在的途径，就是谋逆啊，你……会害了万千百姓，你……这才是真正的对不起太子殿下！"

"住嘴！"怒气渐渐燃烧了刘照的眼睛，他终于不再克制，"皇宫中有规矩，后宫女子，不得干政！……你做好自己的事情就可以……我的事情，我自己主张！"

刘照的声音里也烧着一把火，但是那把火却将叶明月的心烧得冰冰凉凉。

刘照说："你如果看不惯我，那你现在就可以离开。"

叶明月的目光被冻住了，她的声音很艰难："是的，你不需要我了，你的身体能支持到五六年后了，你有足够的时间兴风作浪翻云弄雨了，所以……我是可以离开了。"

现在是春天，院子里的梅花已经开了一树，小鸟啁啾。

阳光很温暖很温暖，世界的颜色很鲜亮很鲜亮。

风里传来远处山泉水的歌唱。

叶明月想要笑，但是她笑不出。

叶明月想要哭，但是她流不出眼泪。

倔强的叶明月，强壮的叶明月，从有记忆开始，就知道该怎么孤独地面对人生的旅程。

面对艰难，面对挫折，她从来不流泪。

她只会鼓起勇气，然后发起一次又一次的冲锋。

然而——现在,天地都在旋转。

我在做什么?我想要做什么?

刘照是陌生的,山寨是陌生的,世界也是陌生的。

叶明月茫茫然地回到自己的住所,将自己的脑袋埋在春草的胸前,声音哽咽:"春草,我带你,下山。"

春草也是有些茫茫然:"下山?"

叶明月说:"刘照的身体已经好了很多了,他不需要我了。我带你去神医堂,你可以好好地学一点医药的东西,我也要好好学一点医药的东西。"

是的,梦应该醒了。

刘照是刘照,我是我。

我只是江湖门派神医堂的一名小弟子,他是高高在上的皇孙殿下。

这几个月的接触,我居然对高高在上的皇孙殿下产生了不切实际的幻想。

尽管……我延长了他的寿命,尽管……他也曾对我言笑晏晏。

但是我们的思想模式是不相同的。作为一名大夫,我所思想的,是怎样挽救人的生命,怎样去减少事端,怎样去维护自己亲近的人。我将大人当年的教导记在了脑子里。

作为一个皇孙,他所思想的,是怎样去争夺权力——至于国家与百姓,那是……根本不重要的事情吧?

这就是生活。

很多年前,大人给小姐讲过一个"灰姑娘"的故事。大人告诉小姐,天上不会掉馅饼,一切看起来很美好的东西,命运早在暗中标注好了价格。灰姑娘嫁入豪门,看起来是幸运的,但是实际上,从小生活环境不同,三观不同,当火热的爱情褪去了颜色,灰姑娘必定会被抛弃。

当时自己站在边上听着,心中却不以为然。现在才猛然想起来,原来大人说的都是对的。

灰姑娘就是灰姑娘,王子就是王子。

说起来,自己到底是幸运的,是也不是?

至少,在自己彻底沦陷进去之前,认清了事实的真相。

想明白了这一点,少女的步履竟然有几分轻松了。

——我原先也没有想过要嫁人。我是要将自己的名字留在《杏林药谱》上的人。我马上返回神医堂,从此专心致志研究我的医药,研究我的病人——可惜了,刘照这个病例,自己不能跟踪到底。

黄柏终究解决不了刘照身上的所有问题,三五年后病症肯定会发生变化。如果不能准确判断施毒者的手段,刘照终究还是要面对死亡……

我怎么还在想刘照?这种毒药这么罕见,下毒的人非富即贵,中毒的人也算是三生有幸……我研究透了,对我的行医生涯能有多大帮助?

叶明月终于收回了思绪,看着边上有些担心的春草,笑着安慰:"没事啦,我就是在想一点事情。等我们到了神医堂,我就禀告师父,先安排你去药房,识别各种药材,了解各种药材的药性。晚上我教你认识字。就先认识药材的名字。然后我再教你背《汤头歌》,你这么聪明,在药房待三五个月,肯定能把各种药材给背熟了,常方说不定也能背下几个。药房待熟了,药理也熟悉了,我再求求师父,师父说不定就能收你做徒弟,师父不收你,我也教你一些,你以后帮药店抓药也能养活自己。"

春草点头,说:"我都听你的。"顿了顿,又说:"我不学医也没有什么,就学抓药好了,以后开药铺,你坐诊,我抓药。"想了想,又补充:"你教我一点穴道按摩的知识,我听人说,药铺的坐诊大夫很累人的,经常脖子痛,我学会了穴道按摩,每天就能帮你按一按。"

叶明月微笑说:"好。"

☆☆☆

春晚绿野秀，岩高白云屯。马车辚辚，带着叶明月与春草回家。

是的，神医堂，就是叶明月与春草的家。

想起半年前接受任务的情景，叶明月有些近乡情怯的情绪。

师父让我杀天琅山的土匪，我没有杀。师父让我来找《杏林药谱》，我也没有找到。

我回去，该怎么向师父交代？

又不好告诉师父这个病秧子的真正身份，一顿批评是肯定少不了。

更糟糕的是，川槿把饿虎寨给灭了。

这一次争夺，自己算是输了个灰头土脸了。

于是叶明月就拿起包裹，转移自己的情绪："车子上左右也没有事情，我先教你认识一些字……这是什么？"

包裹里有一本发黄的书。

书本上有些霉斑，边边角角已经被老鼠咬了一些。但是有人很细心，将老鼠咬的边边角角都拿雪白的宣纸补上了。所以整本书看起来不算太寒碜。

封面上有四个大字：《杏林药谱》。

——没错，《杏林药谱》！叶明月迫不及待翻开，读了几页，就确定了，这的的确确就是《杏林药谱》！

春草怔了怔，说："这不是你的书吗？我收拾行李的时候，看见桌子上有书，问了人家，说这是医书，就放进包裹了。"

叶明月的呼吸禁不住粗重起来！

原来以为，这一次争夺，自己算是输了个灰头土脸；却没有想到，山穷水尽疑无路，柳暗花明又一村，现在，自己手上有了《杏林药谱》！

当初师父怎么说来着？无论有没有灭了土匪窝，只要找到这本药谱，就算是赢了！

——也就是说，自己赢了！

　　在上天琅山之前，叶明月很在乎输赢。她自认为自己是神医堂最杰出的弟子，不继承神医堂没关系，输给川槿很丢脸。

　　但是留在天琅山几个月，叶明月很多想法都发生了改变。输赢什么的，不在乎了。

　　然而有赢的机会，为什么还要输呢？

　　更何况，这是《杏林药谱》！

　　——但是，为什么自己的桌子上有《杏林药谱》？

　　当初我差点把山寨掘地三尺也没有找到的书，居然就这样莫名其妙出现在自己的桌子上？

　　叶明月的目光掠过马车的窗户，外面有巍巍的青山。

　　几重青山的后面，有一座叫天琅山的山寨。

　　叶明月没有多少脑子，但是……合上书本，心中就有了一团乱麻。

　　书肯定是刘照放的……他既然与我决裂了，那他为什么要把这本书放在我的桌子上？他是关心我，所以希望我能在比赛中获胜？

　　他如果真的关心我，那他为什么要气走我？

　　一团乱麻，越理越乱。

　　☆☆☆

　　叶明月坐在马车里的时候，刘照刚刚下了马车。

　　面前是白山营，大乾与骊国的前线。

　　大乾与骊国以大白山、白水河为界线，白山营位于山水交界处。

　　大白山绵延七百里，宽度也有几十里；大白山上也没有城墙之类的防御工事，靠白山营的军士们镇守巡逻，怎么能防得住那些狡猾的骊国蛮子呢？另外白水河看起来是天堑，但是这河道蜿蜒曲折，大半地方草木茂盛，高山巉岩遮蔽，也是巡逻不过来的。

　　骊国的土匪熟悉地形，经常找寻常人不知道的山谷钻出来，找寻常人不知道的野渡靠岸，然后进入大乾内地，烧杀掳掠。

骊国的朝廷也是喂不饱的饿狼，当大乾强大的时候，他们就对大乾俯首称臣；当大乾国力衰弱，他们就伺机进攻，甚至试图占据辽州郡。

边境一直为此所苦。

江荣镇守边关已经七年整，这七年之中，也不知吃了多少暗亏。

不过，在过去的几个月里，这种局面已经大为改观。

就在过年之前，一个叫刘光的年轻人找到了江荣。他给了江荣一份完整的大白山周边地形图，标注了大白山的每条山脉河谷的走向；标注了白水的每个河湾每个可以驻船的地点；甚至还标注了大白山里的两处温泉！

这份地图，正是江荣急需的！有了这份地图，江荣就重新确定了守卫巡逻的路线，让士兵们的行动不再盲目，大大节省了力量；有了这份地图，江荣甚至还让士兵们守株待兔，在过去三个月里成功剿灭了七股试图通过小路进入中原劫掠的骊国盗匪，让他们还没有为祸就死在了大白山的出山路口！

江荣身上的压力顿时大大减轻。

让江荣更激动的事情发生在半个月之前。那神秘的年轻人，派人给江荣送来了第二封情报。在这封情报里，有对岸骊国军营的详细情况，包括驻扎地点和兵士数量，甚至还有将领的性格喜好以及战例；还有骊国的地图，标注了进入骊国国度的各种路线，其中包括很多小路。

江荣的眼睛瞬间亮了。

当朝皇帝最爱什么？最爱开疆拓土！

作为武将，想要封侯，唯一的办法，那就是上阵杀敌，为朝廷开疆拓土！

大乾皇朝几代休养生息，国库里的粮食堆积成山，每年都要折价卖出一批陈粮，所以皇帝也好，朝廷也好，将军们也好，都对开疆拓土这事儿很感兴趣。

这半个月,江荣已经派人对第二份情报的真伪进行了核查,并且向朝廷汇报了作战计划。

是的,现在有一个千载难逢的机会。骊国朝廷内部,裂开了!

二皇子英明神武,国君认为类似自己;大皇子老实巴交,群臣认为这是很好的国君模板。

国君大人要换太子,朝廷上下已经吵成了一团。

吵成一团不要紧,但是吵成一团之后,国君大人又觉得没法换太子了,语重心长地告诉二皇子说:"儿子,你晚出生两天,这就是命,父皇也没有办法,你还是赶紧去封地吧……"

二皇子不干了!

与哥哥抢一个馒头,抢不过,我还能到别处找一个馍馍吃;与哥哥抢一块玉佩,抢不过,我还能去别处找一个石头雕着玩;与哥哥抢太子的位置坐,抢不过了,我还能活不?

二皇子殿下本来就是敢打敢杀的性格,现在看老父亲说话出尔反尔,怒了,黑化了!

于是就密谋造反。

既然是密谋造反,手上就一定要有力量。

这当口,刘光的人就像是仙人降世一般,出现在二皇子面前,告诉二皇子,如果你愿意奉大乾为主,那么大乾皇朝就派人帮你争夺皇位。

这就叫作睡觉有人送枕头。

二皇子才刚刚诞生祸心,刘光的人就给了他这么一个许诺。这就叫天雷勾动地火,火星撞上地球,二皇子当即就拿出小印与刘光的人拍巴掌:"只要大乾能帮本王坐稳皇位,那么本王愿意奉大乾为主!"

二皇子焉能不知刘光的人包藏祸心?

只是他已经大祸临头,为了保住自己的性命,只能把骊国的江山放到一边了。再说了，等坐稳皇位之后，再想办法也不迟。大白山与白水河是上天赐予骊国的屏障，用得好，把大乾人都留在此地也是有可能的。

江荣以及刘光焉能不知此人不可信？

当然知道，但是现在上天给了一个好机会，不好好利用，怎能建功立业？

狡猾的狐狸遇到了聪明的猎人，大家互相算计吧，只是不到最后揭晓的一刻，谁也不知道谁是狐狸，谁是猎人。

面对送上门来的吃食，江荣决定要吃下去！

于是第一时间就联通自己的消息渠道验证了刘光信息的真实性，紧接着把情况上报朝廷，朝廷那边动作也很迅速，才几天时间，旨意就下来，粮食军备什么的，都已经在路上了！

不过，江荣还需要一个人！

那就是为江荣制订全盘计划的刘光！毕竟带兵进入敌国，人生地不熟，江荣需要有人能帮他谋划！

这位派人进入敌国搜集了大量情报的刘光就是极好的人选。

说实话，朝廷的人也曾想办法搜集骊国的情报，江荣镇守白山营之后也着力做这件事。但是几年下来，却没有收获多少有用的信息。

这个刘光能拿出这么多信息，他潜伏在骊国的人手以及能力定然非常强大。

这正是江荣所必需的。

当然，江荣也担心这个刘光别有所图，但是江荣手上有十万大军，手中有实力，当然有底气不怕阴谋诡计。

何况这个刘光是临平县县令胡大图推荐来的。

江荣认识胡大图，虽然没有什么交情。这位算是大家族中很没出息的一位，读书不少，胆子很小，人不聪明，绝对没有胆子也没有本事搞什么阴谋诡计。

据他介绍，这位刘光，是临平本县的人，家里是做药材生意的，他虽然读书成才有谋略，但是不喜欢四书五经，也就没有能力参加科考。但是因为常年在骊国做生意，所以对骊国的局势非常熟悉，所以给朝廷送了这样一份情报，希望借此机会谋个官职，甚至能给子孙后代谋一个爵位！

更重要的是，过年之前，江荣与刘光见过一面。这个刘光身子骨不是很健康，病恹恹的，江荣一看就能判断，这样的病秧子，顶多也就活个五六年罢了。这个病秧子坦诚相告，正因为自己家大业大命不久矣，所以要抓住这个机会为子孙谋一点地位，这样即便死了，自己留下的孤儿寡母也能有朝廷看顾，不至于怀璧其罪。

这位名叫刘光的年轻才子，将在两天后到来，江荣要在衣食住行方面，都给他做上最稳妥的安排。

第二十五章　刺客

回神医堂的路上。

"你说……这是寨主送给你的？寨主……他不是坏人？"春草睁大了眼睛，"你们这是……有什么误会？要不，我们现在回山寨？赶车师傅……"

"春草，你急什么。赶车师傅，没有多大的事情，你照常走就好。"叶明月转回脸，对春草说，"我不会回去的。他把这本书给了我，也不过是还了我的人情罢了，并不是说他对我还有什么感情。"

叶明月垂下眼睑，声音有些闷闷的："他……这是不想欠我了。所以把神医堂给了我，就算是与我算清楚账目了。"说着话，眼泪落了下来，随即狠狠一个衣袖把眼泪擦干净了："这样也好，我们之间干净利落了，谁也不欠谁了，如果……真的闹腾起来……我就去告发他们，他们就来对付我们，什么事情都不需要顾忌。"

春草就坐端正了："那么……这样，我们要不要现在就去找个官府把他们给告了？——不过邓小白杨云义的人品还是不错的，会不会连累他们？"

叶明月白了春草一眼，说："他们人品好？人品好才麻烦，他们的身份叫家臣，他们是寨主的家臣，寨主一条道走到黑，他们也一条道走到黑！死心眼的！真的敌对了，他们都是坏人！"

春草愣怔很久，突然抱着叶明月哭起来："我的娘嘞——这可怎么办嘞——我不想与他们干仗嘞——我想回山寨过日子嘞——"

叶明月一把将春草推开："别把鼻涕黏在我衣服上！"

春草止住哭声，眼巴巴看着叶明月："那……我们什么时候去告发他们？现在？虽然我听说宜早不宜迟，先下手为强，后下手遭殃……但是，但是，但是……"

三个"但是"之后，春草也没有给自己想出合适的理由。一急，眼泪又冒出来了。

叶明月手放在春草的手上，声音冰冰凉凉："但是他们现在还没有卖国，我还没有确切的证据证明他卖国——所以，我们还是等几天，看看情况再说吧。"

春草就连连点头。

叶明月掀开了车窗帘子，望着远处的山峦。

正是不冷不热的天气，山峦之上，各种云气弥漫。

远山轮廓，朦朦胧胧。少女的眼神，也朦朦胧胧。

☆ ☆ ☆

远山轮廓，朦朦胧胧，少年的眼神，却是尖利明亮。

"其实……我……还是觉得……有些冒险……殿下您的身体……"邓小白的声音，弱弱的，怯怯的。

"下山吧。身体如果撑不住了，我也不至于后悔。"少年的声音淡淡的，稳稳的。

邓小白推着刘照慢慢往外走。山寨的外面，已经准备好了轿子，刘照的身体好了很多，但是依然不能劳累。

"这事儿……要不，你让我们去做？刘凤……刘凤就可以！"邓小白依然不死心。

殿下要下山。

邓小白很担心，这几天晚上，他已经做了好几个噩梦。

241

"不可以。"刘照抬起眼睛,很温和地解释,"要游说一个边关的将领,要掀起一场战争,很容易让人认为这个人别有目的。只有我这样的病秧子,才能让人放下戒心。"

刘照的眼睛看着远处的山峦:"何况战场形势,瞬息万变,我不跟着,如何能保证克敌制胜?"顿了顿,他又微笑看着众人:"你们放心,这一趟就是累一点,风险真的不大。另外,你们的大部队不要跟着,一个平头百姓招募不起你们这么精锐的手下。万一给江荣看出破绽,又多生事端。跟着江荣的部队,不会有什么危险的。"

邓小白刘凤等人面面相觑。

我们担心的就是你太累啊。

我们担心的就是你遇到危险啊。

但是——没有人再阻止。有些话,其实没有必要说出来了,因为有些事,刘照总要做下去。

因为他是父亲的儿子,曾经是这个皇朝的第二顺位继承人,他的父亲与祖父,曾经把一个皇朝的分量压在他的肩膀上。

刘照站起来,坐进了轿子。他的腰板挺得很直。

☆ ☆ ☆

叶明月回到神医堂,抬头挺胸,气宇轩昂。

马中赤兔,人中吕布,神医堂叶明月是也。

一群兄弟姐妹看见叶明月回来,呼啦啦就围过来一群,姑娘们动作多,拉手的,拉胳膊的,抹眼泪的,还有抱大腿的——是八岁的小师妹,从姐姐们的大腿缝隙里挤进来,抱着叶明月的大腿不放。

叶明月打开包裹,许多东西一字儿排开:"这是朱记的糖果,各种口味的,你们爱吃就拿一点,剩下的就给小师妹了;这是牛家的荷包,一人一个……小师妹,你把腿松开,我把你抱到凳子上。"

小师妹乐得见牙不见眼。

有师弟小心翼翼地问:"师姐,你将天琅山的盗匪都灭了吗?川槿师兄过年前就回来了,饿虎寨的土匪,全灭了!"

叶明月眯起眼睛:"天琅山的土匪?……没灭!不过——"

然后,叶明月慢慢地将上面的东西都挪开。

里三层外三层的人眼睛都直了。

叶明月一锤定音:"杀人?杀人不是要紧的事情!师父说了,更紧要的是,我们要找到神医堂的传承!川槿师兄一口气把饿虎寨的人全都杀光了,但是我却找到了《杏林药谱》!"

大姐大开口,一群师弟师妹寂静无声。

明月师姐一出手,神医堂小弟小妹们全低头。

高山仰止。

"这是《杏林药谱》?"师父接过叶明月恭恭敬敬送上的东西,"没弄错,竟然找到了?"

师父的神色有些狐疑。

师父皱眉的样子让叶明月心中就有几分忐忑,当下急忙解释:"你看,师父,这上面的药谱,确实是我们神医堂祖传的药方。"

师父点点头,说:"开篇几个药方不算,得把所有的药方都验证一遍。"

叶明月急了:"应该不会错的,师父是不是读过这本书吗,您看一遍。"

师父沉吟着说话:"前面的我确实读过,但是后面一小半,治疗疑难杂症的药方,我确实眼生得很。不过也不急,等遇到这些病症,我们一个一个验证过去,也就是了。不用急的。"

叶明月点头:"师父,您说得都是对的,但是一个一个验证过去,那么多疑难杂症——哦,我想起来了,我们书楼里不是还存了一本祖师爷的笔记本?我们拿出来,请我们小城里最有名的志成先生看看笔迹?"

师父抬头,淡淡地说:"笔迹验证,也是有可能被造假。"叹了一口气，说："明月，我并不是刁难你，原先我与你说找《杏林药谱》的事情，本来也没有指望你能找回来。现在虽然找到了，但是药谱一事，关系的是我们神医堂的传承。万一被人做了手脚，这可就是人命关天的大事。"

师父说话的声音里终究有几分沉重的意味了。

虽然叶明月不大相信刘照或者谁会故意给自己弄个假的药谱陷害自己，但是师父说的到底是有道理的。于是点头，说："人命大事，怎么小心都不为过。"

师父微笑起来，说："所以，你们俩的比赛，我暂时还不能宣布你获胜。接下来我会让大家关注一下与这本书相关联的疑难杂症，小心验证，也许三五年就全都验证好了。"抚摸着叶明月的头发，说："委屈你了。"

叶明月急忙点头："是的，是的，师父说得都是对的，不委屈，不委屈。"

师父就笑着对叶明月说："我知道你是最懂事的，现在眼下还有一件事，需要你去做。西南五六十里，有一个梧山村，村里前些日子来了一个老人，说山里发现了大片的野山参。送来了一株，看起来还是不错的，我本来是想自己走一趟，去看个仔细。如果真的是成片的，那怎么看护怎么培育，给这个村庄多少钱，这都是要琢磨的。对这事儿，其他人我都不放心。刚好你回来了。"

叶明月忙不迭表示："那这事就我去走一趟吧，三十里平路二十多里山路呢，有事情弟子劳动就是。我立马就出发。"

师父又说："你带回来的那个姑娘，春草，暂时就跟着你吧，你看着怎么教，能不能成为正式弟子，等两个月我再考察考察。"

叶明月欢喜起来，说："春草可聪明着呢，我好好教，过两个月，一定会让你刮目相看。"

师父就笑："就你吹牛！你带着这个姑娘也有一些日子了，你敢告诉我你什么都没教？两个月后检查，我怎么判断出她聪明不聪明？这两个月，我也就看看她的性格是不是适合留下而已。"

叶明月忙不迭点头："师父说得是，春草可是一个很好的姑娘，肯吃亏，也能吃苦。"

师父就哼了一声："现在不需要你帮着说好话，师父有眼睛会自己看。收拾一下东西，明天叫林师弟驾着马车与你们俩一起走，价格什么的，你自己估量，谈好后，让师弟留下看守，你们回来。"

叶明月答应了。

关于两个姑娘回神医堂的问题，叶明月并不担心，因为马车上有着神医堂的图标。

有神医堂的图标在，方圆两百里，即便是地痞流氓也不敢动。

但是刚刚从山寨出来，叶明月也觉得有必要更新一下自己的装备。迷药再配一点，痒痒粉配一点，毒药配一点。

迷药在手，天下我有。

马是老马，车是新车。

没办法，神医堂这些年挣钱多，花钱也多。有钱人来治病当然可以敲诈一番，但是没钱的人来看病，神医堂还得自己贴药。

加上这些年收的徒弟有点多，这些徒弟大多数还不能做事，每个月吃饭就是一笔大钱。

师父又是一个喜欢管闲事的，这些年除了给人治病还做了不少慈善。

收支虽然平衡，但是神医堂的账目却始终不好看。

一年前，叶明月也接手管了一阵神医堂的账目，神医堂的经济情况也算是有所好转，叶明月曾经乐观估计，好好地弄个一两年，能给神医堂多买几匹骏马。

神医堂的人经常外出，有时候病人情况紧急，没有几匹好马真的不顶事。

只是叶明月才管了半年的财务，师父就安排她参加少堂主选拔赛

245

了,一耽搁就半年多。师父让师弟管账——嗯,钱又没管好,叶明月的骏马计划,还得往后挪挪。

至于马车,那是病人赠送的。

闲话说到这里,叶明月几个人乘着好马车,折腾了大半日,才到了地方。

然而让叶明月失望的是,那老人号称的"连片山参",其实也就是在同一片山林之中有几棵罢了,都只有一两年的药龄。不过这个环境,的确是适合山参的,于是叶明月就留了一天,仔仔细细勘察了地形,又找村老好好计划了一番,才把事情给敲定了。

神医堂给钱,梧山村出人,在这片山林里开荒,种植山参。神医堂出种子,另外每个月派人来这里检查山参的长势,有情况及时指导。工钱每年一结,等四年之后看情况再给一笔奖金。

梧山村不算太贫穷,但是也算不得有钱。对于这样的山村,叶明月也不会太苛刻,但是也没大方。谈妥了价格,吃了中饭,留下师弟监督村民开荒,自己两个人赶着马车回神医堂去。

山路崎岖坎坷,春草与叶明月的驾车水平不怎么高,好在老马温驯,也不担心老马跑到沟里去。

两人也不坐在车厢里了,就并排坐在车辕上,专心致志背诵《汤头歌》。

山路两边,群山巍峨,林木茂密。

春草背得有些磕磕绊绊。

叶明月也有些无奈,告诉春草:"你得理解,你记住我说的……"

正说着话,却听见尖锐的呼哨声!

叶明月目光一凝,就看见前面树丛之后,有箭镞飞出来!

叶明月往边上一偏,箭镞擦着叶明月的脸颊,钉在了车架上。

说时迟那时快,叶明月拉着春草,往车厢里一推;自己往老马屁股上甩了一鞭,老马吃痛,往前急奔。

另一只手拔出了宝剑,又劈飞了一支箭镞!

前面箭镞密集,叶明月一边驾驭着马,一边挡着箭镞,已经是手忙脚乱。直到这当口,叶明月才后悔,自己居然没有下苦功练武!

叶明月总觉得,我是神医,我懂迷药,我懂毒药,我练什么武,三脚猫功夫,护身足矣。即便是上山寨的时候,叶明月也没有觉得武功不好不算什么大事。

但是现在,叶明月已经到了生死关口!

春草嗷嗷叫着,想要重新爬出车厢帮助叶明月。但是她身体肥胖,马车又颠簸,出来哪里有这么容易?

就在这当口,叶明月看见有一片白光掠过。

那是从马车侧边飞过来的一排箭镞,一连三支,正将叶明月面前的三支箭给一对一磕飞!

事情发生的迅捷程度,难以形容。叶明月惊魂未曾定下,就看见身侧有箭镞飞出,直接奔向前方林木之后!

前面的青树翠蔓之中,传来了惨叫的声音!

然后就有几个青黑色的人影,从侧边的林木之中奔出来,直接奔向林木之后。

叶明月觉得这人影有些眼熟,却听见春草惊喜的声音:"云义,杨云义,杨大哥!"

就听见厮杀的声音。林木晃动,有人逃窜而出,又有人追杀出来。这下看清楚了,后来追出来的果真是杨云义。前头那个,衣着破烂,身上挂彩,眼见已经受了伤。

打落水狗是叶明月的特长,当下扑杀过去,将那个受伤的给缠住。杨云义追上来,三下五除二把那刺客给擒住。

树丛后面,厮杀声也渐渐停止,不多时,就看见有几个人抓着几个土匪出来。

一半认识,一半不认识。

认识的那一半，也就是刚才跳出来救人的那一半，都是原先山寨打虎队的人。

春草跳下马车，欢喜地问杨云义："杨大哥，你怎么会在这里？"

叶明月也狐疑地站着，打量着杨云义："你怎么会在这里？"

杨云义略略有些尴尬，说："我们不是四处抓土匪吗，这不，得到消息，知道这里有一伙土匪就来了，却恰好遇到土匪打算抢劫你。"

叶明月的眼睛上上下下打量了杨云义一圈，说："这倒也是凑巧。"

杨云义就点头："这的确是很凑巧。真的是很凑巧。"

叶明月蓦然之间发了脾气："杨云义，你们当我傻是不是？神医堂所在，方圆百里，哪里有什么盗匪？方圆两百里，哪里有什么盗匪敢动神医堂？更何况我这辈子救人无数，这方圆两百里地，哪里来的仇家！这盗匪……难不成是你们赶过来的？"

杨云义尴尬地笑："这些土匪确实不是我们赶过来的，也不是我们派人假冒的。"

五个土匪，已经被绳子捆起来了。杨云义就对叶明月苦笑："这群土匪到底什么来历，你自己审问吧。"

叶明月翻了下白眼，说："你明明知道前因后果，为什么一定要我自己审问？"

杨云义继续苦笑："因为我告诉你，你不见得会相信。"

叶明月就拿着手中的马鞭，冲着那些土匪砸过去："谁要杀我？说！"

那几个土匪居然咬牙承受了，却一句话也没有说。

叶明月怒道："说不说？不说，我给你们上药！"

药是好药，几个土匪痒得缩成一团，偏生手被绑着了，连抓都没地方抓。开口乱叫，叶明月嫌太吵，于是春草就动手将几个土匪的嘴巴都堵上了。

好一阵才给拿开堵嘴的物件，那几个土匪已经满脸都是鼻涕眼泪。

但是依然咬牙不说！

再换一种花样。

叶明月拿出银针,给其中的首脑扎下去。痒是止住了,痛!

痛得满地打滚。眼泪鼻涕外,嗓子也叫嘶哑了——因为满地打滚得厉害,春草也没办法给他塞上破布。

但是——依然不说!

边上土匪,全都闭上了眼睛。叶明月又扎了一个——那土匪疼得厉害,居然把脚上的绳子挣脱了,拔脚就往前面冲。

前面是一块巨大的石头,那土匪脑袋直直地往那石头上撞!

第二十六章　真相

好在杨云义抓住对方的后衣领，把他硬生生给拉了回来。

叶明月恨得直咬牙，却又没有办法。

叶明月擅长治病，擅长吵架，甚至擅长做个当家主母管账目，但是严刑逼供这件事，显然超过了叶明月的能力范畴。

于是她就看着杨云义。

杨云义说："这几个人其实不算土匪。"

叶明月愣了一下，说："不算土匪？他们是我的仇家？可是我……应该没有结下任何仇家啊。"

杨云义说："就昨天之前，他们还在神医堂总部附近的旅店里，吃吃喝喝，他们自称从江南来。"

叶明月皱起眉头："他们住在神医堂附近的旅店里……"

杨云义说："前天晚上你回到了神医堂，当天晚上子时，有人从神医堂你师父住的小院子里出来，去了他们的旅店，与他们的首脑见面。"

叶明月咬牙，说："你这是什么意思……你们是跟踪我，还是跟踪神医堂？"

杨云义面不改色地解释："这一伙子人来神医堂附近蹲守，一个个膀大腰圆，又没有什么正经事情，我们打虎队当然担心他们会犯事，派人盯着他们也是正常。"

这话好像很符合逻辑,叶明月也没有追究,她关注第二个重点:"谁从我师父的小院子里出来?"

杨云义微微叹了一口气,说:"你从你师父的小院子里出来,你可知道你师父的小院子里住了多少人?"

叶明月愣了一下,身子微微颤抖起来。她的声音有些发颤:"我的师父……是独居。"

杨云义说:"你师父进了他们居住的小旅馆,一刻钟之后就出来了,然后这群人就立马出发,来到这里。"

叶明月眼泪止不住。

春草不知道发生了什么,紧紧搂着叶明月,想要安慰,但是什么都说不出来。

叶明月似乎是在问众人,又像是在自言自语:"我是师父买回来的。我的性命都是师父的。师父说我很有天赋,我就傻乎乎地以神医堂的继承人自居,但是我不知道师父其实不愿意我继承神医堂啊。十年了……她养了我十年。她不愿意我继承神医堂,她完全可以直接说,她为什么不直接告诉我?"

杨云义沉默了一会儿,才说:"明月姑娘,其实……你师父要杀你,不见得是因为你打败了川槿师兄的缘故。"

叶明月陡然生气起来,大声说:"就是因为我打败了川槿师兄的缘故!神医堂是……辽州郡最神圣的医堂,当然不能交给我这样一个身份低贱的人……"说着话,叶明月的声音就哽咽了。

杨云义看了看叶明月,沉声说话:"叶姑娘,有一件事情,我们山寨一直都觉得很疑惑。姑娘的医术当然是很高的,但是姑娘的武功,也就这样。灭一个山寨的土匪是何等困难的事情,一个不小心就送命了。姑娘是神医堂最有天赋的继承人之一,林夫人怎么会给你安排这么不靠谱的比赛?"

叶明月咬着嘴唇不说话。

杨云义说:"天琅山的盗匪,在我们的人手里不值一提,但是对付姑娘这样的人,不要太简单。川槿师兄是与你接受了差不多的任务,但是川槿师兄武功也好,搞阴谋诡计也好,都比你强。"

叶明月终于发出声音:"求求你,不要说……"

杨云义点头,说:"好,我不说。姑娘是有主意的人,这点事情,你有数就好。"

叶明月呆呆站着,脑子里一片空白。

是一场地震之后,满目疮痍。是一场火山之后,世界毁灭,只剩下一片灰烬。叶明月的心中,空落落的,这个世界,安静得没有任何声音。

是的,这是一个最大的疑点。

师父曾经称赞叶明月医学上的才华。师父曾经把叶明月当作神医堂门派的"堂宠"。

照理说,这样有才华的"堂宠",师父应该含在嘴里,捧在手心里,锻炼可以,但是绝对不会轻易派叶明月去做这么危险的事情。

更何况,灭天琅山土匪的事情并不是十分紧急。

之前的叶明月,满脑子都是"争胜"两个字,所以没有想过这件事的疑点。

但是现在,叶明月的脑子回来了。

——但是这事情也不可解释,如果师父要叶明月去送死,那么她花了十多年的时间培养叶明月是为了什么?

杨云义看着面前的一群贼人:"实话实说吧,这个姑娘奈何你们不得,但是不代表我们奈何你们不得。别再给我闹什么宁死不屈宁死不招供一类的。你们在辽州一混就是小半年,我们早就把你们的来历摸得清清楚楚。即便你们不招供,我们等下也会去招呼你们的家人,江南是远了一点,但是来回也就是两个月的时间。天琅山打虎队的名声你们听说过,整个辽州郡的山贼土匪,从没有在我们手下撑过半个时辰的。"

那领头的贼人神色闪烁,片刻之后才咬牙说:"好,我们说。但是你们不能杀我们。"

杨云义轻蔑地笑:"在我们眼里,你们就是几条烂命而已,只要你们在辽州郡不犯事,我们就饶过你们又如何。不过话说在前面,我会废了你们几个的武功,你们就留在辽州郡老老实实过日子。如果发现你们离开辽州郡,我就派人去江南杀人。"

领头的贼人脸上神色变了几变,但是最终却颓然说话:"好吧——我们是江南苏家的人。江南苏家十多年来一直在找叶姑娘的下落,一年前,我们得到消息,叶姑娘被神医堂带到了辽州郡,我们就到辽州郡找神医堂,但是来到神医堂之后,却发现叶姑娘被神医堂打发出去找一本什么药谱了。我们人力有限,不想与神医堂两败俱伤,就留在神医堂附近守株待兔。"

叶明月止住了眼泪。

一切都清楚了。这群人要追杀自己,找上了神医堂。师父提前得知了消息,于是打发自己上天琅山。那时候师父也许没有想要杀了自己。但是这群杀手始终不走,师父不敢与这群杀手撕破脸面,于是终于决定出卖自己。

杨云义又问:"江南苏家,与叶姑娘是什么仇恨?十多年依然不罢休?"

那匪首摇摇头,说:"我们是杀手,只负责杀人,其他的都不清楚。"

叶明月却是明白了。

江南苏家……当初陷害大人的,就是江南几个大家族联手。其中苏家的一个儿子——似乎死在大人的手下?

自己是叶家唯一的漏网之鱼。

想不到这么些年了,苏家居然连叶家的一个婢女都不放过。

杨云义看着叶明月,眼神里藏着深深的怜悯:"叶姑娘,你现在有什么打算？"顿了一顿，他又说："你是我们天琅山的恩人，如果你要回神医堂要一个交代，我们一定陪着你去。"

"去讨要一个交代？"叶明月的声音轻飘飘的，像是浮在云端里，"师父……师父，她养了我十年……当初如果不是她把我带出来，我现在也不知道能不能活下来……我有什么立场去问她要一个交代？她养了一只小狗小兔，她有资格决定它的生死，我……就是那只小狗小兔！"

叶明月的声音已经歇斯底里。

杨云义看着叶明月，好久才说："那些不愉快的事情就忘记吧，叶姑娘，你……不要与寨主生气了，回山寨吧。"

春草忙不迭点头："是是是，小姐，我们回山寨吧，山寨的人心都是齐的，没有那么多弯弯绕。"

叶明月心神有些恍惚，好久才说："我不回神医堂了，也不回山寨了。天下这么大，我想要……四处走走看看。"

春草就说："我与你一起。"

杨云义点点头，说："好，我派几个人与你一起。"

叶明月沉默了一下，才说："好。"顿了顿，又说："出了辽州郡的地界就不必了。天下那么大，认识我的人不会那么多。"

☆☆☆

马车辚辚。

叶明月带着春草坐在车厢里，老马已经换成了骏马，原先的那匹老马已经被叶明月放生。

车厢外面有五个人组成的护卫小队，杨云义给她派了最精锐的人手。

叶明月要四处走走看看，杨云义就快马加鞭给她与春草办了新的路引，也就是身份证明。

时间已经过去了三四天，叶明月的情绪也渐渐恢复了正常。春草终于问起了叶明月这个问题:"小姐,你不是说与天琅山寨断绝关系吗?今后相见我们就是仇敌,但是……你怎么就接受了杨大哥的好意了呢?"

叶明月看着春草,幽幽地说:"拒绝又怎么样,杨云义他们一直在暗中保护我们。神医堂里里外外,他们都调查得一清二楚。"

顿了一顿,说:"刘照……其实记挂着我。他——其实不想与我绝交。"

叶明月是学医的,她最不相信世界上的巧合。所有的病症治疗好,其实都有脉络可循;谁得了不治之症,其实也能从之前的生活里找到隐患。

或者,自己离开天琅山之前,刘照已经派人去调查神医堂了。他们发现了师父林夫人对自己态度的奇怪之处,所以林夫人有了异动之后,他们第一时间就做出了准确的判断。

怎么说呢,心中有些甜,又有些苦,还有些难言的酸楚。

——那个男人是爱自己的啊。

但是他却要把自己赶走。

既然爱自己,那么自己找他理论的时候,他绝对不应该这么简单粗暴地把自己赶走。他应该试图解释,试图挽留,试图在两个人的不同意见之间找一个平衡点。

但是他一句话都没有。他冷冰冰地把自己赶走了。

叶明月把头伸出马车的窗户,问外面的人:"大黑兄弟,天琅山距离边境线也就不到三百里路,当初你们怎么就定居在天琅山,却不去骊国?如果得到骊国皇室的帮助,治病会方便很多。"

外面的刘大黑就笑着解释:"我们当初的确是想去骊国的,但是殿下不愿意,说是去了骊国,太子的冤案就说不清楚了。"

叶明月重复了一句:"太子的冤案就说不清楚了吗?"

叶明月的目光转向远方,群山连绵,云雾缠绕。

然而，叶明月的心底，一切都渐渐明朗起来。

刘照并不是想要卖国，之所以与自己那样说话，只不过是想要赶走自己。

那么现在的问题是，刘照为什么要赶走自己？

第一个可能，是因为他自己寿数有限，所以不愿意与自己有感情纠葛。

然而他熟悉自己的性格，自己也熟悉他的性格。自己不是那种黏糊糊的性格，即便他死了，自己会伤心，伤心完了，日子该咋过就咋过。

所以，他要赶走自己的原因，并不是因为他与自己之前产生了感情。

第二个可能，因为他处境危险，所以怕牵连到我。

但现在他已经实际占据了大半个辽州郡的地盘，打虎队的力量甚至辐射到了五百里之外。

白溯说回去与华贵妃虚与委蛇，刘照的身份不至于这么早就泄露。

再说，即便华贵妃得知他的真正身份，他也不至于没有反击的力量。即便反击不起，还躲不起吗？

要知道，杨云义已经将方圆几百里的地形都摸熟了，俗话说狡兔三窟，这杨云义也不知道给刘照准备了几个窟。

第三个可能，他想要造反，他不愿意我陪着他历险。

但是即便准备造反，那也不必要这么早就把自己赶走。造反之初并不见得有多少危险，何况自己还有一个神医的身份，留在山寨，好歹也能帮忙救人。而自己即便被官兵俘虏，也不见得会死，因为官兵也需要神医。

——说起来复杂，但是叶明月的思路确实渐渐清晰了。

刘照要做一件非常危险的事情，这件危险的事情并不是造反。

但是刘照到底要做什么事情，叶明月简单的脑袋还想不出来。

——既然刘照不愿意我回山寨,那我就不回山寨。

叶明月微笑:"大黑,现在已经出了辽州郡了,我们可以分手了,你们可以回去了。"

大黑就问:"叶姑娘,你要去哪里?"

叶明月看着南方:"我回故乡,江南的春天,有杏花和烟雨。"

杏花烟雨江南,我的故乡在江南,那是一个如诗如画的名字,那里有着我与刘照初见的时光。

☆☆☆

神医堂总部,三层的小楼上,师父端起了一杯茶。

她的眉宇之间笼罩着一层哀愁,就像是青绿的远山上蒙着一层白雾;她怅怅地叹息了一声,那袅袅的声音,与茶杯上的雾气一起升腾。

恬静的少女跪坐在师父前面,穿着一身素白的衣服,头上的簪子插得板板正正。她动了动嘴唇,想要说什么,但是什么也没有说出来。

师父把目光落在少女脸上,放下了杯子,微微叹息着说:"皎皎,你放心,这事儿定然出不了岔子。只要明月死了,这事情就算告一段落了。"

素衣少女动了动嘴唇,终于说话:"师父,我不是担心这件事……我是想,明月……她什么都不知道……"

师父的脸沉了下来。沉默了片刻,师父才说话:"皎皎,你要知道,这是实施了十多年的计划。我原以为,把你带到辽州,苏家的人就会放弃追杀。但是我没有想到,最近两年,他们居然查到辽州来了。师父这些年努力扩建神医堂,其实也是为了等江南世家尤其是苏家的人来寻仇的时候,有一定的抵抗能力。但是苏家的人真的来了,师父……又舍不得这神医堂的基业……师父想把神医堂留给你,师父不敢与江南世家硬碰硬了……即便我们与苏家派来的杀手硬碰硬把他们赶走,江南来的人肯定还会源源不断。我……不能让神医堂因为这件事而毁于一旦。"林夫人有些语无伦次,她似乎也在努力说服自己:

"如果不牺牲明月,那么……你就永远无法生活在阳光之下。其实……我养了明月十多年,就是一条小狗也养出感情来了,何况……明月这般优秀。"

素衣少女眼泪怔怔落下来,说:"可是……如果要牺牲别人的性命才能活着的话,那么……我宁可不活着。"

师父沉甸甸的目光落在素衣少女的脸上:"皎皎,你要知道,人的性命与人的性命并不是等价的。你的性命比明月的性命要珍贵,所以,皎皎,你不要再胡思乱想,你没有错,我也没有错……明月,当初她既然卖身给你家,那她的性命,就是你的。"

师父说着话,她的语气渐渐平静下来,眼神渐渐柔和下来,但是她脸上的表情,却渐渐板正成了一座雕像。

☆☆☆

叶明月与春草没有回江南。

夏天的早晨,袅袅的炊烟伴随着薄薄的雾气蒸腾着,京师的大街小巷都覆上了一层仙境一般的气息。

春草愣愣地看着前面的一切。

市列珠玑,户盈罗绮。亭台楼阁,池馆水榭。

前面不远处就是皇宫,皇宫前面有各种官署。鳞次栉比,极尽繁华。

这般豪华风景,小地方出来的人哪里见过?

叶明月把手绢递给春草:"擦擦。"

春草下意识地接过手绢就去擦嘴,好一阵才反应过来:"小姐,我又没流口水,我擦什么?"

叶明月落下了一串银铃:"你马上就要流口水了,这叫有备无患。"

春草就装模作样要生气。

叶明月忙告饶:"好了,快轮到我了,你别闹。"

两人的位置,正是礼部的门口。今天正是太医院招人的日子。

太医院三年招一次人,每次三五七人不等,但是数量绝对不多。

一般情况，就是一个萝卜一个坑，有太医退休了，病故了，空出坑来了，而医药世家里也找不到合适的小萝卜给顶上，才会向民间征招名医。

叶明月这个小大夫，在辽州郡神医堂还有一点点小名气，但是来到了京师，谁认识她是老几？更何况名医这玩意的质量，是与年龄成正比的，没有一把胡子，谁相信你是神医？

更何况叶明月来到了京师，必须把她的神医堂身份给收起来。

不过叶明月有个优势，那就是她的性别。

太医院是要女医的，因为很多事情，男御医到底不方便。

于是来到京师之后，叶明月就专心做一件事：扬名。

花钱在东市上的店铺里租了一个摊位，上面就一句话：专治疑难杂症。

东市上客人熙熙攘攘，各种商品琳琅满目，却从来没有人在这里摆摊治病的。于是就有好奇的人过来，虽然叶明月表示说前三天看病不收钱，却依然没有人敢直接在叶明月这里看病。

毕竟叶明月的相貌实在不太像神医，这东市也不是治病的场所。正经的医生都应该坐在医堂里，坐在药房里，不应该坐在东市里。

事情到第三天才有了改善。有几个小混混得知东市里有一个摆摊治病的姑娘，于是就带了一个乞丐来了。

这个乞丐长满各种红色的疙瘩，浑身上下没有一寸好肉。这些皮肤疾病也就罢了，关键是这个乞丐的嘴巴是歪着的，关不紧，连说话都不方便，口水直流。

也就是俗称的面瘫。

几个小混混笑嘻嘻地不怀好意。

叶明月知道这几个小混混的意思。多半是要自己好看，如果自己不能把这个乞丐给治好，明天自己这个摊就别摆了。

但是正所谓艺高人胆大，叶明月吩咐春草打了一盆水过来，将乞丐头头脸脸洗干净了，询问了病情，判断了生病的原因，几根银针扎下去，半个时辰后收针，那乞丐的嘴巴居然就正了。

关上嘴巴，张开嘴巴，关上嘴巴，张开嘴巴，"啊啊"叫了两声，这份惊喜怎么也止不住，那乞丐也不知怎么办，于是就趴在地上给叶明月磕头。

叶明月笑着阻止了，说："你头上脚上皮肤病还要处理一下。"

乞丐嗫嚅着："但是……我没钱买药。只是有点痒，没多大的事情啦。"

叶明月就说："正午的时候你找一个干净的水潭，洗个澡，春草，你去给他买一身干净的衣服，再给他买一两硫黄粉，半斤猪油。"

乞丐就磕头。

叶明月交代："猪油不是给你吃的，是给你拌和着硫黄粉擦身子的。你这全身疥疮，不及时治疗，也是要命的。也不用担心什么，硫黄粉是很便宜的药，倒还是猪油贵一些。你等身上的疥疮全都好了，才能吃剩下的猪油。我估计，你的疥疮，三天后就能好个七七八八，你脸也好了，你还是去找个地方做做工，攒一点钱，买两件衣服换洗，否则这个疥疮还是要犯的。"

乞丐感激涕零。

第二十七章 御医

几个混混看着叶明月妙手回春，一转眼治好了乞丐的面瘫，都面面相觑，不知道接下来该怎么做了。

边上的商人顾客，之前看着小混混来叶明月摊位前面找事，都有些担心。但是看着叶明月治病手法干净利落，好奇心起，当下就压住了对小混混的畏惧之心。

就有人上前，问叶明月："我这胳膊酸疼已经三年了，能治吗？"

……

随手几个小病症治疗好之后，叶明月算是在东市上出了名。此后就有药房请她去坐诊了。很快就有了选择的余地。

叶明月宁可少拿分成，也没有与任何药房签订长约。她几个药房轮换着坐诊，只有一个目的：趁早扬名。

因为女子的身份，叶明月成功进入了一些大户人家的闺阁，也成功地与几家贵妇人搭上了关系。

叶明月又稍稍流露了一下自己"想要去太医院学习"的想法。

贵妇人都是很有上进心的，她们也很想与皇宫里的嫔妃们搭上线，尤其是最近几年来宠冠后宫的华贵妃。

给朝廷推荐一个女医是一个不错的主意，更何况这位女医医术高强没有根基。

没有根基,就意味着这位女医必须依附自己;没有根基,也意味着这位女医万一犯错的话自己家族可以随时与这个女医进行切割。

简而言之,就是有用而没有风险,简称完美工具人。

当然,推荐叶明月之前,贵妇人还是对叶明月进行了简单的官场教学:做事要谨慎;给嫔妃们看病,不求有功但求无过;凡事不要急着出头,天塌下来有高个子顶着;宫中嫔妃争斗,你们千万小心,看准之前别陷进去。

叶明月把头点得跟小鸡啄米似的。

叶明月的夫人路线走得很顺利,才一个月,她就收到了礼部送过来的文书,让她今天来礼部参加考试。

——礼部的考试,还真的不简单。不过对于神医堂的大姐大叶明月来说,问题不大。

第一关笔试,叶明月三下五除二就把题目给做完了,提前半个时辰交了卷,自认为应该满分,当然,前提是判卷的官员不会因为自己的字迹丑陋而扣分。自己的字迹是很端正很清晰的,只是不够美观缺少灵性。

想起自己的字迹,叶明月下意识地扶了扶自己头上的簪子。字迹要端正,簪子也要板正。

对于普通大夫来说,这个卷子还是有点难度的,但是能被朝廷征召并且敢于应召的人,都是有几把刷子的,朝廷要优中选优。第二天早上礼部才放榜,初选七十八人,过关十人,叶明月是唯一女性,排名第三。

第二关是实证。

叶明月进场的时候,病人已经在等候了。

叶明月面前坐着的是一个小腹微微有些隆起的妇女,脸上脂粉很厚,但是也难以遮掩下垂的眼袋。打扮得花枝招展,就差点没把"我是贵妇"四个字写在脸上。

看见叶明月进场，那妇女就急忙说话："这位姑娘，帮我看看，我这孩子到底怎么了，都四个月了，怎么还不显怀，而且直到现在还没有胎动……"

叶明月看着那妇女的口腔，听着她的声音，垂下眼睛，诊脉，微笑说话："不是怀孕。"

那妇女急了："怎么不是怀孕，所有的大夫都说我这是滑脉，你小姑娘家家的，不会连滑脉都不懂吧，滑脉就是怀孕，我月事都没来……"

叶明月说话，语破天惊："你不是女子，当然不会怀孕。你这是弦滑脉，是热症……嗯，是肝的毛病。"

那妇女愣了一下，然后僵硬地转过头，用求助的目光看着边上负责监考的老大夫。

那眼神……居然还有点委屈？

老大夫哈哈大笑，就吩咐叶明月："这位姑娘，你说说，应该怎么治疗？"

叶明月毫不迟疑："肝生于左，肺藏于右。肝与肺左升右降，气机调畅。他的病症是实证，可以用下淤血汤，加桔梗杏仁通草宣肃肺气。再加一点柴胡、升麻、川芎，以助肝升。"

那老大夫微微颔首："那你开方。"

叶明月开完药方，就被人引到别处去等候。已经有几个青年在喝茶了，看见叶明月过来，纷纷过来招呼。

坐下来也没有事情，一群人就讨论刚才的病例。一个叫方明的年轻人就说："这个病人滑脉明显，月事不调，看起来的确是怀孕，但是总觉得有些不妥。"

另一个叫白超的就笑："那你是怎么诊治的？我就当怀孕死胎来诊治了。"

方明也笑："我也觉得不像怀孕。但是这病人不能抚摸腹部，我只能看看舌苔,舌苔不对,我开了一些食滞的药,另外还加了一些治月事不调的药。"

白超抚掌:"你这药开得稳妥。我之前的确是糊涂了,这下死胎的药能随便开么,得,我这次是要被淘汰了。"

听两人讨论,叶明月神色古怪,终于忍不住说:"如果这人不是女子,又该如何?"

一群年轻人面面相觑,方明就低声问:"不是女子?怎么不是女子,我们是应征太医的,太医诊治妇科疾病……"

就听见一个嘲笑的声音:"也不知是哪家养出来的大夫,连个喜脉都诊断不出来,这些年都是吃白饭的?朝廷会征召你们来参加考试,真的是白瞎了眼!"

一群人转过头,就看见一个面色苍白的白衣青年走了进来,嘴角浅浅勾起,眼睛里全都是嘲笑的神色。

众人都有些不悦。

白超就冷笑:"就你看得明白?就你这个弱不禁风的体格,居然也自称是大夫?"

又有人笑:"这不矛盾,这位兄台身体是好的,只不过昨天晚上春凤楼一度两度三度,身体榨干了,过两天自然能恢复过来。"

边上有几个按不住性子的,就全都笑起来。的确,来参加考试的大多都是年轻人,二三十岁年纪,一个个唇红齿白,面色红润。只有这个新来的,脸色苍白,一看就是体虚的。

白衣青年冷笑说:"你们懂什么?我这与女人根本没关系,你们连这个也看不出来……算了,不说了。"

叶明月看着那白衣青年,眉头微微皱起来,据她看诊,这青年的确体虚,但是具体原因,却看不大出来,不过确实不像是纵欲过度的样子。

众人被这个年轻人鄙视,当下都有些火气。这群年轻人,都是天之骄子,在老大夫面前是毕恭毕敬谦逊有礼,但是在这个同龄人面前,哪里容得下别人说话这么不客气?

方明就追根究底:"兄台高明,却不知是怎么诊治的?"

那白衣青年冷笑了一声,说:"你们这些人都是草包,只有这个姑娘还有几分见识。这个病人根本不是女人,他……是宫中的太监。他怎么可能怀孕?他怎么可能月事不调?你们被考官绕到沟里去了。你们仔细想想,如果对方不是女人,不考虑月事的事情,这病,是不是一清二楚?"

方明与白超真正愣住了,半响才把求助的目光转向叶明月:"……是这样?"

叶明月点头:"这人是不是太监我不清楚,但是从身材、声音、喉结上看,这的确不是女人。"

其他人全都发出低低的哀叹声。

——十个人诊疗,也不过一个时辰的时间,大家就全都诊断完毕了。

叶明月与那个尖酸刻薄的白衣公子入选。

白衣公子姓林,叫林敏,今年二十六岁,来自江南的一个杏林世家。

叶明月很不喜欢这个林敏,但是很不幸,今年太医院就招了他们两个新人。上官就安排他们一起,给一位梁御医打下手。

打扫卫生、处理药材、各种跑腿杂活,两人就不可避免地熟悉起来了。林敏眼高于顶,做这些杂活当然不愿意,经常絮絮叨叨;叶明月不免要远离一些,免得这只菜鸟惹来祸事,给自己引火烧身。

☆☆☆

朔气传金柝,寒光照铁衣。

战争结束得比江荣想象的更迅捷。

从出兵到战争结束,前前后后,才半个月!

正所谓迅雷不及掩耳。

骊国的国君退位做了太上皇,新上任的国君给大乾皇朝递了国书,自称臣下,从此之后,骊国的国君只能称大王。

更紧要的一条,骊国请求大乾的军队驻扎在自己的国土上!主动的!

骊国的新国君并不是脑残,他也知道,如果大乾的军队驻扎在自己国土上,那自己这个新国君也就是一个傀儡。

但是他不得不这么做,他根本没有卸磨杀驴的资本!

这就要提到江荣的新军师了。这位名叫刘光的幕僚,真可谓是运筹帷幄之中,决胜千里之外,不但指挥战争很有一套,连带着骊国皇室各个派别的小心思都拿捏得死死的。

大军进入骊国,节节胜利,兵临骊国国都城下。原来的大皇子殿下是打算与大乾的军队决一死战的。但是大军围而不打,攻而不烈,刘光趁着夜晚派人进入都城,与皇帝以及大皇子谈判,很快就达成了协议。皇帝写了一道诏书给大皇子立下了太子,太子带着人突围而出,剩下的人打开城门把大军迎接进来。二皇子如愿以偿当上了国君,但是——他的哥哥,手上却有皇帝的诏令!

老皇帝做了三天太上皇,就自杀了,太子殿下就在国家的南边靠海的山林里,宣称弟弟是逆贼,号召勤王!

当然,太子殿下是绝对不与大乾的军队顶着干的,他与大乾的军队玩游击战,并且不停给大乾皇帝上书,控诉说大乾朝廷被骊国的奸臣蒙蔽。

这智商看起来真的很感人,但是跟着太子殿下跑的臣子们没有一个表示反对,因为这是求生的唯一策略。

就这样一个骊国硬生生被分裂成了两半。

江荣很好心,告诉新上任的国君,你的哥哥隐匿山林,不灭了你的哥哥,你这位置还有后患。

新上任的国君只能捏着鼻子请大乾的军队留下来。他当然知道大乾人在这中间做了什么，但是他又能怎么做？

但是这些都还不算。战争结束之后的两个月里，为了剿灭太子的军队，大乾军队在骊国的土地上跑了几十圈。在跑圈的时候，顺手又干了一件事，那就是打土豪分田地！

把一些大地主全家打跑了，地契一把火烧了，告诉新上任的地方官：既然地契已经不可找，那么这就是无主之地，既然是无主之地，就分给佃户吧！

这下，骊国上上下下算是被犁耙理了一遍，新上任的皇帝陛下彻底失去了原先的贵族阶层的支持，他只能依靠大乾的军队了！

而底下的民心，全都收拢在了大乾军人身上。相信大乾的军队再在这地方待个几年，这个地方就可以彻底合并进大乾不留后患了！

……可惜的是，这样一个惊才绝艳的少年人，却是一个病秧子。

这一路，江荣虽然很照顾自己这位军师了，但是一路奔波，这位军师身子还是比之前更差了。好在进入了骊国皇宫之后，有皇家御医看病，又有各种补品调理，他的脸上才渐渐有了一些血色。

江荣已经给朝廷上了书，如实陈述了这位年轻人的功劳。皇帝陛下大喜，吩咐江荣一定要照顾好这个年轻人，立马派人，稳稳妥妥，把他送到京师来！

京师里有御医，一定能把这个年轻人的身体调理好！

现在，最好的马车已经备好，最好的驭手也已经就位。新上任的骊国大王，也已经把他的厚礼给装好，那是扎扎实实的十辆大车。

江荣又吩咐送上自己的厚礼，花了三天时间，亲自护送，到了边境之上。

不是江荣在骊国没事情做，而是江荣认为，与这位年轻人处理好关系更加重要一些。

此时白水河上，大船已经准备好。而在下游合适的位置上，骊国的民夫已经在搭建浮桥。

刘光即将上船，江荣推着刘光的轮椅，殷勤告诉：“去了京师，一定记得要去我家，我家夫人有一个娘家亲戚在太医院，虽然说皇上肯定会给你安排人调理身体，但是有熟悉的人总稍微好一点。你这毛病在这辽州郡没人能看得懂，但是去了太医院，医生多，你又年轻，总能调理好的。这里去京师还有好长的一段路，我有皇命在身，不能再送了。朝廷的使者就在对岸迎接，我安排好了，你这一路上，一定要记得吃药。”

唠唠叨叨的，就像是一个老父亲。

刘光看着这个胡子花白的老头儿，垂下了眼睑，终于忍不住说话："大人，有一件事，我一定要如实告诉你。"

江荣看着刘光严肃的神色，有些诧异，说："你说。"

刘光微笑，笑容里却有几分苦涩："我叫刘照。"

江荣诧异："刘光，刘照？你为什么要换个名字……你是刘照？那个刘照！"

刘照点点头："是我。"

江荣看了周围一圈。周边都是刘照的人。他的脸上蓦然罩上了一层寒霜，说："年轻人，做事要谨慎，不要轻狂！你就叫刘光，你换什么名字！……你既然身体不好，那就不要进京了，先在骊国找个地方养病……骊国找不到好大夫，我派人去京师找，养上几年的病，总要把身子养好了再回京去复命！"

他厉声吩咐站在远处的亲兵："把船上刘军师要用的东西搬下来！"

刘照笑着摇摇头。他的亲卫在边上围成一圈，隐隐把江荣的亲兵隔开。江荣眼睛里带着火，看着刘照，声音里里隐隐有些急："你既然身体不好，那就不要再长途跋涉。皇上的命令不要紧，我向朝廷好好解释，朝廷怪罪，我一力承担。再说了，这骊国的形势虽然定下来了，但是就怕有些变数，本帅也需要你在边上出谋划策。"

刘照从轮椅上站起来，看着江荣，声音沉稳说："元帅，正因为我身子不好，所以我想要趁早去京师走走。即便是死在了京师，也算是不虚此生。"

江荣叹了一口气，挥手，让自己的亲兵远远退开，才说："殿下，留得青山在，不怕没柴烧，你现在的倔强没有任何意义，何必去枉送了性命。其实……就是骊国之行，殿下……您也是太冒险！千金之子，坐不垂堂，我老江做主，从今天开始，你就留在这骊国，现在骊国就我们说了算！朝廷的手，伸不到骊国来！"

言下之意，竟然是要刘照留在骊国，占地称王！

刘照就忍不住微笑："江帅，如果真的这样做，您留在京师的家人，可就危险了。"

江荣脸色一沉，说："只要我不树反旗，京师就不敢对我家人如何。"

刘照笑着摇摇头，说："江帅——您的心意我心领了。我的身子我自己知道，没有几年了。既然这样，您就容许我豁出去任性一回，如果我不能为父亲雪冤，那我就枉活了这一辈子。"

江荣沉默了，片刻之后才问道："你挑起这场战争，也是……为了帮太子殿下正名？"随后又笑了一下，说："这个问题，你不用回答。"

刘照对着江荣深深鞠躬："刘照欺瞒江帅，做事胆大包天，江帅却不计较，此事是我的幸运。我进京之后，事情无论成功与否，定然都不会牵连到江帅。"

刘照说完，搀着邓小白的手，上船。

江荣上前两步，似乎想要阻止，随即停下了脚步，大声说话："刘光，此番进京，记住，不要冲动！我知道你喜欢行险……但是，对头的性命，及不上你的一根发丝！"

船已经开出了一丈远，刘照对着江荣拱手，说："谨遵命！"

风瑟瑟，江荣看着船划走。

猛然之间，江荣回转头来，吩咐手下："你带上我的三百亲卫，追上去，护送刘军师进京！如果……如果军师有什么意外，你们一定要想办法，把刘军师给抢回辽州！"

手下轰然应诺。

江荣看着遥远的南边……南边的天空已经聚集了乌云，雷声隐隐，也许……会有一场暴雨。

这闷热的夏天，是需要一场暴雨来洗涤这片污浊的世界了，江荣想。

第二十八章　林敏

骊国大获全胜,朝廷上下一片沸腾。好大喜功的皇帝陛下再度大赦天下,文武百官各有封赏,但是太医院却是波澜不惊。

御医们已经习惯按照自己的节奏生活。对于大夫们而言,人生中只有两件重要的事情,一件就是给人看病,还有一件就是钻研医术。

所以,外面的人沸沸扬扬传颂着这一场战役,甚至还有小道消息传送着功臣的名字,据说有一个极聪明乡野少年在其中立下了绝大功勋——但是叶明月,连去凑一耳朵的兴趣都没有。

有空闲的时间,叶明月就躲进太医院的藏书室。但是很遗憾,太医院的藏书室,医书不是很多——想想也是,从古至今,读书人都去当官了,能专心专意从医的有几个人?其中又有几个人想起来要著书立说?

也就是杏林世家才有这个传承意识。大多数大夫,也就收几个徒弟罢了,有些没见识的大夫,说不定还想着"教会徒弟,饿死师父",猫教老虎留一手。

所以,半个月过去,叶明月已经将藏书楼的关于毒药的书都翻了一遍,却没有找到有关七绝散的记录。

不死心,叶明月又把书架浏览了一遍,心中琢磨,怎样混进天禄阁(也就是皇朝藏书馆),去找找看。

不过说实话，这事儿也渺茫，如果在太医院的藏书室里都找不到解毒方子，天禄阁估计也找不到。

正在书架面前忙碌，耳边突然传来林敏的声音："你在找什么？"

叶明月转头，看见林敏隔着书架看着自己，眼神里有几分怀疑。

叶明月干笑了一声，说："没有什么，瞎翻翻，找本感兴趣的看看。"

林敏看着叶明月手上的书，嗤笑了一声，说："你要找什么解毒药方又不是上春凤楼这等见不得人的事情，用得着支支吾吾吗？我这几天来读书的时候看到了，你翻的书，都是与毒药相关的。"

叶明月干笑了一下，说："我就是对解毒感兴趣而已。不是一定要找什么。"顺手抽了另外一本书，走到书桌前坐下，翻看起来。心中却暗自警惕，自己之前的确太性急，被人看出破绽了。

也幸好这个林敏是一个人见人憎的性子，在太医院也没有多少人喜欢他，他说话估计也没有多少人相信。

想到这里，又不可避免地想起刘照来。三个月过去了，他……还好吗？

刘照的身体已经稳住了，短时间不会恶化。但是凡事就怕万一。他心心念念想要给父亲平反，想要复仇，万一太过劳累……不，他肯定会劳累，他身边没有大夫，万一出什么岔子谁给他调理……

心中有些烦乱，书就看不下去了。

听见前面脚步声，有人走过来，把一本书扣到自己面前。抬起头，原来是林敏，后者依然是一脸臭屁的神色，说："这本书不错，里面记载了不少苗疆的解毒方法。"

苗疆的解毒方法？七绝散这种毒药，据说就来自苗疆。

叶明月略略迟疑了一下，就伸手去拿。但是手还没有够到书，林敏就再度把书拿起来，说："不过这是我家的书，你要看，你得答应我一个条件。"

叶明月皱眉，问："什么条件？"

林敏说话毫不迟疑:"下次有去皇宫里出诊的机会,你让我去。"

叶明月审视的目光在林敏脸上停留了片刻。林敏略显苍白的脸上居然掠起一丝红晕,他低声说:"你……不要乱想,我只是……想要进去见识一下。"

这一个月,叶明月跟着梁御医进了两趟皇宫,但是林敏却是一次都没有。究其原因,还是林敏太年轻。进皇宫看病,虽然前前后后都有一群太监跟着,但是年轻御医到底没有年老御医稳妥是不是。再说了,给宫中嫔妃看病,望闻问切几个字只剩下一个问字,悬丝诊脉这玩意需要刷经验值,年轻御医的经验条到底短了一点。

所以虽然老御医们都认为江南世家出身的林敏比野路子出身的叶明月医术高明那么一丢丢,但是……还真的没有带林敏进宫过。

当然了,为了公平起见,梁御医如果到王公大臣的家里出诊,只要不是给年轻女眷看病,还是带林敏多一些。

叶明月又看了林敏一眼,后者那慌乱的神色,无疑是在说"此地无银三百两"。就说:"好,下次梁御医带我进宫,我就装病。"

叶明月武功只是三脚猫,但是这偌大的太医院,大家都只会打五禽戏。

所以叶明月动用内力改变一下自己的脉象,装一个什么病,毫无压力。

至于林敏想要进宫干什么,想要见谁,这与叶明月无关。

☆☆☆

华阳宫。

夏天的风悄悄地掀开了帘幕,掠过了美人那白皙如玉的肌肤。

华贵妃慢慢地盘着一个玉石把件。

这是一个极美丽的妇人,三十多岁的年龄,就像是一朵盛开的牡丹花;眉宇之间还残存着少女的味道,但是眼神之中又有着成熟妇人的强大。

她就这么端坐着,就令人挪不开眼睛。

一个五十来岁的嬷嬷轻轻走过来,向华贵妃禀告:"夫人,送到江家的东西,被退回来了。"

"嗯?"华贵妃抬起眼睛,"江家?江荣的江家?"

嬷嬷告诉:"江夫人说,江荣在异国立下了功勋,皇上已经有了赏赐,就不敢再收夫人的赏赐了。"

华贵妃淡淡笑了笑,说:"当初江荣在边境苦熬,来跪舔本宫,本宫也是理睬不过来。现在江荣立下功勋,却端起来了?……我记得,初阳宫的云才人,是江家的外孙女儿?最近怀孕了?"

嬷嬷低声说是。

华贵妃猛然站起来,把手里的玉石把件砸在地上:"现在外孙女儿怀孕了,自己又立下大功,所以全家都抖起来了……传话过去,云才人为皇上怀孕,本宫要亲自照顾,让云才人今天就搬进我华阳宫来!"

嬷嬷吃了一惊,说:"夫人,云才人既然与江家有点关系,那她肚子里的孩子暂时是动不得的。"

华贵妃哼了一声,说:"谁说本宫要动她肚子里的孩子了?本宫就是要她搬过来,让江家的人好好看看,好好掂量掂量。"

嬷嬷这才放了心。

☆ ☆ ☆

初阳宫是一个很偏僻的宫殿,云才人和三个地位一样低微的嫔妃就住在这里。

云初阳出身在书香门第,家里人素来没有想过把她当作皇帝嫔妃来培养。她读书识字,弹琴绘画,写诗作词,悲春伤秋,无忧无虑生活到十六岁;但是那一年道士对皇帝说,宫廷里需要一些新的嫔妃来调和阴阳,于是皇帝选妃,未曾定亲的云初阳不幸入选。虽然家里人也曾想办法要让她逃过这一劫,却没有成功。

进宫之后,云初阳不张不扬,安安分分做她的宫女。只指望着熬过几年，拼一个出宫的机会。但是不幸的事情再次发生，几个月前，皇帝无聊，翻看宫女名册，看见了云初阳的名字，就问太监："我们宫里有一个初阳宫，这宫女就叫云初阳，这不是命定的宫殿之主？"

于是云初阳就被安排侍寝，成了云才人，住进了初阳宫。初阳宫原先还住了三个低级嫔妃，四人结伴取暖，日子倒也过得下去。

然后，云初阳发现自己怀孕了。

众人贺喜，但是云初阳心中并无喜悦之意。对于她而言，这个肚子里的胎儿，更多的是一种无奈与屈辱的象征。

因为身子骨弱，思虑又重，怀孕之后，云初阳呕吐现象非常严重，吃不下多少东西，一天倒是有大半天都是病恹恹地卧床。

好在同住一处宫殿的几个嫔妃宫女，大家都是同气连枝的人，陪着她谈谈说说，讲讲偶然听来的一些八卦事件，也算是缓解了一些焦虑。

今天正躺在床上听两个姊妹说骊国的事情，就听见外面传来一个尖利的女声："云才人呢？娘娘说了，让她搬到华阳宫去住！"

云初阳还没有起床，房间的门就被一阵风刮开，一个大腹便便的嬷嬷大踏步进来："云才人，你这是有福了！贵妃娘娘说，你怀孕了，就该好好养着，这初阳宫地方不好，不适合养孩子，所以娘娘安排你住到华阳宫去，她亲自照看你！"

云初阳挣扎着起来，赔笑说话："嬷嬷见谅。华贵妃爱惜，自然是感激的，但是我这身子不大好，一天又八九个时辰在呕吐，只怕搬去了华阳宫，反而影响了娘娘歇息。另外御医都交代了这些日子要静卧，不宜走动，还请嬷嬷回去转告华贵妃一声，等身子骨略好一些，再来向华贵妃道谢。"

嬷嬷哼了一声，说："位分不高，架子倒是摆得很足。娘娘如此看好你，你却不识好歹！搬个家而已，你这宫殿里到底有多少金贵的东西，要你费心劳神？说起养孩子，我们娘娘也是养过孩子的，当初怀孕八个月还熬夜陪着万岁爷看奏折到深夜呢，现在让你走个一刻钟的道路到华阳宫就这么推三阻四！我与你说明白了，这宫殿呢，你不搬也得搬，一件好事，不要闹成恶事！现在这日头还挂着，太阳落山之前，娘娘要看到你来华阳宫！"

那胖嬷嬷说完话，就一阵风卷出了，出去的时候，因为体积庞大，还在门框上撞了一下，簌簌地震落了一些灰尘。

几个姐妹这才反应过来，赔笑着追上那胖嬷嬷，道歉，并极力向胖嬷嬷解释云初阳的情况。但是眼高于顶的胖嬷嬷，哪里会理睬现在这几个半截子被冻住的小嫔妃？

回转云初阳的宫殿里，众人也只能往好处安慰云初阳："你外公新近立下了大功，华贵妃本意也许只是想要拉拢你，只是这个嬷嬷不会说话。"

云初阳坐在椅子上，冷笑了一声，说："这些奴才，都是最擅长察言观色的，如果华贵妃是想要拉拢我，这传话的人会是这样一副嘴脸吗？"

几个姊妹都说不出话。

云初阳挤出一个笑脸，说："几位姐姐妹妹，你们也不用太担心，华贵妃不是想要拉拢我，她只是想要用我和肚子里的胎儿当人质要挟我的外祖父罢了。麻烦你们帮我收拾收拾，我还是早点过去吧，免得她借机发作。"

几个姐妹这才放心，一群人帮忙收拾。

只是众人都没有留意，坐在窗台边上梳头的云才人，打开了梳妆盒，从里面的夹层里掏出了一个小瓷瓶，倒出了唯一的一颗药丸子，抠了一星儿在指甲缝里，其他的就狠命咽了下去。

那是堕胎药，云初阳从宫外带进来的。

☆☆☆

正午时分，太医院静悄悄的，叶明月正在琢磨自己的新书，就听见外面传来小厮的声音:"叶大夫,林大夫,宫里送来了一个急病病人,梁大人请您两位过去。"

宫廷之中,病人不少。身份高贵的生病了,当然是太医送医上门。身份低贱的生病了,小病自己熬,大病就等死,太医不能进宫廷,偶尔有主子仁慈,就派个人到太医院陈述症状,太医院根据症状给个方。主子仁慈并且运气好的话,可以趁着主子生病太医进宫的时候搭个顺风车。

然而也有例外。那就是宫中有人发了急病,而主子又不想这个病人死掉,那就让人直接把人抬出来送到太医院。

这些不重要的病人,太医院的大夫们也说不上有多重视。正好给菜鸟御医们练练手。

病人是一个十三四岁的小太监,被人用宝剑劈刺了八下,浑身是血。其他地方的伤口也罢了,宝剑虽然锋利,但是动手的人却是力量不够,伤口不深;然而肺部被人捅了两剑,现在病人咳出来的都是血沫子。

这样的重伤,谁也救不活。

叶明月与林敏上前,包扎,针灸,给药。

撕开病人衣服的时候,叶明月看见了病人身上的伤痕,那是鞭子抽的痕迹,还没有痊愈。手腕上脚腕上有绳子捆绑的痕迹,青紫的颜色,肿胀着,能看出麻绳的纹路。

病人是在双手双脚被捆着的情况下被劈刺的,动手的人力量不是很够,有两剑是从下往上劈砍的,杀他的人身量不会太高。

病人还有意识,他努力睁开眼睛,用哀求的眼神看着叶明月,虽然包扎的时候身体剧痛,居然也没有发出呻吟。

他想活下去。

但是,叶明月两人都不敢与这小太监对视。他们很清楚,他们的治疗手段,也就是延长病人的痛苦罢了。

才忙完这一阵,两人坐了下来,叶明月翻开书本,又有小厮跑来传话:"叶大夫,梁大夫请您过去,一起去给云才人看病。"

叶明月与林敏对视了一眼,叶明月的肚子就不舒服了。

步履趔趄走出藏书楼,梁御医看着叶明月这个模样,皱了皱眉。叶明月就苦笑:"今天中饭多吃了两口,腹胀,估计……要放屁。要么……请林师兄陪着大人一起进宫?"

梁御医摸着胡子,看着叶明月,叹了一口气,说:"那算了,本官一个人去吧。叶姑娘,你也是学医的人,怎么吃饭还没有一个度。小林啊,你给叶姑娘抓点药。"

林敏看了看叶明月,突然说:"大人进宫急不急,如果不是很急的话,下官可以用针灸的办法,帮叶大人通一下胃气。时间也不用很长,一刻钟就差不多了,能保证叶大人进宫不出岔子。"

叶明月看着林敏,不知道林敏葫芦里卖的什么药。林敏就急速说话:"叶姑娘,请移步隔间,下官给您针灸,叶姑娘放心,下官可以隔着衣服针灸的。"

叶明月点点头,两人就到隔间去了。

林敏低声说话:"叶姑娘,如果你去了华阳宫,如果有机会,留意一下有没有叫白香兰的姑娘,告诉她一声,我来找她了。"

叶明月瞬间睁大了眼睛。

林敏苦笑说道:"……她是我……幼年相识。你如果看见她,就与她说我的名字……告诉她,我有办法帮她。让她想办法出宫,来……林家老宅子找我。"

叶明月沉下心来,淡淡说道:"第一,我到华阳宫中,哪里有时间去打听人家姑娘的名字?第二,即便凑巧打听到名字了,说一句也不是不可以。但是你怎么保证,她会相信我的话?第三,她一介宫女,怎么有机会离开皇宫?"

林敏苦笑:"这是我一厢情愿了……今天就算了,等有时间我把她的画像画出来给你看。她是有机会离开皇宫的,我知道……华贵妃经常派她出宫办事,我家里人以前遇见过的。"把身上的玉佩摘下来,说:"她应该认识这个,小时候我曾借给她砸核桃。"

叶明月愣了愣,接过玉佩,只觉得今天的故事,真的是荒天下之大唐。

不过既然接受了人家的医书,那就得帮人家办事,叶明月也没有多加评论。

林敏急促描述那白香兰姑娘的外貌:"瓜子脸,双眼皮,眼睛很大,皮肤很白,左边耳垂有一颗红色的小肉痣……"

好吧,叶明月只有苦笑。按照描述的相貌,华阳宫中的姑娘没有三十也有二十,除非是凑近人家的脸蛋看耳垂。

将各种心思收起来,老老实实跟着梁御医进宫。

边上的宫女给介绍情况:这位云才人,已经怀孕三个月了。身子骨本来就弱,因为她原先居住的宫殿偏于阴冷,不适合孕妇居住,所以华贵妃前天就安排人把她迁移到自己宫殿来,便于就近照顾。哪知道才过了一天,云才人就肚子疼了!

眼下,这位云才人躺在床上,容貌姣好,脸色苍白,神色痛楚,下体隐隐有血迹。

不需要诊脉,叶明月就判断,孩子已经流掉了。

梁太医在帘子外面,叶明月就站在帘子里,她是女子,也没有那么多忌讳,半蹲在云才人的身边,诊脉,心中就微微一沉。

脉象不对。

有人给她下了堕胎药。

叶明月看到了云才人床头桌子上,还摆着未曾喝完的安胎药,颜色深沉,气味浓重。叶明月的鼻子很好,结合诊脉结果,很快就辨别出来,这安胎药里,肯定有益母草与麝香。

然而前些日子御医们给云才人开的药方里,绝对不会有这种堕胎药。

御医们每次给宫里宫外的达官贵人开药,药方都是要抄录下来存档的,没人敢明目张胆在药方里掺杂堕胎药。

同理,太医院药房根据药方抓药出去的时候,需要一人抓药一人检查,检查无误两人同时签名之后药才能送到达官贵人的手上。

也就是说,给下堕胎药的人,多半不在太医院,而是在华阳宫!

第二十九章 炼毒

叶明月脑海中沉吟着，站起身来，交代边上的小宫女："云才人的身体是弱了一些。"

云才人也不说话，眼泪一串串落下。

出了帘子，等在外面的梁太医就投给叶明月一个询问的眼神。叶明月向梁太医禀告："云才人脉象散乱，这孩子是已经没有了。据下官看来，云才人身体本来就瘦弱，子嗣上本来就略难了一些。不过下官建议，我们还是询问一下之前的药方和饮食单子。"

叶明月这番言辞，是有限地表达了自己的怀疑。

梁太医看着叶明月的眼神，立马就明白过来了。太医院的大夫，见多了宫廷里的争斗，本来还担心叶明月是菜鸟，说话莽撞，现在倒是放心了一些。当下点头，说："麻烦把云才人的手拿出来。"

这是他要复诊。

边上的宫女就把云才人的手拿出来，覆盖上帕子。梁太医诊脉完毕，这边已经有宫女把云才人最近七八天的饮食单子以及吃药的药方都拿了过来。

梁太医先看过，然后递给叶明月。叶明月扫了一眼，就知道这些单子绝无异常。

两人交换了一个眼神，就听见外面有女官询问的声音："两位御医,夫人问话,云才人的身体到底如何了?"

那声音却是有些耳熟。叶明月转过头,心头震颤,就看见偏殿走廊外面,俏生生站着一个人,不是白溯是谁?

叶明月知道白溯是华贵妃的人,却不知道白溯居然就待在华阳宫当中,做了华贵妃下面的女官!

一瞬间身子僵硬,不知道是抬头好,还是低头好!

别误会,叶明月并不是担心白溯出卖自己。

她没有立即向华贵妃汇报刘照的事情,那就是给天琅山缴纳了投名状。

但是……

叶明月知道白溯给刘照留了联系方式!刘照这么会盘算的人,会与白溯断了联系?

——但是现在叶明月不想让刘照知道自己的行踪!

叶明月不知道刘照为什么要赶走自己,但是叶明月知道刘照爱着自己。

因为觉得师父派遣自己来天琅山这一行为不妥,他就派遣打虎队的主力跟踪自己半个月,最终在千钧一发的时候救下了自己。

如果他知道自己在打华贵妃的主意,他会怎么做?

叶明月有点心虚。

一时就不知道怎么做了。

叶明月是很聪明,但是这份聪明仅限于医药。

脑子急速运转,该怎么糊弄白溯,不让白溯认出自己来?眼下也没有更好的办法,只能低头,压着声音说话:"女史见谅,下官……下官……还在琢磨……"

吞吞吐吐话还没有说完,白溯就毫不客气地打断:"你这御医,怎么连个话都说不清楚?"

白溯站在门口,光线充足,叶明月站在房间里,相对昏暗。叶明月现在的穿着打扮,也与当初在山寨时候大不相同,再加上叶明月刻意压低了声音。白溯也没有预料到叶明月会混进皇宫,所以根本没有往叶明月身上想。

哼了一声,说:"也罢,叫你上官过来。"

叶明月听闻白溯放过自己,松了一口气,急忙低头退后。

这边梁太医听闻华阳宫的女官在责问叶明月,忙过来,笑着拱手,说:"这位大人,请勿责怪,我们这个小叶大夫,还是新手,从来没有遇到过这等重症,所以有些反应不过来。云才人是先天体虚,子嗣本来就不方便,这一次需要好好调理才行。"

听闻"小叶大夫"四个字,叶明月暗暗叫了一声糟糕!

果然,白溯听到这四个字,人略定了定,目光如炬,盯着叶明月片刻,才说话:"这个小叶大夫,是个女大夫?"

叶明月穿着御医专用的官服帽子,男服与女服有些细微的区别,但是粗粗看去,也不能分辨。

梁太医笑着说:"正是。"

白溯目光灼灼,像是一团火焰,落在叶明月身上,片刻之后,咳嗽了一声,才开始说话,声音平平稳稳:"梁太医,你先跟着我去正堂,与娘娘汇报这里的情况。小叶大夫,你先在这里稍候,你是女医官,我……等下还有些女科的事情,需要私下询问你。"

白溯说得平平稳稳、落落大方,叶明月心中虽然七上八下,却也只能答应了,就站在此地等候。

梁太医是老油条,他进华阳宫正殿向华贵妃汇报之前,顺口说了一句"先天体虚"就把这件事定性了,也不担心叶明月私下与这个女官再说漏嘴。

梁太医向华贵妃禀告去了,白溯回转身来,把叶明月带到边上的屋子里,关上房门:"明月妹妹,你疯了!太医院也是你能来的地方?"

叶明月苦笑:"白溯姐姐,怎么了?"

白溯低声说话:"皇上身体不稳,爱吃丹药。估计也就是一两年的事情了。"顿了顿,又说:"这一年,华夫人曾经多次派人与那几个道士联系。"

这一个消息如同晴天霹雳,震得叶明月都有些站不住了。

叶明月混进太医院也有一段时间了,但是太医院的大夫也分品阶,皇帝的健康问题显然不是叶明月这等菜鸟能过问的。所以叶明月还是刚从白溯耳朵里听闻这个惊天动地的消息。

皇帝一旦山陵崩,太医们必须要面对一场生死危机。

对于世袭医官来说,他们无法逃避。不过因为是世袭,他们也攒下了一些家底,也许有办法对付这种困境。

但是像叶明月这样的菜鸟,他们可能没有任何能力应对这种困境。在皇帝山陵崩的时候,他们就极有可能被牺牲。

但是对于叶明月这样的小角色来说,及早抽身,还来得及!

太医院不能待了!

但是……叶明月要接近华贵妃,叶明月要找治疗刘照的法子,叶明月怎么能轻易离开?

看着叶明月欲言又止的眼神,白溯怅怅地叹息了一声,说:"我知道你来太医院是想找法子治疗皇孙殿下。但是如果太医院有治疗方法,殿下会这么长时间都没办法吗?要知道当年皇孙殿下身边也是跟着太医的。再换个角度想,华贵妃会给殿下用太医院能解决的毒药吗?"

叶明月低声说:"华贵妃肯定知道。"

白溯恨铁不成钢地说:"你以为华贵妃是毒王,还是神医?她要给人下毒,把命令发布下去就有人帮她干活了,用得着亲自背诵解毒药方?我知道你想要借着当御医的机会获得华贵妃的好感,但是,希望真的很渺茫!"

叶明月说不出话。

白溯又说:"其实这几个月我也在想办法。这种毒药,肯定来自江湖门派,只要知道来自哪一个江湖门派,也许就有办法。但是我一直没有试探出半句口风。"

叶明月心中有些嗖嗖的凉意。

白溯的声音很冷静:"不管怎么说,你都不适合留在太医院了。你今天出宫,就辞官。李凤凰的人在南直门明月巷的甲午号。你与她联系。"

"不。"叶明月猛然抬起头,"白溯姐姐,你说的都是对的,但是我……不留下来再找一找,我不甘心。太医院的藏书楼没有解毒方子,但是太医院有那么多的大夫,我在这里再待一段时间,也许会找到合适的办法。"

白溯沉默了一下,说:"但是再待下去,你也许会送命。皇帝痴迷于丹药,现在都在加药量了。这种情况,意外随时都有可能发生。如果意外真的发生的话……"

叶明月抬头看着白溯,眼睛渐渐红了:"但是我依然想留在太医院。"

白溯深深吸了一口气,说:"之前你不是钻研出了合适的治疗方案,殿下可以坚持五年吗?现在还有时间,等皇帝山陵崩的时候,宫廷内外肯定大乱,我们也许能找到药方和解毒方。"

叶明月摇摇头,说:"虽然说那时可能会有机会,但是……华夫人死了呢?"

这位皇帝陛下,现在是老糊涂了,但是当初也曾经是雄才大略的人物。

现在的国家形势,即便是叶明月这样的小白,也知道皇帝去世,华贵妃八岁的儿子成为继位者的话,华贵妃就会成为这个帝国的实际掌权者,这对于刘氏家族来说,不见得是好事。

就在几个月前,华贵妃那八岁的儿子刘骏被立为太子。但是华贵妃却没有坐上皇后的位置。这一件事足以说明,皇帝对华贵妃是有所防备的。

两人都是默默不语。白溯的脸色一点点苍白起来,她猛然低声急促说话:"我有一个办法,能逼华贵妃拿出药方!"

叶明月的呼吸止住了,目光灼灼盯着白溯。

白溯:"如果你有办法的话,那就……仿照七绝散这毒药,制造出一种毒药来……没有别的要求,就要求与七绝散的症状相似!——我拿着,找机会,给……太子下毒!"

白溯说的太子,当然不是已经去世的废太子,而是华贵妃那八岁的儿子刘骏!

叶明月的呼吸止住,她的声音发颤:"不妥!刘骏……才八岁!"

白溯咬着嘴唇,声音终于平稳了一丝:"身在帝皇家,这就是他的命!——何况,只要我们下手稳妥,他就死不了。"

叶明月声音也终于稳下来:"但是……这件事情,万一泄露,那……你就死定了。你担忧我安全,让我离开太医院,但是……现在你却要做这等事!"

白溯摇摇头,说:"我与你不一样。我……是欠了殿下一条命。而你……你不欠殿下的,是殿下欠你的。何况,我在华贵妃身边多年,总会有办法保护自己的安全。"

白溯的话,硬邦邦的,就像是一块石头。叶明月不知道该说什么。

理智告诉她,白溯的办法是最好的办法。但是情感告诉她,不应该让白溯去冒险,更不应该利用那八岁的孩子!

为了帮刘照找出解毒的办法,叶明月愿意用自己的生命冒险。但是仅限于自己的生命。

刘照那苍白的脸色在叶明月面前摇晃。

叶明月声音很艰难:"……我回去想一想。"

白溯说:"好。我暂时先不与殿下的人联系,不说你的事情。"想起一件事,又说:"云才人堕胎的事情,多半是华贵妃做的。你们不掺和,那是最好。我月事有些不准,你给我诊个脉,给我做几个药丸子。"

白溯在桌子前坐下来,把手伸给叶明月。叶明月给白溯诊脉,抬起头,目光掠过白溯的耳垂,却蓦然定住:"香兰?"

白溯的眼睛也定住:"你……从哪儿听到这个名字?"

叶明月真的想不到世界居然这么小,拿出了玉佩:"你……还记得林敏不?他现在在太医院做医官,他说他有办法帮你!"

白溯接过了玉佩,目光有一瞬间的迷茫。片刻之后才说:"十多年了,想不到他还记得我。……只是这样的事情,岂是他一个小小的太医能掺和的,请你转告他,就当作……当年不认识我罢。"

叶明月低声说:"他也许研究出了治疗你母亲的法子。"白溯摇摇头,说:"我母亲……毒瘾已深,治疗不易,此事就此作罢吧。"叶明月看着白溯眼睛里的痛苦、冷硬与坚决,就不再说话。

白溯打开了房门,说:"叶大夫,这个调经的药丸,大约多长时间能做好?我过几天来找你。"

叶明月回头,笑着说话:"女史这身子的情况其实不严重,平时注意不吃生冷就好。这药丸做起来需要一点时间,你需等七八天。"

叶明月出了皇宫,看见林敏在太医院的门口晃荡。看着叶明月去交了医案,进了藏书室,林敏就急急忙忙跟了进来。叶明月低声把白溯的话转达了。

林敏向叶明月道谢,精神恍惚地出了藏书室。叶明月翻出了林敏赠送的书籍,一目十行翻完,没有找到想要看的内容;努力想要学习一些知识,好举一反三,但是注意力却怎么也集中不起来。

林敏没有说他与白溯的关系,但是叶明月看得出他对白溯的一番深情。有这样的一个男人,跨越十多年的时间,跨越了重重阻碍,跨越了千山万水,来到了太医院;但是短短几个呼吸之间,白溯就做出了抉择。

白溯像是一团精密的器械,她能冷静地做出她认为最为准确的选

287

择。她能把感情揉成一团，放在理智的天平上称量；但是叶明月不行。

她是一个多情的女孩子，她喜欢漂亮的衣服，她喜欢英俊的男孩，在她的眼睛里，世界永远有着温柔的颜色。虽然幼年的时候也曾经历过家庭的骤变，但是她始终没有放下心中的那份美好。

十多年的学医生涯，她学会了救人，却始终没有学会杀人。之前师父派她去杀山寨的人，她带了一堆毒药上山却迟迟没有下手，一个理由是她要把刘照当作病例来练手，另一个理由，何尝不是因为她一直不敢下手杀人？

面前有书，却怎么也看不进去。叶明月把书揣在怀里，去看诊疗室那个受伤垂死的小太监。

诊疗室空空荡荡的。叶明月入宫一趟，那个小太监已经死了，被送走了。两个太医院的小厮正在打扫卫生，拿着抹布擦洗地面。

叶明月的心憋得慌。

两个小厮一边劳动，一边低声八卦："这小太监我认识，前些日子来我们药房拿过药，趾高气扬的，眼睛长在额头上。""他不是自称是太子的人吗？一转眼就死得这么惨，谁杀了他？""嘘声，这事儿不能说……"

叶明月身子微微发颤。

这是太子的人。

谁杀了他？

——是那个八岁的太子！

叶明月想起那小太监临死之前那哀恳的眼神，心中一股气猛然之间就要爆发出来。

——这就是宫廷！

一股寒气从心底冒上来，叶明月整个人都冰冰凉凉。

☆☆☆

下班的时间到了，叶明月转身回租住的院子。家门口等着两个病人,都是住在附近听闻叶明月名声前来求助的。叶明月给治疗了,对春草说:"你帮我去各个药房买一些东西……记住,多分几天买,到各个药房买,不要集中在一个药房买。"

叶明月开出一连串的药方。每个药方都很正常。每个药方里都有些毒药,但是分量不多,君臣佐使,绝对不会让人吃出问题。

药房接方抓药的人绝对不会怀疑。

作为新晋的太医,叶明月的下班时间和休沐时间也会接诊不少病人,春草也经常帮忙跑腿抓药,所以多抓两服药,也不会很惹眼。

三天后,药全都买回来了。叶明月借口女子的事情来了,请了三天的假。回家的路上,叶明月走了一趟市场,买回了几只兔子。

关上院子的门,打开药包,把自己要的药一点一点挑出来,先做了白溯所需要的活血化瘀丸。然后参照着刘照的症状,开始炼制与七绝散相似的毒药。

叶明月的手都是颤抖的。

春草默默接过叶明月手中的活计,说:"你说,我做。"

几天几夜,不眠不休。给小兔子下毒再解毒,下毒再解毒,下毒再解毒。幸运的是,五只小兔子,只死了三只,第四只病恹恹的,终究是活了;第五只因为解毒很及时,所以几乎不受影响。

毒药被做成汤剂,用小瓷瓶装着,口服无毒,刺破皮肤就是剧毒。多余的毒药和上熟米粉做成丸剂,藏在装六味地黄丸的瓶子里。然后与春草两个人,在小院子里挖了一个深坑,把死兔子和药渣都埋了进去。

带上活血化瘀丸与毒药,叶明月正常上班。

只是没有想到,才走进太医院的门,迎面就遇到了林敏。后者惊异地看着叶明月,抽了抽鼻子,就问:"你……这几天没好好休息?……你身上有……雷公藤的气味?你去什么药房挣私房钱了?"

叶明月陡然一惊!

叶明月配置的毒药里，其中有重要的成分就是雷公藤！

眼下也只能云淡风轻地否认，因为男女有别，林敏也不能对自己搜身："什么雷公藤，这几天我就是给一个宫里的女官做了一点活血化瘀丸而已。"

也不与林敏说话，径直就进自己的公房去了。

第三十章　解毒

傍晚的时候，白溯果然出了皇宫，来太医院找叶明月拿调理月事的药了。

她是华贵妃身边的女官，出宫比寻常人都便利一些。寻常人进出皇宫都要被搜查，但是又有哪个不长眼的会搜查华贵妃的人？

叶明月与白溯也没有多余的话，就在众目睽睽之下把两种药都递给她。白溯自然表示感谢，要给叶明月两张银票；叶明月当然笑着拒绝，把银票还给白溯。

白溯坚持不收，叶明月就追出了门外。

正值中午，太阳炙烤着大地，太医院门外，寂静无人。叶明月低声迅速地把两味药的紧要处说了。

推搡了一阵，叶明月收下了一张银票，白溯收回了一张银票。叶明月转身回太医院，白溯要绕路皇宫的北门回后宫。

但是白溯才走出两步路，前面就被人拦住了。

那是一个脸色苍白的青年，鼻梁很挺，眼眶凹陷——如果能稍微胖一些，那也是一个玉树临风的美少年。

白溯的头脑里轰隆一声，不知道该说什么，也不知道该做什么。停顿了片刻之后，白溯才低声说话："……你疯了！在这大路口拦着我……"

林敏眼睛直勾勾看着白溯,说:"我原本以为,十多年没见,我们互相都不认识了,但是……我居然没认错,你居然也还认识我。"

白溯冷着脸,说:"让开,我要回皇宫了。"

林敏急促说话:"你要相信我,我能帮你把你母亲救出来!"

白溯看着面前的青年,突然之间没头没脑问了一个问题:"值吗?"

不等林敏回答,白溯就自己回答了:"不值!十几年没见面,你根本不知道我已经长成了怎样的人,我会不会忘记你,我……会不会出卖你!林敏,你也是读过书的人,你知道不知道有一个词,叫三思而后行?你知道不知道还有一句话,叫作父母在不远游,你不应该为了一个女人抛下父母来京师冒险。"

白溯的声音渐渐急促,但是最后又渐渐平缓下来,她低声说话:"你辞官回江南吧,不要留在这里了,这不是一个好地方。"

林敏没有说话,他的眼睛贪婪地落在面前这个女人的身上。

白溯转身就走。

林敏没有去追。

白溯始终没有回头。

☆☆☆

皇帝来到了华阳宫,砸了一个甜白釉的大花瓶。

至少值一百贯铜钱的大花瓶。

华贵妃的脸上多了一个五指手印,好在不怎么肿。杨嬷嬷已经吩咐人马上去煮鸡蛋了,用鸡蛋滚滚,明天早上再用脂粉遮盖一下,应该不会很显眼。

边上的宫女能躲多远就躲多远了,撞在华贵妃的枪口上送了性命不值得。

华贵妃哽咽地向皇帝禀告:"皇上,御医已经说了,这云才人流产,是因为身子骨弱,命中没有这个福气,不是人祸。"

皇帝呵呵笑了一下："不是人祸？人家在初阳宫住得好好的，你把人家搬到你的宫殿里来，一两天时间就流产了，你说不是人祸？"

华贵妃委委屈屈："皇上明鉴。此番让云才人搬家，其实还是为了皇上。妾身以为，云才人的外祖父刚刚立下大功，她的外孙女在宫中住处也不是很好，妾身想让她住到妾身的身边来，也是示恩给功臣的意思。哪里知道事情竟然弄坏了。"

皇帝冷笑："示恩？你是看重了人家外祖父，想要帮骏儿拉拢人吧？"

华贵妃跪倒在地上，梨花带雨，花枝乱颤："皇上……率土之滨，莫非王臣，这天下的人才都是皇上的，妾身……真的只是想要帮皇上管好后宫，别无他想……"

皇帝不耐烦地说话："好了好了，朕虽然没有册封你做皇后，但是你到底也是太子的母亲，哭哭啼啼成什么模样。事情已经到了这般地步，你只能将功赎罪，好好地给她调养，等她身体好了，朕再升升她的位分，让她再怀一个孩子。"

看着华贵妃那梨花带雨的模样，心中到底有些不忍，又把声音放温和了，说："你也不用忌讳宫嫔们新怀的孩子。朕现在都七十多岁了，身子骨虽然还算健壮，却也只能集中力量培养骏儿到成年。这个云才人，她的孩子即便生下来，朕也没有什么多余的时间去关注。"

这是非常温和的许诺了，华贵妃又惊又喜，急忙磕头道谢，随即又听懂了皇帝的言外之意，急忙向皇帝陈述："皇上，云才人流产的事情，真的……与妾身无关！"

但是皇帝却已经大步出门去了。

华贵妃从地上站起来，她的脸上已经恢复了平静，正了正头上被皇帝一巴掌扇歪了的钗环，她微笑着吩咐贴身嬷嬷："把仓库里那枝百年人参拿出来，给云才人送去。另外拿出十匹蝉翼纱出来，现在正是夏天，给云才人多做几套衣服。"

嬷嬷迟疑了一下，才说话："夫人，这百年人参，另外一处也急需。"

华贵妃怔了怔。

那嬷嬷低声说话："这次江荣能在骊国立下大功，一个名叫刘光的军师居功至伟。皇上已经命他进京。只是这个刘光据说身子骨不好，骊国的御医都说不长寿，也不敢剧烈奔波，只能慢慢走，所以现在还在辽州郡的地界。皇上让他进京，也有让他进京看病的意思。"

华贵妃顿时明白了嬷嬷的意思。皇帝偏爱少年，这个病弱少年又立下大功。自己拉拢这个病弱少年，就短期而言，收益可是比拉拢江荣还要大。

当下就吩咐嬷嬷："赶紧去仓库盘点盘点，还有什么珍贵的药材，一股脑儿全拿出来准备着，等他进京就送去……不，你收拾了，找人沿着道路给他送去！"

嬷嬷就问："让白香兰送去吗？"

华贵妃皱了皱眉，说："不让这个丫头片子出去。上次让她出去干一点事，她在外面玩了小半年才回来。"

☆☆☆

此后将近一个月，太医院的生活很平静。

值得一提的是，梁太医去给云才人复诊的时候，也不知什么原因，竟然带上了林敏。但是林敏回来的时候，脸色平平静静，看不出端倪。

叶明月估计，是林敏给了梁太医好处。不过叶明月也没有多想，白溯在虎穴里多年，她分得清轻重缓急。

白溯再也没有出过宫，也没有与叶明月有任何联系。叶明月有些焦虑，然而她也知道，白溯必须等待最好的时机。

当然，叶明月不知道，当她焦虑地等待着白溯行动的时候，刘照正赶往京师，他要发动另外一场战争。

刘照很注意保养身子。

他费尽心思发动了一场战争，终于在骊国找到了自己所需要的人证物证。父亲的平反之路,已经近在咫尺。

他必须养好精神,而后给华贵妃雷霆一击。

☆☆☆

刘照不知道,他慢慢赶往京师的时候,有一队人马却是在日夜兼程赶往京师。

神医堂的林夫人。如果叶明月能看见,就会发现,骑在马背上的她已经不再雍容闲雅。

林夫人得到了一个消息:叶明月进了太医院!

这是一个危险的位置。林夫人不允许有意外发生。

☆☆☆

叶明月当然不知道刘照回来了,也不知道师父的人也日夜兼程赶来,也不知道,一场暴风骤雨正要围绕着她展开。

那是一个非常平静的夜晚,因为是八月十五中秋节,太医们都早早回了家。而按照太医院的规矩,这样的小节日,晚上的轮值任务都交给年轻人。

所以,偌大的太医院就只剩下林敏、叶明月和另外一位姓王的年轻御医,此外还有两个打杂的小厮。林敏不擅长与人交流,王御医与叶明月两人又因为男女有别也极少交流,三人就坐在公房里默默吃饭。

一碗饭才吞下一半,就听见外面传来呼喊声:"三位大人,宫中急诊!"

三人都是吃了一惊,林敏立即去拿诊疗箱,叶明月就去收拾常备药丸剂,另外一位王御医就疾声询问:"怎么回事,怎么一个症状?"

有小太监气喘吁吁奔进来:"大人,是太子殿下,刚才浑身发抖,手臂肿胀,脸色青紫,也不知是什么缘故!"

能在太医院里混的人,谁也不是草包,王御医就立马吩咐:"林大夫,你把太医院现在有的解毒丸剂都打包带上!叶大夫,你留下,先把所有的解毒能用上的成方药材都抓出来,每种药物单独包装,随后送来!"

叶明月一边收拾东西一边疾声说话:"还是请林大夫留下来抓药,我与大人一起进去,我有金针刺穴的技术,或许能缓解血流速度!"

王御医就点头说好。两人也来不及多话,简单抓了东西就冲出了太医院。

太医院就在皇宫东边,但是要进出后宫必须走北门。这一段路途也不短。好在华贵妃知道事情紧急,小厮来报信的时候就带来了骏马,两人跨上骏马,一路狂奔。

按照规矩,皇宫之内不得乘马,进出皇宫必须有各种检查,但是现在也顾不得了。两人就长驱直入,一群太监跟在后面气喘吁吁。

不过是一支香的时间,两人就到了华阳宫。

还没有进门,就听见有怒气冲冲的声音:"查,查,我一定要查清楚!"

又听见一个声音:"大夫,大夫来了没有?"

华阳宫是一个三进的大院子。几人穿过最外面的庭院,就看见地上黑压压跪着一片人。有人似乎在讯问,但是两人却不敢多留意。

两人跟着太监,急急忙忙进中门,穿过内院,就看见前面有房间门敞开着,有人进出照顾。房间正中搁着一张竹床,年幼的孩子正躺在床上,宫女太监在边上忙碌。穿着华贵的女子坐在床边上,还有一个穿着龙袍的男人在床前踱步。

叶明月扫了一眼,就看见白溯也在其中忙碌。

白溯眼睛无意识地在叶明月脸上滑过,两人似乎没有任何的目光交流。叶明月心中略安。

两只菜鸟没见过皇帝,但是入职之初就经过专门的礼仪训练,当然认得是皇帝。只是现在也不是繁文缛节的时候,两人奔进来,皇帝就摆手免礼,两人就直奔床前。

王御医诊脉、检查病情起因,叶明月拿出解毒成药。

毒药是叶明月做的。叶明月制造毒药的时候，就知道用哪些现成的药丸能缓解症状，并且保证所有的药丸都不能彻底治好疾病。

　　王御医做出判断的时候，叶明月已经把王御医吩咐的药给准备好，拿开水化开，吩咐人把药水给刘骏灌下去。吩咐众人：喝完药之后，继续给病人喝水。

　　王御医诊脉完毕，有了中毒的判断，也来不及找胳膊上的伤口了，直接拿绳子把胳膊上端给扎住，然后主动给叶明月让了位置。叶明月拿着金针，先把胳膊附近的穴位扎了，进一步减缓胳膊向着心脏的血流速度。

　　然后就是拿小刀割开几个手指尖，把毒血放一些出来。拿刀割开指尖的时候，叶明月看见刘骏的小胖手心里有一个黑点，那正是中毒的地方。

　　大约是这个位置被毒针扎了一下。也不知白溯是用了什么办法，让太子的手心里扎上毒针。

　　顺路在这个位置也割了一刀，把原来的伤口给破坏了。

　　这边华贵妃已经迫不及待地询问王御医："如何开方？"

　　王御医提笔，冷汗已经涔涔而下。写了三味药，后面却再也写不下去了。

　　王御医手僵住。叶明月发颤的声音在王御医的身后响了起来："王大人，这是不是有点像传说中的七绝散？"

　　王御医愣了片刻，喃喃自语："七绝散？"

　　皇帝疾声询问："什么七绝散？"

　　华贵妃脸上变色，厉声喝问："七绝散？"

　　叶明月脸色苍白，跪下禀告："皇上，夫人，这七绝散，是传说中的毒药，整个配方有七七四十九种毒药，下毒者任意选择其中七种，配成毒药。其中毒药相生相克，要解毒的人，必须知道下毒的人用了哪些毒药，用了怎样的比例，然后按照比例配置解药……"

皇帝暴怒，咬牙问道："你们是说，有人用这种奇毒对太子下这等狠手？"

华贵妃脸色煞白，喃喃自语："七绝散……天下知道七绝散的人怎么这么多……"

叶明月声音继续发颤："现在，这种毒药，微臣等人也只是听闻，不曾目睹。现在可以用通用的解毒方法试试看，然而如果不能及时拿到这一七绝散的解药或者这一七绝散的毒药药谱，太子的毒……估计拖延不了几天。"

王御医也匍匐在地上，两人不敢继续说话。

皇帝到底是明白的，他厉声呵斥："赶紧起来，先用你们的方法治治看！你，这个女医，你来开方！"

叶明月来到书桌前，看着王御医先写下的几味药，略沉思，就继续写下去。其实王御医也并非草包，只是太子身份尊贵，这种毒药又是厉害，他一时惊慌，竟然手足无措，就在皇帝面前减分了。

此时林敏也已经奔过来，带来了一大堆各色中药。三人对着叶明月的药方做了简单的讨论，把带来的各种药堆放在桌子上，抓出了药材。

至于分量，三人都是抓过药熟悉药性药理的，手就是秤，倒也不用称量药材浪费时间。

值得争议的是，叶明月坚持要加黄连，而且分量还不少；王御医却认为黄连并非当前急需药材，可以少加。

林敏看了看王御医，又看了看叶明月，说："我赞成叶大夫的。"

王御医年长，但是今天叶明月的表现已经压了他一头，既然林敏赞成叶明月的意见，当下自然听叶明月的。

只是林敏深深看叶明月的那一眼，让叶明月的心中有些七上八下。

但是林敏毕竟没有多说什么。

一番紧急处置之后，太子的病情终于是稳住了。

叶明月在忙碌的时候,眼角的余光看见华贵妃急促出去,好一阵才回来。

外面隐隐传来嘈杂的声音,叶明月忙里偷闲,听了一耳朵。今天是中秋节,华贵妃的娘家不少人进了宫,华阳宫相对来说比较热闹。太子下学之后,见了几个长辈,长辈走了之后就去前面庭院玩,上了秋千架,没多久就叫手麻了,众人发现太子的手肿大,于是就急忙请御医进宫。

皇帝又吩咐了三人一番,起身离开。华贵妃把叶明月叫到跟前,问道:"只有找到准确的七绝散配方和解药,才能解毒?"

叶明月低着头,说:"能拿到这次的准确配方当然是好的。……如果拿不到的话,能找到七绝散的相关资料,配合着诊断,小心试错,我们……也许能解毒。"

说话的时候,又有两位御医奔了进来。此时宫门已经落钥,但是人命关天,皇帝特旨,宫门为御医敞开。

新来的两位御医其实在毒药方面都不算是行家,看了叶明月几个人的诊断,也是默默不说话。

接着,太医院的负责官员,也就是太医院的提点大人,也飞奔而至。老人家现在已经是七十八岁高龄,寻常都已经不大接诊,这一次进皇宫,老人家险些丢掉半条命。

到了三更,有一个算一个,太医院有分量的御医陆续到齐。也有御医提出一些辅助治疗方案,然而比较一致的意见,都认为叶明月为首的几个人的治疗方案是没有问题的。

当然,这不标志着整个太医院对叶明月的医术口服心服,而是因为太医院所有的人都知道,现在大家是绑在同一条绳子上的蚂蚱。

太子中毒暴毙,不要向皇帝解释说你当时不在太医院,也不要向皇帝解释说第一时间赶到太医院处置病情的是三只菜鸟。你们那天为什么要留三只菜鸟轮值?你们那天为什么不留下来轮值?

暴怒的皇帝是一条恶龙，不会与谁讲道理。

既然谁都有可能给太子陪葬，那么大家团结一致，一起把太子的病给治好，才是唯一的策略。

时间已经到了凌晨，太子的情况也基本稳定，提点大人就给众人做了安排。该出宫的出宫，该去查资料的去查资料，留下几个人继续守着，预防万一。这当口，也没有人推脱。

叶明月吸了一口气，说："提点大人，下官是女性，晚上留在华阳宫比较方便，今天晚上下官先留下吧。"

提点点点头，说："你虽然年轻，但是今天的处置并无不当，本官本来也要留下你。"

最后留下的还是叶明月、林敏和另外一位年长的女医。叶明月给太子又进行了一番针灸，三人就静静地坐在床前椅子上。

虽然疲倦至极，但是不敢打盹。

大约是四更时分，叶明月等待已久的脚步声传来，接着，外面有发颤的声音："夫人，夫人，药谱来了。"

叶明月起身，疾步走到宫殿的门口，华贵妃的贴身女官已经把药谱接了过来，叶明月终于拿到了药谱！

接过药谱的时候，叶明月的手都是颤抖的！

另外两人也站起来。叶明月拿起一把剪刀，把书的装订线剪断，把书分成三份，疾声说："我们每人看一份，先对照着病症琢磨一遍，有发现对口的，一起讨论。"

两人也没有异议，当下就坐下来看书，半个时辰之后，三人讨论完毕，拿出了新的药方。在叶明月的刻意引导下，这药方与叶明月之前制定的解毒方其实差不离。虽然药效没有叶明月制定的药方来得快，但是这样缓缓拔除毒药才是最吻合叶明月需求的。

给太子用上了新的药，天已经蒙蒙亮。另一位女医已经吃不消，坐在椅子上打盹。叶明月的精气神却是十足，她问华阳宫的女官要来了一沓白纸，开始抄写整本药谱。

一边抄写药谱，一边努力琢磨，刘照的情况，应该怎样配制解药才是最为合适的。事实上，叶明月拿到药谱心中就有数，知道对方大致上是用哪一个配方。

只是不把整个药谱研究一遍，叶明月还真的不放心马上在刘照身上做实验。抄写一遍，静静心，再琢磨琢磨。

抄写着药谱，心中一片平和喜悦。刘照有救了，自己与白溯的冒险是值得的。

天色已经大亮了，叶明月堪堪抄到了最后一页。已经有宫女小碎步进来，给叶明月等人送来洗漱用品和热水。却蓦然听见了外面传来尖利的叫声："奴才检举，奴才检举！……昨天晚上，奴才看见白香兰在秋千架边上站了一会儿！"

叶明月陡然一惊，手上的笔就落在了纸上，好大的一个墨点。转过头去，正看见林敏疾步奔到了宫殿的门口。

昨天一夜，华阳宫一直都不安静。一大批宫女太监跪在前面院子里不得交谈，还有很大一部分被拉到其他宫室里去，被单独审问。

只是主管审问的人知道这边紧要，因此一直没有发出很大的声响，以免影响御医们判断用药，影响太子休息。

只是没有想到，院子里跪着的小太监，蓦然发出这样一声尖叫。想到可能惊扰了华贵妃和太子殿下，主管官员禁不住脸色煞白。

但是事实上，华贵妃已经起来了。病床上生死不知的毕竟是她儿子。虽然今天凌晨才合眼睡了一会儿，但是心中记挂着，怎么睡得好？

现在正在自己的寝宫里坐着，让侍女给自己梳头发呢，突然听见外面传来尖利的叫声。当下眼睛就看着白溯——后者现在正与小宫女安顿今天的事务。

白溯的身子略颤了颤，默不作声，跪了下来。

华贵妃看着白溯，淡淡说话："你到外面去吧。"

白溯就走到外面去。

叶明月整颗心都在颤抖,但是一句多余的话都不敢说,一个多余的动作也不敢做。

林敏的步子在门口僵硬下来,他回头,看着叶明月。

叶明月咬着嘴唇低下头去,假装整理自己抄写的书稿,一颗心却要跳出胸腔来。

眼看着就要成功,却不想极有可能功亏一篑!

……白溯,她能保守秘密吗?

叶明月很想出去看一看,但是理智告诉她,留在原地,继续做自己的事情,才是最好的。

觉察到一缕目光定在自己身上,叶明月抬起头,看见了林敏那略带忧虑的目光。

第三十一章 受刑

也许是外面的一声尖叫有些响亮,太子刘骏的眼皮子颤了颤,居然就醒过来了,开口要尿尿。几个人忙去看情况。华贵妃听到声音,也急忙从自己的卧室出来,看见自己的儿子虽然虚弱了一点,却是头脑清醒甚至能自己下床行动,脸上就笑开了一朵花。

当下就吩咐贴身女官拿出赏赐来,叶明月三人一人一份;又吩咐小太监备好太医院其他人的赏赐。

正在此时,太医院提点大人与其他两位御医到了。

叶明月几个人就拿着华贵妃的赏赐,告辞回家休息。

三人走过院子的时候,叶明月不由自主地放慢了脚步。

白溯正在受刑。

她的后背与臀部,都已经是血迹斑斑,也不知挨了多少杖责。

伏在冰冷的青砖地面上,她的脸微微扬起,脸色苍白,但是眼神却是一如既往的明亮。

她的声音很轻,甚至在发颤:"奴婢前天晚上的确去过秋千架那边,但是这下毒的事情真的与奴婢无关。秋千架……与太子的事情有关吗?"

就听见管事太监尖利的声音:"玩耍,玩耍?你不说实话,就要吃皮肉之苦了!"

白溯的声音还在发颤："奴婢真的没撒谎，奴婢是华阳宫的人，奴婢怎么敢对殿下下此毒手？只是贪玩……白日里动用殿下的秋千只怕被殿下责怪，因此才在晚上的时候去。太子如何受伤中毒，奴婢……真的不知道啊。"

叶明月听着，隐约明白了过来。白溯趁着晚上把毒针扎在了太子常玩的秋千绳索里，刘骏手抓着秋千的时候，毒针就扎进了太子的掌心。太子吃痛下了秋千架，这种下毒方法原来是天衣无缝，但是不巧的是，有人看见白溯晚上靠近秋千架。

管事的太监厉声呵斥："你不说实话，你不怕死？你不怕连累母亲？"

白溯尖声叫起来："……不要连累我母亲！奴婢……这全都是奴婢的错……"

叶明月的心沉沉坠下去——万一白溯招供，又该如何？

叶明月加快了脚步，她必须第一时间回家，然后去白溯之前说过的那个地址找李凤凰，把信息给传出去！

希望白溯能多支撑一阵子！

正在这时，叶明月听见了惊呼的声音。回过头，就看见白溯摇摇晃晃站起来，冲向了最近的一个石头做的鱼缸！

一瞬之间，叶明月目眦欲裂，但是她却浑身都动不了！

她不敢再看——她想要闭上眼睛，但是……眼皮子却不听使唤，她要把白溯的样子给记住！

——白溯与天琅山寨也就是两个月的缘分。

但是，现在，白溯却愿意为天琅山送命！

这让叶明月的头脑一片空白！

好在千钧一发之际，有一个飞快的人影闪过，抱住了白溯！

叶明月身子有些软，听见有一个熟悉的声音："这位……宫中的大人，白香兰晚上……去庭院中，是……因为我！"

说话的是人林敏。

林敏抱住了白溯，跪倒在庭院中："十多年前，下官与白香兰有过婚姻之约……后来香兰入宫，下官也考进了太医院。十多天前，香兰来太医院取药，被下官偶然撞见……那时约定，下官如果有机会进入华阳宫，就去秋千架附近的假山石缝隙里留下书信……前天下官因为云才人的事情进了宫，香兰得知我进宫，就到秋千架边等我的信……但是我……看完了病，就跟着宫中管事出了宫，没有机会去秋千架那边留下书信……这……是下官的错！"

白溯已经泪流满面，挣扎起来："娘娘明鉴，大人明鉴，此事与林敏无关，奴婢与林敏之间，绝无私情，那天晚上奴婢是自己贪玩才去了假山石那边，与林敏无关——林敏，你不要胡说八道！"

林敏仰着头，眼眶里含着泪，说："香兰，事情已经到了这般地步，你如果为了隐瞒我们的私情而送命，我这辈子又怎么过得下去？触犯了宫廷规矩，我们一起受罚受死，都比我一个人孤零零活着好。……何况当日我如果来见你……今天就不至于发生这事情了。"

众人都是想不到居然发生了这般变故，叶明月与另外一个女医都愣住了。华贵妃走了出来，冷冷的目光看着面前的一切。叶明月也跪下来，声音颤抖："求夫人看在林敏今天有功的分上，饶过林敏。"

华贵妃目光在叶明月脸上滑过，平平静静地说："叶御医，你先起来。这事儿还没有弄清楚，你不要掺和。"

叶明月抬起头，声音发颤："夫人，下官别的事情是不懂的，但是这毒药，却是曾听师父说起，这毒药本身就来自苗疆一个偏远的江湖门派，现在已经失传很多年。如果顺着这条线去调查，也许能有意想不到的收获。宫廷之中的人当然是有极大嫌疑的，但是这些人全都是夫人亲近之人，如果有误伤，那……伤的是夫人的心啊。"

华贵妃的脸上依然看不出喜怒："叶御医，昨天你熬了一个晚上，辛苦，你还是回去休息吧。"

305

叶明月只能磕头,谢恩,然后与另外一个女医一起,离开了华阳宫。

有了林敏的搅和,白溯身上的疑点算是淡了一些。但是这两人真的能把主审的官员给糊弄过去吗?

叶明月不知道。

她只能用最快的速度离开太医院,争分夺秒,先把药方送出去!

药方送到哪里去?

之前白溯与李凤凰的人有联系,李凤凰的人在南直门周边有一个据点。

叶明月吩咐春草:"你把药方送到,你就不用再回来了,或者另外找地方躲一阵,或者直接回天琅山。"

春草点点头,又问叶明月:"姐姐,你不与我一起走?"

叶明月笑了笑,说:"如果我正常上班,白溯与林敏说不定还能熬过这一关。如果我不正常上班,华贵妃的人很快就能查出我与白溯那天的联系,查到我们这个住所,甚至查到与白溯有联系的南直门据点。那白溯与林敏……就死定了。"

春草点点头,说:"既然这样,我送完药方就回来。你身边没有一个服侍的人,这是一个很大的疑点,如果被人留意到,查问起我的下落,那就功亏一篑。"

叶明月点头,笑:"这些天书没有白读,居然连'功亏一篑'这样的成语都会用了。"

春草很是自豪:"那是,我是秀外慧中、大智若愚,学起东西来很快的。"

叶明月虽然心中有事,但是听到这样大言不惭的话语,还是忍不住失笑。

☆☆☆

长门宫。

长门宫在皇宫的西北方向,原来是建起来给太后养老的地方。这处宫殿规模不小，但是因为地方偏远，太后不爱来，一向都是空置的。很多年前曾经有一个被皇帝抛弃的皇后哀怨地死在这里，这个宫殿就沾染上了一种不祥的气息。

现在，不能洗脱嫌疑的太监宫女，就被关在长门宫。因为涉及了太子，朝廷的官员已经介入接管了这一案件。

从凌晨被人揭发开始，到现在已经六个时辰过去。白溯之前受过两次杖责，每次十下；后来林敏站出来分担，主审的官员又逼问了两人一番，连带着林敏也受了十个小板，才把两人送进监牢里。

白溯昏迷了过去，好半日才醒过来。看见外面清冷的月光照进屋子，才知道今天已经是八月十六日的晚上了。

林敏的证词的确有效缓解了白溯的嫌疑，但是主管官员的任务，并不是洗清谁的嫌疑，而且把谁的罪状给钉实了。

不管白溯是不是真正的罪犯，她都是一个很好的背锅对象。虽然林敏承认了自己与白溯有私情，虽然林敏刚刚在救治太子的事情中立下了功劳，但是一个小小的御医分量，哪能抵销破获这个要案的功劳？

白溯浑身上下已经没有一寸好肉，连呼吸都变得异常困难。她趴在地上，大口大口喘气，煎熬地等待着黎明。

忍着剧痛的时候，白溯再度在脑海里复盘了一遍这件事。

事实上，白溯的设计可以算是天衣无缝。她趁着华贵妃中秋节会见自己家族来人的机会把毒针放在秋千架上，因为那一天宫殿内来来往往的人很多，说不定就有能接触到真正七绝散的人，正好可以栽赃嫁祸。

另外瓶子里的毒药都已经倒进了水沟，瓶子也洗涤干净装上了胭脂水粉。

查不出毒药，那就不能把罪状落实到自己头上。

只是没有想到，自己半夜去安置毒针的场景，居然被一个拉肚子的太监看见了；更重要的是，主审的太监以及官员，都认为柿子要捡软的捏，把罪名落实到自己的头上比去调查华贵妃的外戚来得容易。

因为接近凌晨，守卫都倦怠了，已经很久没有人来巡逻。正在脑子里反复复盘这件事的时候，白溯听见了隔壁墙壁传来了剥啄之声。

白溯朝着墙壁挪过去，也朝着墙壁敲了三下。

那边又传来了五下敲墙的声音。

白溯就回敲了七下。

那边又传来九下敲墙的声音。

白溯没有回敲，眼泪却是怔怔落下来。

十多年了，她极少将当初那个小伙伴想起。

小时候白溯曾经居住在林敏家中，两人房间在隔壁，床铺也就是一板之隔。两人就曾经做过这样的游戏，当然，刚开始的时候两人只是单纯地想"你敲几下，我要比你多几下"；后来玩的次数多了，就变成了"三五七九"这样的单数游戏。

家变之后，她就把当年的婚姻之约给选择性遗忘。在这深宫之中，战战兢兢，只求取得华贵妃的信任，保住性命；为了保住母亲与自己的性命，她给华贵妃做杀手，不择手段；为了完成任务，她甚至拿自己的身体去诱惑敌人。

正如那日去引诱刘照一样。

在冰冷中，她一点点沉沦。她已经没有任何希望，尽管在母亲的教导之下，她还隐约记得，自己身上还背负着一家八十余口的血海深仇。

但是记得不代表会付诸行动，如果没有天琅山之行，白溯不知道自己会变成什么样子。

是叶明月与刘照给了她一束光，她从叶明月与刘照身上，看到了善良的模样。

为了这束光，白溯豁出了母女二人的性命，铤而走险。

今天，她见到了第二束光。它跨越了整整十二年的光阴，它带着白溯重温了孩提时代的游戏,它让她依稀记起了当初天真烂漫的模样。

当她绝望的时候,那个青年,那个完全可以置身事外的青年,那个前几天被自己严词拒绝的青年,用他那风一吹就倒的身躯,挡在自己的前面。

那是一个看起来拙劣但是却有一定效用的谎言,终于给自己一定的喘息时间。白溯知道林敏是爱自己的,自从见到林敏那一眼开始,白溯就知道林敏是为了给自己母亲试药才弄成了这般苍白憔悴的模样。但是那时她依然冷硬,她认为自己必须直截了当断绝所有的儿女情长。但是现在,白溯的世界终于温暖起来了。

白溯的呼吸渐渐平缓,低声说:"哥哥,虽然六月六那天宫中耳房见面的时候说过天长地久,但是……你怎么能说实话。你本来是太医院最有前途的御医……"

隔壁的声音也是轻轻的:"既然与你约定天长地久,那么我就一定要与你天长地久。如果我不站出来承认,我……死也不会原谅自己。还记得七月初六那天傍晚说过的话吗?你说你把身家性命交给了我,既然这样……我也要把身家性命交给你。"

白溯含着泪说话:"万一贵妃娘娘不相信你我,我把你的性命赔进去了,我……怎么对得起公公婆婆。"

对面有说话的声音:"这……一切都是命中注定,对不起我的父母,我们来世再偿还。七月十五我给你写的信你还存着吗?那时我想,我好好医治云才人,立下功劳,娘娘慈悲,也许会给我机会。现在……我医治太子的事情也算是有点小功劳,等抓住真凶,娘娘慈悲,看着这小功劳的分上,也许……你我还有机会。"

白溯低声说话:"你当时的信我如何敢留下来,早就烧了。不过……你说的是对的,娘娘赏罚分明,我们虽然犯错,但是未必没有机会。"

顿了顿,白溯又说:"我倦了,再歇息一会儿。"

两人就不说话了。隔壁轻微的鼾声响起,白溯也制造出了轻微的鼾声。

——然而白溯的眼睛却是微微睁着,心中洋溢着温暖,嘴角勾起淡淡的笑意。

白溯与林敏,都是太子遇刺案件的嫌疑人,主审官员要把他们扔进监牢,也要分开安置,哪里会这么粗心,把他们安置在隔壁?

恰好白溯在这宫廷之中待的时间够长,听闻过这长门宫有些故事,当日为了监视废后讨好皇帝,皇宫的大太监曾经费尽心机在这皇宫里安置了窃听装置。白溯虽然不知道装置具体情况,但是听到隔壁传来林敏的敲墙声,立马就知道其中有很多值得探究之处。

边上某一处的房子里,也许有人在监听着这里的一切。

然后白溯就立马行动,说了一个"六月六那天说过一个天长地久"。

之前负责审问的是宫里的太监,宫里太监只知道打人。现在负责审问的是朝廷官员。因为嫌疑人很多,自己又昏迷,所以暂时没有管自己。但是朝廷官员要审问,肯定要询问两人私自交往时候的言语。

言辞如果对不上,自己的嫌疑就会加重。

现在人家给了自己对口供的机会,怎么能放过?

于是白溯第一句话就告诉林敏:六月六第一次见面,那时说过天长地久。

六月六是一个真实的时间,那日白溯出宫找叶明月拿活血化瘀丸,两人在太医院的门口有过短暂的交流,如果彻查起来,这个时间肯定会被查出来。

接着林敏也就明白过来,说了一个时间"七月初六"。这是林敏进宫为云才人看病的时间,看完病之后,云才人曾安排人请两位御医到耳房喝茶吃糕点。当时梁太医顺路给另外一个小太监看病,林敏一个人留在耳房。理论上,那个时间段,白溯有机会与林敏见面,说上一两句话。

此后林敏下一个进宫的时间，白溯不记得，林敏必须提供给白溯，那就是七月十五。七月十五两人没有见面，是通过书信的方式联络的，书信里的内容，是商量怎样才能为白溯求取一个出宫的机会。

两个人借着说情话的机会把可能会露馅的方方面面安排明白了。

虽然安排明白，但是白溯知道，自己要洗清嫌疑，还要面对更多的拷打与试探。

……不管怎么样，我一定要活下去。但是林敏……他的身子骨，能熬住十个二十个小板，能熬得住十个二十个大板吗？

甜蜜、酸楚与担忧，混杂在一起，白溯努力把自己的头脑放空，闭上眼睛休息，等待着天明。

☆☆☆

事实上，叶明月离开宫廷的时候，对华贵妃说的一番话是起作用的。七绝散不是寻常江湖人能接触的毒药，华贵妃当初给刘照下毒的时候，就曾派人找了很久才找到苗疆的传人，重金买下了毒药。那苗疆的传人当初就曾夸口自家这毒药是一脉单传，除了他自己之外，无人能做，无人能解。

后来刘照中毒之后居然带着病体逃到辽州郡，华贵妃迁怒这位苗疆毒王，命人把他弄死。

这七绝散的毒药配方，理论上就只有当初执行刺杀案的弟弟华正一知道了——华贵妃想。

而事实上，华正一的妻子昨天的确进过皇宫，带着两个丫鬟。

但是华正一怎么可能背叛自己，华家将来的荣华富贵都与刘骏紧密相关！刘骏死了，华正一的日子也绝对不会好过！

所以很可能是华正一做事不谨慎，他的手下出了问题，毒药给泄露出去了，下毒的人，就混在中秋节进宫的下人里。

所以到底哪里出问题了？主审的官员不知道七绝散的事情，他们的确把所有进过皇宫的人都抓起来审问，只是对华家人的态度，却是和善了许多，甚至没有限定华家几个兄弟外出。

然而华贵妃却不能告诉主审官员：毒药来源于华家！因为这牵扯到当日给刘照下毒的事情，华贵妃不能把这件事摆到台面上——大家知道是一回事，摆到台面上是另外一回事！

这些年华贵妃已经培养了自己的势力，但是这些势力无一例外，都是与华家联系在一起的。如果华家出了问题，华贵妃不敢想象自己接下来会面对怎样的局面！

不管怎样，华家的这个内奸一定要抓出来！

所以，华贵妃也煎熬着等着天明。

☆☆☆

华家已经两个晚上没有睡觉了。

原先是听闻太子生病，家里几个首脑不免要担忧；后来家里去过宫中的人都被带走，整个大家族谣言满天飞；后来华贵妃派人找华正一要七绝散的毒药配方以及解毒方之后，华家的高层几乎都傻眼了。

华正一跪在祠堂里，眼神很委屈："儿子真的没有泄露毒药的事情，那本毒药的书虽然在儿子手里，但是儿子已经把它锁在柜子里，绝对没有人看见过！"

但是一家人谁敢相信？

老祖宗华方翼指着他称他做"不肖子孙"，父亲痛哭流涕拔剑要砍了他，母亲拦着父亲开始痛哭流涕并且撒泼，然后父亲才把剑放下。他也在这里跪了足足一天十二个时辰了，父亲要他好好想，好好想那毒药书籍有没有外泄。

华正一一边担心着老婆禁不住人家恐吓胡说八道，一边又担心老婆带进宫去的那两个下人真的有问题，脑子急速运转，到底是谁与自己结了仇，要这般坑害自己？

猛然之间想起了一个人来，华正一尖声叫起来："华正阳！华正阳！他来过我家，看见过我把那本书放进柜子！他问过那本书的事情！"

第三十二章　被囚

华正阳是华正一的堂弟。

华正阳见过那本书吗？没有。

但是华正一与华正阳有仇！

更要紧的是，华正阳的妻子，前天也带着孩子和小厮进了宫，拿回来不少赏赐！

让华正一眼红！

华正阳就在下面坐着，听闻华正一诬告自己，当下大怒，扑上来就要与华正阳扭打："老子才没有看过你的狗屁书！"

华正一："你就看过，你就看过，那天我把东西带回来放进柜子的时候你恰好来我家！"

华正阳："我什么时候来过你家？我自己都不知道，你居然记得，你这是胡说八道……"

于是，打架的，呼喝的，拍桌子的，抡扫把的，说是来阻止打架，实际上却是暗戳戳下黑手的……华方翼气得脸色发青嘴唇发抖拍了桌子，混乱的局面才渐渐终止。

整个华家祠堂大乱。

正在这时候，外面有人奔了进来，低声说："老祖宗，去辽州路上的人回来了，有要紧事情禀告！"

华方翼听到这话,又不免振作起精神来,吩咐其他人留在祠堂,该罚跪的罚跪,该审案的审案,自己扶着两个童子,去了祠堂边上的宅子。坐稳了,吩咐人进来,让两个小童出去。

既然是要紧事情,当然是知道的人越少越好。

辽州路上可是关系重大。

当年华贵妃安排人陷害废太子,就是让自己的老父亲下的手。但是收尾的时候不谨慎,居然让工具逃走了!

这工具也知道自己死到临头,为了挣一条性命,居然在大风雨的晚上自己划着一条小舢板出海,想要逃到骊国去。虽然华家也派人划着大船去追,但是搜寻了几日,海天茫茫,哪里找得到人?不过也能猜出来,这人除了葬身鱼腹,没有第二个结局。

想不到半年之后居然得到消息,那工具居然还活着!托庇于骊国皇室,日子过得居然还不错!华家想要杀他,但是手却伸不过去。

江荣灭了骊国,华贵妃就记挂这个工具了。江荣不知道这个工具的存在还好,江荣万一知道,这个工具就是一个炸弹。拉拢江荣不得,挟持云才人做人质又弄巧成拙,甚至还触怒了皇帝,只能把主意打到江荣的布衣军师身上去,希望从这位军师身上入手,把这个隐患给解决了。

华方翼当然是把自己家族里最精明强干的人给派去送礼。

但是老爷爷怎么也想不到,自己居然听到了一个晴天霹雳!

——那位名叫刘光的军师不肯见华家的人!

千里迢迢去送礼,送了一个寂寞!

这说明什么?说明这位军师对华贵妃怀有恶感,或者是知道华贵妃的一些恶行,所以要保持距离!

"叔祖父,还有一件事。"华正良端正站着,看了看四周,终于低声说话,"侄孙……怀疑这个刘光,就是刘照!"

这话就是一声惊雷,震得华方翼耳朵轰轰作响。他动了动嘴唇,终于发出声音:"这……不可能!"

七绝散之毒,华方翼如何不知?再健壮的身子骨,加上再厉害的名医,遇到这种毒药,都是熬不过一个月。事实上,当追赶到辽州的官兵,回来汇报刘照死于盗匪之手的时候,华方翼都不大相信,他认为刘照早就死了,只是负责追杀的人找不到尸首,就只能糊弄完事。

现在差不多一年过去了,这个刘照,居然还活着?

华正良低声说话:"儿子带了两位大夫去。两位大夫与御医相识,与御医谈论了刘光的病情。那情况与七绝散中毒的情况非常相似!这是第一条。第二条,那就是儿子在刘光的护卫里,看见了一个人,那面容,与当年刘照身边的贴身护卫杨云义非常相似!"

华方翼沉吟着没有说话。他年纪是老了,脑子是不大管用了,但是他知道,眼下这件事处理不善,对于华家来说就是灭顶之灾!

华正良稍稍停了一会儿,才说道:"还有一件事。我在辽州郡,听说了一件事,辽州郡的神医堂大师姐,名叫叶明月。这个叶明月,是叶无病的女儿。"

华方翼愣了一下,没有听明白。

华正良解释说:"前两天给太子解毒的女医,就叫叶明月。严格说来,这个叶明月是皇孙刘照的师妹。如果我们能扣住这位叶御医——也许能与皇孙讨价还价。"

☆☆☆

当初仓惶逃命,如今返回,已经恍若隔世。

马车辚辚,带着刘照,一步一步靠近京师。

心中有着昂扬的斗志,心中也有着巨大的恐惧。

一年来时时刻刻在生死边缘打滚,刘照认为自己已经看淡了生死,他已经无所畏惧,他已经无坚不摧。但是真的靠近京师,他的心中,还是不由自主地战栗起来。

因为刘照知道,自己要面对的是一个怎样的庞然大物。

辽州郡的根据地不算什么，江荣占了一个异域小国成为自己的大后方也不算什么。

父亲去世一年，华家的势力已经庞大到了自己不能想象的地步。

然而，此番我必胜！

刘照咬着牙，给自己下第一千遍心理暗示。父母还有祖母的在天之灵，全家上下几百口人，还有一群跟随着父亲的仁人志士，他们也不允许我失败！

我要谨慎再谨慎，然后做到一击必杀！

明天开始，自己就要开展各种行动。把手中的材料再仔细梳理一遍，把自己的思路再整理一遍。

邓小白在边上，帮助刘照整理各种文件。

两人正在忙碌，就听见外面有脚步声，杨云义带着川槿进来了。

这些日子，川槿一直在京师与辽州郡之间奔波。

李凤凰的父亲被贬谪，川槿与李凤凰又运作了一番，终于找了一个不算太差的差事。现在在赴任的路上。李凤凰原先要陪着父亲去赴任，李邈却不答应，让李凤凰留在京师。

因为李邈在京师也算是有些人脉关系，李凤凰留在京师，也能给刘照传递一些信息。加上皇宫里还有一个白溯，她如果得到要紧消息想要联系刘照，也需要有人帮忙。

不过李邈临走之前，还是给李凤凰与川槿主持了一个简单的婚礼。川槿这才知道李凤凰的真正名字：李鸢。不过李凤凰不许川槿告诉别人。

因为有了这层关系，又加上了叶明月的关系，川槿也得到了刘照小团体的信任。这些日子，刘照的身体恢复得这么快，川槿功不可没。

川槿风尘仆仆进来，把一封信放到桌子上，苦笑："殿下，我算是服了你，你这是给我师妹吃了什么迷魂药？"

这话没头没脑，刘照听不明白，他抬起头，疑惑地问："明月？有她消息了?"

川槿苦笑:"春草来找凤凰了,给了一个药方。我看了一下,就是治疗你病症的对症药方!按照这个药方,好好吃药,调理两年,不敢说尽数恢复,但是好生保养,与寻常人一般活个五六十岁,问题不是很大。运气好一点,七八十岁也不是不能。"

一句话落下,邓小白与杨云义都惊喜得几乎要跳起来。

这一年来提心吊胆,大家都已经认命绝望,现在却突然听到了这样的好消息!

邓小白急忙说话:"川大夫,您赶紧给公子诊脉看看,确定这药方要不要增删,我这就抓药去!"

刘照的眼睛却是紧紧盯着川槿,沉声说:"川大夫,您说明白一点,这个药方是明月找到的?她在哪儿找到的?她现在在哪儿?"

川槿叹了一口气,说:"她还能在哪儿?肯定是在京师啊,据春草说,她混进了太医院,终于找到了这个药方。我说殿下,今后你不管是死是活,可都要念着我师妹。"

川槿说着话,很顺手就把手给伸过来,想要给刘照诊脉——但是刘照反手就把川槿的手抓住,呼吸有些急促,问道:"她居然混进了太医院?"

川槿笑:"当然是太医院。她是女子身份,太医院今年刚好招收女医。寻常地方哪里有这么多医药藏书。"

刘照的脸色竟然有几分苍白,说:"她弄到了药方,可不仅仅是混进了太医院这么简单。我原先身边御医常先生曾经告诉过我,太医院有各种医药藏书,但是七绝散这种奇门毒药,却是一直都牢牢掌控在江湖门派手中,即便返回京师,也不见得能找到治疗的方法。"

川槿怔了怔,他的声音也陡然急促起来:"也就是说,明月是与虎谋皮,混到了华贵妃身边,从她手中骗到了毒药的解方?"

刘照脸色铁青,说:"骗,她混进太医院才几个月,哪里有那么多时间取得华贵妃信任,骗得药方?她一定是用了计策,让华贵妃不得不把药方给她!不过明月向来没什么脑子,她到底用了什么方法让华贵妃把药方给她?——是白溯!"

川槿随即明白过来:"对,是白溯,明月手下的春草能及时找到我们在京师的落脚点,也是因为白溯的缘故!白溯此人有些计谋,只有她,才能迅速找到华贵妃的痛点!"

刘照站起来:"——不行,我得立马进京!云义,你去安排!"

杨云义怔了怔,才低声说话:"殿下,您今天进京,很多行动就来不及开展。"

刘照深深吸了一口气,说:"来不及了,得尽快进京把叶明月与白溯保护起来。华贵妃并非蠢笨之辈,不管明月与白溯用了怎样的策略,两天时间就足够让她醒悟过来了!"

川槿当即反应过来,说:"那我立即进京!我脚程快!"

川槿说着话,就要往外面走。刘照忙把他叫住,说:"带几个人去!"

川槿当即出发。刘照也吩咐手下,简单收拾,立即启程!

只是川槿身体强健,轻车简从,说出发就出发;刘照却是一个病秧子,虽然心急如焚,速度却如何提得起来?

走了二十里路,刘照又累得几乎晕厥。负责刘照身体安全的老御医发了脾气,刘照这才下令,驻扎歇息。

只是这个晚上,却是特别漫长。

☆☆☆

这个晚上特别漫长,叶明月也在焦灼地等待着黎明。

边上春草在打着呼噜。

呼噜声很有节奏。

叶明月嘴角忍不住微笑起来。

但是她的笑容很快收敛,因为她听见门外传来了急促的脚步声!

那不是一个人的脚步声!

叶明月一个激灵,推搡着春草起床。

外面的脚步声停了,一群人静止在小院子的大门外。春草也清醒了,从床上坐起来。

小院子后墙上,叶明月与春草已经准备好了矮梯。春草急速上墙,伸手就去牵叶明月;但是叶明月却没有上梯,轻声说:"你赶紧找个地方躲起来,然后去找李凤凰的人。"

春草急了:"你不走?"

叶明月苦笑:"他们的目标是我。我们俩一起跑,反而连累了你也跑不了。你跑出去,留意一下有没有尾巴,好歹还能传个话。"

春草也不折腾,当下就跳下了围墙。

叶明月把梯子收起来,就听见外面传来了破门的声音。

她整理了一下头发,稳稳地迎接上去。

这种情景,她早就在心中做了很多预设。即便白溯把自己供出来,自己也必须死不认账。

——但是走向门口的叶明月,却没有想到,自己面对的居然不是宫廷里的人,也不是朝廷里的人!

而是……一群黑衣人!

失算了!

然而此时叶明月身上没有准备迷药也没有准备毒药,她虽然努力叫喊,操起门后的竹竿努力打斗,但是寡不敌众,还是落入了敌人手里。

☆☆☆

川槿赶到了京师,京师里一片太平。

但是春草眼泪汪汪,李凤凰手足无措。

李凤凰已经派人打探,叶明月家左右有邻居,也听见了凌晨时候的打斗;他们亲眼目睹——那是一群黑衣服的人,不是官府的人!

春草也跑到衙门报案，太医院提点大人也跑到京兆尹面前拍了桌子。

小道消息，就连皇宫里的皇帝，都对这个案子表示关切。皇帝陛下年纪大了，最喜欢的东西叫丹药，最在乎的人叫御医。这个叶明月可是在前些日子刘骏遇刺案件里展现了身手的，当然在皇帝的心中挂了一个号。

京兆尹当然不敢轻忽，当天就把衙门里所有的人都放出去搜寻。听闻柴郡王家里有好狗，甚至还赔了两斤上好的茶叶去借了十条出来，一群人加狗找了一整天，却是毫无线索。

那群黑衣人是绝对的老手，趁着凌晨人最疲倦最松懈的时候杀上门来，抓了人就走，不拖泥带水；离开的时候有人负责收尾，几个路口都被人泼洒了大量夜香。

城市的街巷，一早就人来人往，寻找气味本来就不容易，更何况这般故意捣乱？

几条狗差点崩溃了。

京兆尹也差点崩溃了。

☆☆☆

叶明月也差点崩溃了。

她崩溃的是，她不知道敌人是谁，也不知道敌人抓了她是想要干什么！

对方没有审问她，没有折磨她，只是把被蒙上眼睛的她关进了小黑屋。

叶明月连自己在哪里都不知道！

小黑屋是一间地下室，高高的墙上有几个排气孔通向地面，这是唯一的光源。让叶明月觉得欣慰的是，对方似乎很注意她的生活质量，不但每日三餐给好吃的，还给叶明月送来了洗漱用品换洗衣服，每天准时有人给叶明月送洗澡水。

这个架势让叶明月很怀疑，对方是不是用好吃好喝供养着自己，等自己养肥了好开杀。

更让叶明月抑郁的是，这房子里的东西不少，但是能成为武器的，一件也没有！

连一根针都没有！

于是叶明月只能往人身上下功夫。

"大姐，这位送饭的大姐，不好意思问一句，这是哪儿啊？"

叶明月摘下手上的珍珠链子，微笑着送过去。

送饭的仆妇看了珍珠链子一眼，恋恋不舍地收回目光，摆摆手，离开了。

"大婶，这位送水的大婶，能不能告诉我，您家主人是哪位啊？"

叶明月赔着笑，拿着珍珠步摇往对方手里塞。

送水的妇人贪婪地看着珍珠步摇，却终于收回了目光，叹了一口气，摆摆手，离开了。

于是叶明月决定换一个策略。

"这位大姨，我看你脸色不大好，呼出来也有口臭，你最近是不是睡得不好，肠胃也不舒服？"

果然，这位仆妇站定了，问叶明月："这位姑娘，您竟然看出来了？"

叶明月立马点头："是是是，我看出来了，您这身子要调理才好，我给您诊个脉开个方……"

仆妇点点头，说："既然您也看出来了，那我得去找大夫开个方了。"

仆妇转身就走，叶明月急了，忙去拉人："不用到外面去花钱啊，我给你看一下，我也是御医！"

但是仆妇摆摆手，居然没有再说一句话，转身就走了。

咣当一声门锁上。

上面传来了守卫与仆妇的对话声，叶明月听见守卫的呵斥："你竟然与那姑娘说话！”

那仆妇低声道歉："那姑娘说我身子不好，我就搭了一句嘴。这是我的不是，求求几位大哥不要上报家主。"

叶明月很无奈。

现在连叶明月都不明白自己的处境，又怎么指望别人来救自己？

现在只有一个办法，那就叫作静以待变。

第三十三章　交易

　　叶明月毕竟是叶明月，她脑子是不大够用，但是到了关键时候，还是能用一下的。

　　叶明月想到了一个办法：自残。

　　没错，自残！

　　这神秘主人把叶明月俘虏了来，好吃好喝供着，连生活细节都不疏忽，那这神秘主人肯定是要让叶明月派用场。

　　关于叶明月能派什么用场？肯定不是因为医术，凡是病人求医生，都是好声好气唯恐不周，绝对不是这样一言不合就俘虏人的架势。

　　也肯定不是因为叶明月的权力。一个太医院的小大夫，手上能有什么权力？

　　也肯定不是叶明月的身份问题。叶明月之前的身份是一个小婢女，没有啥文章好做；后来成了神医堂的大姐大，但是神医堂也就是在辽州郡有些影响。至于现在，叶明月只是一个小大夫，在太医院也没有建立自己的人脉关系。那推荐自己进神医堂的贵夫人，多半也不会把叶明月很当一回事。

　　那还能有什么用意？

　　既然想不明白，那就暴力破之。既然你好吃好喝供着我，那我就不吃不喝。

——所以叶明月让自己饿了一天肚子。

肚子是咕咕叫了,但是前来送饭的仆妇似乎根本没看见叶明月不吃饭。到饭点把饭菜送下来,过了饭点把饭菜端回去。

叶明月觉得不划算,就继续吃饭了。吃饱了饭,眼睛咕噜咕噜转了转,"啪"的一声,就把碗砸了。

估摸着仆妇马上就要来收碗碟,叶明月捡起一片锋利的瓷片,掏出手绢擦了擦——叶明月知道这是不干净的,但是眼下这是没法子中的法子——闭着眼睛,对准自己的手腕割了下去。

叶明月割过人。中医也有外科的,得了恶疮的,中了箭镞的,都需要处理伤口。但是那是拿着手术刀的!

眼下一片碎瓷,对准手腕狠狠划拉一下,也就擦破了一层油皮。

再划第二刀,火辣辣的疼,冒出几颗血珠子。

这第三刀叶明月不划了。

叶明月怕疼。

她拿着碎瓷片,在伤口上扒拉了几下,让渗血的面积大一点。

现在,整个手腕都血糊糊了。

上面传来脚步声,仆妇下来收拾碗筷了。果然发出了一声惊叫:"姑娘,你打算做什么?"

叶明月也不理她,继续拿着碎瓷片割手腕。

这下倒是真的用劲了。

很疼,得忍着点,不能呲牙咧嘴,那样子不美。

那仆妇急忙扑过来抱住叶明月:"姑娘,有话好好说!"

叶明月面无表情,但是拿着瓷片的手很稳。

下面喧闹,上面的守卫听到声音,也下来了。那仆妇就用央求的语气与叶明月说话:"姑娘,你有话好好说,不要割伤自己!"

叶明月这才抬起眼皮,说:"我要见你们的主子,我要知道他到底想要做什么。"

☆☆☆

山一程,水一程。

刘照已经扎下了营寨,他焦急地等待着京师来的消息——邓小白很小心地看着他,怀中一个西洋表,时不时拿出来看一眼。

这中针再转一圈,就非让殿下去睡觉不可。这两天殿下的身体虽然好转,但是却依然没有痊愈!

营帐的门帘打开,杨云义默默地把一封信呈递过来,低声说:"京师的人回来了,但是依然没有叶姑娘的消息。"

刘照苍白的脸上看不见一丝血色。邓小白低声劝慰:"没有消息也许就是好消息。"

刘照闭了闭眼睛,又睁开,打了一个哈欠,说:"那就歇息吧。"

邓小白就小心翼翼伺候着刘照更衣。刘照告诉杨云义:"传令下去,明天四更启程,辰时之前进京,午时之前进宫见皇上。"

杨云义吃了一惊,急忙说:"这么急,您的身体吃不消的!"

刘照摇摇头,说:"你按照我说的,传令下去。"

正在这时,外面传来禀告的声音:"公子,抓到一个人,自称是京师华家的人,有要紧的事情,要面见公子!"

刘照吩咐邓小白:"你帮我把衣服穿回去。"

杨云义默默地去安排保卫工作了。

邓小白就在营帐之中挂了一个帘子。

一年过去,刘照变得形销骨立,相貌与一年前已经大不相同。然而依然需要预防万一。

人很快就被送了过来。这是一个相貌颇有几分英俊的年轻人,双手被反绑在身后,脸上却挂着淡定的笑容,说:"公子,这不是待客之道。"

刘照坐在简陋的凳子上,声音带着笑意:"久病之人,怕风,见谅。不知你要与我谈什么生意?"

年轻人看着四周。营帐左右两侧，各站着四个护卫，手握在刀剑柄上，虎视眈眈。

年轻人微笑："此事私密，还望屏退下人。"

刘照微笑："这位兄台，你说错了几件事。第一件，你边上的不是下人，他们都是我的兄弟。第二，对于我的兄弟而言，没有什么事情是所谓的私密。"

年轻人纵声大笑："既然这样，那我就说了。叶无病的女儿居然还活着，现在居然变成了一个太医，这不算什么私密吧？"

刘照脸上蓦然变色。

☆☆☆

"你说……什么，我是……叶皎？"

面前的华贵妃点头，微笑："天下没有不漏风的墙，叶皎姑娘。"

"我说你们弄错了，我根本不是叶皎，我就是我家小姐身边的一个小丫鬟。我叫叶明月，全天下的人都知道我叫叶明月。"叶明月欲哭无泪，她努力解释着这个大乌龙，"我真的不是什么要紧人物，我真的不是大人的骨血，现在我好歹还是一位御医呢，现在朝廷上下肯定在找我，你们赶紧把我放了吧，我保证不告密。"

"不用掩饰了，叶皎姑娘。"华贵妃淡笑着摇头，"你是叫叶明月，你当初还是有个名字叫叶皎，明月何皎皎的皎。当初你师父假托丫鬟之名把你从江南带到辽州，江南不少人都知道。我们只是没有想到，你的胆子居然这么大，为了给刘照治病，你居然敢混进太医院，居然敢对太子下手，不过现在……药方送出去了吧？"

听着华贵妃那笃定的语气，叶明月愣怔了半晌，猛然之间长笑起来……她笑得声嘶力竭，笑得眼泪横飞。

一切都明白了。

为什么师父要派自己上天琅山？

师父想要借刀杀人，把自己杀了，消息传出去，小姐就真正安全了。

为什么刘照会误会自己是叶皎？那当然是神医堂传出来的假消息。

我活着，只是有人想要用我的死亡来抵消另外一个人的死亡。

叶明月是快乐的叶明月，是一个大大咧咧的没心没肺的叶明月，虽然命运多舛，但是她的脸上始终有笑，眼睛里始终有光。

那是因为，叶明月很擅长在黑暗的生活里寻找光亮，在绝望中寻找希望，她相信，自己的世界里，有很多人爱着自己。

但是，现在，叶明月眼睛里的光线一寸一寸暗淡下来了，她的世界一点点黑暗下去了，叶明月的笑声，也终于戛然而止。

她看着面前的华贵妃，冷冷地问出了一个问题："那你抓住我好吃好喝伺候着，不是想要给太子出气，那是想要做什么？"

华贵妃微笑："用你去与刘照换一个人。如果把你饿瘦了，刘照不愿意交换了，那就不划算了。"

☆☆☆

"换一个你从骊国带回来的淳于三。"年轻人华正良微笑，"淳于三只是一个名不见经传的小角色，画画不成，书法不成，篆刻也不成，就是让他坐下来陪公子清谈也抵不上多少用处，您说是吧？"

"如您所说，淳于三只是一个名不见经传的小角色，是没有多少用处的小角色，但是我不明白，您代表的是华家，为何找我索要这么一个角色呢？"

"皇孙殿下，此中缘由，你知我知，又何必浪费时间让我再说一遍？"

虽然早就有数，刘照的脸上依然勃然变色，他的声音陡然拔高："既然如此，你还有胆子来与我讨要这个人？"

刘照声音拔高，左右的护卫，手中武器齐齐出鞘！

华正良脸色不变，说："既然来做使者，就做好了被殿下剁成肉酱的准备，但是殿下真的以为，凭着一个淳于三，你就可以扳倒我姑姑和表弟？更何况，我们拿出的诚意，是叶皎！"

华正良的脸上甚至露出了微笑："是的，杀父之仇不共戴天，但是眼下这个女人，却是你老师留在世界上的唯一骨血！十年过去，不知殿下是否还记得，当初叶无病一家的死，与你直接相关？"

☆ ☆ ☆

"那你真的高看我了。"叶明月冷笑了一声，说，"杀父之仇，不共戴天。如果皇孙殿下会为了一个女人放弃自己的复仇大业，天下之人，会如何看他？"

华贵妃叹了一口气，说："原来你不知道。"

叶明月诧异地问了一句："我不知道什么？"

华贵妃摇头，说："你不知道也正常。当初你父亲叶无病，可以说是为了他父子而死啊。"

叶明月盯着华贵妃。

"当年废太子还是一个皇子，到江南来做官，人生地不熟，许多事情都靠着你父亲。好不容易把江南的事情给捋顺了，结果刘照却闯了大祸。少年气盛，路见不平拔剑砍人，把江南顶尖豪族苏家、陆家、王家、谢家的嫡子都给砍了，苏家还砍了仨，却忘记留下对方犯法的证据。为了不影响皇子的前途，你父亲出面把这件事揽到了自己身上，他自己却因此与江南豪族结怨。此后废太子回京师，这江南豪族就制造了谋反的证据，终于把你一家送上了死路。说起来，刘照可是欠了你一家几十条性命啊，你说，他会不会同意交易呢？更紧要的是，他如果放弃你，你想，天下的文人该怎么唾弃他？"

叶明月垂下眼睛不说话。

是的，刘照一直误会她是叶皎。她知道这一点，但是她一直不敢说破。因为她担忧自己说出婢女身份，距离刘照就会越来越远。

直到今天，叶明月才真正明白，她距离刘照到底有多远。

刘照与叶皎，不但是师兄妹的关系。他们之间，还有着几十条性命的维系。

刘照关心我，照顾我，不仅仅是因为我是大夫，我能帮他治病，更是因为，他要把对大人的亏欠，还到我身上。

……但是，我真的……很喜欢他啊。

叶明月抬起眼睛，看着面前的华贵妃，声音很干净很清澈："如果我说，你无法用我来威胁他呢？"

说着话，叶明月猛然起身，头往墙上撞去。

用力很猛，不是玩笑。

☆☆☆

刘照很长时间没有说话。

他想要救明月！

他也想要复仇。

叶皎，明月。明月是那个大大咧咧专心治病的女孩子，她用一个很可笑的理由留在了天琅山，她被自己骗得团团转，但是她最终却为自己出生入死，给自己找来了药方。

叶皎是老师的女儿，一个很端庄的女孩子，自己对她的印象已经模糊了，但是却牢牢记着老师的分量。

当这两个人合二为一，活生生地笑着站在自己面前的时候，刘照相信这是上天给予自己最大的恩赐。

他死死地咬着嘴唇，他控制着自己的呼吸，他不敢发出异样的声音。幸运的是，邓小白拉了一道布帘，隔着布帘，对方看不见他的脸色。

我不能让对方看出我的破绽，我要稳住。他一遍又一遍地警告自己。

☆☆☆

叶明月拿自己的脑袋去撞墙。

她不愿意刘照因为自己而陷入为难。她……更不愿意活着，而后看见刘照放弃了自己。

毕竟，刘照有叶皎。

叶明月只是一个小小的婢女，被人培养起来做叶皎的替身，她没有资格与刘照站在一起——虽然刘照是一个病秧子。

但是，叶明月被人抓住了。

一个健壮的仆妇抓住了叶明月的衣领，另外两人就扣住了叶明月的手和脚。

华贵妃端坐在叶明月跟前，她甚至连动也没有动。

"你活着或者死了，都不重要。"她说，"只要我把你在我手中的消息传给刘照，只要你一天不出现，刘照就有顾忌，不敢轻易行动。他不轻易行动，我们就占据主动。我们现在，最缺的，其实是时间。"

叶明月的手攥得很紧，她突然笑起来，说："我现在是砧板上的鱼肉，你不必给我解释的。"

华贵妃看着叶明月，也笑起来："因为你这小姑娘很对我的胃口，所以我就多解释了一两句。虽然我觉得刘照不会换你，我迟早还是会杀了你，但是总要让你死得明白才是。"

华贵妃说着，就往地牢上面去了。

身后的仆妇给华贵妃托起裙摆。

叶明月摊开手，手心里已经全都是血迹。

刚才死死攥着拳头，手指甲抠进了肉里。

☆☆☆

没有人催促刘照早点做决定。

这个晚上无比漫长，刘照可以把方方面面都考虑周全。

但是，只有一炷香的时间，刘照就抬起头来，他的眼神很平静，无悲也无喜："我同意交易。"

我同意交易。

是的，九泉之下的父亲，会责怪我不孝。但是……活着的人，比死去的人更加重要。

　　心中有血，眼中无怒。刘照已经真正地成长，他知道该怎样平静地面对生活的沧桑。

　　刘照走出营帐，天色昏暗，头顶上有着稀疏的星光。

第三十四章 抉择

晨光熹微的时候,叶明月见到了刘照。

单薄的少年,穿着一身白色的衣衫,就站在早晨的风里,就像是一竿清瘦的竹。

刘照也看见了叶明月,少女的身后,就是升起太阳的方向,那边有一些红色的光。

叶明月身后站着五六百士兵,这是华府藏在城外的私兵。刘照的身后也站着五六百士兵,他们刚刚从遥远的北方征战回来。

这边华正良的声音很冷:"刘公子,麻烦你把那位淳于三先生推出来,我现在需要验证一下他的身份。"

淳于三被推了出来。这个后知后觉的中年人这才知道自己要被推出去交易,当下大叫起来:"殿下,殿下,不要把我交出去,我是人证,人证!你要证明太子爷当初是被人诬告,我就是最重要的人证!不要把我交易出去,我会将功赎罪,我能将功赎罪!"

只是没有人理睬他。杨云义把一块抹布塞进那淳于三的嘴巴里,推着他往前走。

那边控制着叶明月的两个士兵,也带着叶明月往前。

这时候,众人突然听见了叶明月的声音:"我不是叶皎。"

控制着叶明月的两个士兵怔了怔,这空荡荡的交易地带,听见这声音的人,全都怔住!

叶明月重复了一句:"我不是叶皎。我不值得交换。"

"你……敢说自己不是叶皎!"华正良急了,扑上前来,抓住了叶明月的肩膀,"你敢说自己不是叶皎?"

"我的确不是叶皎。我只是叶皎身边的一个婢女。当初林夫人从叶家把我带走,改名叶明月,就是本着鱼目混珠的心思,让我有朝一日代替叶皎去死!我只是一个替身,替身!"叶明月的声音很清朗,却带着微微的颤音,"我不是什么大人物,我也不是什么很重要的人,殿下,你没有必要因为我而放弃复仇的机会!"

华正良要疯了,他要阻止叶明月说话——但是一时半会儿却不知怎么办!这个女人,居然敢自称不是叶皎……她难道不知道,她不是叶皎,刘照就不会换她,她就会死?

叶明月转头,看着疯癫了一般的华正良:"华家势力很大,但是你们定然不会无聊到仔细调查一个女医的来历。所以我猜测,是有人故意把消息传到你们的耳朵里……只要我死了,皇家就会停止追捕,真正的叶皎就安全了!你以为你很聪明,但是很遗憾,你做了别人手中的刀!"

华正良号叫起来:"闭嘴,你闭嘴!……"

押解着淳于三往前走的杨云义下意识地站定了脚步,他微微偏转头去看刘照。

杨云义很欣赏叶明月,他也很感激叶明月,他也觉得要救叶明月——但是,现在这当口,叶明月说出她不是叶皎的真相!

刘照,刘照,会如何抉择?

几乎所有的目光都集中在刘照的脸上。

所有的呼吸都被放轻,连淳于三也放下了无谓的挣扎,他努力扭过头,用哀恳的眼神看着刘照。

一边是父亲的仇恨,一边是老师的恩义,原先这个天平的两端,基本持平。但是现在，老师的恩义，置换成了自己的救命之恩。

分量就轻了很多。

——也许，刘照不会同意换了。

刘照看着不远处的女子。这个少女这个关口表示说她不愿意被交换——她真的不愿意被交换吗？

不是，她……只是不想让他为难！

有些热流在往上涌，刘照的声音有些发紧："明月，你是我的压寨夫人……你这么不待见我吗？"他似乎想要笑一下，但是笑容扯得很紧。

众人还没有听明白，华正良急忙说话："换，换，换！叶姑娘……你快过去，那边，赶紧把淳于三带过来！"

华正良的人马终于退去。

刘照终于站到了叶明月跟前。

叶明月含着眼泪说："虽然我知道你会换我，但是我依然要提醒你，我不是叶皎。"

刘照居然有些木讷地笑了笑，说："我对不起……因为那么长时间我居然把你当作叶皎。但是……"刘照的脸色严肃起来，说，"但是……救我的人是叶明月，我喜欢的人……也是叶明月，这与叶明月是不是叶皎没有任何关系。"

后面一句话，刘照的嗓门很高，叶明月吓了一大跳，低声说："你疯了！这事儿……"

刘照嘿嘿笑起来，说："你是我的压寨夫人，全山寨的人都知道，你不用害羞的……"说着话，刘照就伸手，拉住了叶明月的一只手；然后，刘照就把叶明月拉近，伸出了另外一只手，把叶明月搂在怀里。

叶明月心跳得很厉害，她想要挣脱，但是她整个人却不听从自己的大脑指令，全身都软了下来。

她听见了刘照的心跳声，他脸上的表情很自若，但是他的心跳也很剧烈，与叶明月的心跳声合在了一起。

但是叶明月却没有心思取笑刘照。因为她身体的每一个细胞，都在闹腾着一种欢喜的声音。

……我终于见到了你。

虽然瘦弱却已经强健了很多的你。你能继续活下去了，我再也不用担心你的身体，再也不用战战兢兢、一日三惊。

我终于见到了你。

在重重的困境中竭力拼杀的你，眼神依然明亮的你。我再也不用担心仇恨迷惑了你的心智，再也不用担心与你成为仇敌。

我终于见到了你。

为了我甘愿放弃复仇的你。虽然为我放弃了你此生最大的事业，但是你面对着我的时候依然云淡风轻没有任何遗憾的言语。从此之后我再也不担心自己在你的心中有多少地位，因为我知道，我在你心中，无可代替。

刘照低下头去，这是他第一次亲吻这个少女，世界上最美丽的少女。自从这个少女走上了天琅山，自己就曾无数次地在头脑中幻想与她走进婚礼的殿堂；自己也曾无数次开玩笑把她称作"压寨夫人"，但是自己对她从来也不曾真正失礼。

因为我身上有血海深仇，因为我注定不得长寿。我担忧连累了你的性命，我也担忧你从此不得幸福。

但是我决定把我所有的顾虑都放下，我愿意把我的生命，与你的生命，紧紧地紧紧地联系在一起。我愿意与你共享朝霞、雾霭和晨露，我也知道，你愿意与我一起承担雨雪、风霜和雷霆。

四面的风很轻，很温柔，早上的霞光，温柔地把两个人包裹。

刘照伸手拔出了叶明月脑后的簪子，叶明月的头发散落下来。

然后，刘照把叶明月抱了起来，走向了前面的营帐，说："到营帐里去，我给你梳头。你这簪子，插得不够正啊……"

叶明月大羞,说:"他们都看着!"

刘照的脸皮很厚,说:"他们都患了眼疾,暂时都看不见。"

叶明月努力挣扎,刘照咬着叶明月的耳垂,轻轻说话:"我想与你一起生一个孩子,然后继承山寨那一亩三分地。"

叶明月有些羞涩,努力说话:"我们还没有拜堂还没有行过礼。"

刘照笑着解释:"当初你与我的公鸡拜过堂,只是我们还没有圆过房。"

叶明月又找到理由:"但是你的身体还没有恢复……"

刘照笑着解释:"但是与你圆一次房肯定与我性命没有关碍,你说是不是?"

叶明月再也反驳不得,于是任由刘照把自己抱进了营帐。

……然而刘照终究没有与叶明月圆房。他把叶明月放在被褥上,轻轻说话:"你睡一觉,我也睡一觉,昨天晚上你没睡好我也没有睡好。"

于是叶明月很快就睡着了,她睡得很沉很沉。

……叶明月醒来的时候,她已经在辘辘的马车上。马车的速度不算太快,所以不影响叶明月的睡眠。

这些天她的神经绷得太紧,这一下放松,就足足睡了一整天。皎洁的月光洒落下来,荒野里四处有虫子的鸣声,有调皮的萤火虫飞进了车厢,在叶明月面前划起一道又一道蓝色的光芒。

叶明月坐了起来,掀开车帘,往外张望。骑兵队伍护着马车沉默地前进,马蹄在泥土地上撒落了炒豆子一般的清脆声响。

叶明月揉了揉眼睛,问外面的人:"我们这是回天琅山吗?"

守在外面的是大黑,他回答了叶明月:"是的,我们这是回天琅山。"

叶明月就说:"回天琅山?这是应该的,我耽误了殿下的事情,我们的复仇大计必须延后了,但是殿下呢,他在哪里,我得与他说一声,我们得派人接应上春草。还有宫中的白溯,不知能不能想个办法。"

叶明月看着马车前后，很诧异："殿下的身子骨恢复得这么快？队伍里只有我一辆马车？他居然骑上马了？"

大黑沉默了一会儿，才说："殿下……回京去了。"

这话很轻，但是却在叶明月的耳朵边震响。

叶明月不相信，她继续往马车外面扫视……静默的黑夜里，星光虽然璀璨，却不能让人分辨骑士的身形。

这队伍不是很长。

令人窒息的沉默之后，叶明月终于发问了，她的声音颤抖："他进京……只是想要接应一下李凤凰？接应一下白溯？"

大黑又是沉默了一会儿，才说："不是。他进京……是为了进宫。"

"进宫？进宫！"叶明月的声音有几分尖利，她叫起来，"现在我们已经丢了人证，他进宫……那就成了砧板上的鱼肉！他不能进宫，宫廷是华贵妃的地盘……还有皇上，皇上之前杀了太子，杀了自己的结发妻子！他有很多儿子，他有很多孙子，他不会在乎这么一个孙子的！"

大黑的声音很沉闷："我们知道，所有人都知道。"

叶明月尖叫起来："停车，停车！"她大口大口喘着气，问大黑："既然大家都知道，那他为什么要进宫？"

"因为，他是以刘光的名义接受皇上的征召的。因为殿下在骊国立下大功，所以皇上要召见他，要给他封官。"

"但是华贵妃已经知道了他的身份！即便皇帝老爷昏花认不出自己的孙子，但是只要华贵妃一句话，他就要面对一个必死之局！"

"因为他到了京师郊外却转身就走，那么皇上会怀疑他的身份来历，会怀疑江荣是不是有了反心，皇帝会派大军来追赶我们，我们虽然有五百人手，却也不一定能逃过……"

"你们去年的时候……逃过了。"叶明月低声回答，但是她的心却沉沉坠了下去。

"我们去年的时候是逃过了。但是去年之所以能逃过，那是因为追杀我们的人其实是华贵妃而不是皇上。朝廷上下的人，很多都对我们睁一只眼闭一只眼。但是今天的情况有些不一样。"

叶明月说不出话。一种难言的滋味从心底弥漫上来，充斥着整个胸腔，沉甸甸的，湿漉漉的，冷冰冰的，酸涩涩的。

大黑看着叶明月那恍惚的神色，努力安慰着叶明月："殿下说，此番进京，他并不是没有取胜之机。"

叶明月精神一振："怎么说？"

大黑说："殿下分析说，其实华贵妃权势并没有我们想象的那么大，你看，殿下只是从骊国带回来了一个人，华贵妃就惊慌失措，甚至想办法抓了你来换那个淳于三。所以，华贵妃的根基并不稳。而且这几年，华贵妃为了争夺皇位，她做了很多事情，我们也抓到了一些蛛丝马迹。只要能面见皇上，操作得当，也许就能在华贵妃与皇上之间，掰出一条裂痕来，甚至能让他们反目！"

叶明月涩声说："但是，那只是一种可能，不是一种必然。"

大黑苦笑着安慰："不过殿下让我们放心，他进宫去，只要操作得当，他是安全的。他说，他有八九分把握……否则，我们怎么也不可能答应了他。"

大黑又说："殿下有一句话，让我转告给你。"

叶明月就问："什么话？"

大黑说："我的性命是你不顾一切救下来的，我一定会好好爱惜，一定会想办法再见到你。"

很朴素的言语，叶明月的眼泪扑簌簌落下。

她的声音哽咽："如果是这样，那么……皇上也许不会杀了他，但是一定会幽禁了他。"

大黑说不出反驳的话。

☆☆☆

御书房。

皇帝在打盹。他已经七十三岁的年纪，精力已经大不如前；这些天晚上的睡眠质量不太好，闭了眼就容易做梦，梦见以前的人和事，梦见当初皇后年少，梦见御花园的蝴蝶，梦见当时年幼的孩子拉着自己的手叫父亲。

醒来时孩子的面目已经模糊了，但是却清晰地记得孩子呼唤自己的时候叫的是父亲不是父皇。

大太监黄诚轻手轻脚走了进来，皇帝懒懒地睁开了眼睛。他虽然很容易疲倦，但是人却变得更加警醒，这真的是一种很奇怪的现象。

黄诚禀告："皇上，那个名叫刘光的军师来了，在宫门外等候。"

"刘光？"皇帝一时半会儿还回不过神来。

黄诚低声说："就是神机军师。"

"神机军师？"皇帝完全清醒了，精神一振，"快，宣他进来！"

皇帝对刘光很感兴趣。他已经做了四十年皇帝了，人生已经达到了绝大多数人想都不敢想的顶峰；现在他已经站在更高的维度上，对自己的人生有了全新的追求。

所谓的追求，主要有两个。第一是向生命要长度。他想要长生不老。即便不能长生不老，他也想要延年益寿。所以这些年他迷上了丹药，因为每次吃下丹药都会让他感觉到短时间的年轻；他不停地给予道士赏赐，他希望道士们能研究出更好的灵丹来。他相信，只要投入足够多，道士们的研究肯定会进步。

第二个是向生命要精度。因为死亡的临近，他重新记起了二十岁时候的壮志与雄心。他希望在青史上留下更多的赞誉。他希望为大乾国千秋万载的鼎盛打下牢不可破的根基。他希望后世的人提起自己时候评论一句"前无古人后无来者"。他从未有过像现在一般渴望开疆拓土。因为开疆拓土是青史评价帝王最直接的标准之一。

所以江荣的作战计划一送来，他就用最快的速度做出批复。他甚至没想过万一失败怎么办,他只是考虑"如果成功朕将在青史上留下浓墨重彩的一笔"。幸运的是,他成功了。

成功之后,他最想见的人不是统帅江荣,而是江荣从民间找来的军师。他认为,有了这样的军师,他就有机会征服第二个第三个骊国。

☆☆☆

现在,刘照终于站在御书房的门口了。

一年零两个月前,刘照启程去并州的时候,他曾在这里觐见过皇祖父。

曾经他以为,并州距离这里并不远。却没有想到,从并州回到这里,他走了整整一年。

一年。

十八岁的刘照没有半根白发,十九岁的刘照头发已经花白。十八岁的刘照能挽弓上马一顿饭至少要吃半斤牛肉,现在的刘照从宫门口步行到御书房就已经气喘吁吁。

当初的刘照体格健壮,现在的刘照皮包骨头眼眶深陷。少年的相貌已经逼近中老年,所以站在宫门外等候的时候居然没有人把他记起。

这是一种幸运,也是一种悲哀。

"朕的神机军师!起来,起来!"皇帝的嗓门很大,他离开自己的御座来搀扶跪倒在地上的臣子,对于能帮他建功立业的人,皇帝最擅长礼贤下士,"黄诚,把椅子搬过来,不,搬软榻!把朕的椅子也搬过来!"

"在皇上面前,臣不敢坐。"刘照的回答很是恭谨,"谢皇上恩典。"

"有什么不敢坐的,爱卿是朕的功臣,功臣!"皇帝大笑起来,"当初你制定骊国作战计划,可以说是奇诡无比、胆大包天;为何在朕面前,却如此拘束?"

皇帝端详着面前的刘照:"爱卿果然只有十九岁?不像……黄诚,赶紧去太医院,将太医院的六品以上的太医都叫过来……朕要给朕的神机军师看病！……刘爱卿，你赶紧起来，地上冷，地上硬，你身子不好，别累坏了。"

刘照看着面前的皇帝。皇帝神色关心言辞恳切不像是作假。心中百般滋味杂陈，他看着皇帝："臣有罪，希望皇上宽宥。"

"你有什么罪？以平民的身份擅自干涉国政吗？"皇帝大笑起来，"这算是什么罪！你在骊国立下的功劳，足够把什么罪过都抵消了！"

"既然这样，臣是不是可以请求皇上一件事？"刘照的语音微微有些发颤。

但是皇帝并不以为意。面前这个军师让他实在太满意了。对外作战如此大胆；在朕面前却又是如此恭谨！真的是完美的臣子！

"无论什么事，朕都准了！"

皇帝说这个话并没有过脑子。但是说完这句话，他也没有后悔。这个臣子能提出什么过分要求呢，这是一个在自己面前甚至连站起来说话都不敢的臣子！

"臣恳请皇上重新启动厉太子谋反案的调查。"刘照把头磕下去，"臣愿意放弃骊国立下的所有功劳，换取一个重启厉太子案调查的机会！"

第三十五章　祖孙

刘照的声音不是很响，但是御书房实在太空旷了，震动起来，皇帝的耳朵边嗡嗡作响。

站在不远处的太监，耳朵也不由得微微颤了颤，他甚至还有往这边张望的冲动，但是他很快就把自己的脖子控制住了。

皇帝听不明白："厉太子案件，重启调查？重启……厉太子案件……你是什么人？"他终于反应过来了，眼神陡然之间锋利起来，"你好大的胆子，你是什么人，你敢为厉太子叫屈？"

"臣孙刘照。"刘照眼睛里含着泪，他的声音禁不住嘶哑了，"皇祖父，臣孙……名叫刘照。十九年前，皇祖父亲自赐下了这个名字。"

"刘照！"皇帝下意识地往前走了一步，又下意识地往后退了一步，"刘照……你是刘照！"

刘照凝视着面前的皇帝："是的，臣……是刘照。"

两人对话的声音其实不甚响亮，但是在这小小的御书房中，却不啻是惊雷！

大太监黄诚的身子微微颤了颤，他下意识地往后退了一步，微微侧转头，对着御书房帷幕后面的小太监递了一个眼色。小太监立马明白过来，小心翼翼后退出了大门，不见了。

"你是刘照……你是刘照！"皇帝声音陡然尖利起来，"你……好大的胆子，……你这是在要挟朕！你以为，有了那在骊国的小功劳，你就能要挟朕？乱臣贼子，其心可诛！"

皇帝是有些语无伦次了。

他镇定了一下，才从震惊之中反应过来。反应过来之后，他暴怒了！

是的，暴怒了！

对于皇帝这种生物来说，世间的万事万物，只有一个评价标准。

是否对自己有利。

当刘照表露出神机军师的能力和忠诚时，皇帝对刘照的满意度是百分之一百；但是当刘照表露出他的真正目的时，他对刘照的厌恶度也瞬间飙升到百分之一百！

这是因为，他发觉刘照并不是真正对自己忠诚。刘照立功的目的在于给厉太子平反。而厉太子，是打算造自己反的逆子！

想要给反贼平反的，肯定也是反贼！

——这就是皇帝简单的逻辑。

当然，皇帝心底其实也清楚，想要给反贼平反的人不一定是反贼。但是厉太子案件已经尘埃落定，刘照却想要给厉太子平反，这就势必向天下人陈述这样的一个事实：皇帝是糊涂的，他居然错办了一件大案！

皇帝绝对不会向天下承认自己曾经糊涂过。

他是最英明神武的皇帝，他是千秋万代敬仰的典范，他怎么会犯错，他怎么可能犯错！

那么，这个孙子，试图逼迫自己向天下认错的孙子，就是其心可诛！

——这就是皇帝简单的逻辑。

解释起来漫长，实际上事情发生也就只有一瞬。"唰"的一声，皇帝就近抽出了挂在墙上的宝刀，就冲着刘照劈过去！

刘照跪在地上没有动,他的眼睛只看着皇帝。目光里,有着冰冷的倔强。

皇帝手中的刀停住。

御书房内,只听见皇帝喘息的声音。

皇帝的刀指着刘照:"你是捏准了朕不会杀你,不敢杀你!"

"刘照自然是乱臣贼子,但是刘光的存在是对皇上有好处的。"刘照承认,"刘光的传奇崛起,给天下的人做了一个很好的典范,有了刘光的例子,天下人将更加踊跃地为皇上效力。而骊国的事情,也成为皇上励精图治的明证。"刘照勾起了一个微笑,笑容里似乎扎着一根针,"但是如果立下这样大功的人,奉命入宫觐见的当天就血染皇宫,天下的人将怎么看待这件事?狡兔死走狗烹将成为最合适的评价,天下的人从此之后战战兢兢再也不敢为皇上效力,而后世的史书也将对皇上做出不好的评价。皇上是最圣明的人,您即便再生气也不会错手杀了微臣。"

皇帝恶狠狠看着自己的孙子。如果目光是刀片,他可以把这个孙子千刀万剐。

"呵呵。"他突然冷森森地笑起来,"你以为,朕不杀你,朕就奈何不了你?朕可以把你关起来,三天两头送一些赏赐进来,让你安心养病!朕还可以给你一个封号,朕还可以给你安排一个儿子,让天下的人都看见你的荣宠,世上无双!"

"如此,自然是臣的幸运。"刘照的声音不冷也不热,"然而,臣进京之前,曾经给臣的属下做了一些安排。如果臣进宫之后再也不能与他们见面,那么三天之后,关于刘光就是刘照的传言就会满天飞。在这个故事里,刘照是一个不愧对君王也不愧对亡父的忠臣孝子形象。至于皇上……"

刘照没有继续说下去,他知道怎样适可而止。

"你……"皇帝后退了一步,差点气了个仰倒!

自己居然被这个逆贼给要挟了!

他手中的刀再度对准了刘照。然而后者却直接与他对视,丝毫也不畏怯。

"刘照。"皇帝的声音终于无可奈何地颓丧下来,"你是刘光,不是刘照。朕册封你……做辽王。朕知道骊国江荣差不多已经是你的人了。只要你答应从此之后做刘光,那么朕就让江荣的家眷全都离开京师,前往辽州郡居住!你……身体不好,朕多派几个太医给你,治好疾病,你在辽州郡,开枝散叶,你父亲这一脉,也不至于子嗣断绝。"

皇帝的言下之意,就是让刘照与江荣裂土分疆,割地称王!

对于皇帝来说,做出这样的决定,让他心中滴血。但是眼下,这是他能做出的最好的决定!

圣明的皇帝,当然不能犯"错杀儿子"的笑话,更不能让"孙子立功要求祖父重审冤案最终为父亲平反"的故事流传出来。

当然,现在这个决定也是有副作用的。刘照将来在辽州郡裂土分疆,后世之人未免要感慨皇帝陛下赏赐太厚留下隐患。但是这只是白璧微瑕,后人绝对不会因此嘲讽皇帝陛下冷血无情误杀儿子!

偌大的御书房里寂静无声,皇帝走回了御座上,静静地等着孙子的回复。

他相信自己的孙子会答应的——毕竟,自己已经做出了这么大的牺牲!

门口的侍卫们眼观鼻,鼻观心,但是他们的耳朵却是不由自主都竖了起来——尽管他们知道今天的八卦不能外传,但是他们依然下意识地想要听清楚这位殿下的抉择!

刘照抬起头来。

皇帝听见了刘照的声音,很稳,就像是一块不能移动的磐石:"皇上,我可以不是刘照,但是我依然希望,用我在骊国的所有功劳,换取重启厉太子一案的调查。"

"哐啷"一声,皇帝手中的刀重重砸在地上。暴怒的皇帝怒吼:"拉下去!先……关长门宫监牢里!"刘骏中毒案的相关嫌疑人等都已移交给外廷,现在长门宫监牢已经空了。

几个侍卫就冲进来拉刘照。刘照就站起来,对着众人微笑,然后往外走去。

侍卫们不会粗暴动手,他们把刘照围成了一个圈,看起来倒像是护送着刘照到某一处去。

御书房里再也听不见半分声响,只能听见御书房外面那烦人的蝉鸣。

皇帝回到御座上坐下,过了片刻,突然叫身边的奴才:"黄诚,去,把杨大人金大人叫来。"

皇帝需要宰相了。

皇帝向来乾纲独断。他认为朕就是天子,朕不会错,朕即便错了也是对的。

但是现在,他需要宰相了。

但是叫来宰相也没有什么用处。皇帝简单说了刘光要重启厉太子案件调查一事之后,两个宰相就吵起来了。

杨大人说:"皇上,刘光之功,近年天下所无。而厉太子一案,天下也是议论纷纷,谣言四起。既然他如此要求,皇上可以答应他的请求,也向天下展示皇上的心胸,也可以平息天下的谣言。"

金大人说:"皇上,臣不赞成重启此案。此案已经有了定论也已经结案,如果有不同意见的人就凭借着大功想要重审案件,那国家律法的威严将荡然无存。"

杨大人说:"满足一个功臣的唯一愿望,犹如千金买骨,皇上将尽收天下良才之心。"

金大人说:"学成文武艺,卖与帝王家,已经成为天下共识,不需要用这种损害律法威严的事情来收士子之心。相反,律法乃是国家管理的根基，一旦受到损害，后果将不可想象。"

杨大人说："重审此案并不会影响律法威严，因为这一案件虽然尘埃落定，但是天下百姓并不完全信服，民间议论里，为厉太子叫屈的愚夫愚妇不在少数。如果能重审这一案件，有错就纠，无错也能平息百姓猜疑，反而更能让百姓体会到律法的威严！"

"我不赞成！皇上判定的案件，如果重启，那影响的是皇上的威严！……"

"我反对你的意见！……"

然后两位大人几乎要打起来了。

皇帝头大如斗，让两个宰相退下，吩咐太监去请其他参政。

大半人认为不能同意开这个先河，小半人认为可以同意。还有人说现在可以暂时同意，只要等半个月然后维持原判就好。

最关键是，皇帝不能对群臣说出自己真正的困境。刘照就是刘光的消息传出去，只怕天下震动。更不能告诉群臣，刘照拿着自己的性命威胁皇帝的事情。这件事传出去，自己就真的成了天下的笑柄！

但是如果三天之内不答应，这小子……也许会真的闹一个鱼死网破！

月亮升起来的时候，皇帝突然想起了一个人。

也许，这个人可以做自己的说客？

☆ ☆ ☆

官道之上，月亮冷冽，四面无声。

叶明月突然抬高了声音，询问大黑："我是殿下的妻子是不是？"

大黑怔了怔。

叶明月已经代替大黑回答："我与殿下的大公鸡拜过堂，我就是天琅山的压寨夫人。你们大半都是天琅山的人，那……我就是你们的女主人。"

大黑苦笑了一下，说："临行之前，殿下是吩咐我们用对待夫人的礼节对待你。"

叶明月看着大黑，看着一群静默的骑士，看着面前的道路，沉声说："既然这样，那听我的盼咐，掉转马头，我们也回京师！"

一行人都大吃一惊。

叶明月的声音很硬也很冷，像是一枚硬邦邦的钉子戳在地面上："因为我有办法帮助殿下。"

短暂的沉默之后，大黑一声令下，一群人掉转马头，回京！

☆ ☆ ☆

冷宫，现在是囚禁刘照的监牢。

太阳已经西坠，黑夜一寸寸加深。庭院里传来秋虫的鸣叫，声音有些凄凉。

刘照从庭院里的草丛之间穿过，前面有个光滑反射着月光的物件，走过去看，原来是一个甜白釉的大梅瓶。

刘照在石井栏边坐了下来，看着庭院里的风景。

前面传来窸窣的脚步声，又有小太监的低语："大人，小心一些。"

刘照站起来，看见两个小太监扶着一个颤巍巍的人影过来。不由吃了一惊，站起来，上前拜见："见过老祖宗。"

面前来的，竟然是刘家亲王里年纪最大的一位亲王英王，如今已经八十三岁；算起辈分，是现在皇帝的叔叔！

这位老祖宗当初也曾为国征战半辈子，五十岁的时候解甲归来，也不去封地，就留在京师。不结党营私，也不过问朝政，每日养花看戏溜溜马。

只是没有想到，这等深夜时分，这位老祖宗居然出现在了这样的地方！

老祖宗敲着拐杖，哼了一声，说："胆子倒是不小。"

刘照赔笑，说："老祖宗，这地方草大，小心虫子，曾孙陪您去屋子里干净的地方。"

英王哼了一声，举着拐杖，突然冲着刘照劈头盖脸打下来。

刘照站着不敢动。英王一边打一边骂："在外面不是很好？就要回来找死？京师就这么好玩？"

刘照赔笑："老祖宗小心身子。"

英王打了两下，扭头骂身边的小太监："没个眼色？这里也是你们能待的吗？给本王退到宫殿外面去！"

两个小太监如逢大赦，急忙就出去了。

英王指着草丛中的梅瓶，骂道："看见这梅瓶没有？当它完好无损的时候，当然是值钱的物件，宫女太监人人都小心翼翼照顾着。但是它破了一个口子，尽管它还能插花做摆设，但是人人都不把它当一回事了，它就被扔到废墟里，人人都能过来敲两榔头！"

英王的拐杖敲在梅瓶上，寂静的夜里传来清脆的声响。

刘照扶着英王，声音有些酸涩："曾孙也知道回来会有危险，但是……孙儿不能不来。"

英王哼了一声，说："什么不能不来？你拿鸡蛋碰石头，碰碎了，你父亲子嗣断绝，你以为这是孝道？"

刘照低声回话："曾孙有几分把握的。"

英王怒了："什么叫几分把握？三分四分七八分？我说，你这是一分把握也没有！"

刘照不敢回话，低声说："老祖宗您到这边来坐着，别累坏了。"

英王在石头上坐下，恨恨地说："如果你死在这里，那就是百分之百的失败，一塌糊涂的失败！即便是九分把握，你也不能来与皇帝赌博，他输了不会一败涂地，你输了那就送命！我教过你兵法的，要虑胜先虑败，你没记住？"

刘照苦笑："此事曾孙的确行险。"

英王叹了一口气，说："你父亲蒙受冤狱，甚至还得了一个厉太子的恶名，天下的人都知道这是冤案，你以为你祖父不知道？"

刘照说不出话。

英王冷笑着说:"那是你父亲,也是皇帝的儿子。人家都说虎毒不食子,你认为皇帝为什么要杀他自己的儿子?"

刘照沉默了一会儿,才说:"父亲的治国理念与皇上有很大的分歧。"

英王说:"仅仅是分歧吗?不是的,这是因为——朝野之中拥护你父亲的人太多了,你皇祖父感觉受到了威胁!你要明白,坐在皇帝这个位置上,就再也没有父子,只有君臣!即便他已经躺在了病床上,他也不希望自己的权力落到其他人手里,何况……"英王嘲讽地笑起来,说:"何况他现在精神好得很,他有几十个儿子,为什么选了最小的儿子做太子,还不是觉得自己还能再活一百年?"

刘照默默听着。

英王冷冷地笑:"当初你父母死了,皇祖母死了,我老头子也拿着拐杖进过皇宫,他也曾一把鼻涕一把眼泪说自己鲁莽了,但是他肯重启调查吗?他放松了对你的追捕了吗?我不知道你用了什么手段来要挟皇帝,不管什么手段,都要挟不了他!他手中有权,手上有兵,谁敢议论就杀了谁,你以为你的手段能让他烦恼很久?"

英王吹的胡子呼呼作响。他站起来,往前走:"走,跟我老头子走!"

刘照不解地跟上。

英王伸出拐杖敲敲冷宫的大门,就有小太监小跑着进来。英王吩咐:"脱下衣服,与殿下换上。"

刘照愣了一下,问:"老祖宗,你这是要我……"

"我带你出去。"英王没有好声气,"之前你父母出事,我是没来得及。现在皇帝让我进宫劝说你,我有机会把你带出来,我老头子难道看着你父亲绝后?老皇帝既然同意我进来看你,还让我劝说你,我岂能不抓住这个机会把你带出去!"

刘照站住,深深鞠躬:"谢老祖宗,但是曾孙不想出去也不能出去。"

第三十六章　出首

英王现在是真的怒了："为什么？你以为靠着你带走的那两三百亲兵，靠着江荣送你的两三百亲兵，就能造反不成？"

刘照看了边上的小太监一眼。小太监会意，依然轻手轻脚退了出去，将门给关上。

刘照微笑着说："曾祖父，您对皇上的分析，非常准确。在皇祖父的心中，权力的确比什么都重要！所以，曾孙的想法，不是向皇祖父证明父亲的无辜，而是……向皇祖父证明，事情的发展，已经不在他的掌控之中！"

英王怔住，片刻之后才说话："你留在皇宫之中，事情就在皇帝的掌控之中，你离开皇宫，事情才不在他的掌控之中！你说错了吧？"

刘照解释："曾孙说的掌控，不是曾孙这边，而是……华贵妃这边。"

英王浑浊的眼睛里露出思索的神色："你进了皇宫，要求皇帝重启案件调查，皇帝的态度又是这般迟疑不决，那么华家会惊慌，他们一惊慌说不定就会采用过激举动……"

刘照解释："如果我离开皇宫，那么皇帝的怒火会集中在我身上，他会不管不顾派人追杀我，用来当作我触怒他的惩罚。我手上几百人马，各处城门一关，能跑到哪里去？华贵妃会在边上煽风点火，我跑得过一时三刻逃不过十天半月。这里毕竟不是辽州……更何况,皇上连我父亲都要杀,何况是老祖宗您只是他的叔父。那时候皇上会暴怒,但是一切都还在他的掌控之中。我现在用名声来要挟他,但是他真的豁出去了,又怎么会在乎名声?"

英王恼了:"我三十年不管兵了,我就不信,我真的豁出去要送你出京会送不出去!"声音却弱了下去。

刘照笑着摇摇头,说:"如果我留在这里,皇帝虽然奈何不了我,却也不至于不管不顾。他这种迟疑的态度,落在华贵妃眼里就可以解读出很多新的含义,惊慌的人就变成了华贵妃,华贵妃这一年到处培养势力,眼看着距离最高的顶峰只剩下一步之遥却要功亏一篑,她如何肯住手?"

英王的眼睛里陡然之间露出光芒:"华贵妃惊慌了,她要把儿子送上那个位置,杀你是不够的,所以她有可能会采用过激手段……"停了一下,他又说:"但是,那狐狸精也许不会着急。所以,你这钓鱼,有一定的失败概率。老头子还是不同意你留在这里冒险。"

刘照鞠躬:"老祖宗明鉴,曾孙……愿意冒险。"

英王叹了一口气,说:"你这是守株待兔!万一兔子不上钩,你就是留在这里冒险。如果兔子上钩了,你留在这里更危险!"

刘照的神色不变:"曾孙愿意冒险——我相信,这皇位,还是皇上的皇位,这后宫,依然还是皇上的后宫!我必须留在这后宫之中,关键时候也许能起到作用!"

英王深深地看了面前的少年一眼。少年眼神坚定而隐藏着深深的沧桑,已经不是当初的少年郎了。

英王说:"关键时候……怎样的关键时候,你很难把控!"

刘照微笑:"老祖宗请相信我,曾孙也曾是用了两张纸片就掀翻了骊国的人,何况……即便我把控不好,现在不是还有老祖宗在外面吗?"

英王陡然大笑起来，说："好，既然你要实施这样的计划，那我就豁出去陪着你闹一场！"

老人家就笑着对外面下命令："去，给我老人家搬两卷被褥来，我老人家今天晚上住在这里！皇上有意见？让皇上来与我说，我老头子今年八十三，想要乱他宫禁也没本事了，让他放心！"

刘照不禁微笑起来，又担忧地说："老祖宗，这里条件差，您身子……"

老人家大笑起来："我老头子当年出征打仗，裹着毛毡都能露天睡觉，怕什么？今天我老头子与你同房间睡觉，哦，我老头子磨牙！"

老爷子真的就在刘照房子里睡觉了，他倒是不磨牙，只是呼噜打得震天响。

多情的月光从破烂的窗棂里透过来，落在床前的地上，刘照不由得想起了另外一个明月。另外一个明月，她已经出了长城关塞了吧？

☆☆☆

叶明月没有出长城关塞。

她策马疾驰，已经靠近了京师的城墙！

没错，叶明月有办法帮助刘照。

因为白溯说过：皇帝爱吃丹药，皇帝的身体已经不是很稳妥。

因为华贵妃说过：我们扣押你只是想要拖延刘照行动的时间，我们现在只是需要拖延时间。

因为这两句话，待在幽黑地牢里的时候，胡思乱想的叶明月有了一个很可怕的猜测，那就是……华贵妃要对皇帝下手！或者说，华贵妃已经下手！

丹药是一种很神奇的玩意，少少吃一两颗，说不定会给人一种很舒服的感觉；但是吃多了，身体里积累了一种名叫"丹毒"的玩意，身子就会越来越差，暴毙也是正常。

只是人做了皇帝，世间权力已经到了顶峰，就不免思忖长生不老。

想要长生不老，就不免求仙问道。既然求仙问道，就不免吃些丹药。吃多了丹药，就不免中毒暴毙，果然不老。

现在皇帝身上的丹毒已经积累到了一定的程度，压倒骆驼说不定只差最后一根稻草。如果能赶在华贵妃放下最后一根稻草之前赶进皇宫戳破这件事，那么……刘照就有反败为胜的希望！

马车已经被抛弃，叶明月跨上了马鞍。她不擅长骑马，但是她知道死死抓住马缰绳扣住马镫不让自己掉下去。

既然不会掉下去，那我就摔不死！

既然摔不死，那就往死里骑！

终于，傍晚的时候，叶明月一行人赶到了城门口。在城门即将关闭的前一刻，叶明月进入了京师。

☆☆☆

御书房。

时间已经不早了，皇帝却没有起身去后宫的意思。面前摆着一摞各色文书，皇帝却怎么也集中不了注意力。

毕竟后宫还关着一个祸害。虽然皇帝已经基本拿定了主意，并且已经安排人全城搜索刘照的党羽，但是毕竟没有十二分把握。

华贵妃端着糕点进来，对着皇帝微笑："皇上，夜深了，这是妾身今天刚刚做的水晶包和小米粥，您吃一点。"

皇帝抬起头来，看了华贵妃一眼，懒洋洋地说："你好歹也算是后宫的管事之人，太子的母亲，这些事儿就不要做了。"

华贵妃笑了笑，说："不过做一些小饭菜而已，皇上爱吃，那是妾身的幸运。再说也不是每日都做，也算不得劳累。"

皇帝一只手掂起一个水晶包，看了看，放回原处，淡笑说道："今天没有什么胃口，这些你都拿下去吧。"

华贵妃怔了怔，拿着托盘跪下，眼泪就扑簌簌落下来。

皇帝不耐烦地说："哭什么，朕只是不想吃饭而已，又没有说别的话。"

华贵妃默默流泪不语。

皇帝烦躁地站起来,说:"你哭什么,朕又不打算废了骏儿的太子之位,你有什么好哭的。"

华贵妃就流泪说:"皇上为国事废寝忘食,妾身……心疼。"

这番听起来似乎是真真切切的话语,皇帝的脸色也不由得松弛下来,说:"你只放心。当初要诛杀叛逆,也是朕的决断,即便有人要叫冤屈,与你也没有什么关系。"

华贵妃抬起泪眼,只说:"皇上,只怕旁人诬陷到妾身身上。……如果真的有那样的事情,妾身甘愿受死,只盼望皇上……不要因此迁怒骏儿……"

皇帝叹气,说话:"你想多了。朕既然立了骏儿做太子,就不会轻易变更,否则一年换一次太子,天下人怎么看朕?朕只是烦恼如何收拾那个逆孙罢了,你不要多心。赶紧回去吧,朕等下就歇息。"

华贵妃拿着托盘站起来,低头行礼,对着皇帝微微躬身,露出了前胸的一抹春色。

皇帝眼神微微动了动,突然说话:"你晚上等着朕。"

华贵妃大喜,说:"那妾身就等着皇上。"

正在这时,众人听见前殿的方向,传来了击鼓的声音!

嘭嘭嘭,嘭嘭嘭,嘭嘭嘭,急促的声响,像是要掀翻了整个世界!

那是登闻鼓,民间百姓如果有泼天的冤屈,就可以敲响这登闻鼓,使自己的冤屈上达天听,任何人不得阻拦!作为皇帝,也必须第一时间召见这个喊冤的百姓,不能拖延!

不过一个平头百姓,你想要见皇帝,就必须付出一点代价来证明你这的确是泼天的冤屈。否则你丢了一只狗跑了一只鸡都来敲登闻鼓,皇帝还要不要活了?

本朝开国太祖非常仁慈，定下规矩，凡是敲登闻鼓的，男子打四十大板，女子打三十大板，如果不死，就能见君。

　　当然，实际操作上，那负责行刑的士兵也不敢真的把人打死。毕竟人家登闻鼓都敲了，不给皇上见上一见问上一问，你就把人打死，皇上会不会龙颜大怒甚至怀疑你收了别人的贿赂？

　　不过打个半死是肯定的。

　　敲响之后，即便见到了皇帝，申诉了冤屈，也有极大的可能是养不好伤，死在几天之后或者几个月之后。

　　所以大乾开国百年，这登闻鼓只响起过一次。

　　众人都是脸上变色。皇帝就吩咐黄诚："陪朕去前殿。"

　　华贵妃就急忙说话："圣上，晚上处理事务，您还是把这水晶包给带上……饮食不雅，您还是带上几颗丹药吧。"

　　皇帝微微点头，黄诚就前去拿了丹药，把丹药揣在怀里，服侍着皇帝往前殿行去。

　　华贵妃就退立在宫殿的门边上，目送着皇帝离去。

　　皇帝没有留意到一个小细节：黄诚经过华贵妃边上的时候，与华贵妃交换了一个意味深长的眼神。

　　☆☆☆

　　皇宫巍峨，高高的就像是浮在云端之上。每一步路都是锥心的痛苦，叶明月几乎要晕厥。

　　幸运的是，叶明月敲响登闻鼓之前有一个身份是太医，而且在救治刘骏这件事情上稍稍出了一点名。后来又被神秘劫匪劫走，现在突然出现在宫门口，甚至连太医院都没进去，就要敲响登闻鼓，多大的新闻！

　　顺带介绍一句，太医院就在皇宫门外不远，宫门的守卫们即便不认识叶明月也听闻过这个名字。风尘仆仆形容狼狈的女子赶过来敲响登闻鼓，登时就有人围过来看热闹，当下就有人认出了叶明月的身份。

这群人下手当然就轻了一些。

叶明月清楚,现在自己身上看着凄惨,但是实际上都是皮外伤。

除了最后那三下是实打实的,前面的二十七下,下手的士兵都是手下留情了。

但是,依然很疼!

夜风很凉,浑身却疼得冒着冷汗。汗渍渗进了伤口,这番痛楚,旁人还真的无法想象。

等走到了金銮殿的门口,叶明月脸色发白,身子摇摇欲坠。

等她艰难跪倒,皇帝看了边上黄太监一眼,黄诚当下会意,尖着嗓子说话:"下面何人,姓甚名谁,敲响登闻鼓为何事,速速说来!"

叶明月抬头,看着皇帝:"下官叶明月,蒙皇上不弃,为朝廷太医院女医。至于原因,请皇上关闭门户,下达命令,这个宫殿的人和物,都不得外出!否则,臣不敢说!"

皇帝皱眉:"叶明月?太医院女医?你是前些天被人绑架的那个?"转头对黄诚吩咐:"传话下去,不得朕的命令,宫殿外面,任何人不得靠近!宫殿之中的人,不得朕的命令,不能外出!"

等命令传达完毕,叶明月才说话:"微臣是想要状告太子之母华贵妃居心叵测,与皇上身边的奴才合作,想要用丹药毒害皇上!"

此话一出,偌大的金銮殿,人人都是震悚起来!

在场的人不算多。因为已经入夜,宫门已经落钥,前朝的大臣们都已经回家;只有刑部尚书还有宫门侍卫头领,职责所在,第一时间赶了过来。

此外还有轮值的侍卫,站在左右两侧,手按刀柄,虎视眈眈。毕竟面前这个女子突然要见皇帝,经过离奇,怎么小心也不为过。

黄诚"扑通"一声跪下,尖声叫道:"皇上,皇上,为奴婢做主,为奴婢伸冤!奴婢跟随皇上二十年了,忠心耿耿,赴汤蹈火,怎么有胆子害陛下呢,这是仙丹,葛道长奉送上的仙丹,一直都是奴才管理,与华贵妃没关系,这女子是信口开河……"

皇帝看着叶明月:"叶明月,你抬起头来看着朕。你一个女医,如何知道宫闱事务?你实话说来,如果有不实之言,你知道后果!"

叶明月抬起头,看着皇帝,后者的眼神凌厉如刀。

前面就是万丈深渊。

叶明月的心砰砰乱跳,只是她脸上的表情却愈加镇定:"皇上,微臣前些天被人绑架。"

皇帝皱眉,问:"此事朕也曾听闻,但是这与你状告华贵妃有什么关系?"

叶明月说:"绑架微臣的人是华贵妃家的人,囚禁微臣的地点,就在城外华家的山庄!"

皇帝眼睛眯起,说:"因为你曾经被华家的人绑架,所以你就要诬陷华贵妃犯罪?"

叶明月语气诚恳:"皇上,您应该问第一个问题,那就是华家的人为什么要绑架微臣?微臣只是一个女医而已,而在前些日子,太子中毒案件之中,还曾经立下了微功!"

皇帝点了点头,说:"朕知道此事。最早诊断出太子病因的人,是你。华贵妃对你也颇有赏赐。所以,当日绑架你的人,怎么会是华家的人?"

叶明月说:"皇上,微臣做错了两件事。第一件事,是微臣用最快的速度判断出太子的病情是因为中了七绝散之毒。为了解救太子,微臣提醒华贵妃去寻找七绝散的药谱和解毒方。华贵妃命令华家送来了七绝散的书册,微臣与另外两位太医合作,开了药方。太子很快就转危为安。"

皇帝皱眉:"这算什么过错?"

叶明月苦笑:"微臣接触到了七绝散这一奇毒的解毒方!更紧要的是,微臣是一个喜欢钻研药方的性子,拿到七绝散药谱的当天,守着太子殿下看护病情的时候，臣顺手就把药谱抄了一份，打算自己先仔细研究，然后交给太医院收藏！华家来绑架微臣，其中一个重要原因，就是为了这个药谱不外传！所以微臣猜测，他们是打算用这个毒药杀其他人，害怕微臣在紧急时刻会救人性命！"

皇帝皱眉，说："既然如此，华家为何不杀你？"

叶明月苦笑："皇上，微臣被抓了之后也曾着意套话，但是只套问到这些，其他缘由，着实不知。或许是因为微臣曾经救过太子，或许是因为他们只要囚禁微臣迁延时日，就能达到目的，不必多造杀孽，亦未可知。"

皇帝脸色沉冷，看不出喜怒："你说做错的第二件事情呢？"

叶明月看着皇帝的脸，苦笑："我不应该去打听皇上吃丹药的事情。"

皇帝："继续说。"

"那日在华贵妃宫中，微臣第一次见到皇上，只觉得皇上的脸色不太好，觉得皇上可能身有隐疾，于是回到太医院之后，悄悄翻看皇上的医案，然后得知，皇上在吃丹药，我太医院的提点大人曾经多次进谏，但是皇上却不听从。"

皇帝皱眉，说："你们御医还是老一套，什么丹药不能吃丹药不能吃，朕已经吃了十年丹药了，有没有疾病朕知道！"

黄诚跪倒在地上一直没起来，听到皇帝这般说，才松了一口气，磕头说话："皇上明鉴。"

叶明月说："皇上是天子，得了上天的宠爱，所以这丹药对皇上无碍……但是微臣却得知了一件事，那就是……有人在丹药里混进了毒丹，想要给皇上吃下！"

这话落下，黄诚就尖叫起来："皇上明鉴，皇上明鉴，奴婢就是有一千个一万个胆子，也不敢在这里下毒啊！"

皇帝皱眉，呵斥："黄诚，现在朕没有问你！你给朕闭嘴！"又问叶明月："你如何得知？"

359

叶明月笑容有一些凄凉,说:"微臣被囚禁,所以用尽了各种龌龊伎俩想要保命想要逃脱……终于得到了华家一个子弟的信任,借着他的手问出了真相,知道他们因为马上要对皇上下手,怕有人给皇上治病,所以囚禁了微臣!微臣终于借他之手逃脱,就来向皇上禀告这件事!"

皇帝皱眉,说:"你这话还有破绽。你说的这个关键人物是谁,朕要召他与你对质!"

第三十七章　丹毒

叶明月重重磕了一个头，脸色苍白，笑容惨淡说："臣借助女子的身份取得他的信任，一转眼就把他给卖了，这不是人的作为。所以臣……不愿意说。"

皇帝就要发怒。刑部尚书上前说："皇上，这女医的话真假其实不难判断，皇上命人把最近收到的那批丹药拿来，让人试验一下就知。"

皇帝点点头，说："黄诚，把丹药拿出来！"

黄诚听到了这句话，身子下意识地颤了颤，却终于拿出药瓶来，说："皇上……臣愿意为皇上试药。"神色镇定了下来，就要去拔瓶塞。

叶明月看着黄诚的脸色，后者虽然有几分惊慌，但是拿着药瓶的手却很稳。

心中有些明白了。

皇帝陛下长年吃丹药，身上已经有了丹毒，或者说有了一些基础疾病。华贵妃想要用毒药对付皇上，那药极有可能就是针对皇帝陛下的身体而设计。

皇帝陛下吃了有事，其他人吃了多半没多大的事。

那就不能让这个黄诚试药。

黄诚跪着的位置，距离叶明月不过一尺。叶明月看见药瓶，伸手过去，就把药瓶捞在了手里。

众人都是不明所以。四周侍卫握着兵刃的手不由得紧了一下，看着叶明月拿着药瓶之后并没有其他举动，这才松弛了下来。

叶明月微笑，笑容坦然而有几分惨厉："皇上，您多半不相信我说的这些话，而丹药如果真的有毒，而皇上身边的近臣也许是无辜的……那么就由微臣来为皇上试药吧，微臣与皇上打个赌，如果微臣死了，那就说明这个确实是毒药，如果微臣还活着，那到时候皇上再追究微臣的责任也不迟。"

众人都是有些不明所以。有这样打赌的吗？最早反应过来的是刑部尚书，他疾声说话："皇上，本朝没有让官员试药的规矩！"

皇帝皱眉，还没有说话，叶明月已经拔出了瓶塞，将药丸给倒了出来，嚼了嚼，吞咽进了自己的肚子！

皇帝终于厉声说话了："叶明月，你真的胡闹！"虽然还是半信半疑，但是对叶明月的这番举动，不能不表态。

叶明月坦然一笑，说："皇上，您太慌张了，试药的结果还没有出来呢。不过臣还是建议皇上，如果证实臣没有撒谎，那么接下来如何处置，皇上还要早些决断。"

皇帝冷冷看着叶明月，说："这是朕的事情。"看了跪倒在地上的黄诚一眼，叫来身后的一个小太监："你去太医院传个话，就说朕生病了，让太医赶紧进宫来！多余的话，一句都不要说！"

黄诚脸色惨白，浑身哆嗦，却说不出一句辩解的话。

偌大的宫殿里寂静无声，远处传来了宫人报太平的声音。

几乎所有的眼睛都集中在叶明月的身上。

昏黄的烛光之下，叶明月的脸颊迅速肿胀起来。她呼呼喘息起来，努力挤出一个微笑："皇上，微臣……要君前失仪了……"

叶明月呕出一口血，整个人都蜷缩起来。

她的身后，本来就是鲜血淋漓，加上现在那苍白濒死的脸色，真正是凄惨无比，让大殿之中原本面无表情的侍卫们，眼皮也不由得跳了起来!

黄诚脸色煞白,浑身终于剧烈颤抖起来,颤抖着说话:"皇上,皇上,奴才真的不知道那药丸是毒药……"

皇帝几步下了御座,看着毒药发作的叶明月,眼神之中掠过一丝冷厉:"御医呢,怎么还不来?"

刑部尚书上前一步:"皇上,既然证明丹药有毒,那么您眼下有更紧要的事情!"

皇帝点点头,沉声吩咐:"传令下去,封锁宫禁……不许后宫诸人走动!另外,吩咐华贵妃,到这里来见朕!"

侍卫轰然听命。

皇帝再也想不到,他已经陷入了叶明月的彀中。

那颗丹药,或者有毒,或者没毒,或者针对皇帝陛下是有毒,别人吃了是没毒……叶明月都只是揣测,不敢肯定。进宫之前,叶明月早就有了准备。当初为了给刘骏下毒,叶明月曾经制作了毒药,发病的情状与七绝散非常相似,叶明月把大部分给了白溯,还有少量和了米粉蜜糖,搓成药丸,混在装着六味地黄丸的瓶子里。

这次回来的时候,先去了一趟自己的小院子,把那颗药丸给拿了出来,抠了一些藏在指甲缝里。

只是这药丸要见血才有效,叶明月就把自己舌尖咬破了,以此来证明丹药确实有毒——方法确实有些拙劣,但是谁能想到,叶明月竟然敢用自己的性命做赌注?

叶明月自己制作的毒药自己知道,发作虽然猛烈,看起来唬人,但是并不致命。

只是叶明月不知道那丹药到底是一种怎样的毒药,那丹药与自己的毒药配合起来会不会发生其他的反应,会不会真的要了自己的命?她真的没有把握。

然而现在箭在弦上,叶明月怎能不发?

叶明月知道，刘照很想复仇，刘照也很爱她。为了她，刘照放弃了复仇。所以，她要帮刘照复仇，即便为此送了性命。

叶明月是一个很死心眼的女孩子。从记事开始，她不停地被转卖，终于在叶家安定下来之后，她就把叶家当作了自己的家；此后师父把她从叶家带走，她又把神医堂当作了自己的家。

当奴婢的时候，她要努力把自己的工作做到最好；成为神医堂弟子之后，她要努力成为神医堂弟子中最出色的那个。不是因为她很要强，而是因为她很死心眼。别人对我好，那我就一定要好好回报。她把叶家当作自己的家，把神医堂当作自己的家，把天琅山当作自己的家。

然而，叶家毁了。师父暴露了真面目，她当初收留自己，就是为了掩护叶皎；她想要杀了自己。

整个世界瞬间崩塌。幸运的是，叶明月有天琅山，有刘照！

是的，有刘照。这个男人派人跟踪保护自己。这个男人为了保护自己，愿意放弃他的复仇计划。

叶明月知道，刘照做出他的选择时，心灵所承受的苦痛。复仇的念想支撑着刘照的生命，当他决定放弃复仇的时候，他的世界已经摇摇欲坠。

所以，叶明月决定帮助刘照复仇。

即便冒险，即便付出自己的生命——

让叶明月欣慰的是，四个轮值御医飞奔进来了。

其中就有上一次一起给太子刘骏治病的王御医。

叶明月也就很放心地陷入了昏迷。

☆☆☆

皇帝陛下并不惊慌。他认为皇宫中的一切，都还在他掌控之中。他吩咐侍卫出去操办一切，他认为不管事实的真相是什么，毒药是怎么一回事，一切都将水落石出。

但是他没有想到,在过去的几年里,在他注意力集中在大儿子身上的时候,或者说为了控制大儿子而故意放权给华贵妃的时候,华家这棵大树,已经悄无声息地在地底下蔓延出了无数的根须。

这根须已经蔓延到了皇宫里,蔓延到了皇帝的身边。虽然叶明月说出那句石破天惊的话语之前,就请皇帝注意封锁消息,皇帝也第一时间下了命令,但是守在宫廷外面的侍卫依然听见了只言片语。

真的要传递消息,一个眼神就可以。何况今天晚上皇帝不肯吃华贵妃的饮食,让华贵妃心中有些疑惑。

所以皇帝吩咐人前去找华贵妃的时候,华贵妃已经带着太子出了皇宫。

华贵妃是后宫的实际管理者,在皇帝下令关闭宫门之前,她已经带着刘骏,以华家太爷生病的名义,打开了皇宫的北门。

皇帝恶狠狠地砸了一个和田玉笔洗。

原先对华贵妃倒也是半信半疑,现在却知道,事情的发展已经超出了他的控制!

皇帝绝对不容许华贵妃逃出去!

皇帝走向御座,他要签发各种命令,现在才一个多时辰的时间,华贵妃跑不到哪里去!

正要下令,却听见前面有小太监跑来禀告:"皇上,皇上,皇宫正门被御林军给封锁了,御林军说,皇上已经被乱臣刘照挟持,他们拿出了皇上的手诏,他们要打进宫来,诛杀叛逆,救出皇上!"

听到这样的禀告,宫殿里的一群人都是大惊失色!

皇帝就好好地待在皇宫里,说什么被叛贼劫持?

开国以来京师这边一直都太平无事。这些年皇帝陛下一直想要开疆拓土,京师这边的军队就裁撤了一些。现在负责皇宫安全的是宫廷侍卫,人数不超过三千;负责京师安全的是御林军,人数大约是五万;负责京畿地方安全的是渭北大营,人数大约是十万。

但是没有想到,御林军居然敢谋反!

渭北大营倒是有十万士兵,但是不见皇帝虎符,这十万士兵不得入京!

问题是皇宫都被御林军封锁了,怎么传令给渭北大营?

刑部尚书禁不住浑身发抖,宫门侍卫的王统领原先是眼观鼻鼻观心,闻言急忙跪下,说道:"皇上,请给臣诏令,臣即刻前往宫门!"

说着话,就急忙出去。

皇帝嘴唇哆嗦,整个人都颤抖起来,大踏步走到御座前面,正要提笔,手指头却是怎么也控制不住……然后,他仰面倒下!

在宫殿的一个角落里,几个御医已经稳住了叶明月的病情。知道自己面对的局面,正惴惴不安之际,却听见前面传来山崩一般的响动!

——皇帝倒下了!

皇帝倒下,一方面是因为他长年吃丹药,身上的毒素已经累积到了一定的地步;第二个原因,是他本身就有高血压,现在急怒攻心,头上不知哪里的血管暴裂,整个人登时中风了!

一群人忙上前救治。好在边上就有一群御医,叶明月虽然半身鲜血淋漓,但是意识已经清醒。之前给御医们传话的时候说是皇帝需要急救,所以御医们带来了各种各样常用的药丸,又带来了几套针灸的器械。

半支香时间之后,皇帝终于醒了过来,嘴唇哆嗦,居然还说出了一句话:"冷宫,英王!"

别人不知道具体情况,黄诚却是知道的。他原先投靠了华贵妃,但是现在看这架势,华贵妃是打算把皇宫里的人全都牺牲了。

华贵妃掌控了驻守在长安城负责京畿安全的军队,并且把他们拉到了皇宫之外,明摆着就是要谋反!

而她找的居然是刘照谋反,挟持皇帝的借口!

这事儿闹大了!

黄诚是谁，皇帝身边的大太监！

原先黄诚答应华贵妃给皇帝吃丹药。但是黄诚认为，给皇帝吃丹药这件事不带任何危险性。皇帝本来就喜欢吃丹药，各位御医多次给皇帝分析过丹药的危害，他作为近侍，所有的责任不过是没有认识到丹药的危害，在皇帝吃丹药的时候没有进谏而已。

所有的责任都是那些道士的。

但是现在，华贵妃用了皇帝被刘照挟持的借口。皇宫之中，得知这件事真相的人不少。刘照得死，这个宫殿里的人，有一个算一个，都得死！

黄诚要给自己求生！

当下疾声说话："奴婢这就去宣英王！"

刑部尚书当机立断："王统领，你陪着黄太监去冷宫！无论如何，要护着英王殿下，安全到达此地！"

☆☆☆

刘照与英王在冷宫里度过了一个无所事事的白天，看着夜幕降临，英王找人要了一个棋盘，与刘照下起了围棋。

只是这老头生性看起来豪迈，却是一个棋盘上输不起的，只要输了就要赖，就差满地打滚了。刘照能怎么办，只能让他耍赖，让了一步又一步，终于让八十三岁的老人家拿到了最后的胜利。

下一盘棋，比在骊国战场上打了一个月的仗还要累。

心累啊。

一盘棋下来，已经到了深夜。老人家还要笑眯眯教育刘照："你看，小刘照，你知道你输在哪里吗？你就输在脸皮不够厚。你看我会悔棋，会耍赖，就赢了你了吧？你这人生呢，就如同棋场，你脸不厚，学不会睁眼说瞎话，终究难以成事。"

刘照只能苦笑着谢过。

英王打了一个哈欠，就准备去睡觉。但是正在这时，两人听见了远处宫墙之外隐隐传来人马的喧哗声。

两人精神一振,英王就哈哈大笑:"小刘照,你要的机会来了。"

两人就走向冷宫门口。冷宫门外守着的人不少,有皇帝派遣的守卫太监,也有英王带来的服侍太监。两帮人井水不犯河水,各自虎视眈眈。

看见两人走出来,皇帝派遣的那一拨太监,就拦在了两人面前。而英王带来的侍卫,也围了过来。

英王冷着脸,说:"散开!"

皇帝这边的太监头领就禀告:"英王殿下要走,奴婢等人当然不敢阻拦。但是这位殿下却得回去。"

英王哼了一声,说:"这位殿下,这位殿下,你也知道这是一位殿下,还敢阻拦?"

太监头领就苦笑:"英王殿下,我们如果不阻拦,明天我们就该人头落地了。"

正这时,一群太监捧着一卷黄绫过来了。

领头一个太监尖着嗓子宣布:"圣旨到,刘照接旨——"

一群人都安静了下来,英王看着那领头太监,说:"什么旨意?拿来给本王看看。"

领头太监怔了怔,说:"英王殿下,此事不关殿下的事情,殿下既然要出去,那就早点出去吧。"

英王哈哈一笑,说:"我老头子奉行圣旨来劝说这个后辈,现在这个后辈幡然悔悟,我老头子现在要带他去见圣上,圣上有什么旨意,等下我们当面去说吧,你这圣旨给本王,本王先瞄一眼,如果圣旨写得不好,本王就拿着回去与圣上讨论讨论换一张。"

英王就冲着那太监伸出手去,要拿过圣旨。那太监心慌了,把圣旨高高举起,色厉内荏,大声呵斥:"英王,你敢对圣旨不敬!——圣上有令,刘照犯了大不敬罪,鸩酒赐死!来人,把鸩酒拿过来,请刘照吃下去!"

登时就有人冲着刘照扑过来。又有人拿着毒酒酒壶上来,要给刘照灌下去!

刘照当然不干,不过他身子骨虚弱;但是不要紧,身边有英王!

英王带了十个小太监进了皇宫,这些小太监都有一定的武功底子;一声令下,这些小太监就一拥而上。

或者一对一,或者一对二,或者二对一,把那传旨太监的人堵了个严严实实。

乒乒乓乓,劈里啪啦,唏里哗啦。

一番打斗,英王把那圣旨拿到手里。才瞄了一眼,就勃然大怒:"华贵妃这是找死了,假冒圣旨也弄得这么粗糙,走,我们见皇上去!"

于是英王命人把那群人给捆起来,像是一群鹌鹑似的串在一起,派俩小太监牵着,浩浩荡荡往前面走去。

黄诚气喘吁吁奔过来的时候,英王与刘照已经在路上了。看见这番情景,又是不免大吃一惊。

英王带着刘照气喘吁吁冲进文华殿。

皇帝斜靠在软榻上,脸色苍白,声音含糊而艰难:"皇叔……这……内乱……要托您主持了……"手哆嗦着,摸出一串钥匙,示意黄诚;后者急忙打开了柜子,拿出了一个匣子,接过钥匙打开匣子,拿出半片虎符。

英王皱眉,说:"我老头子几十年没打仗了,御林军叛乱,你这皇宫里也就几个侍卫,我老头子可没有本事守住!"接过虎符,转头递给刘照:"皇上托付给我,我托付给你!这皇宫上下,所有的人,所有的东西,你都能调动!"

刘照也知道事情紧急,接过虎符,对着皇帝与英王行了一个礼,连多余的话都来不及说,急匆匆就出去了。

皇宫四个门已经被御林军封锁,刘照手上有虎符,却只能调动渭北大营的士兵。现在正是深夜,皇帝的诏令如何送出皇宫?如何送出长安城?

刘照转身出门的时候,身子定了一下。

他看见了一个人。

在宫殿的角落里,烛光最昏暗的地方,静悄悄地立着一个姑娘。

她的脸色很苍白,她的身材很纤细,她的身上……似乎隐隐有血迹?

她怎么在这里,她到底做了什么,刘照一颗心要跳出来,有一千个问题要问出来,但是刘照什么都没有问。他深深地看了心爱的姑娘一眼,转身离开。

亲爱的姑娘,我很想把你搂在怀里,轻声地安慰,然后为你阻挡一切的雨雪风霜。但是现在不行,现在,我必须马上出发,为了这个帝国的安宁,也为了让你我能安全地走出这个宫廷。

叶明月没有与刘照打任何招呼。只是一眼,叶明月就读懂了刘照的意思,也相信刘照读懂了自己的意思。

我在这里等你,要么同生,要么共死。

第三十八章 平乱

皇帝看着英王轻飘飘就把虎符交给刘照,不由得瞪大了眼睛,但是他说话困难,张开嘴巴,却是什么都说不出来。

英王不免叹气:"啧啧,我说大侄子,你这是弄啥子,把自己气成这样子。整天求仙问道吃丹药的,又防儿子又防孙子,却被一个女人骗成这样子。现在你叫我怎么办,皇宫几个侍卫啊,外面攻门的,可是御林军呢,少说也有几万士兵,你这宫廷侍卫,满打满算也才三千人,你要我一个八十三岁的老头去送死吗?我当然要交给你孙子了,那是你的亲孙子,不是我的亲孙子。你也放点心,你这个孙子在骊国战场上可是锻炼过的,人家一个国家都被他几万士兵玩出花来,现在一场皇宫保卫战,小意思了,你放心。"

老人家口齿清楚叽叽咕咕滔滔不绝,皇帝中风偏瘫脑袋剧痛没法思考舌头也不听使唤,当然只能让老人家说话。

老人家虽然叽里呱啦啰里啰唆,但是其实事情并不像大家所想象的那么轻松。

老人家说话的声音渐渐轻下去。皇帝闭上眼睛养神。几个御医在边上已经安排好轮休,叶明月去边上的耳房里休息了。

虽然眼下有最好的御医,但是面前众人必须要面对的一个问题就是缺少药材。

虽然后宫的嫔妃们都主动把自己宫中储存的药材拿出来,虽然御医们都已经竭尽所能,但是皇帝的情形,却是谁都不乐观。

英王也已经在软榻上躺下,他毕竟已经八十三岁的高龄,这下的确是有些疲惫。

寂静之中,只听见沙漏的声音,窸窸窣窣。宫墙之外听见兵戈的声音,每一种声音都像是刀子,割在众人的心上。

这个黑夜无比漫长。

外面突然爆出了火光,那是烟火冲上天空的光亮。随即是剧烈的爆炸声音。皇帝已经闭着眼睛休息,听见声音猛然睁开眼睛,含含糊糊叫唤:"逆贼……来了吗?"

守在外面的黄诚进门来,告诉皇上:"皇上勿惊。是皇孙殿下收罗了宫中的烟火鞭炮,给打仗的人传递信息。"

皇帝有些不明白。英王就解释:"军中白天传递信息,多靠旗语。晚上传递信息,只能靠声音。"

嘴巴里给人解释,心中却是疑惑不安。

军中传递命令,多半用锣鼓。击鼓进军,鸣金收兵,这是常规。现在刘照用了烟火作为传令工具,这宫廷侍卫们看得懂看不懂?

而且,这皇宫说大很大,说小也小,真的要传递军令,宫中侍卫们有他们常用的传信方式,何必一定要用这种莫名其妙的传信方式?

或许,刘照是想要把消息传给宫廷外面的人,比如驻守在长安城外的渭北大营?

但是没有事先的约定,渭北大营的将军士兵看得懂烟花的含义吗?

☆☆☆

刘照是要把信息传递给宫廷外面的人,但是与渭北大营无关。

长安城里有天琅山的部下,有川槿,有李凤凰,还有当初受过太子恩惠的官员、将军和士兵。这些人,分散在长安城的三十六个城市里。

李凤凰带着刘照的人回京几个月,已经把长安城的情况给摸清楚了;而在刘照进入长安城之前,刘照就派了刘凤先行,试着联络当初那些靠得住的人手。

天琅山的部下,绝大部分是当初跟着刘照出生入死的,又跟着刘照去了一趟骊国。在长达一年的战斗中,刘照与部下已经约定形成了一套特有的传令方式。

现在,刘照就用几个烟火,告诉了皇宫之外的人:可以行动了。

御林军叛乱,看起来人很多,声势浩大,但是究其根本,也就是一支几万人的军队假传圣令在叛乱而已。而且这几万人的军队之中,绝大部分士兵都是服从命令而已,根本不知道自己在做的是谋逆的勾当;更不知道,自己这边一旦失败,就是抄家灭族的罪行。

打到半夜,朝中重臣也不是没有疑惑,也有人派人来质问,但是叛军拿出伪造的圣旨,一时不能分辨;再加上利刃当头,朝廷当中又有多少忠臣孝子?

何况这几年,皇帝陛下宠信华贵妃,相信道士,脑子糊涂却又自认聪明,确确实实做了不少倒行逆施的事情。现在朝廷之中,身居高位的,有一小半投靠华贵妃;剩下的,基本上都是战战兢兢夹着尾巴做事连自己的想法都不敢有的。

现在形势不明的情况下,谁都只是关着家门守护好院墙守护好坊门不敢出来看热闹。

然而,这时候,长安城的大街小巷里,响起了尖锐的锣鼓声!

无数人齐声呼喊:"御林军谋反,奉旨勤王!御林军谋反,奉旨勤王!"

"御林军,受人蒙蔽的士兵,放下兵器,退到一旁!此时住手,既往不咎!此时住手,既往不咎!"

刘照手下,混进长安城的,也不过两三百人而已。

但是长安城里有不在位的将军,每位将军的宅院里至少有几十位甚至上百位退役的老兵。这些老兵汇聚起来，就是一股不容忽视的力量。这群人打开了各自的坊门，奔向皇宫的东门南门的时候，那齐崭崭的脚步声，震动了整个长安城！

更重要的是，刘照的亲卫大部分本来就是御林军出身，他们出面叫喊原先的老部下老同袍当然是一呼百应。御林军中大部分人本来就是被蒙骗的，听见这样的声音，怎么不缴械投降？更有甚者，直接掉转兵戈，对准让自己谋反的上司了！

平定一场叛乱，也就是两个时辰的事情。

天色大亮的时候，刘照已经回到文华殿缴令。

华家老祖宗被不肖子孙捆绑出了自己家的宅门，华正良割断了自己的脖颈。

华贵妃带着刘骏想要逃出长安城，却不想被回过神来的御林军士兵发现。华贵妃仓惶逃脱，留下一个八岁的刘骏，被士兵们送到了刑部大门之前。

这政变就算平息了。虽然扫尾工作很麻烦，但是大势已定，华贵妃再也掀不起风浪来。

说实话，这虎符真的还没有派大用场。等事情尘埃落定，渭北大营的将军士兵才知道京师里发生过这样一场动乱。

皇帝已经重新昏睡过去，英王接过虎符，看了看，掂了掂，重新扔还给刘照，懒洋洋地说："皇上让我主管朝政，这虎符还是你拿着，我老头子管朝政已经头大了，让我再管军事不是要我老命吗？"

但是英王其实不头大。关于朝廷的日常事务，宰相们已经在工作了，昨天他们的表现不是很好，英王狠狠斥责了一番，敲敲打打一番后，老老实实干起来。

刘照接过了虎符，看着英王，就笑嘻嘻地问："老祖宗，那叶姑娘……"

英王皱了皱眉，说："什么叶姑娘，这皇宫里的姑娘好几百，我哪知道什么叶姑娘。现在朝堂内外百废俱兴,该你忙的事情多着呢,我老头子以过来人的身份告诉你,欲成大事者,必不可儿女情长……"

老人家还要唠唠叨叨,刘照已经头大如斗,他转过头去问小太监:"你可知那受伤的御医,那个女医,现在在哪里?"

小太监急忙回复:"回殿下,皇上说那女医有大功于国,已经安排了宫室让她养伤。"

刘照这才放心。英王哼了一声,说:"原来那胆大包天的小姑娘姓叶。与你之前认识?……是你安排的?好吧,这小姑娘是不能辜负了,你放心,她有救驾之功,将来论功行赏,给你做个侧妃也够了。"

刘照看着哈哈大笑的英王,想要说些什么,但是又无从开口,当下一扭头就走了。

英王继续哈哈大笑。笑声朗朗,震动屋宇。

☆☆☆

刘照认为叶明月很安全,英王也认为叶明月很安全。

刘照要忙的事情太多了。太子与华贵妃谋逆,当初太子遇刺案件却还是要走一个流程。刘照通过刑部的官员,把这案子囫囵结案,把白溯与林敏放了出来。

白溯身体健康,但是林敏的状况却不是很好,给他治病的太医,都有些忧虑的神色。

李邈被官复原职了,不过他人已经往儋州去了,要把他追回来也不是容易的事情。

华家还有很多事情需要收拾,华家的人居然把手伸进了御林军,闹出了这等惊天剧变,御林军上上下下需要彻查,英王把这事交给刘照,刘照就忙了一个脚不点地。

此外还有一些琐事。华家倒台,御史台收到的弹劾奏章放了一箩筐又一箩筐,长安府衙门的状纸叠了一摞又一摞,此外,皇宫门口的登闻鼓也时不时响起来。当然,这些事情政事堂、长安府、刑部一起管事，刘照不负责；但是其中不少与刘照的父亲有些关系，刘照也免不了去过问两句。

最重要的是父亲的冤案。当初在骊国出生入死找到的人证物证已经被华家销毁，但是华家已经被连根拔起，只要仔细审问，总能查出蛛丝马迹。

这一件事情，刘照不想假手于人。

很不凑巧的是，皇帝把叶明月安顿在后宫。刘照虽然也经常进出皇宫，但是终究不是很方便。

刘照的身子本来就没有完全恢复，这几天一劳累，脸色更加苍白了；还是邓小白动用了贴身侍从的权力，每天一更之后就逼着刘照回住所，熄灭了灯，再也不允许刘照翻阅任何带着文字的东西。

现在有了条件，各种补药也一罐又一罐炖起来，川槿每天给刘照诊一次脉搏，与御医们讨论药方，邓小白盯着刘照每天按时吃下，情况才稳定下来。

每个疲倦至极的晚上，刘照也曾把叶明月想起，却始终没有见到叶明月。五六天时间，窄窄的一道宫门，就成了天堑。

☆☆☆

但是刘照怎么也想不到，叶明月居然要面对一场生死危机。

叶明月的身体也好了很多，身上的伤口都已经结痂，体内的毒性也已经驱除。跟随着小太监来到御书房，在皇帝的病榻前站定了脚步，行礼。

在边上照顾皇帝的云初阳行了一个礼，退了出去。

御书房九支蜡烛，火光闪烁，病榻前皇帝的脸也是忽明忽暗、阴晴不定。

这些天御医们绞尽脑汁，皇帝的情况终于有所改善，说话口齿清晰了很多，人的精神也好了很多："叶明月？原先叶无病家的婢女？"

叶明月低头称是。

皇帝皱了皱眉，又问："被神医堂带到了辽州郡，在那里与刘照相识？"

叶明月的眼皮子跳了一下，终于点头："是。"

这些信息不是秘密，天琅山众人到了京师，谁漏了消息也属于正常。皇帝已经开口询问，那么他肯定掌握了确凿的证据，自己抵赖也没有意义。

皇帝笑了一下，笑容里有几分阴冷："刘照能活到现在，你功不可没。你是想要找给刘照治病的解药，所以来到太医院。"

叶明月张了张嘴，却没法辩解。

皇帝也没有留下让叶明月辩解的时间，他继续说下去："刘骏中毒的毒药是你调配的，你想办法借人之手让刘骏中毒。然后你哄着华贵妃把七绝散的药方拿来，给刘骏解毒的时候也找到了给刘照治病的药方。因为是你出手救了刘骏，所以官府查到了白溯却没有查到你。"

叶明月脸色有些苍白，她咬着嘴唇不吭声。

皇帝目光阴沉，说："你拿到了解药药方，找人编造了一个被人掳房走的谎言，藏了起来。本来想要把药方送给刘照，却不想刘照进了皇宫。为了解除刘照的困境，你进宫出首华贵妃谋逆，为了取信于朕，你给自己吃下了毒药！不知朕说得对不对？"皇帝的声音陡然冷厉起来："你居然敢干这等大逆不道之事！"

叶明月抬起眼睛，看着面前的皇帝："皇上，您说的事情，有些与事实有些出入，微臣现在也不辩白。微臣想要问您一个问题。您身上中风这毛病的起因是什么，您难道没有去调查吗？这次皇上是因为怒极而中风，然而皇上如果再吃一颗丹药，后果会如何，您问过御医吗？"

皇帝哈哈大笑起来，笑声蓦然止住，目光阴冷得像是一条蛇："你这样说，你倒是有功于朕？你逼华贵妃谋反，这叫有功于朕？"

叶明月目光也不退缩："微臣想要问皇上，如果华贵妃没有鬼胎，她没有在丹药中下毒,那么她会不会匆匆忙忙逃离皇宫?如果华贵妃没有串通御林军,那么她能不能发动这一场叛乱?如果不是微臣用行险的手段来警示皇上,那么皇上将会悄无声息地中风死亡,或者被称为卒中,或者被称为大厥,华贵妃就会顺理成章成为太后,朝廷上下,波澜不惊……皇上,您想要的是这样的结局?"

皇帝一时语塞。片刻之后,他才冷冷地说:"口齿伶俐,朕说不过你。不过不管你如何巧舌如簧,朕今天都要杀了你!"

外面一道闪电,照亮了皇帝的脸,惨白得就像是索命的厉鬼。紧接着就是一声霹雳,整个大殿都震动起来。

叶明月的脑子也轰轰作响。

皇帝淡淡地说:"你是不是很不服气?照你说的,你虽然用了手段,但是你终究也勉强算是有救驾之功,朕不能杀你?"

叶明月终于勉强镇定下来:"皇上这么说,那是准备给微臣解释理由?"

皇帝也笑:"朕从来不无缘无故杀人,更不会冤杀你!"

叶明月摇头:"皇上,您冤杀的人太多了。"

皇帝摇头:"我知道你说的是叶无病的事情。当初朕杀叶无病,是叶无病脑子错乱了,居然说,想要天下大同,就要推翻朝廷的任官制度,就要推翻现行的土地制度……朕那时想要让刘照的父亲继承皇位,当然不能让他做我儿子的宰相,因为这种想法会蛊惑我儿子,进而动摇皇朝的根基。后来朕要杀自己的儿子,也与这个理由有关。厉太子的想法太危险,他来继承皇位,朕的大乾王朝也不知能存续多久。"

其中的道理很复杂,叶明月听不懂。不过她也没有盘问的意思:"皇上要杀我,那也是因为我会动摇您的皇朝根基?"

"是的,你的存在会动摇大乾皇朝的根基。"皇帝点点头,"因为朕打算让刘照做皇太孙,而你,不是一个合格的嫔妃。"

叶明月还是不明白。

皇帝就给叶明月解释:"你是一个很爱行险的女子,偏生又给刘照立下了大功!你如果活着,你肯定会成为刘照的嫔妃,甚至是宠冠后宫的嫔妃!但是你这种不安分的性格,迟早会闹腾出事情来,我不允许刘照的后宫,重演华贵妃的故事!"

叶明月不免冷笑:"皇上,当年华贵妃也曾是贤良淑德的好女子,才能被选入宫中,但是后来她却变成这般模样,仅仅是华贵妃一个人的责任吗?如果没有您的纵容,她根本不可能滋长出那么大的野心!"

皇帝一时语塞,片刻之后才说:"天下女子众多,但是你却是最不适合待在刘照后宫中的一个。如果你答应离开刘照,不做他的嫔妃,朕可以放你一马。朕给你赐婚,选择一个不掌权的功臣之家,你可以继续悬壶济世,也可以做一个富贵闲人。"

外面已经风雨大作。小小的宫殿,环境黑而冷。

叶明月看着皇帝。那阴冷笃定的眼神告诉叶明月:想活下去,已经别无选择。

别无选择!

心中一团火简直要爆炸开来,叶明月想要狂笑,想要狂哭,想要赤脚在暴雨中大声咆哮,但是她却什么也做不出来,于是就站起来,安安静静地冷笑:"皇上,对于您来说,最想要的就是长生不老,但是在我们看来,有些事情,比生命更加重要。比如叶无病大人与前太子殿下追求的天下大同,比如刘照所追求的孝义,再比如……我所追求的爱情。"

皇帝猛然爆发出一阵狂笑,笑声停住:"娶个人,嫁个人,还要闹个要死要活?"

叶明月的眼神里露出怜悯:"皇上,您不懂。对于我来说,答应您的条件就等于背叛,这种背叛带来的痛苦甚于死亡。您可以杀了我,但是不能逼着我背叛我的感情。"

皇帝真的气急败坏了:"黄诚,去把毒药拿来!叶明月,朕告诉你,朕绝对不会允许你进刘照的后宫,朕更不允许你得了刘照的专宠!……你放心,你死了,朕会允许你葬进皇家的陵墓,该有的死后荣宠,朕都会给你!"

黄诚答应了,转身去了后面,转瞬之间就拿了酒壶出来。

金色的酒壶,在漆黑的夜里,在幽暗的皇宫里,在烛光的映照下,反射着暗黄的光。

这是一个雕镂精美的金壶。

☆ ☆ ☆

云初阳拔脚飞奔。

从御书房到政事堂,这路实在太长了!

顺带介绍一句,宫变之后,英王主持政局,云才人就被提拔起来,负责贴身照顾皇帝。

皇帝深夜召见叶明月,这事情太反常了;皇帝又命黄诚准备毒酒,这意思,让云初阳不寒而栗!

云初阳知道叶明月。叶明月在后宫养了几天伤,与云初阳也交谈了几句;叶明月敲登闻鼓揭发华贵妃的故事,已经成了后宫的传奇。

云初阳敬佩这样的女子。

所以云初阳决定,要报信给英王,想办法救叶明月一命!

但是……从御书房到前面的政事堂,路实在太长了,而云初阳,暂时又找不到可信的人帮忙,她只能自己飞奔!

前面有暴风骤雨,云初阳流产之后身子其实没有恢复。

☆ ☆ ☆

叶明月看着面前的酒壶和酒杯。

酒杯里的酒是暗绿色的,散发着一股甜香。

叶明月拿起酒杯,手在发颤。

皇帝满意地看着面前的女子,等着她屈服。

"砰"的一声巨响,有人砸门进来,猛烈的风带动了宫室中的蜡烛。

刘照冲了进来，接过叶明月手中的毒酒，泼在了地上。

皇帝暴怒起来："刘照！你好大的胆子！"他的声音很高亢，但是头却剧烈疼痛起来，话也说不下去了。

"皇上，我想您搞错了一件事。"刘照的声音像是山涧里的泉水，清清澈澈，冰冰凉凉，"我娶谁做妻子，这是我的事情，应该由我自己做主。我和明月是否要成亲，什么时候成亲，应该由明月和我两个人做主，至于您，负责祝福就可以了。"

皇帝捂着头，说不出话来："你……信不信，刘照……我不把……皇位传给你……叶明月还是皇位，你二选一，二选一！"说到后面，他又有点声嘶力竭了。

刘照看着自己的祖父："皇上，您还弄错了一件事。我现在帮您处理一些杂事，不是我喜欢处理这些杂事，更不是我想当皇帝，我只是想亲手把您错判的一些事情拨乱反正，如此而已。其实，我一直认为，我并不适合当皇帝，因为我对于当皇帝这件事，一直没有多大的兴趣。而且……"刘照转头看着身边的叶明月，"明月的性格也不适合当皇后，我也不能委屈她做她不喜欢的事情。"

轻飘飘地把话说完，刘照搂过了叶明月，撑开了一把伞，带着叶明月往御书房的外面走去。

天色很黑，暴雨很急，刘照很暖。

叶明月抬头，她的天空，无雨。

☆☆☆

"我这身子，已经治不好了。即便能留下一条命，这腿也残了。"林敏看着面前的女子，脸上浮起一个苍白无力的笑容，"我想，你……不要再贴身照顾我了。你的名声……"

"林敏，你看错人了。"白溯的声音冰冰凉凉，隐含着怒气，"你要我改嫁？当你在几百人的公堂上宣布与我私会之后，你要我去嫁给别人？你死了，我是你家的寡妇，你如果不死，我给你生儿育女过一辈子！我白溯是要名声的，你……把我名声毁了，我……会赖着你，一辈子！"

白溯倔强地说着，眼泪一串串落下来。

林敏伸出手，白溯忙伸出手去，两人的手握在了一起。

白溯的声音很温柔："等你好一点，我们就带着母亲一起下江南。江南的桂花已经开了，空气里都弥漫着醉人的芬芳。我会做桂花糕，还会酿桂花酒……我与你开一个小医馆，你坐诊，我配药，我们一起生两个孩子，你教他们学医，我教他们练武，整个江南的人都不敢得罪我们家，那样的日子，肯定挺美。我母亲身子好多了，她说能帮我们带孩子……"

"两个不够。"林敏突然说话，"起码十个八个。"

白溯陡然害羞起来，小声却激烈地抗议："我不做母猪！"

☆☆☆

"真的……不去继承神医堂？"李凤凰与川槿并肩策马，"你师父前几天还来找我，让我劝说你回辽州郡继承神医堂。神医堂弟子很多，但是她找不到比你更合适的人选。"

"不回去了。师父她还年轻，她还可以培养一批她满意的弟子。"川槿微微笑着，"我一直认为，神医堂既然挂了一个'医'字，就应该做一个纯粹的医堂。师父的一些想法，我不认同。"

"你师父找我解释了。她说，她敬佩叶无病叶大人，她只是想给叶大人留一点血脉。她让叶明月顶替叶皎，也曾经为叶明月抵挡了无数的暗杀……实际上，如果当初不是把叶明月与叶皎两个人带离叶家，叶明月也无法在灭门之祸中活下来。……她说，人世间总有些正义的事情，总要有人去做，正如你不惧生死帮我奔波一般的道理。"

"不一样的。"川槿摇头，"我为你出生入死，我知道自己在做什么，我心甘情愿出生入死。但是明月……她什么都不知道。"川槿笑起来，"你父亲说要留在儋州教书育人，我们也去，给老人家孝养天年。那地方天气炎热,药材生长迅速,那地方有很多瘴疠毒气,百姓缺少大夫,生活艰难。我们一起重新建设一个神医堂,我培养很多很多弟子,你帮我算账。"

"到时候你教学生,坐诊,我在边上给你配药。"

"顺带生十个八个孩子,我教他们学医,你教他们读书,这样的日子,肯定很美……"

李凤凰陡然害羞起来,小声却激烈地抗议:"我不做母猪!顶多生两个,不能再多了!"

"五个!"

"两个!"

☆☆☆

天很蓝,风很轻。

马车辘辘往北走。

马车里的人,一个坐着一个躺着,在说话。

"真的不后悔?那可是万里江山啊……现在却变成了辽王,还是在北方苦寒之地……"

"有点。"

"有点?……你敢!"

"其实……我倒不是舍不得那万里江山,我是舍不得那一群孩子。"

"什么……孩子?"

"如果我做了皇帝,我就有一大群嫔妃。每人给我生一个,几年耕耘下来,最起码能生三五十个。但是我决定娶你,那就只能娶一个。"

刘照抬起眼睛,看着叶明月,声音诚恳:"如果你答应与我一起生十个八个,我就一点都不后悔了……"

叶明月陡然害羞起来,小声却激烈地抗议:"我不做母猪!顶多生两个,不能再多了!"

"五个!"

"两个！"

"好吧，两个我也能接受……你扶我起来，我给你重新整理一下发髻，你的簪子歪了……"

☆☆☆

天很蓝，风很轻，春草很笨拙地骑在马背上，那匹日行千里的骏马已经疲惫不堪。

邓小白在边上，终于很小声地告诉春草："要不，我们换一下马？"

春草很鄙视："你的马也很累。"

马车车厢里的笑声传出来，春草的脸渐渐红了，转头告诉邓小白："寨主与夫人在讨论以后要生几个孩子……"

邓小白："哦。"

春草很害羞："我们……我们……"

邓小白："我们？我们？"

春草羞恼了："你……这是听不懂？我们，我们！我……想要给你生孩子！"

有 态 度 的 阅 读

微　博　小马BOOK	抖音　小马文化	全案营销　小马青橙工作室
公众号　小马文艺	淘宝　小马过河图书自营店	投稿邮箱　xiaomatougao@163.com
小红书　小马book	微店　小马过河图书自营店	

图书在版编目(CIP)数据

明月来相照 / 雁无痕著. -- 北京：北京联合出版公司, 2023.8
ISBN 978-7-5596-6996-4

Ⅰ.①明… Ⅱ.①雁… Ⅲ.①言情小说—中国—当代 Ⅳ.① I247.5

中国国家版本馆 CIP 数据核字 (2023) 第 104640 号

明月来相照

作　　者：雁无痕
出 品 人：赵红仕
策划监制：小马 BOOK
责任编辑：管　文
产品经理：赵汗青
版式设计：刘龄蔓

北京联合出版公司出版
(北京市西城区德外大街 83 号楼 9 层　100088)
北京联合天畅文化传播公司发行
定州启航印刷有限公司印刷　新华书店经销
字数 318 千字　880 毫米 × 1230 毫米　1/32　12.25 印张
2023 年 8 月第 1 版　2023 年 8 月第 1 次印刷
ISBN 978-7-5596-6996-4
定价：59.80 元

版权所有，侵权必究
未经书面许可，不得以任何方式转载、复制、翻印本书部分或全部内容。
本书若有质量问题，请与本公司图书销售中心联系调换。
电话：010-65868687　010-64258472-800